死に戻り皇子は最愛の弟皇子のためにループを止める

切江真琴

Makoto Kirie

CROSS NOVELS

装画・挿画　石田恵美

目次

死に戻り皇子は最愛の弟皇子のためにループを止める

一章　皇子鏖殺未遂事件

1.生き残り

夏の宴席は苦手だ。

飾り細工の窓を通し、明るい陽射しが廊下に影を落とす中、太鳳は憂鬱な気分で宴席までの歩を進めていた。

左右の鬢の毛は頭頂の小冠で束ねているが、ひと房垂らした前髪が、視界の中できらきらと金色に揺れている。まるで陽の光を身に纏っているようで気が重い。

西胡人である母に似た黄金の頭髪は、赤地の衣装と合わさると恐ろしいほどきらびやかで美しく、派手になってしまう。人目とは、引けば引いた分だけ、噂の声は大きくなり耳に入りやすくなるものだ。

主にその容姿と出自についての毀誉褒貶。普段ならそんなもの、洟も引っかけずに済ませられるけれど、今日は少し心が弱っている。だからできるだけおとなしい姿でいたかったのだがそうはいかなかった。

公に催される宴において、皇帝に連なる者は皆、季節を司る神の色を身につけなくてはならないのだ。夏は五天帝たる朱雀帝の季節、色なら赤。しかも本日の宴は朱雀帝の御威光に縋り冷夏を防ぎ、且つその陽射しが苛烈なものとならないよう乞うための夏の大宴。赤は赤でも暗く沈んだものは許されず、濃く鮮やかな紅が作法となる。

第二皇子である太鳳がそのしきたりを破ることなどできるはずもなく、結果、目立つ頭髪に加え、目立つ衣で皇子五人の並ぶ宴席に着かねばならない。

「なあ、いっそ頭にも紅い布を被ってしまえば目立たないんじゃないか」

わずか先を行く近習にぼやくと、相手は肩を震わせて笑う。

「それだとまるで紅蓋頭でしょう。花嫁になってしまいますよ。誰に嫁ぐおつもりです」

「誰にも嫁がん。まったく冗談が下手だな」

「おやおや。主に似ましたかね」

まったく口の減らない近習だ。母が故郷から連れてきた侍女の子なので、この国の序列をさほど重んじておらず、気安いといえば気安い。

くだらない応酬で一瞬だけ心は軽くなったものの、

本当に一瞬だった。

はあ、と、前を行く青年に気づかれないよう太鳳はため息を吐く。

普段感じる煩わしさや面倒くささなどよりも、もっと重く胸を塞ぐ憂鬱がまとわりついて離れない。

昨日久方ぶりに二人だけで顔を合わせた第三皇子、龍生に突きつけられた言葉が心を重くしている。

――気に病むようなことじゃない。

有象無象どもの妄言と同じことを告げられた。ただそれだけのこと。

そう自分に言い聞かせ、気鬱の要因ともいえる金の前髪を軽く払い、太鳳は進む足取りに力を込めた。

ここ、汪は統治百五十年を超える大陸東部の大国である。西には海と紛う陽貞湖、そこから延びる汪水という大河を擁し、運河を引き、水の豊かな国として栄えている。

気候は温暖、季節ごとに風向きが変わり、それが大まかな四季をもたらす。

夏を前にした本日の夏宴は、首都蔡封にある宮城内の大園林にて行われる。

首都中心部にある宮城は広大だ。

まず、南の大門を入ったところに民たちと直接関わる六役庁がある。

その北側の内大門の奥が、行政のための区画だ。石畳を敷き詰めた広大な前庭を抜け、大階段を上った先が統治区の要の太政宮で、国家運営のため官僚たちが日々立ち働いている。

この太政宮はぐるりを壁で囲われており、その向こう側が居住区となる。最北に皇帝の御座す紫宸宮、東の区域は皇子の住まう東宮区画、西は後宮である。皇族のみならず高官、近習、侍女侍従の他に下働きの者も起居しているのでほぼ一つの街といっても良い。

東区域には、皇子が多かった時代に多くの宮が建てられたため、庭付きの寝殿宮が十五ほどある。現在は皇子五人のみゆえ、使用されているのは三分の一だ。

その東宮区画から中央へと続く扉を抜けると、広大な池を擁す園林へと向かえる。宮城内の位置としては、紫宸宮から見て南、政務を行う太政宮から見て北。

園林は池を陽貞湖に、そこから延ばした水路を汪水になぞらえ造られた。国土の模型――とまではいかないが、造園者にその意図があったのは明白だろう。

皇族の宴席は水路を渡る橋回廊の上だ。東西北に、橋の広くなった部分があり、台となる。皇帝は北、皇子は東翼、妃や公主など女性は西翼に席を構える。

天子たる皇帝を北に拝むような形で、池の南側の桟敷には居並ぶ官僚たちがすでに着席していた。

太鳳は、彼らの間を通り抜け、自身の席へと向かう。歩みに従い、金の髪がひらひらと陽光を弾いて輝く。

通り過ぎたそばからひそひそと声が追ってくる。

「同輩にお聞きしたいのですが、なぜ西胡人の芸妓がこのようなところにいるのですか」

「お主、お召しになっている衣の色もわからぬのか。彼の方が第二皇子太鳳様だ」

「なんとあれが……噂には聞いておりましたがあれほどの美貌とは」

「主上のご寵愛が深いというのはあのご容姿ゆえでしょうか」

「未だ太子が立たぬのはそのあたりの軋轢があると噂も聞きますが……」

「貴君ら、口を縫い付けるぞ」

口々に尋ねられた官吏の、煩わしげな声で話はやんだ。

この宴席に出席できるのは、従三品より上の階級となる。太鳳を知らぬ数人は、初夏の叙任で新たにこの席を許されるようになった地方監察官だろう。珍しいことでもないが、物見高く無遠慮なささめきは案外と耳に入るのに気づいていないらしい。

ただ、芸妓と間違われる程度、大きな宴席では毎度あるくらいだし、容姿を取り沙汰されるのが煩わしいだけで、この姿を嫌っているわけでもない。だから本当に、いつもの太鳳なら気にも留めずに済んでいた、のだが。

自身が座る予定の、橋回廊東の台へと太鳳は目を遣った。

そこには自分を含む皇子五人の席が設えてある。宴席には序列の低い者から着くのが作法のため、第四と第五の双子皇子、そして第三皇子――龍生が、すでに腰掛けていた。

「ふ……」

つい憤り交じりのため息が漏れた。歩みが橋回廊に差し掛かっていて幸いだ。物見高い官吏たちには知られることはなかった。

ただ、前を行く近習には聞こえてしまったようで、うねりのある焦げ茶の髪をまとめた頭が揺れている。皇子という立場ながら案外と感情を面に表す、鉄火な気質の太鳳を面白がって微かに笑っているのだろう。

おかしなものだ。こと、龍生に関して太鳳は、諦めを以て接しているはずなのに、今の自分は龍生の姿に腹立ちを感じている。

夜も眠れないほどに自分を憂鬱にさせた相手を目の当たりにして、落ち込むよりも苛立ちが湧くのはいいことなのか悪いことなのか。

東の台に座する弟皇子は、すらりと高い背を誇るかのように、背筋をピンと伸ばし美しい佇まいを見せていた。左右の鬢を太鳳と同じように頭の上の小冠でまとめ、残りの長い黒髪は背にまっすぐ落ちている。齢二十歳の体軀は偉丈夫と呼ぶにふさわしく、臣下たちが求める理想の皇太子像は彼なのだろうな、と思わせる。


——俺とは違う。

昨朝の口論を思い出すと、緩いぬかるみに足を取られたかのように気が沈んだ。心なしか胃の腑に痛みを覚えるほどだ。怒りと悲しみならば、怒りの方がまだマシなのだが、自分の心が望まぬ方に傾いている気がして腹立たしい。

『その目立つ髪さえ染めれば皇太子になるのは貴方だと言っているのです』と——龍生はそう言った。

大きなお世話だ。本音の部分で、太鳳は皇位などまったく興味がない。

だが皇子として生まれた以上表立って言えたことではないから当然誰も知ることはなく、太鳳は皇太子候補の一人となっている。

『皇太子となるのは誰か』——それはここ数年、廷臣たちが密に注視している事案だ。候補となる皇子は太鳳を含め三人いるが、皇帝が壮健であるせいかなかなか後継を決めようとしない。できれば次期皇帝に縁を繫いでおきたい臣たちとしてはやきもきする状況であろう。

汪国において——皇太子とは、皇后の産んだ子ではない。逆なのだ。

妃には序列ある位は設けられておらず、生んだ皇子が皇太子となった妃が、皇后となるのである。

皇后となれば一並びの妃たちから頭一つ抜け、権力は強大になる。皇后を輩出した家門、連なる派閥もその権にあやかれる。

だからこそ立太子には慎重にならざるをえない。皇后としての責務に耐えられる女を母に持つことも皇太子の重要な要素なのだ。もちろん、皇子本人に素質がありながらも妃に何らかの瑕疵(かし)があれば、同派閥の優れた妃に養子に出し皇太子にするという手段もある。

しかし、現在の後宮には妃はわずか四、さらに皇子たちの母は皆それぞれ『強い実家』を持ち同派閥の者は一人たりといないのでそれは適わない。

史実を顧(かえり)みるに候補の皇子が十代のうちに皇太子が決まるのが通例だ。しかし現在皇子たちの年齢はといえば、第一皇子は二十三、太鳳は二十一、龍生は二十だ。すでに五皇子のうち三人が冠を戴き政務に就いている。第四皇子と第五皇子はまだ十二のため、候補からはなんとなく外されている。

よって皇太子候補は上三人の皇子となるわけだが、本来なら最も皇位に近い第一皇子玄麒(シュエンチー)は病弱で、年の半分近くを寝台で過ごす有り様である。おかげで誰が立太子するかという憶説(おくせつ)は年々熱を帯びる。

――噂だけしていればいい奴らは気楽で羨ましい。

乗る馬を間違えさえしなければいいのだ。たとえ一族の興亡を分けることになろうとも、所詮賭け事のようなもの。

太鳳からしたらやはり暢気(のんき)だと思う。当事者間の心の機微(きび)など、彼らには関係ないのだから。

自身のために用意された宴の席へと至り、太鳳はひときわ強く胃の痛みを感じた。

各皇子たちの席は三尺ほど離れて設けられている。ちょうど人が二人並べる程度だろうか。もちろん歓談の場でもあるので、呼びかけられれば当然聞こえぬ距離ではない。

だから嫌なのだ、と憂(うれ)う太鳳の耳に、

「太鳳二哥(あにうえ)」

と声が届いた。

着席し、長い袖を払い、手のひらをゆったりと膝に

置き静かに息をつく。それからようやく太鳳は、少しだけ顔を龍生へと向けた。

どうせ昨日の話の続きだろう、と思ったら、その通りだった。なぜか消耗した様子の弟皇子は「昨日の続きをお話ししてよろしいでしょうか」と問うてきた。

よろしくない。

だから太鳳は能う（あた）限り尊大に、視線を真正面に戻して応じる。

「よい。俺は忘れた。お前も忘れろ」

「いえ、あれは私の本心ではなく――」

いつになく龍生が縋ってくる。おかげで普段よりいっそう冷たく対応せざるをえず、そのくせそんな自身の態度に自分で腹が立つ。

「喧しい（やかま）。玄麒大哥（あにうえ）がおいでになられたらすぐに父帝もお出ましになる。拱手（あいさつ）に備えよ」

皇帝が現れたら即座に席を立ち、出席者全員速やかに拱手（きょうしゅ）で迎えねばならないのだ。

無駄口を聞いている場合ではないと諌めると、狼犬のような勇壮ななりをしていながら、龍生は長く黒い睫毛を伏せた。

「ごめん、鳳哥（フォンにいさま）……」

小さく呟かれた幼い頃の呼び名に、胸が突かれる。

そのように慕わしげに呼ぶくせ、髪を染めることをこの男は勧めてきたのだ。

また胃の腑がぎりりと痛む。

何気ない顔で耐えるのが辛いくらいに思えたところで、父帝が現れてくれた。

全員が寸刻の違いもなく立ち上がり、長い袖を垂らして両の手のひらを胸の前で重ねる。その内側へと頭を下げ入れ拱手すれば、顔色を他人に見られることはない。

内心の辛さをため息と共に一気に吐き出すと、太鳳はどうにか何食わぬ顔を袖の中で作り上げた。

五天帝の一、朱雀帝を称え（たた）る舞で宴が始まった後は、詩歌（しいか）と音曲（おんぎょく）とを背景に会食へと進む。

太鳳ら皇子たちそれぞれの前には小卓が置かれ、そこから幾分離れたところに寝台ほどはあろうかという飯台が据えられている。調理されたものは鍋ごとそこへ持ち出され、皆の前での毒見を経てその場で皇子たちに供される。

実のところ、現在毒による暗殺は激減している。毒といえばまず砒毒(ひどく)だが、これは銀食器を用いればほぼ封じることができたからだ。

それでも毒見をなくすことはない。毒魚などの神経を犯し呼吸を乱す毒は毒見役がいれば即看破が可能だし、また、味は温和ながら激烈な症状をもたらす茸なども、毒見役は少量ずつ訓練しその味を実体験として蓄えている。

基本的に毒見は下級階層の人間を召し上げているが、皇帝の毒見役は前皇帝の毒殺を二度も防いだ優秀な男だ。「奉侍(ほうじ)」の官位を賜(たまわ)るほどに重視され敬意を込めて「毒見奉侍(どくみのせんせい)」と呼ばれている。

それゆえ、どんな毒が盛られようとこの男が防ぐだろうという信頼がある。また、現皇帝の政治感覚は中道でわかりやすく、暗殺を警戒せねばならない暗愚ではないし、清廉すぎて疎まれる性質でもない。

これらの事情により人々の間には、もはや毒の時代ではない、という安穏とした空気が漂っている。

皇帝、妃らの台(うてな)へと料理が持ち込まれるのと時を前後し、皇子たちの飯台にも食事が運び込まれた。

前菜の冷菜が毒見を経て美しく取り分けられ器に盛られ、それぞれの皇子たちのもとへと給仕される。それと共に、小さな銀の杯が置かれた。

「これは？」

給仕に尋ねると、果実酢だという。春から夏にかけてのこの季節、酸味の飲み物でまず体内を整えようとは理(り)に適(かな)っている。

――今回の献立は、玄麒大哥(あにうえ)の母君によるものだったな。

春夏秋冬の大宴においては、妃一名が指名され献立立案から食材の手配まですべてこなす。

ちなみにこの献立は、皇帝、妃、皇子に廷臣、それぞれすべて違うものを用意せねばならない。妃の采配を確認するという試験的な意味合いと、もう一つ。毒など盛らなくとも大量の煮炊きをすれば食中毒の可能性は常にある。献立を分けることで被害を減らすためだ。

ともあれ涸れている食欲を増進するために酢はありがたい。ただ胃痛に良くないのもわかっているから、少し躊躇いつつ太鳳は梅の香の漂う杯を手に取った。ふくよかで甘い馨しさが少しばかり食欲を刺激してくれる。しかし。

――随分と強い。

口元へ近づけると危うくむせそうになるほどに濃い。みっともないことになる前にと、ほんのひと舐めして、太鳳は器を小卓へと置いた。

さりげなく他の皇子を窺うと、さほど酢の濃さには頓着していないのかゆっくりと杯を傾けている。いや、隣の玄麒がそっと鳩尾辺りを押さえているのを見るにそれなりに酸が強いのだろう。基本的に常に具合を悪くしている兄だから、さもありなんと思う。龍生との口論で胃の痛い太鳳は、ほんの少し親近感を覚えた。

それにしても、冷製の和え物などなら口に入るだろうと暢気に構えていたのに、案外箸が進まない。よく好んで食べているフクロ茸の牡蠣油炒めを冷製にしたものには、普段はない苦みが感じられ食い気が削がれる。

腹もさほど減っていないこともあり、盛られた前菜は一箸だけつけほぼ残してしまう。次に出されたアワビの温湯なら入るだろうと思えば、これもまた香辛料が利いている。

主菜の一つである蒸し魚にもどこか苦みがある。五行思想を取り入れたのならば夏場に苦味を持ってくるのは定番ではあるが、これほどの料理も苦味があるのはおかしくないだろうか。

もしや自分の舌が過敏になっているのか。昨夜は龍生との応酬が気になって眠りが浅かった。胃がいつまでもちくちくと痛い。普段通りの体調でないことはたしかだ。

果実酢の刺激があってもどうにも食欲は戻らず、結局太鳳はほぼ食事をせぬままでいた。

昼餐の最中、夏を称える歌舞音曲が奏でられている。初めは礼部の采配で決められた詩歌が吟じられるが、酒が入り宴の席が温まってくると、廷臣の中でも特に詩才のある者が担ぎ出され即興で詩作を求められる。主だった大家たちの教養は高く、即興詩も厭わず披露する。また科挙で官吏になった者たちもまた、文才に秀でている。本人が吟じたり、謡いの媛に書いた詩を渡したり、おかげで歌謡はやむことなく、そちらへと意識を向けていれば隣席の兄弟たちと言葉を交わす必要もない。

いまいち口に合わぬ料理を食べているふりをして太鳳が時をやり過ごすうち、点心の用意が始まり、昼餐も終了間際なのがわかった。

食後は皇帝からの言葉がある。今回もまた、立太子の予定がないことは周知の通りだ。

その代わり、北方の小国の姫と第一皇子玄麒の婚約話が進んでいるという宣下があると聞いている。ただ一部の廷臣には不評なようだ。常に不調を抱えている皇子と周辺国の姫との外交的婚約は、先代の皇太子――現皇帝の頓死した兄と同じ轍を踏む羽目になるのではないか、と噂し合っている。

なんとも不敬なことだ。

少なくとも今日の自分よりもしっかり、玄麒は食事を摂れているというのに。

そんなことを思い、隣席を気にかけた時のことだった。

唐突に、兄皇子がひどく粘った音で咳き込んだ。

なんだかとても嫌な感じがして、太鳳はそちらを振り向いた。

三尺離れた席で、赤に銀糸の刺繍の入った衣がゆらりと揺れたかと思う間に、重い音が響く。玄麒が椅子からずり落ちたのだ。

仰天したように控えていた近習が膝をつくも、倒れ込んだ玄麒はもはや咳き込むこともせず、ヒューヒューと息をか細く揺らしている。

「あ……大哥!?」

音を立て椅子を引いた瞬間、右からも同じような喘鳴が聞こえた。

振り向けば、龍生が袖を口元に当て眉根を強く寄せている。いや、それどころか龍生の向こう、第四、第五皇子までも、喉を掻き毟るようにして小卓の足元で蹲っている。

――毒……!

それしかあるまい。

それぞれの皇子たちの近習が主に寄り添い名を呼びかける中、龍生が小卓へ肘をつき身体を折り曲げる。

「龍生!」

慌てふためく給仕たちに「水を持て」と命じ、太鳳は自身の近習と共に龍生へと駆け寄った。かろうじて椅子に掛けている状態の背を支えると、同じように背をさすっていた龍生の近習、青琴と目が合う。

「太鳳様……これは」

毒でしょうか、と言外に問われ、目顔で頷く。

東の台の様子がおかしいと人々も気づいたのか、ざわめきが広がり出した。謡い手の声が止まり、代わりに父帝の「その場を離れず鎮まれ」「刑部の者はすべての料理の保存を早急に行え」「毒見と給仕は何も触らずその場に伏せよ」と命じる声が響く。やはり毒を疑っている。

自分がこうして龍生を気にかけているところを衆目に晒すのはまずい。それはわかっているが、心配が先立ち離れたくない。

背を支える太鳳の手のひらに、早い呼吸が伝わってくる。それが一瞬止まったかと思うや、袖の中へと龍生が激しく咳き込んだ。金糸の刺繍を施した中衣の袖が上衣の赤と同じ色に染まる。他の兄弟同様、息が吸えないのか、痙攣するように身体を震わせる。吸うことも吐くこともできなくて、喉元で糸のように細く空気が音を立てている。

「太鳳様、支えてください、お身体を床へ」

声をかけられ、青琴と共に龍生を支えて下へ横たわらせると同時、龍生は身体を折り曲げまた吐血した。

「ろ……龍生」

吐瀉物が喉に詰まらないように横臥させたいのに、龍生は息も絶え絶えながら仰向けになり、太鳳へと手を伸ばしてくる。

「哥哥……」

「ああ、ここにいる」

霞のかかったような力ない眼差しがこちらを見上げてくる。伸ばされた手を握るが、返ってくる力は弱い。給仕が水差しを持ってきたが、飲ませようとしても当の本人が拒む。

一体何の毒なのか。吐血し呼吸を阻害する毒など咄嗟には思いつかず、太鳳はただ「大丈夫」と埒もない励ましを送ることしかできない。毒見はたしかに機能していたはずなのに、どうしてすり抜けたものかもわからない。

背後でわっと泣き崩れる男の声がした。第一皇子の近習の声だ。では、玄麒の脈が止まったのか。思う間に、青琴の向こう側で床に寝た第四皇子と第五皇子が強く揺さぶられている姿が見える。いっそ乱暴にも思えるほどなのに、二人はぴくりとも反応しない。

どっと汗が冷えた。

大丈夫だなどと楽観していたわけではないけれど、これは死毒なのだと、突然腑に落ちた。

ならば。

――龍生が、死ぬ。

ぞわぞわとした悪寒が背を走り身の毛をよだたせる。

「し」

死ぬな、と言いかけ、何と不吉なと口を閉じ、どう引き留めればいいのかとわからなくなり、言葉なく、ただ嗚咽せぬよう唇を引き結んだままとなる。

そんな太鳳の顔ももう見えなくなっているだろう、苦しげな息のもと龍生が何かを呟く。口元に耳を寄せると、採りたての杏仁のような香りがした。

「やはり」

龍生が呟く。

「あに、うえの、髪は――美しくて」

「え」

「とても」

「龍」

呼びかけにそれ以上応える声はなかった。

か細い呼吸が聞こえなくなった。

事切れた。

龍生が。

そう理解した途端、胸が潰れたようにひどく苦しくなった。息ができずその場に丸まる。強く、強く身体を縮こまらせ、消えてしまいたい想いが溢れかえるまま、太鳳は呻き続けた。

2.喜びの日々

どうやって自身の宮まで戻ったか定かではない。

気づけば寝台の上だった。

いつもと変わらぬ、天蓋に施された鳳凰の彫刻がこちらを見下ろしている。翼を広げた壮大な瑞鳥の彫られたそれは、太鳳が生まれた時に父帝から賜ったものだ。龍生には龍の細工のものが贈られたのを知ってい

る。

――なぜ……。

死の間際、恨みを吐くでもなく龍生はこちらを見た。まっすぐに太鳳を見つめ、やはり、と言った。太鳳の金の髪を美しいと。とても――、

――好きだ、と？

幼い頃に常々口にしていた言葉を、龍生はあの死の縁(ふち)で告げようとしたのだろうか。苦しい呼吸の中、それでも伝えねばならないと思ったのか。

想い馳せた途端、息が俄(にわ)かに乱れた。喉元に苦しさ、いや、悔しさが湧き上がってくる。

何もできなかった。無理矢理にでも水を飲ませ毒物を吐き出させれば、命を取り留められたかもしれないのに。もっとやさしい言葉をかけ、せめて死出の旅が安らかなものになるようにしてやることもできたかもしれないのに。

嗚咽を噛み殺し、太鳳は丸くなる。

人払いしたし天蓋から羅(うすぎぬ)が下りているから、余人に姿を見られることはない。けれど、長じるに従いあからさまに政敵のような扱いをしてきた相手を悼(いた)む声は、漏らしてはならなかった。

そう。自身の胸の内に反し、太鳳は龍生に敵対していた。

嗚咽に震える喉を、拳を噛んで抑え込みながら思う。せっかくの演技も無駄になったと後悔が湧き出ずる。誰の仕業かわからないがこんなふうに謀殺(ぼうさつ)されてしまうなら、昔通りに親密に過ごせる方法を探せばよかったものを。

強く閉じていた目を薄く開くと、睫毛に涙が凝(こご)って視界が滲(にじ)んでいた。

十月(とつき)年下の異母弟、龍生。

彼が生まれてからそう、八年ほどは共に過ごしただろうか。「哥哥(にいさま)」「弟弟(おとうと)」と呼び合い、太鳳の母の元、健やかに平等に育てられた。

なぜなら――龍生の母、劉麗蘭(リウリーラン)は壊れてしまっていたからだ。

次代皇帝になる子を産め、皇后になれと実家である劉(リウ)家に後押しされ齢十六で後宮に上がったものの、皇帝の寵愛は太鳳の母、蕾翠(レイツイ)にあった。皇子を先に産みさえすればと躍起になるも、残念ながら蕾翠の方が早

く太鳳を身籠もった。

　蕾翠に遅れること十ヶ月、麗蘭は龍生を産んだ。

　無論、生まれの早さや皇帝の寵愛によって皇太子が決まるわけではない。だが麗蘭の中で龍生は『皇帝になれない無意味な子供』『あたくしを皇后にしてくれない無意味な子供』だった。産むだけ産んで麗蘭は、育てることを拒否しただけでなく龍生のそばにいることも嫌がって、南領巴州にある実家へと引き籠もってしまったのだ。

　皇妃ともなれば自ら乳をやったり食事をさせたりなど、赤子の細々した世話を焼くことはない。だからただ育児をしないだけならばあまり問題はなかった。しかし女主人である麗蘭が去ればその侍女たちも下がることとなる。龍生は後宮にあって、打ち捨てられた子だった。

　劉家からは「麗蘭は気鬱の病がひどいため自領で療養する」との連絡が入ったが、龍生の処遇については初め、何も伝えてこなかった。そのくせ皇帝が人を見繕い乳母をつけようとしたところ、人選について劉家から横やりが入った。曰く「仮にも龍生は皇子、その乳母となればそれなりの権力を有することになる」「下手な身分の女ではよろしくない」。

　ならば自領に龍生を引き取り、麗蘭以外の者に養育させればいいものを、皇子なのだから皇宮にいるべきだと言う。かといって劉家に連なる家の女を乳母として後宮に上がらせるかというとそれもしない。どうやら、同派閥同家門の娘が乳母についたら、そちらが派閥の中心に成り代わるのではないかと憂慮したらしい。

　一向に先々を決めない劉家に痺れを切らし、吏部を通して忠告すれば、「麗蘭の気鬱も良くなりつつあるため説得して近いうち後宮に戻す」と言う。だが信じて待てども麗蘭が戻る気配はない。

　結局、決まった乳母のないまま半年近くが過ぎる間、龍生は後宮の片隅で貰い乳で育てられた。

「ならば妾がその子を引き受けよう」

　名乗りを上げたのは太鳳の母である蕾翠だった。

　蕾翠は西方教国の宰相の妹という立場の女である。故国にて人の死期が見える『毒の巫女姫』と呼ばれていたとか、その能力を利用して蕾翠の兄は若くして宰相に成り上がったとか、まことしやかに後宮内では噂されていた。

何故そのように呼ばれたのか母に聞くと、楽しそうに教えてくれたものの その真偽を太鳳は確かめたことはない。父帝が皇位継承第二位だった十代の頃、貿易相手である西方教国に遊学し、母と出会い、その場で婚姻を申し込んだのは事実だとだけ聞いている。

ともかく蕾翠は、西胡人であるがその後ろ盾は強大、また皇帝の寵も厚い。龍生を懐柔して権を得ずともいい女だ。

そんな女に龍生を預けたら最後、劉家は皇子の外戚という立場を失う。そう気づいて劉の長老たちは猛反対した。

けれど、係累の女を乳母にするのも駄目、麗蘭を後宮に戻す期限も切れずにいるくせに要求だけ過大だと一喝し、父帝は龍生を蕾翠に預けてしまった。

そうして、太鳳の蜜月は始まった。

物心つく頃には、龍生は常にそばにいた。目を覚まして初めに見るのは龍生だったし、眠る間際に見る顔も龍生だった。せっかくの兄弟だからと、蕾翠が同じ寝台に二人を寝かせたからだ。

太鳳が鳳凰の天蓋が付いた架子床を贈られたのと同様、龍生が満一歳になるとやはり父帝から天蓋付きの寝台が贈られた。彫り細工は龍がその身を伸ばし雲の中をゆくもので、勇壮で美しい。父帝が太鳳のみを気にかけていたわけではない証左であろう。

やってきてすぐの頃の龍生は泣かない子だったという。あまり笑うこともなかったと。しかし、太鳳と一緒に寝起きし、蕾翠や乳母、侍女たちに慣れてくると笑ったり我が儘な行動をしたりするようになってきたそうだ。

記憶にはないが、まだようやく摑まり立ちをするくらいになった龍生に、太鳳はよく抱きついては二人で寝台に転がって遊んでいたという。微笑ましい思い出として聞かされた時、そこそこに大きくなっていたのに同じようなことをして寝台の上で転げ回ったのを覚えている。龍生が笑い声を上げ、それが楽しくて何度も何度も同じことをした。

やがて四つ五つと歳を重ねるにつれ、龍生の成長は太鳳を上回り始めた。太鳳も西胡の血が混ざっているだけあって小さくはないのだが、龍生の方が父帝のしっかりとした体格を受け継いだようだ。教師を招いて書を読む練習を始める六つの頃には、龍生が兄と紛うほどになってしまった。身体だけでなく書の理解力も太鳳と変わりない、賢い子だった。

それでも太鳳を兄と慕ってくる龍生は、かわいく、気持ちのうえではいつでも太鳳にとって庇護の対象だった。

蕾翠が住まう弘徽宮は広い中庭に池を持つ、明るい印象の宮だ。出入りできるのは父帝がつけた信頼のおける宮女宦官の他には、蕾翠自身が故国より連れてきた者のみ。

ただ、西胡人であっても彼らの髪は黒々、もしくは濃い褐色で、自分と母のような金の髪の者はいなかった。どうやら母が、異国である汪で要らぬ軋轢に苦しまぬようにと、少しでも汪に馴染む容姿の者を選んで連れてきたらしい。

そのため母と太鳳の容姿はこの地においてかなり特異なものとなった。

とはいえ太鳳は異質であれどもこの容姿に誇りはあった。だから、龍生の黒くまっすぐな髪を欲しがるような、羨むような気持ちが何故自分の中にあるのかよくわからなかった。わからないまま、胸の中にはむず痒い気持ちは溜まっていった。

ある日、午睡の床で、龍生の髪を撫でながら「きれいな黒い髪、いいな」とつい呟いてしまったことがある。そんな太鳳の言葉を受け、

「ぼくも、にいさまの髪の色、いいなあっておもうよ」

と龍生は微笑んだ。そうして続けて、

「すごくすきで、ぼくもほしいなって思うけど……でも、にいさまが一番似合うから……」

言葉の途中で弟はうとうとと眠りについてしまったけれど、太鳳の気持ちはそれだけですっきりと晴れた。

龍生が、自分の髪を好き。

それだけで、誇りを持ちきれていなかった心がまっすぐ上向いた。嬉しかった。

幼少期、時はとてもゆっくりと過ぎるものだ。一日一日が長く、その長い日々を龍生と過ごした。太鳳が七つの時には妹が生まれ、龍生と二人その小ささに驚きながら見守った。母や周囲の人々、宮で飼う茶白の縞猫、梅芳。そんな愛する者たちだけで溢れた場所で、

明るく朗らかに太鳳は育った。

　太鳳が皇太子にそぐわぬ容姿だから龍生を手懐け皇后位を狙っているのでは、と蕾翠を悪く言う者もいたようだが、母は意に介さなかった。故国において生家が宰相という高い地位にあったためか、風聞風説には耳を傾けない素養があり、有害なものがあれば的確に排除していた。また逆説的に権威権力といったものに興味を示すこともなく、皇后位を狙っているなどという邪推は鼻で笑っていた。

　むしろ齢七つとなった龍生の方が、皇位に興味はあったと思う。

「鳳哥(フォンにいさま)は皇帝にならないの?」

　書写する太鳳の傍ら、猫の梅芳の背を撫でながら、龍生が尋ねてきたことがある。

「皇帝なんてならないよ。龍(ロン)はなりたい?」

「僕は——皇帝になれたら、もっとたくさん西胡(がいこく)の人を呼びたいな」

「もっと?　市井(まち)には胡人の商人がたくさんいるぞ」

「宮城にはいないでしょう?　だから僕、哥哥(にいさま)がもっと……あ」

言いかけて、龍生はそのとき先を告げるのをやめた。

「俺が何だ?」

「……いえ、何でもないです」

「俺は聞きたい」

　途中でやめるのはずるいと文句を言って、太鳳はその続きを無理矢理聞き出した。

　龍生が渋々といった様子で語ったのは、城に西胡人(がいこくじん)が増えれば太鳳の容姿も物珍しく思われずに済むのに、ということだった。語る表情はひどく悲しそうだった。

　この容姿を貶(おとし)める者がいるのは太鳳ももちろん知っていた。だが改めてその手の輩の存在に言及したら太鳳を傷つけると、途中で気づいて龍生は言い淀んだらしかった。

「お前も俺の髪が嫌いか?」

　見知らぬ者たちに見た目で誹(そし)られようと、太鳳は気にはしない。けれど、自分の髪を「いいな」と言ってくれた龍生が、もしも自分の金の髪やハシバミの目の色を疎むようになっていたら悲しい。

　知りたくないことなのに聞かずにおれなかった太鳳の問いかけを、喰らい付くような勢いで龍生は否定した。子供特有の細く高い声で「好き」と声を上げた。抱いていた猫の梅芳が、その手から逃げてしまうような大きな声だった。

「哥哥の髪も目も、きれいで、大好き」

「……そうか？」

「おひさまみたいで明るくて、見てると僕も嬉しくなるよ」

「嬉しくなる？」

「うん。だから、いろんな人が国にたくさんいれば、哥哥はぜんぜん珍しくなくて、でも、いっぱいいる中で一番きれいだってわかってもらえるから」

ええと、と龍生は言葉を探している。たまに父帝と共に皇宮内を歩くとき、太鳳に向けられるわずかな奇異の視線を我が事のように気に病んでいたようだ。

その事実だけで心が温かくなるのに、さらに太鳳を傷つけないよう気遣ってくれた。一生懸命に褒め言葉を操る弟がかわいらしく、とても嬉しくなったのを覚えている。

胸がむず痒くそわそわして、自分とは違う真っ黒で艶やかなその髪をちょっと乱暴に撫でた。

「好弟弟、俺も大好きだよ」

お前が皇帝になったらいいなあと、照れ隠しに大袈裟に応えると、龍生はまた本当に嬉しそうに笑った。

そんなふうに、二人は言葉を交わし心を通わせて毎日を穏やかに過ごした。

太鳳にとっての喜びの日々。龍生にとってもそうであったらよかったのだけれど。


破局は、龍生が八つの年に訪れた。もう戻ることのないと思われていた龍生の母、麗蘭が劉家から後宮へと帰ってきたのである。そうして、自分の皇子を返せと正式な使者を立てて、龍生を弘徽宮から連れ去ってしまったのだ。

今思えば、麗蘭が戻ったのはその頃に四番目の妃が輿入れしたせいだろう。皇帝である父は娶りたくはなかったらしいが、皇子が三人、公主が一人では一国の皇帝の後嗣としては心許ないと廷臣たちに詰め寄られた結果、新たな妃を迎えざるをえなかったようだ。

四番目の妃は生粋の汪の大家の娘である。蕾翠は寵愛深いといっても西胡人だ。その子の太鳳も皇太子候補としては弱い。しかし新たに輿入れした四皇妃が皇子を儲けようものなら、後宮に母のいない龍生は完全に皇位継承競争からあぶれる。そうでなくともいつまでも蕾翠のもとで育てられていては、劉家は外戚扱いなどされず爪はじきだ。無理矢理にでも麗蘭を戻し龍生の養育をさせる以外、道はなかった。

連れていかれた龍生とは、会う機会はほとんどなくなった。季節ごとの大宴に出席しても十一までは母と同席するから、ほんの少し語り合うことすらも麗蘭に妨げられた。こっそりと目を見交わして微笑み合う程度が精一杯だった。

ただ、十二になれば母たちが住まう後宮を出て皇子たちの住む居住区へと移り住むことになる。そちらでなら昔通り過ごせると希望を持ったが——自身の宮を得た皇子には後見人がつく。当然、太鳳にも龍生にも後見人がつけられた。

普通は同家門の出世頭がその任に当たるものだが、太鳳の母は西胡人であり地位ある縁者は故国にしかいない。そこで名乗りを上げたのが、龍生の母・麗蘭の腹違いの兄、劉沈清である。

彼は父帝が西方教国に遊学していた際に付き従っており、太鳳の母の蕾翠とも馴染みが深い。また、教国宰相である蕾翠の兄にも面識があるという人物だ。かなり癖の強い話し方をするが、大家でありながら科挙を受け合格した秀才で、国の要である立法を司る中書省に籍を置く。蕾翠も彼を気に入っているのか、「沈清は多少変わってるが良い者ではある」と評していた。

その沈清から、龍生への接近禁止が言い渡されたのだ。正確には「麗蘭の子など信じてはダメ」「付き合いは控えなさい」「けっして頼りになどならない」——そんな罵りを聞かされた。劉本家の人間ながら彼は生家と折り合いが悪いらしく、龍生に関わる劉家の杜撰な対応についても沈清の愚痴から太鳳は知ることができた。

龍生自身に罪がないのならば親しくしすぎなければよいだろうと当初は考えていた。しかし、近習の宇井以外、太鳳の宮に勤める宮女侍女侍従は後見人の沈清による人選なのだ。せっかく麗蘭の目の届かないところに来られたものの、龍生と二人だけで昔のように話す機会を得ることはなかった。

ただ、この身が離れても心まで離れるとは思っていなかったのに。

龍生が「髪を染めろ」と言った真意も、この髪を「やはり美しい」と言った真意も、太鳳には量れなかった。

「……」

いつのまにか微睡んでいたようだ。昔の、まだ龍生と暮らしていた日々、そして引き離されてからの幾許かの想い出がうっすらと脳裏に蘇っては夢のように消えていった。

恐ろしい喪失感が胸にある。

――龍生はいない。

もう、死んでしまった。

その一部始終を手をこまねいて眺めるだけだった自分を思い出し、太鳳は枕を握りしめる。

もしもあの場面をやり直せたら。そうしたら、自分は何か別の行動ができるだろうか。龍生を殺さぬための何かが。

「はあ……」

ため息をついて髪をくしゃくしゃとかき混ぜる。

何も、できるとは思えなかった。

気ばかりは強く鉄火なものの、この数年太鳳は自身の行いに倦み続けていた。『そうせざるをえない』という状況に立ち向かわず、諦めを以て受け入れて生きてきた。そんな人間がもしあの場に戻ったとして、何ができるはずもない。

埒もない考えを振り払いたくて、別の何かしらへと意識を向ける。

――そういえばあの毒、何だったのだろう。

意識を手放す前、父帝が料理の保存を命じていた。何に毒が入っていたのか、一体誰を狙ったものか、判明したろうか。

「いや、誰を、というのも変か……？」

呟いて、身を起こした。泣いて眠ったせいか頭が重い。髪をかき上げ、立膝に肘をつく。

あの時、食事をほぼ口にしなかった太鳳だけが生き残った。ということは、太鳳が普段通りに食べていたら毒に中ったと考えていい。皇子たちの食事はすべて同じ鍋で調理されたものだからだ。

考えればそれはなんともおかしなことではないか。

皇帝ではなく皇子を狙うのは今の政に不満があってのことではなく、いずれ選ばれる皇太子を暗殺者の都合の良い人物に据えたいから、だろう。次代の栄華を自身に引き寄せるために行うものと思っていい。単純に考えるならば、政敵となりうる皇子を排して自身の推薦する皇子に利するよう動くべきだ。

ならば全員に毒を盛る必要はない。政敵となる者にのみ致死毒を、推薦する皇子には軽い毒を盛り被害者を演出すれば、その他の無事な皇子たちを怪しく染め上げ、蹴落とすことができたろう。

だが——。

そもそも毒殺などせずとも、もっと穏やかに皇太子候補は絞れたはずなのだ。

何しろ皇子たちにはそれぞれ瑕疵がある。その瑕疵こそ今代の立太子が遅れている原因なのだから、それぞれの難点を掘り下げるだけで皇太子争いからは脱落させられる。

たとえば太鳳は、現皇帝、桂都の皇子時代からの妃、第一皇妃蕾翠の子である。蕾翠は桂都からの寵愛も深く、人柄の良さはよく知られている。一部で毒の巫女姫などと渾名されてはいるが、言いがかりだと理解している者も同じくらい多い。信奉者は宮中に数多いる。

ただ——西胡人なのだ。

その子供である太鳳も、色濃く西胡人の特徴を表している。たとえ太鳳が後見人の沈清のもと、中書省にて政務を行い、皇帝に評価されている現状があれど、汪の歴史に金の髪の皇帝はいない。市井には胡人が馴染んでいても、それは商人として、小劇の役者、妓郎としてなどだ。商人も役者も人気はあれど、それは為政者としての人気とは違う。

下に見られる職に就く存在として認識されている西胡人、その特徴を太鳳はこれ以上なく表している。金の髪の彼が、汪の国の頂点に立つことは臣民の感情として許されない。

それが、太鳳の瑕だ。

第一皇子玄麒の瑕については、これはなかなかに背景が難しい。

まず、玄麒は現皇帝の実子ではない。また、玄麒の母、苗遠も、実質的には現皇帝の妃とは言い難い。本来彼女は、現皇帝の兄の妃だったのである。

北方領地と汪との間で経済的軍事的同盟を結ぶべくなされた政略婚で、北方大王のもとから嫁してきた女性。それが苗遠である。二国間の約束は「姫を皇帝の妃とすること」だった。だから、当時皇太子であった桂都の兄と苗遠が娶(めあ)わされた。彼女は皇太子妃として嫁ぎ、ゆくゆくは皇妃となる予定であった。

　しかし、皇位を継ぐ直前に皇太子は頓死してしまったのだ。その時苗遠の腹にはすでに玄麒が宿っていた。

　死んだ皇太子と苗遠は心を通わせていたようだがあくまで政略婚である。皇太子が死んだのならば第二位の継承者――遊学から戻っていた桂都と婚姻せねばならない。

　そんなわけで、桂都が皇帝となる時、苗遠は二皇妃、生まれた玄麒は父帝の第一皇子となった。

　ただし、父帝は苗遠をあくまで義姉として遇し続けている。死んだ兄へ筋を通す意味もあったのかもしれないが、単に蕾翠への愛情ゆえだろうと太鳳は感じている。まあ当の蕾翠は「汪ほどの国の為政者が多くの後嗣を儲けるのは大事なこと。妃が増えるのは是非もなし」と、泰然と構えているけれど。

　ともかくも玄麒の瑕疵は、身体の虚弱さに加えて皇帝の実子ではないところにある。ただ、北方との関係を強めるためには有用な皇子であるので、推す面々はそれなりに多く、故に玄麒の立太子の目は消えていない。

　第四、第五皇子は東の宮へ上がったばかり、まだ十二である。それに加えどうも二人で一人の感覚が強いのか、単身では夜も寝られぬ有り様と聞いている。仲が良いのは羨ましいことだが、そのような噂が出回るというのはそば近く働く者たちに侮(あなど)られているとも捉えられ、皇太子候補からはなんとなく外されているようだ。第四皇妃も、胡人である蕾翠に対し敵愾心(てきがいしん)は持っているものの、自身の皇子を是が非にも皇太子にしたいという考えではないらしく、二人が常にくっついているのを注意することもないという。

　そして、第三皇子龍生。自ら望んで行政を司る尚部省の建築水利関係の政務に就き、身分を隠して市井(まちなか)で民の声を集めている。無論実務に就く官僚からの信望は厚い。さらに容姿も劇で描かれるような理想的な美丈夫(びじょうふ)である。

本来なら彼が皇太子になるのが最も多くの人間が納得する道だったろう。

だが現実には、彼には少し壊れた母がいた。皇后を目指し、勝手に失望し、八年もの間皇子を放り出しておきながら、厚顔にも後宮に戻ってきた女。

大宴の準備など任されれば十全に執り行うから彼女には皇后たる資質が十分にあると一部の者は言うけれど、その皇后にふさわしい女は四日と空けず、龍生を後宮の面会所へと呼びつける。そして閉ざされた扉越しにも聞こえるほどの声で、臓躁的に「皇帝になれるのか」「努力はしているのか」「評価されぬ恥ずかしい子」「その目は何だ」「いつ自分を皇后にしてくれるのだ」――そんな叫びを龍生に浴びせるという。ある程度誇張があると考えても、いつも似たような内容が届く以上、三割くらいは真実だろう。少なくとも、龍生の立太子においてあの母親の存在は大きな障害だといえる。

皮肉なものだ。皇后にならねばという気持ちが強すぎて子を責めるせいで、皇后の座が遠のく。一部の廷臣が、龍生を蕾翠の養子に入れて立太子させたらどうだと、さも名案のように語っているのをもしも知ったらどうなることか。その案が通ったら、たとえ龍生が皇帝になっても彼女自身は皇后になれないのだ。

――あの女が少し身を慎めば龍生が皇太子で決まるだろうに……。

そう考えて、太鳳は考えを打ち消した。

龍生こそ皇帝になるべきだと思う胸とは裏腹に、太鳳は、彼の立太子を確実に妨げなくてはならないのだ。

いや。

「……もう、そんなことを考えなくてもいいのか」

龍生は、兄弟たちはもう死んだのだ。すべて。

彼らにどんな瑕があろうと、瑕を打ち消す能力があろうと、もう――皇太子となる候補に挙がることは、ない。

頭重感を覚えながら、太鳳は羅の掛かった寝台から抜け出た。丸い小卓に水差しと器が載っている。侍女が用意してくれたのだろう。続きの間で待機しているだろう近習を呼ばず、太鳳は手ずから水を注ぎ手にした。

口を付けようとして、一瞬躊躇する。毒殺事件のあった後で、無防備に飲食するのは少し怖い。けれど、死の際までこちらを見つめてきた龍生を思い出すと、死ぬのも悪くないという気になってしまった。

　流し込むように飲んだ水は心地よく喉を潤し、ただそれだけだった。

「太鳳様」

　続きの間との間に立てられた衝立の向こうから近習が呼びかけてきた。

「中書令沈清様がこれからお見えになられると先触れが」

「……用意する。いらしたらお通しして酒などご用意申し上げよ」

「かしこまりましてございます」

　父帝が西方教国への供にした沈清は、太鳳の後見人でありまた今や中書省の長だ。現在宰相が名誉職となっているため、中書令は臣の頂点に近い。

　窓の外は薄暗く、すでに日は暮れているようだ。このような時間に来るということは、毒について何かわかったのだろう。

　鏡を覗き見て、顔に涙の跡が残っていないか確認した。龍生の死を悼んでいたとばれてはならない。この、ぼんやりとした悲しみで満ちた頭をどうにかしっかりさせなくては沈清との対面は耐えられまい。

　鈴を鳴らし侍女を呼び寄せ、熱い蒸し布を用意させた。それを顔に押し当てると目元がすっきりし、どこか小暗い部分のあった意識が覚醒する。次いで乱れた髪と服を整えさせて、太鳳は応接の間へと参じた。

3.意識消失

「中書令様にはご機嫌麗しく。日も落ち涼しくなり良い晩になりました」

　あの派手すぎる赤い衣装を脱ぎ、濃い藍に金糸の刺繍入りの服に替えた太鳳は、長い袖を垂らして、白酒に口を付けている男へと拱手した。

　龍生の伯父に当たるだけあり、四十を越えてなお美しい容姿をした中書令、劉沈清は、こちらを流し見ると相好を崩した。

「あらあ、そんなに畏まらないで。いつもみたいに大伯と呼んでちょうだい。このお酒とっても美味しいわ。

一緒に飲みましょ」

柔和で女性的といえる語り口。これが沈清を『癖のある底の知れぬ人物』たらしめている。以前は侮る者もいたが、それらの者を現在宮中で見かけることはない。

「ええ、ありがとうございます、大伯（おじさま）」

上司に対して見せる緊張感を表していた硬い笑みから強張りを削ぎ落とし、太鳳はにこりと微笑んだ。

真実気安い関係などでは決してない。少なくとも太鳳にとっては、貴方に心を許しています、という演技でしかない。ただこの気安さの演出は、沈清に対しては重要だ。心を開いている、と見せかけることで、油断ならない相手の心を少しはほどくことができる。

卓の向かい側ではなく、隣に椅子を用意させて腰掛け、太鳳も杯に酒を注いだ。

「大宴は驚きましたね。実は俺は、目の前で皆が倒れたことで少々気を病み先程まで横になっていたのです」

「ええ、さすがの太鳳ちゃんもびっくりしたでしょうねえ。――麗蘭（あのおんな）の子も、死んだわね」

「ええ、あっけないことでしたね」

龍生のもとに駆けつけたのをやはり見られていたようだ。作り笑いでもいいからと無理矢理苦笑を見せると、沈清はにこりと笑う。

「わざわざ死に様を見に行ったの？　それで寝込んでいるのだから、繊細なのか大胆なのかわからない子ねえ。まあ、事件の概要についてはまだアナタ何も知らないって、お酌してくれた宇井（ユージン）ちゃんに聞いたわ」

傍らに控える近習へ視線を遣り、沈清は同意を求めるように軽く首を傾げた。目礼でそれに応えた近習の宇井に満足したように、こちらへと首（こうべ）を戻す。ただそれだけの仕草に、ぞわりと、蛇（へび）に睨まれた小蛙のように太鳳は肝（きも）が冷えるのを感じたが、それを見せてはいけない。ゆったりと微笑んだまま目を合わせた。

「ねえ。アナタだけが生きているの、これ、どういう意味かしら？」

沈清が、すう、と目を細めると、龍生に似た長い睫毛が眼差しを酷薄なものにする。

「俺の口に合わなかったので食事をほとんど残した――という以上の意味はないですね」

「それを信じる者がどれだけいるかが問題ね」

「むしろ俺だけ残ったことで、俺は今とても危うい立場にいると思うんですが」

「その通り。そしてそれはアタシもなのよね」

　皇子が一人となったので皇太子は生き残った者でいいではないか——と、果たして皆が納得するかといえば、そんなはずがない。むしろ敵対する皇子すべてを弑して自分が皇太子になろうとしたように見えるだろう。まったく得な状況ではないのだが、それがわからない者からしたら太鳳はとても怪しい。となれば当然、皇子本人が手を下したのではなく後見人の仕業と見る向きも出てくる。

「腹を割って申し上げれば、俺はこの毒殺は大伯の指示があってのことかとほんの須臾の間ですが疑いました」

「愚問ね」

「ええ。大伯がこんな雑な仕事をするわけがない」

「そうね。太鳳ちゃんの冷静さは——アタシは大好きよ」

　受け答えは正解だったようだ。沈清の瞳に艶のある色が俄かに表れた。そういう時、彼は決まって太鳳の髪に手を伸ばし、そっと摘まみ上げて愛しそうに笑む。そのくせ笑みの中には吟味し審判するような冷たいものが含まれている。

　しばし無言で好きなようにさせてから、太鳳は静かに口を開いた。

「毒について、何かわかったことはあるのですか？」

「大してないわね」

　名残惜しそうに太鳳の長い髪を解放し、沈清は醸していたひりつくような雰囲気を収めた。

「主上は皇子に供されたものをすべて、罪人たちに食べさせ様子を見たわ。本来の毒見役たちに異常がなかったことから、摂食量が問題なのだろうと推測なさったのね。結果、太鳳ちゃんの膳を食べた者も死んだ。毒入りだったわけ。だからこそ、太鳳ちゃんが生き残ったことが不自然となったのよ。毒が盛られていると知っていたから量を控えたのではないか、ってね」

「そんな杜撰な計画を大伯や俺が立てたと思われるのは心外ですね」

「まったくよ。ただ真実がどうであろうと、太鳳ちゃんは廃嫡し諸王に封じて、新たな後嗣を儲けるのがよろしかろう、というのが太師の言よ」

「俺もそれが妥当だと思いますよ。そのくらい誰だって読み解くでしょう。それゆえ、この鏖殺未遂は俺の仕業ではないと断言できます」

「アタシもそう言っといたわ。当然主上もわかっているる。まあ刑部には厳正に毒の出処と首謀者を捜査するよう命じていたけれど――」

難しいところだわ、と沈清は憂うように唇を撫でた。

「母はどういう状況ですか。傍から見たら大伯と俺と同程度に怪しくはあるでしょう。俺が立太子されれば母は晴れて皇后です」

「蕾翠様は――現在、幽閉されている……という扱いよ」

沈清の言葉に太鳳は思わず腰を浮かせた。がたりと椅子が音を立てる。

「落ち着いて。あのクソ女……じゃなくて、劉麗蘭が椋鳥のようにぎゃんぎゃん騒いだせいよ。蕾翠様に向かって事もあろうに『お前』などと呼ばわったのよ、あの女は」

「まさか、母が毒殺犯だと？　しかし父帝に限ってそんな言を信じるとは」

「もちろん主上は信じてなんかないわぁ。ただあの女が言いがかりをつけたうえで下手な証拠を捏造でもしたらかなわないから、お守りになるために別宮に匿われたの」

表向きはあくまで幽閉なので、最低限の身の回りの品と宮女侍女しか連れていないらしいが、警備のためと称して兵部の上層部を護衛として付けているという。

「蕾翠様の移された先は貞寧宮なのよね。主上自らが見張りやすいよう、主上の宮に最も近い使用していない宮に移送した、だなんて理屈をつけていたけれど、皇后がお立ちになったら入る宮なんだもの、まったく罪人扱いなんかなさっていないのは誰の目にも明らかよ」

それを知ったクソ女がまた臓躁的に騒いでいたからとても面白かった、と悪意を少しも隠さず沈清は嗤った。腹違いとはいえ兄妹でありながら本当に麗蘭と仲が悪いのだ。

「ともかく、太鳳ちゃんがこの件に関わっていないようでよかったわ。――蕾翠様がなさるわけがないのはわかっていたけれど、実は太鳳ちゃんがこの手のことに関してどんな質か理解しきれていなかったからこうして確かめに来たの。アナタの伯父様ほど出来が良くないのに、性質だけ似てしまっていたら今回の件を引き起こしてもおかしくないと思ったから」

　実の伯父である西方教国宰相。切れ者で冷酷、人殺しも躊躇わぬと聞いているが、会ったことのない人物について語る口を太鳳は持たない。だからただ無言で肯うと、沈清はにこりと邪気なく笑った。

「太鳳ちゃんが、アタシに累が及ぶような下手を打つ子じゃないとわかってよかったわ。だからちゃんと後見らしく庇護してあげる」

「……ありがとうございます大伯」

　空寒いものを覚えながら太鳳は丁寧に礼を告げた。累が及ぶなら切り捨てるという意味か、と忖度していると、案外とあからさまな口を利く男は酷薄に笑んだ。

「アナタを殺すことになっちゃったらちょっと悲しいわって思いながらここへ来たの。そんなことにならなくてホッとしたわあ」

「俺もホッとしましたよ」

　太鳳の砕けた返事に声を上げてまた笑って、沈清は酒を干した。立ち上がり、帰る、と告げる。

「まずは太鳳ちゃんの廃嫡をどうにかするのに根回ししないとならないわねえ」

「使用した毒物が判明すれば犯人は見つかるでしょうか」

「……どうかしら」

　唇を撫ぜ、考えるようにしながら沈清は呟いた。太鳳の膳にも毒が入っていたことはわかったが、どの料理にどのような毒が盛られたのか現段階で見当もついていないというのだ。

「その筋から犯人が見つかるかは謎ね。ともかく、アナタとアタシがこの件に関係ないことを強調していくつもりよ」

「何かできることがあれば知らせてください」

「今のところは太鳳ちゃんはお利口にしていてくれればそれでいいわあ」

「……わかりました」

　下手に動くなということだろう。たぶんその中には、兄弟たちの死を悼む行為すらもするな、と含まれている。

じゃあね、と軽い言葉と共に沈清が扉へと向かった。拱手して太鳳が見送ると、明かりを手にした沈清の近習が、夜陰の中を先導してゆく。

その明かりが見えなくなるまでその場に留まり、ようやく太鳳は心身から力を抜いた。

「太鳳様。お食事はどうなされますか？　昼もお摂りにならなかったでしょう」

近習の宇井が、気遣うように声をかけてきた。

正直食欲など湧くはずもないが、食べずにこの局面を乗り切れるとは思えない。軽く粥など用意してもらうことにして、待つ間、太鳳は牀に寝転んだ。

粥で腹が温まったためか、ピリピリと尖っていた気持ちは少し落ち着いた。落ち着いたことで、余計に兄弟たちの――とりわけ龍生の死を悼む心は増しもしたけれど。

少なくとも自分に連なる者が利を得ようとして起こした事件でなかったのは幸いだった。本人に告げた通り沈清に対しては、龍生を殺す可能性があるとほんのわずか疑いも持っていた。

太鳳が東の宮に上がり、二年が過ぎた頃。立志になると座学ばかりだった日々を終え、政務を執る太政宮に入ることが許されるようになるのだが、それを翌年に控えた太鳳に、沈清は告げた。

『麗蘭の子供が皇太子になるようなことがあったら、殺しちゃうしかなくなるわねえ』

一言一句どころか、沈清がどのような顔でどのような声音で言ったかすら、今もまざまざと思い出せる。うっとりと甘い声で確言され、心胆から震えた。

幼い頃から抱いていた、龍生が皇太子になったらいいという思いが胸にありながら、それを阻止せねばならない状況に太鳳は陥ってしまった。沈清の劉家嫌いは当時すでに重々承知していたから、龍生を殺すという言葉は嘘ではないとひしひしと感じたがためだ。

だから龍生の政敵のような振る舞いをして、宮女侍従を連れた場で龍生に行き合えば嫌味を垂れた。また、中書省に出入りを許されてからは、積極的に政への意見を述べるなどして父帝に存在を誇示し、皇太子になるのは自分だという意気込みを沈清に鼓吹した。

本心では龍生を引きずり下ろしたくなどなかった。皇帝になる気もさらさらない。だが内心は誰にも明かせなかった。

身の回りの宮女侍従は沈清の息がかかっているから無論のこと、近習である宇井にもあまりに重い内心を吐露するのは憚られた。普段気安い分、それを覆すような自分を見せられる気がしなかった。

そんな中、十七になる年、太鳳は協力者を得た。龍生の近習である青琴だ。小柄でおとなしそうな風情なのに、眼光だけは人一倍鋭い。

青琴は、龍生の後見人の息子である。後見人は劉本家の者ではなく、傍流の、御門舎人を務める男だ。馬車番と揶揄されてきた歴史もある役職だが、実は皇帝の最も近くに侍る衛士である。兵部ではなく宮門警護を司る衛尉府に直属するため、軍人との癒着や軋轢もない。皇帝自ら選んだ者で、国への忠誠は人一倍ながら、権力の中枢に食い込もうという劉家らしい気概には乏しい。そんな人間の息子ゆえ、青琴も、龍生を守り、純粋な気持ちで立太子することを願う男だった。

当時、十六になった龍生は自ら望んで都水監督令の下につき、市井の水運、水利状態について研究、調査を行っていた。そうして、雨期に入った際に危険性の高い運河とその路堤についての献策をした。迅速に審議され認可された後は、直ちに土木建築を司る監督府が動き、無事堤は成った。要は、龍生の訴えが的確で、論文もまとまっていたためすぐに行政が動くことができた——という例だ。

当然、龍生の功であるのは沈清の耳に入った。

というより、献策された行政立法関連の物事はすべて中書省にて審議されるので、その施策については沈清も知っていた。ただ、中書省での審議は、献策された書類すべてが中書舎人に清書され、誰の献策かわからぬようにするよう定められている。これは有益な献策を、政治的敵対関係から却下されるのを防ぐため、汪国二代皇帝が号令して以来の習慣となっている。

ともかく、龍生の論文は沈清もそれと知らず評価した。した後で、龍生のものだと知った。

龍生が皇太子へと一歩でも近づくことを沈清は嫌う。どうにか、あの出来た弟をおとなしくさせなくては。

そんな焦りを抱き、「あの献策はまぐれ当たりといったものですよ」と龍生をこき下ろして沈清の怒りを宥(なだ)めていたある日。

　太鳳は、皇宮の廊下で龍生と行き合った。序列の高い太鳳に行く手を譲り、龍生以下近習と侍従が軽く拱手しているところへ、これ幸いと太鳳は声をかけた。

「おや、三弟(おとうと)よ。目覚ましい活躍をしたそうだな。先程久しぶりにお前の名を主上の口から聞いたぞ」

「太鳳二哥(あにうえ)にはご機嫌麗しく。私の献策が市民の糧となっているのならば幸いというものです」

「まあまぐれ当たりというやつだな。しかしごくごくたまにでも当てることでお前の後ろにいる、ほら、甲高く鳴く美しい鳥は余計囀(さえず)ることになるだろう。あれの声は耳障りで仕方ない、と我らが大伯(おじさま)もおっしゃっている」

「伯父様が」

「その通り。まあ、抜きんでた水蛇(みずち)は水龍に食われるなどともいう。——命が惜しくば愚昧(ぐまい)を晒して生きよ」

　嫌味に次ぐ嫌味の最後に、どうにか忠告らしきものができた。そう思えたのは太鳳だけだったかもしれないが、龍生は深く拱手して表情を見せなかった。

　その夜のことだ。天蓋の中にある蠟燭台の明かりで本を読んでいた太鳳が、そろそろ寝ようかと火を消した時。そよ、と羅が揺らいだかと思うと、影のように男が忍び入ってきた。

「どういうことです」

　名を名乗りもしない第一声はそれだった。

「……青琴か？」

　唐突に現れた不審者に、臆(おく)することなく太鳳は尋ねた。

　一瞬動きを止めた男は、ゆっくりと胸の中にしまっていた球形の燭台を取り出すと、自身の顔を照らして見せた。浮かびあがった顔はやはり青琴だった。

「派手な容姿と強い後見人に守られた馬鹿……というわけではないらしいのは本当のようですね」

「何を見てそう思ったのかはわからないが、お前が俺に何を求めるかでその評価はどうせ変わるんだろう」

「少なくともいきなり忍び込んだ私に声を上げなかっただけでも胆力(たんりょく)のほどは測れます」

「殺気があるか否かくらいわかる。それより、三弟(おとうと)の忠臣がこのような場にいては、見つかれば俺も困ったことになるわけだが」

「今日のあの言葉。意味をお聞かせ願いたい」

「お前は——龍生はどう聞いた」

「小爺とはそれについて話をしておりません。ただ、脅迫のふりをした忠告であろう、と私は感じましたので罷り越しました」

話が早い男だ、と思った。一つ瞬く間に、太鳳は心を決めた。

「……龍生には言わぬように。中書令沈清様は、龍生が立太子するようなことになればあれを暗殺するおつもりだ」

太鳳の言葉に、青琴の男らしく削げた頬が歪む。奥歯を噛み締めたのだろう。

「これを知り龍生がおとなしくなってくれればよいが、それはあるまい」

「むしろ真っ向から大量の献策をなさって自身をお示しになるでしょう」

「そうだ。だからお前はこの件をひと言も語ってはならない。まあ、あいつ自身が気づく気もするが」

「……全面的に貴方を信じるつもりはありませんが、そのうえでお伺いいたします。どうなさいますか」

「お前の協力が得られるならば——龍生の献策を我がものとしたい」

「は？　私がそれに諾々と宜うと？」

「聞け。中書令様は龍生がお嫌いだ。龍生がというより、麗蘭様を憎んでいる」

「……劉家の者には暗黙にして周知の事柄です、おかしな言葉ですが。では、小爺を皇帝にしたくないというよりも、麗蘭様の立后を阻みたいと」

「そうだ。だが龍生の施策の視点は良い。父帝は民と大家たちの均衡を上手に取られる方だが、意識はどちらかといえば民政に向けておられる。となれば龍生の献策を喜び、皇太子選考の際の考課点となることは想像に難くない」

「それを、貴方が剽窃なさると」

「……中書令様は俺の施策はご自身で直接確かめ、その場で花押をお入れになる。中書省正四品以上の位階の印があれば裁定に通ったものとして主上へ上奏できるのは知っているな。俺は父帝の覚えを目出度くするため常に直接奏上できるようになっている」

　そこで太鳳はひと息ついた。

　龍生の出世を阻みつつ、しかし同時に龍生が皇帝にふさわしいと父に認知してもらうためにどうすればいいか。一人頭の中でこねくり回していた策を、他人に語れるのは清(すが)しいものだ。

「中書令様が花押をお入れになった後で、提案者として龍生の名を入れる。中書省での審議の際には、舎人の写しが使われるから、龍生の名は出ない。だが中書令様は俺の案だと思っているから推薦する。実際通るのは龍生の献策で、父帝が考課する際は龍生の加点となる」

　献じる政策を認(したた)めた後に普通は「提案者」「認定者」が花押を入れるものだが、本文と太鳳の名の間に空白を作っておくのだ。提案者を龍生、記述者を太鳳、認定印は沈清のものにすれば良い。

　そして、皇太子が龍生となる前に、沈清の権を封ずる、もしくは麗蘭が皇后にふさわしくない証を立てる。これが成れば龍生が皇太子となっても沈清に害されることはなくなるはずだ。


　しばし青琴は考え込んでいた。

　翳(かざ)した球形の燭台は金属製で、唐草(からくさ)模様の透かし彫刻がされている。内側の灯心台が常に地と平衡を保つように細工されており、袖などに仕込んでも明かりが消えることはない代物だ。

　透かしの隙間から投げかけられる光が微かに揺れている。青琴の心の揺れを表すかのようだ、と何とはなしに考える太鳳の耳へ、小さく、協力を申し出る声が届いた。

　以降、龍生の手による草案を、青琴が夜中に持ってくるようになった。

　水利に関する法、公道整備の際の保障に関する法、胡人の職業人を保護する法などなど――市井に下りて見聞を広める龍生ならではのもの。

　太鳳が「龍生の侍従に間諜(かんちょう)を忍ばせることができた。龍生の草案を剽窃し自分の名で上奏する」と告げると、沈清はいたく喜んだ。「市井を知らずに出てくる成案ではないわ。整合性を取るためにもたまには街に下りましょ」と太鳳を城下に連れ出してくれたほどだ。

　龍生が見ているものと同じものを見、感じるのは楽しかった。汪は汪水（おうすい）によって栄える水利都市だ。都水監督令の下に望んでついた龍生の聡明さが誇らしくなる。自身の目で見て考え、彼の案に足りないものを見つければ付け足し、完成させて上奏した。

父は何かに気づいていたのか、太鳳が上奏した案に龍生の名があっても問い質すことなく、沈清にも告げていないようだった。

ともかく、そうして過ごすこと数年。

沈清の弱みを探ろうとしつつも遅々として進まぬまま、誰の立太子もないまま、ある意味龍生を守るためにはそれでよかったのだが――いつかは龍生を皇太子に、と願うだけで何もできないでいるうちに、あまりにあっけなく幕は切れた。

何者かの暴挙によって、これまでの太鳳の欺瞞（ぎまん）はすべて無に帰した。

自分がどうして龍生に辛く当たっていたのか、それを教えることができないまま、龍生は逝（い）ってしまったのだ。

どうせ龍生には自身の胸の内など知らせられまいと諦め、倦んでいた気持ちは倦んだまま宙吊りになってしまった。

眠れず、本を開くだけ開いていても一行も読み進めることができない。まんじりともせずいるうち、いつのまにか真夜中になっていたようだ。天蓋の中にまだ火が灯っているのに気づいたか、宇井が「もう三更（さんこう）ですよ」と就寝を促してくる。

寝る、と返事して太鳳は天蓋の中に吊るされた燭台の灯（ひ）を消した。

寝られなくとも朝は来る。

捜査も進むだろうし、刑部の者が太鳳に事情を聴取しに来るとも考えられる。あの時何があったのか、気づいたことがあれば報告できるようにせねばなるまい。

暗くなった寝台で、太鳳は目を閉じるだけは、閉じた。

思い出したくないあれこれを脳裏に浮かべ、不審に思った事柄を洗う。随所随所に龍生の顔が浮かぶ。前日の口論を思い出し、怒りよりも悲しさを抱える。

どのくらい経った頃か。

瞼の上に手を翳していた太鳳は、肌にふわりと空気が動く気配を感じた。

幾度となく青琴がやってきたときに感じた、羅を除ける気配だ。

「……来たのか」

相手が近習だった場合に備え、いつも通り名を呼ばずに起き上がる。寝台を人目から隠す羅の内側へと、影は忍び入ってくる。

「太鳳様」

低く、恨みがましい声だった。青琴の声なのにおよそ聞いたことのないような。

「何故です？　何故龍生様を？　やはり私を謀っていたのでしょう。この日のために龍生様の施策を盗み我がものとした」

「何を……」

反論の声を上げかけ、思い至る。先程沈清と語ったこと。自分以外の皇子が死んだこの状況――最も怪しいのは、太鳳だと。

本来青琴は短慮な人間ではない。今回の事件、あまりに太鳳が怪しすぎると、少し考えればわかること。

けれど青琴は世の有象無象が知らぬ事情を知っている。龍生の成案を太鳳が手に入れていたことを。

草案の時点で青琴より太鳳へと渡り、太鳳がそれを先に記述し献策してしまうから、龍生が自身の献策書類を作り上げた頃にはもう、その案は審議中のものとして公示されている。後手を取った龍生は自案を提出できなくなる。

青琴は、太鳳の「龍生の名で献策した」という言葉を信じるしかなかった。それが真実か確かめる術はなかった。皇帝に献策された書類原本を見ることができるのは一部の者だけだ。太鳳が青琴を騙し、龍生の成果をかすめ取るのは十分可能だった。

青琴の立てた論理が理解できて、太鳳は言葉を失う。この誤解をほどく何を、自分は口にできるだろう。

今日はあの燭台を持ってきていないらしい、青琴の顔は陰になっていて表情は窺えない。ただ無言で気配を探るしかできない。せめてどんな様子かわかればかける言葉も決まるのだけれど。

ふと、何か、小さな声が聞こえた。

同時に青琴が、太鳳に身体をぶつけてきた。

俄かに鳩尾に熱を感じて手を添えると、そこには匕首の柄が生えていた。

――ああ。

青琴は小さく、謝罪を口にしていたのだ。謝る必要などないだろうに。

胸とも腹ともつかぬ場所が熱く、痛む。太鳳に埋めた刃物を青琴が、ぐりり、と回転させる。喉元に熱いものがこみ上げて、口を開けば何かが溢れた。

痛みと熱。そして大いなる納得。

「龍生様は貴方を慕っておられました。貴方のような卑劣(ひれつ)な方でも死出の旅を共にするのを喜んでくださるでしょう」

恨み言と共に、匕首は引き抜かれた。どっ、と傷口からも何かが溢れる。ふふ、と自分が笑うのがわかる。

「俺でも、手向け(たむ)に、なるものかな」

どうにも不明瞭な発音だった。

そんなことが可笑しくて、笑おうとして、でも笑い声にはならず、じわじわと思考に朝靄(あさもや)のようなものがかかってゆく気がして、そうして——太鳳は、意識を、命を、消失した。

二章　夢幻

「待ってください」

耳を、龍生(ロンシエン)の声が打った。

初夏の陽光が降り注いでいる。

「え……」

使用していない宮の、やや荒れた雰囲気のある庭。凌霄花(のうぜんかずら)の蔓(つる)が屋根ほどの高さの樹木に絡まっている。もう少し暑くなれば花を一斉につけ、橙(だいだい)の巨人のようになって塀越しに太鳳(タイフォン)の宮を覗き込むことになるだろう。

「なぜ……」

太鳳は、周囲を見回し、自身を見下ろした。

鳩尾の熱さも痛みも消えている。青琴(セイキン)はおらず、ここは自身の寝台でもない。

呼びかけてきた声に振り向けば、そこには龍生がいた。

——夢。

大宴の最中、毒に中り血を吐いて死んだはずなのに。

夢ではなかろうか。もしくは、死の間際に見る幻。

あまりに本物に近くて、まるで自分が生きていると錯覚しそうだ。

しかし、ごくりと生唾を飲めば、その嚥下(えんげ)に喉が上下する。

違う。『これ』は、夢ではない。

今この場にいる、という実感が、夢のそれではない。

晴れた空が白々しいほど青く、それに、恐ろしいほどに鼓動が速い。呼吸は浅く、震え、それもまた夢ではありえない生々しさを身体に叩きつけてくる。

——どうして、ここに俺はいるんだ……？

この状況を、太鳳はすでに経験している。

未使用の荒れた宮の庭。

思いがけず龍生と行き合ったのは、龍生が死ぬ一日前。夏の大宴の前日のことなのだ。

青琴に刺されて意識を失った。たぶん死んだ。そのはずの自分がなぜ、大宴前日にいるのだろう。龍生が生きているのだろう。

——何が起こっている……？

立ち尽くし、ひたすら思考を巡らせる。

なぜ今ここにいるのか、それはわからない。だが、どうして自分がこの無人の宮にいるのかは、わかる。

それはちゃんと記憶にある。

ここへ来たのは、大宴の夜の準備のため。

大宴は昼と夜の二段構えだ。昼は神事と共に、政策や人事に関する伝達も行われるが、夜は大規模な酒宴となる。竿の先に花明かりを下げて園林の水辺で飲み明かすのだ。

その花竿灯(はなかんとう)にするための花を探して太鳳はこの宮へと立ち入った。普段は各宮の庭の扉は鍵がかけられているが、大宴前日の探花の際には開錠されるのである。

近習の宇井(ユージン)と、どちらが映える花を手に入れられるか競争したら、自然と離れて探すこととなった。

そうして、不意に龍生と行き合ったのだ。

「ろん、しぇん」

記憶の中の自分は驚きすぎて、何も言えなかった。

しかし今の太鳳は、再び龍生と見(まみ)えた喜びが勝ったか、名を、呼ぶことができた。

「哥哥(にいさま)」

龍生の呼びかけに胸が詰まる。

もう長いこと「三弟(さんてい)」と他人行儀に呼びつけてきた

のに——呼称に数字をつけるのは正式な敬称であるがゆえに距離のあるものになる——名を呼ばれたからか、明らかに龍生は顔色を明るくしている。

記憶とは違う。違うが、状況は同じ。

ふと、太鳳は思う。これはやはり夢なのではないかと。

いや、ただの夢ではない、黄泉路に天帝が見せてくれた、やり直しの夢なのではないか、と。

大宴前日、今と同じ状況で太鳳は「髪を染めれば皇帝になれる」という言葉を龍生に投げつけられた。そのせいで、何も知らないくせにというある意味自分勝手な腹立たしさが生まれた。だから宴の席で顔を合わせた龍生に常よりもいっそう冷たく当たり——その直後に龍生は毒に中って死んでしまった。

死んでしまうなどと思わなかったから。だからあんな態度を取った。それを後悔した。

——俺の後悔を少しでも軽くしてくれようという、天帝の情けなのではないか。

そんなふうに思った。

ならば言葉を交わさず去るのが一番だ。

踵を返し、対話の意思がないことを示す。語り合わなければ、龍生から「髪を染めろ」などと言われる隙はできぬ。腹立たしさを感じず済めば、必要以上に龍生に辛く当たることもない。

しかし太鳳の背に、龍生の声は追い縋ってきた。

「行かないでください、鳳哥(フォンにいさま)、誰もいません。私たちにつけられた多くの眼は今はない。だから少しだけお話を」

「……話す間に見つかるかもしれないから、駄目だ」

どうしても無視することができず、太鳳は応じてしまった。

やめておけばよかった。記憶ではもっときつく「お前と語ることはない」と太鳳は拒否した。龍生と親しげに言葉を交わす声を、もしも壁向こうにいる侍従に聞き咎められては困るからだ。

だがどちらにせよ、返事をしたことに変わりはない。対話が可能だと思ったのか、龍生は歩み寄ってきた。

記憶の中の龍生と同様、この夢の中の龍生も。

せっかくの夢なのに、同じ轍を踏むとは間が抜けている。

とにかく、この場を去るべきだ。

この夢が、太鳳の心を安らげるだけのものなのか、龍生に投げかけた冷たさをなかったことにしてくれるものなのか、それはわからない。だが、今去るのが最善の選択であることだけは揺るぐまい。

　龍生の足音から逃げようと歩を進めかけたところで、龍生がまた呼び掛けてきた。

「教えてください。鳳哥（フォンにいさま）……二哥（あにうえ）なら、皇太子となる条件はすべて揃っているではないですか。いつまでもこの曖昧な状態を継続する意味はないはずです」

　記憶の中にある龍生の言葉。あの時、自分は何と答えただろうか。「さあ」とか「知らない」とかあしらったはずだ。それとは違う言葉を、と探して呻くように呟く。

「……俺だけが抜きんでているわけではない」

「私はそうは思いません。けれど二哥（あにうえ）がおっしゃるならそれでもいい。ただ、横並びなら誰を皇太子にしてもよいだろうに父帝はそれをなさらない。我々が誰もその座に意欲を見せないからでしょう」

「何が言いたい」

「太鳳二哥（あにうえ）。皇位を望めば、父帝は貴方を皇太子に選ぶはずです」

　太鳳は口をつぐむ。

　昨日も聞いた。立ち去らなかったせいで、記憶と同じ言葉を、龍生は紡いでいる。

　――嫌だ。

　このまま喋らせたらきっと龍生は昨日と同じところに論を着地させるだろう。

「何故父帝に意を示さないので――」

「黙れ」

　低く強く太鳳は遮（さえぎ）った。

　なぜ去ろうとする自分の邪魔をするのか。太鳳がこの場を去ることが、互いにとって最も良いのに、なぜそれがわからないのか。

　自分勝手な理屈と理性では理解しながら、目に苛立ちが宿る。汪（おう）の人間と違う、緑とも茶ともつかぬ薄いハシバミ色の瞳は、怒気を乗せるとひどく強くきつくなるのを知っている。

　龍生が息を呑むのが見えた。

「一つ言っておく。俺がいつ皇帝になりたいなどと言った？　なりたいのはお前だろう。市井に下り市井の声を聴き民のための政を行う。それが主眼の施策ばかりだ。だがその分、大家（きぞく）たちの覚えは悪いな。彼らの協力を得られそうにないからと、奴らと繋がりのある沈清（シェンチン）様を後見に持つ俺を皇帝にしたいと？　それで細々と、お前の施策を取り上げ民に施せというのか？　お前の代わりに？」

「そ……そんなことは申しておりません」

「ならば俺に皇位を擦（なす）り付けず、お前がなればよいではないか。先のお前の論理でいけば、父帝は皇位を目指す意志を我らの中に見たいのだろう。三弟（さんてい）よ、お前が皇位を望めば皇太子になるなどわけもないだろうよ」

　本当はこんなふうに龍生に冷たく当たりたいわけではない。ただ、穏やかに死にたいだけだ。だから龍生の口を塞ぎたいだけ。

　なのに、こうしてつけつけと龍生に文句を言うのは——もしかすると、倦み飽いた自分の中身を吐き出してしまいたかったのかもしれない。

　皇太子など望んでいない。ただ龍生が殺されないよう立ち回っていただけ。けれどその立ち回りの理由を龍生に知らせることはできなかった。龍生はいつしか、自分に絡んでくるのをやめた。距離を取る龍生への物思いは、いつしか太鳳の中で「どうしてわかってくれないんだ」という怒りに転化した。

　それを吐き出すことができた。

　幾分すっきりした。

　この夢が何なのかはわからないが、太鳳の死出の旅を穏やかにするためのものならばいい加減終わってほしいものだ。

　そう思ったのに、まだ世界は続いた。

　龍生は、

「私は、皇帝になる気はありません」

　そうきっぱりと告げた。

　胸がじりりと焼けた。

——皇帝になりたい、と言っていたくせに。

　幼い頃、まだ二人が互いに互いを慕わしく思っていた頃、龍生は太鳳のために皇帝になりたいと明言したのに、もはやあの気持ちを失くしているのだ。

　胡人を増やし、太鳳の金髪も白い肌も目立たなくすると笑った龍生は、その志を失ってしまった。それどころか、臣に妓郎と間違われるような人間が皇帝になれるはずもないのに、皇位を勧めてくる。もう自分を愛してなどいないのだと思うと悲しくて、辛く当たる言葉がまた口から零れ落ちた。

「なる気がない？　父帝の裁定は未だならずとも、民から見ても臣から見ても最も皇帝に向いているのはお前だろう。大哥は御身体に問題があるし俺はこの見た目だ」

憤ろしい熱い苛立ちが胸にあった。燃え盛り胸を焼け爛れさせそうなその熱。とっとと焼け落ちればよかったものをと思う。なぜなら龍生の次の言葉が、その熱に冷水をぶちまけたからだ。

「その目立つ髪さえ染めれば皇太子になるのは貴方だと言っているのです」

焼けた鉄は急激に冷やせば縮む。粗悪な鉄は縮むどころかもろく砕ける。

自分の心はまるでそれだ。

二度もこんな言葉を聞く羽目になるとは。

もしかすると天帝が授けてくれた、心を守るための機会だったろうに。またも龍生と気持ちが離れたことを突きつけられてしまった。

砕け崩れ、冷えた胸から低く静かな吐息が漏れた。

「……お前もこの容姿に思うところがあったとは。今の今まで気づかずにいたな。まあ道理だ。何しろもう、十年はお前とまともに話もしていない。お前だってこの俺が、俺の見た目が疎ましくなってもおかしくない」

「ち……違います、そういう意味では」

「意味など知るか。帰れ。俺も帰る」

言い捨て、太鳳は今度こそ本当に背を向けた。

――なんだ。結局何も変わらない。

天帝の御慈悲も受け取り手が愚かだと無意味なものだ。

青々とした下草を踏み、太鳳は自身の宮との境の塀へと辿り着く。蔦の陰にある扉に手をかける。が、開けるよりも先に、

「哥哥が、私の草案をより良くして奏上なさっているのを知っています」

龍生の声が響いた。

「哥哥は市井を見る目があり、どのように手を入れるかの明確な見通しがある。私と違って、それこそ沈清

様を通し大家（きぞく）たちをもどうとでもいなすことができましょう」

「……」

「だから、本当に私は、哥哥（にいさま）こそ皇帝にふさわしいと信じて申し上げたのです」

返す言葉を持たず、無言のまま太鳳は扉を抜けた。

そこは自身の宮の庭の端。近くに侍従のいる気配はない。

思い出してみれば、皆、明日の衣装の支度に忙しく立ち働いていたはずだ。龍生との会話を聞かれる危険は元々なかったらしい。

宇井が遠くから、白い木香茨（つるばら）を手にやってくるのが見える。これも記憶と同じだ。

変わったのは今のところ龍生との会話のみ。これは太鳳の受け答えが変わったのだから当然といえる、けれど。

そろそろ、これはただの今際（いまわ）の夢ではないのではないかと太鳳は疑い始めていた。なぜなら太鳳の知るはずのない事柄を、龍生は投げかけてきたからだ。

――俺が龍生の草案を盗んでいると、気づいていた、だと……？

おかしな話だ。

気づいていながら受け入れ、告発していなかったのはなぜだろう。それどころか、青琴の動きも知っていた節がある。もしも知っていて、青琴が奪いやすいように配慮していたとしたら。

太鳳が剽窃したもの以外にも龍生は細かな献策をしていたけれど、大きな事業といえるものはほぼ太鳳の手によって奏上された。まさか龍生は、太鳳の考課点となるように仕向けていたのだろうか。

何故そんなことを、という疑問。その在り様だけ見れば龍生は悪い意味ではなく、真に心から太鳳の御代（みよ）を望んでいるかに見える。そんな事情が新たに発覚するとは思いもしなかった。

けれどその疑問を容易に心から排してしまう、「髪を染めれば皇位に即（つ）ける」という言葉。

何の花も手にしていない太鳳のもとへと辿り着いた宇井が「どうです、このたわわな木香茨。竿の明かりに付けたら、花びらが透けてきっと美しいです。太鳳様の宴席ここにありと示すことができますよ」

「そ……そうだな。明日の夜まで、保つのならば」

「保ちますよ！　可憐な見た目に反してこの花は強いですからね」

　ふふん、と胸を張ってから、宇井は怪訝そうに首を傾げた。

「凌霄花はまだ咲いていなかったようですね。もしかして取れなくて落ち込んでいるのですか？　どうも具合も悪そうですけれど。お昼を召し上がったら少し午睡なさいませ」

　記憶の中にはない気遣いをして、宇井は侍従を呼び寄せると「床の用意を」と先触れした。

　用意された床に潜り込んで、午後中はなんだか無為に時を過ごした。

　いつになったらこの夢は終わるのだろう、とまた考えて、もしかしたら、と考える。

　もしかしたらこれは現実で、むしろあの恐ろしい鏖殺事件こそが夢だったのではないか、と。

　――それはないか。

　むしろ、どちらも夢ではなく、ここがやり直しの世界であると考えた方がいいかもしれない。それならば、龍生との会話が同じように帰結してしまったのもわかる。運命は変わらないということなのだろう。

　髪を染めたらいい、と突き放すような龍生の言葉がまた思い出され、心の中をぐるぐるして太鳳の気力を削いだ。


「太鳳様。明日は大宴ですよ。そのようにお酒を召し上がっては明日に響きます」

「ああ……そうだな」

　日暮れになって起きだした太鳳は、夕餉に酒を所望した。飲まずにはやっていられない、という気持ちだった。普段なら二杯ほど傾けたらやめるところを、もう五杯目を手にしているから、宇井としては気が気でなかったのだろう。

　昼間、龍生とした口論を思い出すたびに胃の腑がきりきりと痛む。ここがやり直しの世界だとしたところで、何も変わらなかったからだ。

　――そういえば、もしもやり直せたら、と考えたな……。

大宴で兄弟たちが死んだ夜、太鳳は「もしもやり直せたら龍生の死に際し自分は何ができるだろう」と思い巡らせたのだった。結局、何ができるはずもないと結論付けたのだ。諦めの中で状況に流されていた自分に、何ができたはずもない、と。

杯を卓に置き、水を飲む。

正直「髪の色さえどうにかなれば」とは、太鳳を推す大家たちも密かに懸念している部分だ。太鳳自身も皇太子として立つには不向きな容姿だと重々承知している。とはいえ自分の姿は気に入っているから、奇異の目で見られても蔑まれても胸を張っていられた。皇宮に巣食う有象無象の魑魅魍魎どもが何か言っている、程度のものだ。

だが、ただ一人、龍生だけは太鳳の容姿を否定してはいけなかった。髪を染めたら皇帝になれる、なんて、口が裂けても言ってはいけないことだった。

――……でも死の間際、龍生は俺の髪を美しいと言った。

まるで幼い日そのままの眼差しで、やさしく。

不要な忠告をしてきた龍生と、今際の龍生。自身の草案が盗まれていると知りながらそれを良しとしていたらしい龍生。

何があの弟の本音なのだろう。わからないまま死んでしまった。

――いや、明日、大宴で死ぬ。

瞬きした瞬間、涙が零れ、自分でびっくりした。傍らに控えていた宇井も驚いたようだ。

「ほら、やっぱりお酒の飲みすぎです。もう眠ってしまいなさいませ」

「……今日は寝てばかりだ」

「良いのではないですか。明日は遅くまで眠れませんよ、どうせ」

昼の大宴で皇子が鏖殺されると知らない宇井は、夜の酒宴を見据えた返事をする。

「なあ。腹が立つのと、悲しいのは似ているな」

「そう……ですか？　私は区別がつきますが」

「俺はつかない」

「あなたは鉄火な性質すぎるんですよ。悲しい気持ちも憤る気持ちも、イライラする、でまとめてしまうのでしょう。製鉄所にでもお勤めになったら重宝されること請け合いですね」
　どんどん鉄に火入れして溶かしたらよろしい、と口の減らない近習は、太鳳の手から水の入った器を取り上げぐいぐいと寝所へと押し出した。こうなっては反抗するだけ無駄だ。おとなしく寝間着に着替えさせられた太鳳は、天蓋から垂れた羅の内側へともそもそと這入った。

「はあ……」

　今朝の龍生との邂逅、侍従たちの誰にも気づかれていなかったのだから、もしかしたらもっと腹を割った話ができていたのだろうか。夢か現実かと混乱して、ただあの台詞を龍生から聞きたくないとそんなことにばかり腐心してしまったのも馬鹿だ。

　諦め、倦み、龍生に八つ当たりする以外の何かができたのかもしれないと思うと、今更ながらに残念な気持ちが湧く。

　天蓋の鳳凰は相も変わらず翼を広げ壮大な空を舞うかのようだ。まったく自分とは違う、と自嘲して、太鳳は片手の甲で目を覆った。

　これまで会うたびに嫌味を垂れ、施策を剽窃しても、根底には常に「龍生を害させまい」という気持ちがあった。離れても変わることなどないと思い込んでいた。だからこそ距離を置く龍生に、まるで裏切られたような心持ちになっていた。

　けれど。

　ふと、自分の立場でばかり考えていたが、龍生はどう感じていたのだろうかと思った。

　自分は沈清から警告を受け、自主的に龍生を突き放していたけれど、龍生からしたら太鳳の態度の硬化は、訳がわからない変節に見えたことだろう。

　――それなら、先に裏切られた気持ちになったのは龍生の方か。

　太鳳のために皇帝になる夢など捨てても仕方ないのかもしれないな、と寂しさの帳が胸に下りてくる。だとすれば、太鳳に施策を剽窃されても問題にしなかったのは、「そんなになりたいなら自ら皇帝になればいい」という諦めの気持ちもあったのかもしれない。

　もっとうまく沈清の監視をやり過ごすこともできたのではないか、とも考える。しかし、今朝の龍生との会話すら望むように誘導できなかった不器用さを思えば、東の宮に来て以降の十年を「うまくやる」なんて到底無理だと結論付く。

　はああ、と先程よりも長いため息をついて、太鳳は寝返りを打った。

　今では侍従たちの目を警戒するようになったけれど、初めのうちは彼らが沈清に通じているなんて考えていなかった。だから、そこまで龍生に冷たくするつもりはなかったのだ。もちろん、沈清の劉(リウ)家に対する感情を慮(おもんぱか)って、龍生と馴れ合っていると取られるような言動は避けていたものの、自分で「このくらいなら平気だろう」と線引きしたその見極めが、甘かったのは否めない。

　たとえば、母の蕾翠(レイツイ)が刺した刺繍が龍生の服に使われているのを発見して、それに言及したり。龍生の宮から送られてきた果実を食べ、美味いと褒めたり。

　太鳳から何かを下賜(かし)するといった働きかけは一切しなかったので、それで「付き合いは控えろ」という言い付けは十分守れているつもりになっていた。

　どうやらそれだけでも沈清は気に入らなかったらしい。

　太鳳が十四の頃に「麗蘭(リーラン)の子が立太子したら殺してしまおう」と発言したあたりからだろうか。龍生と絡んだ日に限って、沈清は酒だの珍しい菓子だのを持って宮へやってくるようになった。共に語り、食べ、飲むうちに、身体が妙な反応をすることに太鳳は気づいた。

　肌が敏感になり、粘膜が潤みを持つ。最も現れやすいのは眼で、初めは慣れない酒精が回って、こんな情欲に似たものを覚えるのだと思っていた。

　しかしひどいときは床に就いてもまだ欲は治まらず、腰衣(したぎ)を汚すことすらあった。

　これは酒精による失態ではない。そうと気づき思い返してみると——すべて、龍生とのやり取りのあった日だとわかった。

　沈清の手土産。あの中にきっと媚薬(びやく)が含まれていたのだ。

　薬の作用で眼差しの潤む太鳳を、どこか艶のある、けれどなぜか冷めた視線で沈清は眺めてくる。欲動をどうにか抑え込み、我慢し、それでもわずかに身体を

揺らす太鳳へ、手を伸ばし、髪をひと房摘まむ。そうして、

「似ているようで似ていない」

呟き、自嘲するように口元を歪めた笑いをして、金の髪を手遊びから開放する。

厳密には害はない。近習の宇井以外はすべて沈清の手の者といえるのだから、もしも不埒な意思があれば太鳳を組み敷くのはたやすかったはずだ。しかし媚薬の効果は一夜のうちに切れたし、沈清が太鳳の肌に触れたことは一度もない。

何も起こっていない。それは何もなかったのと同じこと。けれど太鳳は、そのような状態になる自分を避けたかった。

身体の儘ならなさに不快を覚えるから、というのはもちろん理由の一つではあったが、さらにもう一つ。

夢に出てくるのだ。龍生が。

たぶん、媚薬の副次的な作用ではあるのだろう。そろそろ妃候補を決める年齢になってはいたものの、兄の玄麒(シュエンチー)が独り身なのをこれ幸いと縁談はすべて断っていたから、歳の近い女性を知らず、親しく思う人間といえば龍生くらいしかいなかった。だから登場した、それだけのことだと思う。思うが、下穿きを汚す夢に大事な弟が登場するのは我慢できないことだった。

だから、龍生と他愛ないやり取りをすべて避けるようになった。宮中で行き合ったならば嫌味だけ。果実などの贈り物はすべて突っ返した。

やがて龍生も表立って太鳳に関わろうとはしなくなっていった。

それが正解だったはずだ。少なくとも、龍生から関わってこないおかげで、相手の好意を無下にすることはなくなった。心を痛めなくてよくなった。

そのくせ向こうからも距離を置かれると、微細な腹立ちも覚えた。思えばそれは悲しいという気持ちだったわけだが。とはいえ昔通り懐かれたままでもまた苦しい。心が二つ、三つ、いくつにも分かれ、自分でも何が本心かわからなくなりそうだった。

それでも、沈清による媚薬のお仕置き――たぶんあれはそういう類いのものだ――を躱(かわ)すには、互いに避け合う状況は有効ではあった。

ただ、そう、本音の本音はやはり違うものだったから。

龍生と親しくいたい気持ち。離れなくてはならない理由。媚薬で見せられる夢に龍生が出てきてしまうという申し訳なさ。沈清からの圧、廷臣へ見せる仮初の威厳、自身への欺瞞。数えきれない、小さいながらも一粒一粒が重い抑圧の砂は、太鳳の上に積もり続け、身動きはだんだんと取れなくなっていった。

何のために神たる天帝がこの無意味なやり直しを太鳳に授けてくれたのかわからない。

龍生への怒りと思っていたものが実は深い悲しみだったと気づけたのは、良いことといえば良いことなのだろうが。

——決して俺は幸せになれないと、突きつけられたようにも思えるけれど。

二度目なのに、龍生の台詞もわかっていたのに、結局同じ台詞を聞く羽目になった。紡がれた出来事は修正できない証ではないのだろうか。

「いや……変化も、たしかにあった」

それが、太鳳の望む変化に繋がらなかっただけだ。

ごろり、とまた寝返りを打つ。

この分では皇子の食事に毒が盛られることは確定だろうし、胃の腑の不快感を思えばまた自分は食事をせずに生き延び、青琴に殺される結末を迎えるのだろう。

無為だ。

また、苦しむ龍生が命の火を失うのを目の当たりにしないとならない。

もしかしたら無理矢理水を飲ませて助けることができるかもしれないと、須臾（しゅゆ）の間、希望が見えるものの、無力感にすぐに押し潰された。

嫌だ嫌だ嫌だ。先の展開を知るからこそ覚えるこのどうしようもない絶望。

——……あ。

そうだ。

「終わらせることはできるのか……」

食事をする。ただそれだけで——兄弟たちと逝くことはできるのだ。

大宴の朝は、記憶の中と同じように晴れていた。

赤い衣に憂鬱になりながら、文句をつけるのも面倒で着付けされるままぼんやりしていると、宇井が「赤を着るのに静かなのは珍しいですね」などと言う。ちょっとしたことで記憶とこのやり直しの世界はズレる。

「赤い布でも被って髪を隠したいところだが、それでは紅蓋頭になってしまうだろ」

「太鳳様は花嫁には向かない性質ですからね」

体感的には二日前にも似たような会話をしたのに、あたかも初めてのような顔で繰り返しているのが可笑しい。

やがて時間が来て、宮を出た。園林へと赴き、新たに任官された地方官吏たちの間を通り抜ける。その際、自分を芸妓と間違えた官が言葉を発する前に、視線を遣って笑いかけてやった。

「い、今のはもしや第二皇子ですか」

上擦った声で上官に問い、「美しい」とただ感嘆したように言葉を漏らしているのを聞いて溜飲(りゅういん)が下がる。

そんなくだらない愉しみも、東の台(うてな)に坐す龍生を見たらすぐに消えた。ため息を吐きそうになって押し止め、無言のまま席に着いた。

「太鳳二哥(あにうえ)」

最初と同じように龍生が呼びかけてくる。続きの言葉もわかっているから、太鳳は隣を振り向いた。

「話の続きは、この宴の後にしよう」

何が起こるかわかっているがゆえの諦念が、眼差しに笑みの形で浮かんだ。微笑みかけられたとでも思ったか、龍生はそれ以上は何も言わずに頷いている。珍しく友好的な態度を取ったからか、脇に控える宇井も、龍生の傍らの青琴も瞬きを繰り返していた。

――単に、言い訳が聞きたくなかっただけなのだけれどな。

髪を染めろという発言は本心ではなかった、とあの時龍生は言っていた。本心かどうかなど問題ではない。口にした時点で太鳳を抉(えぐ)ったのだから。どんな思いで龍生が言葉を発していても太鳳にしてみればすべて言い訳となるし、そう受け取ってしまう太鳳が狭量なだけだから、弁明は不要だった。

第一皇子玄麒(シュエンチー)が席に着くと、父帝が北の台(うてな)に現れた。一斉に皆が拱手し「万歳、万歳、万々歳」と声を上げる。免礼を告げられ、皆が身を起こすと、前回同様滞りなく宴は始まった。

記憶にある通り、広い飯台に料理が鍋ごと持ち込まれる。毒見を経て、きれいに盛り付けられたものが皇子たちに供される。

——毒見が悪かったわけではない……。

常と変わらぬ手順で仕事をこなす人々を眺めて思う。どの皿に毒が入っていたか、死ぬ前の沈清の情報ではわからないままだった。それなりの量を食べなくては効かぬというなら、即効性の猛毒というわけではないのだろうか。

目の前に、果実の酢と冷菜の皿が置かれた。

前回の比ではないくらい、胃の腑が痛む。毒が入っていると知っていてなお食べようというのだから当然の反応ともいえよう。だが、この毒の膳を残せば龍生の死をもう一度間近で見なくてはならない。いくら諦めに身を浸して生きる太鳳とて、それは嫌だ。

——一体、どんな毒だったのやら。

胃の痛みに耐え、平常を装った顔で梅の香の果実酢を飲み干した。前も思ったように少しばかり刺激が強い。

だが、皿のものに手を付け始めると感想が変わった。フクロ茸の牡蠣油炒め、豆烏賊と慈姑の塩炒め、木薯餅の餡掛け。苦みが効いて食べにくいと思ったものも、果実酢で胃が活発に動きだしたせいか案外と美味に感じられた。

夏はその暑さで心の臓を損ないやすい。苦瓜、芥藍など苦味の野菜を摂ることは五行の安定的に良しとされる。今回の献立は第二皇妃苗遠の采配だ。北方の出で、夏が苦手だからこそできた献立の組み方なのだろうか。

死ぬ前の大宴で感じたよりも食べやすいことに驚きながら、毒を仕込むならば苗遠の可能性もあったのでは、と思い至る。立太子がこうも長く先延ばしされているのは、第一皇子玄麒では臣民がいまいち納得しないだろうからだ。若くして死にそうな自身の子と共に、すべての皇子を消してしまおうと、毒と知られていない食材を持ち込む、という考え方もできなくはない。

——まあ、人となりからしてありえないのだが。

苗遠は病弱の玄麒を責めることなく看病し、この一年ほどはできれば北方領地を賜り隠棲したいと申し出ているらしい。暑気が玄麒には堪えるようなのだ。それに未だ、皇太子のまま亡くなった前夫を想っているらしく、皇后の座にも興味はないと聞く。太鳳の母もその口だから、嘘とは思わない。

　しかしだとしたら誰が、どんな利で皇子鏖殺など考えるだろう。

　あまり毒物を食べている気がせぬまま、太鳳はつらつらと物思いしながら箸を進めていた。とめどなく繰り言のような考えが巡るのは、微かな頭痛を覚え始めたからだろうか。思考が先へと進まない。

　やがて明らかな異常を感じたのは、もうそろそろ点心が供され、食事も終了となるといった頃合いだった。思えば、前回皆が倒れたのもこのくらいだ。

　先程から感じていた頭痛がいつのまにか耐え難い痛みに育っていた。胃に熱いものを感じ手のひらを置く。

　熱さは痛みと相似だ。青琴に刺された腹を思い出すと同時、俄かに喉奥へ痛みがせり上がった。

「っかは……」

　思わず咳き込んだ口を押さえると、袖に血が染みたのが見えた。胸が激しく波打つ。唐突な苦しみに驚く。息だ。息が苦しく、口を開けても開けても空気が入ってこない。

「太鳳様!?」

　椅子から下り床に蹲った太鳳の背に、おそらく宇井が手を当てている。さすられ、えずく。身体を折り曲げ跪(ひざまず)き丸まり、開きっぱなしになった口から、これが血かと戸惑うような色が溢れ出た。頭の中が真っ赤に染まっているかのような苦しさと激痛。涙がとめどなく溢れる中、揺れる視界にやはりくずおれた龍生が見える。

　喉が、ひゅ、ひゅ、と音を立てている。爛れているようなひどい痛みと熱さに喉を掻き毟りたくなる。

　意識は朦朧(もうろう)としているのに、何かの香りが自分の体内から鼻へと抜けた。採りたての杏仁、木の実、そんな青臭い香りがする。めまいがひどくなる。

　——なんてことだろう。

　死は恐ろしいものだとわかってはいた。だがこれほどまでに苦しいものだとは。

　こんなに苦しい中で、龍生はどうしてあの時あんなにやさしい眼差しになれたのだろう。空気を吸うこともできず、ただひたすら苦しいのに、肺の中に残るわずかな息を、太鳳への言葉に使った。

「ろ」

龍生。

もうこのまま自分は終わる。龍生も命を失っていることだろう。今度こそ本当に、龍生と死出の旅路を共にできる。

——龍生は、もしかしたら、昔と変わっていないのかもしれない。

龍生の『言い訳』に聞く耳持たなかったのは間違っていた。

こんな今際の際になって、太鳳は思い、後悔し、目の前が真っ暗になってゆくのをただ眺めた。

三章　希望（のぞみ）

1. 訴え

「待ってください」

耳を打つ龍生（ロンシェン）の声。

夏の庭。手入れされていないがゆえに野趣溢れる、隣の宮の庭。

振り向けばそこには、龍生がいた。

どっと、冷や汗が出た。

つい先刻までの息苦しさも痛みもない。

——なぜ、また……？

ごくりと太鳳（タイフォン）は息を呑んだ。

龍生が生きている。自分も生きている。これは大宴前日の朝だ。

なぜ。てっきり一度きり、天帝が哀れな自分に与えた機会だと思っていたのに、また同じ朝、同じ時に戻ってしまった。

なんということだろう。なぜまた同じ場面からなのか。

最初のときと違い、前回の太鳳は「やり直せたら何ができるか」などと一切考えていない。あのまま皆と共に死ねればいいと思って毒の皿を喰らったのだ。

なのにこうしてまた同じ時と場所に戻ってきたのは、太鳳の意識が契機となっているわけではない、ということだ。

――まさか、終わらないのか……？

自分はいつまでも同じ時を繰り返す無間地獄に落ちてしまったとでもいうのだろうか。

もしもあと半刻やり直しが早ければ、花探し競争でここへ来るという選択をせずに済んだ。そうすれば龍生と行き合うことはなく、あの台詞を聞かずに済んだ。

なぜまたここから始まってしまったのだろう。

――……考えても詮無（せんな）いことか……。

慣れた諦めが身を浸す。ひと息つき、太鳳は身体ごと龍生へと向いた。

一つ前の記憶から、侍従の目がないことはわかっている。無下に龍生を振り切ってまで戻る必要はない。お前と語ることはない、と雑な切り上げ方をしたせいで龍生の強い言葉を引き出した可能性だってある。

逃げ腰だった身体をまともに相対させたという、それだけのことなのに、龍生はなんだかほっとしたように目元を緩めた。

「このたびの大宴でも、立太子の宣旨（せんじ）はないそうです」

まるで世間話でもするように龍生は言った。そういえば、最初の大宴前日にここで会った時も、同じ言葉を皮切りにしていたな、と思う。

もしも何も言わずにいたら、龍生はどうするのだろう。そんな気持ちがふと湧いた。

反論してもあの心を抉る台詞を投げつけられるのならば、抗うのも馬鹿らしい。二度も死の際を体験し、心はすっかり疲れている。

「教えてください。太鳳……二哥（あにうえ）なら、皇太子となる条件はすべて揃っているではないですか」

龍生はさらに続けて、なぜ皇太子になる意志があると示さないのか、それを父帝は待っているに違いないのに、と訴えた。

同じだな、とどこか他人事のような感覚でそれを聞いている。聞き慣れてしまった声で、聞き慣れてしまった台詞を言う。まるで小劇（しばい）だ。

しかし思えば、龍生と日がな一日他愛ない話をして過ごしたのはまだ声が変わる前の幼い頃だ。今の、大人の声となった龍生とはさほど話したことなどない。なのに、聞き慣れたと感じるのは不思議だった。

――もう、三回目にもなるからか。

このやり直しのせいで、常になく龍生の声をそば近くで聞いているとは皮肉なものだ。

他所事を思う間にも、龍生の言葉が耳の上を通り過ぎてゆく。太鳳がただ聞き流しているだけに見えているのか、声に熱が籠もり始める。

ああ、次だ。

少々鈍麻した心が覚悟を決めると同時、龍生が言った。

「その――目立つ髪を染めたら、皇太子になるのは貴方です」

「…………?」

記憶にあるよりずっと穏やかな響き。心なしかそれが言葉にも及び、わずかに差異があるように感じられる。

目を開き龍生をまっすぐ見つめた。すると、精悍で美しい顔立ちの弟は、ほんのりと眉を下げた。

「私の草案を、より良く書き直して献策なさっているのを知っております。二年前に取り上げられた閘門の築堤が成り、先日見た時に思い知りました」

困ったような微笑みで、龍生が言う。

「幼い頃、西胡の人々を多く受け入れ、彼らが日常に馴染んでしまえば――鳳哥の容姿も臣民に受け入れられやすかろうにと浅慮をしました。そんな気の長い話をせずとも良かった」

「……どういう意味だ」

「見慣れぬ容姿に異を唱える者の口をいったん塞いでしまえば、哥哥の能力ならばもう誰も文句は言えません。一瞬でもその美しい髪に墨を入れるのは不本意ですが、容姿だけを論う愚かな人間の目を眩まし欺き、最終的に嗤ってやればよいのだと気づいたのです」

上品な笑みをしてそんな悪そうな口を利く。龍生にこんな一面があったとは。

物珍しくてパチパチと目を瞬く。

その、ひと瞬きごとに世界が明るくなっていく気がした。嫌なことをこれから聞くのだと覚悟して伏せがちだった瞼が上がってゆくせいだ。

「私の長期的な計画などよりずっと速く、哥哥が力を見せその姿を現わせばそれこそ一瞬であなたの素晴らしさは伝わるでしょう」

聞き慣れた声だが、幼い頃とはもちろん違う。なのに語る音色はまるで変わっていない。そこに含まれる感情が昔のまま偽りないものに聞こえてしまう。

諦めに慣れきった心が、たかが龍生の言葉一つで上を向き、縮こまっていた四肢をぐんと伸ばすかのように力に満ちる。

「それは——本心か」

「変わらぬ本心ですが」

訳もわからぬまま逸る胸を抑え言葉を絞り出した太鳳に、龍生はなんの衒いもなく答えた。

「今まで、俺がお前を避け続けていたことに物思うところはないと……」

「何か事情があるとは思っておりましたが、物思う、ということは」

「事情が何なのかは聞かないのか」

「話せば何か問題あることだからこそ秘しているのでしょう?」

「……ふ」

つい、笑ってしまった。

「何なんだ、お前は」

言いながら、太鳳は目を覆った。笑っているのに涙が滲んでくる。

もう数年、こんなに顔をくしゃくしゃにして笑うことはなかったから、久しぶりの刺激に涙腺が緩んだものだろう。

子供の頃とまったく変わらない信頼を、自分に寄せている。そんな姿を見せられて笑顔になるなというのは無理な話だ。

常に、神経をひりつかせてこの数年を生きてきた。龍生にひどい言葉も投げかけた。龍生を傷つけているとわかってはいたけれど、自分も同じだけ傷ついているのだとどこかで行為を正当化する自分もいた。

なのに、龍生は自分を嫌ってなどいなかった。太鳳の態度の裏に何があるのか、考え、甘んじて受け入れてくれていた。ある意味太鳳の行動も悩みもすべてが無駄だったのだと今、知れた。

その無駄加減が大きいほど笑えてくる。避けた分だけ龍生に避けられたのは、嫌われたのではなく慮られていたせいだったなんて。

――憑き物が落ちたようだ。

龍生から、髪を染めればいいという言葉の真意を聞くことができた。それだけでこんなにも――下手をすると数年分の鬱屈が消え失せた。こうして龍生と向き合い、言葉を交わすだけで解消されてしまった。

いや、龍生と慕わしく語ること。それこそが太鳳にとって何より大事だったからこそ、あのように一人勝手に倦んでいたのかもしれない。

すっきりと晴れ渡った気持ちに我ながら驚く。顔を上げれば空は青く広い。

やり直しは、もしやこの時のためにあったのではないだろうか。

龍生が自分に対し、特に思うところがないのならば、沈清を躾してやり取りすることは十分可能だ。何しろ、この宮に上がってすぐの少年時代と違って、今は青琴がいる。表立った交流などできなくとも、彼を介せば龍生と語り合うことはできるのだ。

嬉しい。

気持ちがふわふわと浮つく。

しかし、そんな一連の思いはこの先に襲い掛かる事態を思い出し一瞬で霧散した。

――明日、俺たちは死ぬ。

大宴で毒を盛られ、皆殺しの憂き目に遭う。それが二度、繰り返されてきた。それが、決められた運命なのではないか。

だが、「けれど」という思いが同時に湧く。

けれどその死は、絶対に受け入れなくてはならないものなのか、と。

一つ前の世界で、回避を試みたのに龍生にあの台詞を告げられたため、太鳳は運命とは変えられぬものだと了解した。しかしこの世界で、龍生との対話が成った。龍生の心を知った。

運命は変えられる。いや、定められた運命などもしかしたら、ない。

もしもこのやり直しが太鳳の望むと望まないとに関わらず起きているのだとしたら。いつまで続くかわからないやり直しを、諦めの心でただ流されて繰り返すだけでいいのかといったら――それは、否だ。

龍生の心を知り上向いた自分の心に、諾々と流されるのを良しとしない熱が灯った。

「龍生」

太鳳が顔を覆っている間に数歩の距離まで近づいてきていた龍生へと、こちらから踏み出す。食事に警戒せよと忠告せねばなるまい。

けれど太鳳が龍生に辿り着くよりも先に、壁の向こう側から宇井(ユージン)の声がした。そういえば花採り競争を始める際、太鳳は隣宮の凌霄花(のうぜんかずら)を狙っていると宣言してあるのだ。

思えば初回、前回よりも長く龍生と話している。

「太鳳様？　凌霄花、さてはまだ咲いていないんでしょう」

声が近くなる。もう、すぐにも扉を開けて入ってこられてしまう。

龍生と共にいる場面、宇井にならば見られたところで問題ないのではないか、とは思う。宇井は、蕾翠(レイツィ)の侍女の子だ。彼が十一になるまでは、太鳳と龍生の遊び相手として弘徽宮へ連れてこられていたこともあり、他の侍従たちとは信用の度合はまったく違う。

――でも、俺が龍生に敵対する行動を取っても諌めることは一切なかった。

太鳳にとっては気安く良い近習だとしても、彼が龍生に対して親しみを持っているかは定かではない。何しろ初めの世界では、それなりに親しく思っていたはずの青琴が、太鳳に死をもたらしたのだ。

宇井と龍生を会わせるのはまだ早い。

「……いいか。明日の大宴、出された食事を摂るな」

速やかに判断し、詳しい事情は語れぬままそれだけ言い置いて太鳳は身を翻(ひるがえ)した。龍生は咎めることなくそれを見送ろうとしている。

今にも宇井が入ってきそうな扉に手をかけ軽く振り向くと、龍生が目礼を返してくる。

今まで、龍生の落ち着いたそんな態度は、自分に対する情が消えたゆえだと考えていた。だが先刻の龍生の話しぶりからそれは要らぬ邪推と知れた。

晴れ晴れとした気分で太鳳は扉を抜け、陽光降り注ぐ自身の宮の庭へと戻った。

「随分と念入りにお探しになっていたようですね」

開けるなり宇井がいて、そう苦笑する。彼は前回同様、よく枝垂れた白い花をつけた木香茨を持っていた。

「凌霄花の花期にはまだ少し早かったでしょう。まあ、明日はこの木香茨で我慢してくださいよ」

「……ああ、明かりに翳したら花弁が透けて美しいだろう」

　前回誇らしげにしていたのを思い出し、先読みで褒めてやると宇井は「太鳳様が花を愛でる心に目覚めてくださった……」などと失礼な感動を口にした。

　思えば龍生を生活から排しているうち、花や季節を愛でるという情緒を自分は忘れていたようにも思う。今また世界の色づきを感じられるようになったのならばそれは、人らしく生きるという意味で喜ばしい変化といえよう。

「もうそろそろこの花も終わりかけかと思いましたが、まだまだ花盛りで助かりましたね」

　とはいえ早く水に挿さなくては、と炊事場のある方へと向かうので、なんとなく太鳳も隣へ並んで歩いた。こんなとき、大抵一人で自室に戻るのが常の太鳳だからか、宇井は多少驚いた様子だ。

「その花、母の庭でよく見たな」

「弘徽宮はとりわけ花の多い宮でしたね。私も手入れに駆り出されたものです」

「ああ、俺もよく龍生と草むしりなどしたものだ」

　もちろん皇子に本格的に雑事をやらせてくれるはずがないから、庭遊びの一端でしかない。それでも雨後の柔らかい土から生えた細い草を引っこ抜くのはなんだか気持ちがよくて、龍生と二人競い合ったりもしたものだ。

　眉から常になく力が抜けている。別に普段意識してきつくしているわけではないのだが、今は自分の表情が和らいでいる自覚がある。母の宮の思い出話をするのも久しぶりだ。思えば、龍生と距離ができてからは特に意図的に幼少期のことを思い返さないようにしていたように思う。

　今の太鳳はたぶん、普段を知る者からしたらかなりおかしい状態なのだろうが、宇井はそこには突っ込んでこない。気安いくせに、気安く触れてはならない部分の見極めがうまいのか、宇井にはこういうところがある。そこが何か、手のひらの上というか見透かされていると感じることがあり逆に「何でも相談できる」

という気持ちを削ぐから不思議だ。

「草むしりに夢中になって、お二人揃って庭の池に落ちたことがございませんでしたか」

太鳳の思い出話に乗って、特に印象深かったのだろう出来事を宇井が持ち出す。

弘徽宮の庭は広く、後宮には珍しく池のある宮だった。蓮（はす）の花が咲く頃は早朝から起きだしてよく眺めたものだ。

「池には落ちたが、草むしりの時ではなかったな」

「そうでしたか。私の記憶も当てになりませんね」

言いながら、到着した水場で宮女に木香茨を預けた後、「では戻りましょう」と宇井は先導した。

「樹木のお世話に呼ばれて仕事をしていたら、庭が俄かに騒がしくなってので見に行ったのです。その時にはもうお二人ずぶ濡れで横たえられていて、肝が冷えましたよ」

「あれは猫を助けて落ちたんだ」

「猫……そういえばあの時、太鳳様のすぐそばにいましたよ。たしか梅芳（メイファン）とかいう名でしたね」

「ああ、あれはまだ母の宮で暮らしている。長生きな子だ。あの時は、蓮の葉に乗ろうとして落ちた梅芳を助けようとして俺が落ち、落ちた俺を龍生がわざわざ池へ入って押し上げてくれたんだ」

ちなみに猫は、自力で蓮の葉に乗って助かっていたという。

「仲のよろしいことでしたね」

「……そうだな……」

腹蔵ない言葉に聞こえ、太鳳はつと視線を空へと向けた。

龍生と分かたれ、周囲のほとんどが誰か別の人間の味方という場所で過ごし、太鳳は一人心を閉ざしていた。龍生に辛く当たる理由も誰にも知らせず、一人悲劇に酔っていたようなものだ。

けれど、龍生が未だに自分を当時と変わらず兄と思ってくれているとわかった今。誰も自分を理解してくれない、などという拗ねた心、凝り固まっていた心が幾許か解放された気がしている。

――宇井は、信用していいのではないか？

いや、信用は今だってしている。より正確に表すならば、信頼。信じ、頼ることをしてもいいのではないだろうか。

たとえば、そう、明日の料理に毒が入っているという情報を掴んだ、と相談したら宇井はどうするだろう。しばし思考展開してみたものの自分の関与できる範囲を超えて話が広がると感じ、結局断念した。おそらく手に負えないと思えば宇井は沈清なり蕾翠なりに話を持っていくはずだ。となると大宴は中止となり、すぐに食事の精査が行われるだろう。

しかし事が起こった後ですら毒の同定もできていなかったのだ。事前に大ごとにしたところでまず犯人は見つかるまいし、そもそもいつ混入されたものかもわからない。そのうえ、事によっては怪しいのは献立の采配をした苗遠皇妃ということになり、謂れなき罪で責め苦を負うかもしれない。少なくとも現段階で太鳳は彼女を疑っていないので、大変な無駄に思える。

中止になれば、この宴では兄弟は誰も死なずに済むだろう。しかしそれはとりもなおさず毒殺犯も野放しのまま、次の計画を練ることができるという意味にもなる。皇子鏖殺を企む犯人が一度きり失敗したからと諦めるはずもない。この事件を未遂に防いだ場合、次の皇子暗殺がいつ行われるかわからない。また毒を用いるとも限らないし全員揃ったときに狙われるかもわからない。ただ暗殺が起こることだけは確実、という中で果たして自分は精神を保ち続けられるかははなはだ疑問である。

——それに……。

このやり直しが、どのような原理で起こっているのかわからないのだ。

もしも明日の大宴の事件を未然に防げたとしても、先々、たとえば龍生が命を落とした後で太鳳も死んだとして——やり直しの起点が、龍生の死後になってしまったら。どんなにやり直しの機会に恵まれても、生きた龍生に会うことが適わなくなるのだとしたら、どれほど無意味な生となってしまうだろう。

明日、何が起こるか知っている。もう二度も体験しているからこそできる対処もあるはずだ。

「何か考え事がおありなようですね」

庭経由で自室へと帰り着き、羽箒で軽く太鳳の外衣の裾を掃いながら宇井が囁いた。太鳳の様子に気づきながらも今一歩踏み込んでくることをしない近習だが、機嫌よく隣の宮から戻ったと思ったら久しぶりに龍生の名を出し、かと思えばいきなり黙りこくって思惟(しい)に耽(ふけ)る様子を見せられてはもう突っ込まざるをえなかったのだろう。

「ああ……すまない」

「いいえ。今日は皆忙しそうですからね。お相手できるのは私だけだな、と思ったら差し出口を利いてしまいました」

「そういえば、そうだ」

明日の大宴の準備で、宮女侍従の姿は周囲にない。好機であることはたしかだ。

宇井にならば打ち明けられるか。やり直しの三度目ということを。

――いや、さすがに頭を疑われる。

そこまで核心に触れる事柄でなくとも、宇井にしか尋ねられないことはあるはずだ。

「なあ。他の宮の皇子――玄麒(シュエンチー)大哥(あにうえ)や四弟、五弟の侍従や近習の中に、親しくしている者はいるか？」

「ごくごく軽い世間話などの情報交換をする程度の者ならば。ただ、公的に書状をやり取りせず御兄弟と連絡を取る手段があるか、という意味でしたら残念ながら伝手はございません」

「そうか……。いや大丈夫だ。それを求めたらお前もこちらの情報なりを差し出さなくてはならないだろう」

親しく深い情報をやり取りするには対価を支払わなくてはならない。特に太鳳の後見人は、皇帝の即位以前から右腕として遇されている沈清である。こちらが有益な情報を取られるばかりになる可能性もあるのだ。

それより、兄弟皇子たちに事前に「明日の大宴で食事をするな」という警告は送れないと判明した。口頭で伝えたい理由として、形に残る書面で正式に申し立てるのは危難が多すぎるがゆえだ。

もし手紙で警告したとして、なぜ事前に毒の混入がわかったのかという疑念を持たれるうえ、信じてもらえず食事を摂れば皇子は死ぬ。事後に太鳳の書状が持ち出されたりしたら、沈清はあっさりとこちらを切り捨てるだろう。色々扱いが難しい男ではあるが、味方にいれば心強いのはたしかだ。あまり反目しないようにしていたい。

「今日は早めに昼を摂って、あとは書でも読んで過ごそうと思う。――大宴で、皇子たちに即興詩を、などと望む者もいるかもしれないしな」

「かしこまりました。もう昼食の準備は始めているでしょうから、少し急かして参りましょう」

厨房へ向かう宇井に「ことさら急がなくてもいいぞ」と声をかけ、太鳳は自室の机へと向かった。

2.訴え・二

犯人は誰か。毒はどのようなものか。怪しい人間は何人いるのか。

事態の根幹を理解しようとした場合に考えるべきことを数え上げて憂鬱になる。

まず、犯人が誰であるのか。これは毒の入手と混入方法をまず知らねば候補すら挙がるまい。

では毒について考えよう、となったところで、思考は急速に勢いを失う。何しろ、最初の世界でわかったのはある程度量の摂取が必要だということだけ。どの皿に入っていたかすらもわからないままだった。


二度目の世界では、毒はとにかく苦しいものだった。胃の燃えるような痛みから始まり、喉元に上がってきた熱で口の中まで爛れた気がした。何よりも息苦しさ。吸っているはずなのに空気は一向に肺へ届かず、身体の末端から痺れ、痙攣してゆく儘ならなさ。とにかく息は浅く早く、おそらく脈も速くなっていたろう。苦痛で意識は朦朧として、自分が呻いている自覚も乏しかった。そうしていつのまにか、またやり直しの世界にやってきていたのだ。

毒についてならば、母に聞くのが良いのではと思い立ったものの、すでに午(ひる)を過ぎている。たとえ親子であろうと、後宮内の者と面会するには、午前(ひるまえ)に先触れを出さねばならないのだ。許可が下りれば後宮と皇宮の間に作られた面会用の部屋で会うことができる。

――母上の故国では、銀食器に反応しない砒毒があったという。

その昔、母がなぜ「毒の巫女姫」などと渾名されているのか、怖いもの知らずにも尋ねたことがあった。苦笑した母は、「老人だったり病持ちだったりと、死期の近そうな政敵が次々と死んだおかげで兄様が宰相になったからな。その死期を見極めたのが妾と言われた。巫女姫というのはそこから来ているらしい」と教えてくれた。さらに、その時に聞いたのだ。

「純正の砒毒というものは銀を黒くしない。それを我が家が持っている、という噂が故国では蔓延していたのさ」

母の蕾翠を、当時まだ第二皇子だった父が「婚姻する」と連れ帰った時、わざわざ蕾翠の故国へ人を派遣して身上調査をした大家がいくつかあった。そこで仕入れた噂を持ち帰り、この汪で「毒の巫女姫」の渾名を流布させた。とはいえただの噂にとどまらない事実も含まれていたのだろうと、母との会話の中で太鳳は感じていた。

「純正砒毒とやらを飲んだ症状、まさかあれと同じということはないだろうな……?」

どの皿に毒が仕込まれていたのかわからないのは、無味無臭とされる砒毒ならありうる話ではある。しかしそうすると犯人が母の蕾翠ということになってしまうのだが、今度はその理由がわからなくなる。

皇后になりたいわけでもない、息子を含む皇子たち全員を嫌っているわけでもない、「ただ好きな男と一緒になったら相手が皇帝になってしまったので少し困る」などと笑う女が皇子鏖殺を企んで何を得られるというのか。父帝を想う悋気ゆえの犯行ならば、殺すのは皇子ではなく他の皇妃たちだろう。

――そうか……。

いまいち曖昧な毒についての情報よりは、怪しい人物について考える方が真相には近づけるのかもしれない、とも考える。

まず自分、そして龍生は違う。玄麒も違うだろう。身体の弱さゆえか、穏やかでゆったりとした話し方をする男だ。

沈清は、最初の毒殺事件の際の様子を見るに、犯人ではないだろう。彼の目的はもちろん後見する太鳳の立太子ではあるのだが、それ以前に龍生を皇太子にしたくないという欲の方が勝っている。なぜなら、太鳳を擁立するならば後ろ盾の強い玄麒も敵となるのに、まったく眼中にないようだからだ。身体が弱く立太子することはないと高を括っているとも考えられるが、積極的に追い落とす気配はない。そもそもの話、彼は太鳳がいなくとも宮中で地位を確立しているのだから、下手な毒殺に手を染めはしないだろう。

「子を皇帝にしたがっているという意味でなら、龍生の母君が一番怪しくはあるが……」

見た目は優美で嫋やかな女性なのに、とにかく機嫌の良し悪しでひどい癇癪を起こすらしい。後宮の面会室に龍生を呼び出し、「皇太子にいつなれるのだ」などと実のない叱責をするのもその一環だ。

——だからといって皇太子になる目がないなら諸共死ね、などと考えるか？

他の皇子を殺す、というだけなら理解はできる。だが自分の息子を手にかけることはあるまい。

太鳳にとって母とは、子を産み育む生き物だ。蕾翠は母というにはさばけていたが、しっかりと自分と龍生を育ててくれた。

いい印象がなくとも、麗蘭もまた人の子の親である。一応疑いの目を向けてはみたものの、母という生物が子を殺すとは到底思えないのだった。

となるとあとは太鳳があまり意識していない廷臣たち、ということになるだろうか。

——しかし、自分の利にならない皇子たちだからといって皆殺しを企むものか……？

廷臣は皆、それぞれ密やかに、または大っぴらに支持する皇子を決めている。その皇子に利するような罪を犯すことはあっても、鏖殺を考えるだろうか。

「はあ」

怪しい人物、という方面から今回の事件を読み解こうとしたが結局立ち行かなくなってしまった。何か思いついたことを書き付けようと墨をすったものの、書き記してはいけないことばかりで結局筆は動かず、墨も乾いた。

「おや、明かりもつけずに。外は明るいとはいえ部屋の中はもう薄暗いでしょう」

宇井がやってきて、卓上の燭台の灯心に明かりを灯してくれた。

ずっと考え耽っていたというのに芳しい結果は出ないまま、夕餉の時間になってしまったのだ。

夜の帳の中、寝付けなくて太鳳は寝返りを打った。毒殺犯の発見は大切だが、喫緊の課題は皇子鏖殺を防ぐことだ。しかし兄弟それぞれと交流をあまり持たなかったことが災いし、簡単な忠告を与える道が選べなかった。

機会は明日の大宴、会食が始まる前のわずかな時間しかない。

「直接、食事を控えてくれと言うしかないのか……？」

太鳳が東の台に参じてから、玄麒と父帝が現れるまで、そう間はなかったはずだ。大体、いったん席に着いたらふらふらと皇子がうろついていいはずがない。先に席に着いている弟たちには、宇井に伝言を頼めるだろうか。

――食べれば死ぬ、と？

そんな怪しげな伝言、誰も信じようはずがない。かといって、理由も明かさずに料理を食べるなと告げて、そのまま従ってくれるほどの信頼関係があるのは龍生だけだ。

――いや、龍生にもできれば理由を伝えたかったところだが……。

つと起きだして、太鳳は寝室の一角、飾り格子の窓を開けた。

青琴とのやり取りは、始まりこそは相手が忍び込んでくる、というものだったが――今思えば青琴は密偵の訓練でも受けているのかという身のこなしだ――龍生の草案を剽窃する契約を結んでからは、事前に訪問を知らせるよう命じてあった。

太鳳の寝屋の窓からは、龍生の宮を囲む白壁が望める。その壁の上、一尺に満たない細い棒が立っていれば青琴が訪れる合図となるのだ。

大宴前日に彼が来た記憶はないから、当然今日も来ない。訪問があれば、昼間龍生に与えた「大宴で食事は摂るな」という言葉の意味を言付けできたのだけれど。

もういっそ、毒が入っているので食べるなと大々的に発してしまおうか、と自棄になりかけるが、無理に決まっている。通常の毒見ではすり抜ける毒、どうして知りえたのだと問われるのは必定。

かといってすでに二度皆が死ぬのを目の当たりにしたからだ、などと答えられるはずがない。

仙人でもあるまいし、死んだのにやり直しているのだなどと言えば妖物だと思われる。やり直しを隠して、自分は先々を見通す力を持つので知りえたなどと放言するのもよろしくない。そんな神通力のようなもの、持ち合わせてはいない。

――あ……。神通力……？

その手があったかと膝を打つ。

母である蕾翠は、毒の巫女姫などと渾名されている。そこを逆手に取るのだ。巫女姫の子である太鳳ならば、何かしら力があるかもしれないと思わせる。

たとえば、夢で天帝より啓示を受けた、神託を賜った、などと言い張る。怪しくはあるが、この十年培ってきた、尊大で冷徹な顔で威厳あるように振る舞えば、案外信じる者は多いのではないだろうか。

大宴の席に着き、父帝が現れた後、夏を司る天帝朱雀帝(すざくてい)に舞の奉納を行う。その後、食事が運び込まれる前に声を上げる。

「……よし」

その段取りで行こう。

やることを決めると、ようやく眠気は瞼の上へ訪れてくれた。


朝から湯殿へ連れ出され、身を清めた。大宴は一応神事の扱いである。

一年に四度のみの機会だから、普段はそれなりに身が引き締まる思いを抱えているのだが、今の太鳳にとっては赤の衣などもう立て続けに三度着用しているから、普段着のようなものだ。大宴へと向かう足取りもすっかり慣れてしまった。

道を行きつつ、「頭からも赤の布を被ってやろうか」と軽口を叩けば、宇井が「嫁に行くつもりですか」と返してくる。居並ぶ官吏たちの間を抜ける際に、先手を取って微笑みかけ、相手の調子を崩してやる。

行く手には弟皇子たちが座す東の台(うてな)。その対面に当たる西の台(うてな)には母と妹を含む皇妃たち。母は第一皇妃ながら序列二番目の席にいる。父帝が苗遠皇妃をあくまで義姉として敬い、序列だけは一番にしているのだ。母はそれを飄々と受け入れていた。皇后の座に執着して皇子鏖殺を企む質ではやはりない。そして北の台(うてな)には、皇帝である父帝の御座の前、左右に分かれて太師、中書令沈清、尚書令、門下省侍中(もんかしょうじちゅう)という政府高官たち。

龍生に対する自分の心持ち以外これまで通り、記憶通り。

あとは自分が口火を切るだけだ。

ただそこから先は記憶を当てにできない。新たな歴史を紡ぐようなものだと思えば肚の底がぐぐ、と引き締まる。

――いや。本来歴史とは一度きりのもの。誰しも常に新たな道を刻んでいるのだ。

やり直しなどしている自分こそが稀有な例なのだと覚悟を胸に、背筋を伸ばし席に着く。

しばし後、皇帝の登場。

天帝に捧ぐ舞。領巾を翳し、音曲に乗せ舞う舞媛。

失敗はできない。最初の一声はとにかく聞きやすく張りを持たせねばと、緊張する間に舞が終わる。

父帝が、舞媛に言葉をかけ、その技芸に褒章を与えた、その後の一瞬の間。「天帝朱雀帝より寿ぎを賜る祝宴を始めよう」と杯を掲げる、その一瞬前に、言葉を、差し込む。

「恐れながら」

覚悟を決めた声は、朗として響いた。

「主上にお願い申し上げたき儀がございます。何とぞこの宴席における我らの――」

「まあ！　なんということでございましょう、蕾翠姐姐、太鳳様ったら主上よりも先にお声を上げられてございましてよ」

太鳳の口上を半ばで遮る甲高い囀りが、皇妃たちの座る西の台から響いた。

声を上げたのは、劉麗蘭。龍生の母。

皇妃たちは後宮に上がる際に義姉妹の契りを結ぶ。第一皇妃である蕾翠は第二以下の皇妃から「姐姐」と呼ばれるのだ。

「朱雀帝を祀る大宴でございますもの、奉納の舞の後はまずは主上の号令を待つべきではございませんかしら」

さしたる大声でもないのに、刺すように痛い高音が刺々しさを隠さず、太鳳へ「引き下がれ」と告げてくる。それでは遅いのだと反論したくとも、「夢で見た神託の話」は果たして皇帝の言葉を遮るほどの正当性を有するかと考えると口が動かない。

話を振られて母、蕾翠は低くゆったりとした声音で、

「妹妹の言葉ももっともだが、他者の言葉を遮るのもまた礼儀には欠けるだろうよ」

麗蘭、太鳳、両者とも礼に適わず、と飄々と告げる。そこへ、中書令という役職柄、皇帝のそば近くに自席を持つ沈清が参戦した。

「あらあ。太鳳ちゃんはただの礼儀知らずではないわあ。何か理由があってのことだと」

「お黙りになられたらいかがでございますこと劉中書令様？　それはまあ貴方はあたくしの大哥ではございますけれど――」

いったん言葉を切って、麗蘭はふわりと扇で自身を煽いだ。

「ですがこの場ではあたくしは皇妃、貴方は臣下。身の程を弁えないのは教育のない母親譲りということでございましょうかしらねえ？」

年齢にそぐわぬ甲高くかわいらしい声で、品のない煽り方をする女だと思った。

普段物柔らかな語り口をする沈清が「今何と」と歯嚙みするように問う。このような人前で感情を露わにするなどありえない男だから、劉麗蘭は沈清にとってかなり強い侮辱を故意にしたのだろう。

「沈清」

静かに父帝が名を呼び、振り向いた沈清の目を見つめて小さく首を振った。沈清を咎めるというよりは、相手にしてはいけないと諭すような視線だ。思えば沈清は、父帝が皇位継承権二位の頃からの付き合いなのだ。二人の確執の元も知っているのだろう。

「……そうね。まずは主上のお言葉を賜ってから発言すべきだったわ」

煽られた怒りを表面から削ぎ落とし、沈清が「それでいいわね」と太鳳に促してくる。

ここで頷かないわけにはいかない。陳謝し太鳳は頭を下げた。

隣席の龍生が心配そうにこちらを気にしているのがわかる。そっと視線を遣り、周囲にそれと知られぬよう目配せした。

――最善の機会は逃した。

憂鬱な太鳳の耳に夏を寿ぐ父帝の声が響く。あとはもう会食が始まり、詩歌音曲が奏でられるのみ。時機

を見計らい、どうにか食事の膳があまり進まないうちに毒が仕込まれていることを糾弾したい。

しかし。

太鳳の胸には疑念が湧いてしまった。

それは、二度も繰り返した大宴と今回の大宴が、自身の行動によってひどく乖離してしまったせいだ。

太鳳が声を上げるまでは前回、前々回とほぼ同じ進行だったこの世界が、一変した。

よもや劉麗蘭が介入してくるとは。父と沈清の関係が思っていた以上に親しそうなのも初めて知った。

唐突に、太鳳の知るこれまでの世界とは違う世界が垣間見えた。

それで——揺らいでしまったのだ。必ずこの食事に毒が入っているのだと信じる心が。

——もし。もしも前回までの二回が大変よくできた夢、だったとしたら。

自分を傷つけた龍生の言葉も、龍生が苦しんで死ぬ姿も、二度にわたる自分の死も、すべて緻密な夢だったとしたら、この大宴の食事にはもしかしたら毒など入っていないかもしれない。

もしそうなら。おかしな訴えをしたために太鳳が皇太子争いから脱落するようなことがあれば、龍生の立太子の可能性はぐんと高くなる。それはとりもなおさず沈清が龍生を害す可能性が高まるということだ。

毒。入っていないはずがない。

けれどこの世界は、自分の知る世界とはなんだか違う。毒などないかもしれない。

脳裏には苦しむ龍生の姿が蘇る。毒が混入していたら、という前提で動くべきだ。そう思う、なのに、自己保身も同時に考え始めてしまう自分がいる。

少なくとも、そうだ、昨日龍生には「大宴で食事を摂るな」とは伝えてある。だから最悪でも龍生は生き残る。あの苦しみを味わわせなくて済む。

そう思うと心はほんの少し軽くなって、そしてすぐに、自分は龍生以外の兄弟たちを見捨てるのだという不快感に身を焼かれた。

艶のある二胡の音が響き始める。謡いの媛がその音を追うように高く艶やかな声を上げる。

発言したいならば、もう一度自分から手を挙げねばならない。「そういえば先程言いかけた話は何だ」などと、誰かから水を向けてもらえると思ってはいけない。

――だが……。

太鳳は再び声を上げ、毒が混入していると叫ぶ胆力を失ってしまっていた。

「……宇井」

小さく名を呼ぶと、軽く身を屈めた気安い男は「こちらに」と返事した。

「可能な限りでいい。玄麒大哥(あにうえ)と双子たちの近習に、できればこの祝宴の食事を口にしないようにと皇子を止めるよう伝えてくれないか」

「かしこまりました」

理由は聞かず肯い、宇井はするりと泳ぐように移動した。

その間に、調理の鍋が飯台へと運び込まれてきた。この流れも覚えている。その食事の味まで思い出されるようだ。

もはや毒殺が企図されていると公表する勇気は失われていた。

できれば兄弟たちが宇井の言伝を信頼し、食事をしないでいてくれれば。それならば、毒が入っていても皆は助かる。もし世界が変わり毒の混入がなくなっていたとしても、皇子たちが揃って食事をしなかった、というだけで済む話だ。

頼む、と膝の上で組んだ手指に力を込める。毒見を終えた冷菜の皿と果実酢入りの銀の杯が目の前に並べられる。

最初に玄麒の近習に語りかけていた宇井は、もう双子の方へと移動していた。横目で確認しながら、銀の杯の果実酢を手に取る。飲むふりだけして卓に戻す。冷菜に箸を付けるが、それも残す。

隣から低く、青琴と龍生のやり取りが聞こえてきた。食事をしようとしないのを心配した青琴が体調を尋ねるのへ向けて、龍生が頷いている。食べる気配がなさそうなことに安堵する。

「……太鳳様。申し訳ございません、いずれの御方の耳にもお伝えすることは適いませんでした」

滑るように太鳳の斜め後ろの定位置へと戻ってきた宇井が、残念そうに耳打ちしてきた。

どうやら玄麒は婚約を控え、健啖(けんたん)ぶりを披露して皆に「健康に問題はない」と喧伝する必要があるらしい。またこの献立は母である苗遠の采配なこともあって、食事を控えろとは無理難題、と近習に断られたそうだ。

双子たちの方は、母である妃の実家が蕾翠と太鳳に敵愾心を持っているらしく、近習の態度もそれに倣ったものだったという。双子自身は会えば無邪気に哥哥と呼んでくれるだけに辛い。

「わかった」

低く応じ、太鳳は伏し目になって卓上を見た。

食事の皿が進んでゆく。粛々と、毒死に向かって可能性が積まれてゆく。

できれば自身の口を閉ざさせた杞憂が現実となり、皆が生きてこの大宴を終えることを願う。――そうすれば自身の怯懦も赦されると思った。

3.訴え・三

「玄麒大哥」

床に倒れ伏した玄麒の前に膝をつき、呼びかけながら太鳳は暗く沈んでいた。

苦しげに咳き込む兄に水を飲ませようとしても適わなかった。毒を嘔吐させられるかと試しても適わなかった。

それはそうだ。太鳳は知っている。この毒に中ると喉が焼け爛れたように痛むこと。息もまともに吸えないこと。水など飲めようはずもない。

だからただ少しでも辛さが軽減される姿勢を探し、玄麒の近習と共に身体をさすり様子を見ることしかできない。

世界が違うからもしかしたら、などという予測は当然ながら成り立たなかった。

少し考えればわかったことだ。前日、隣の宮でやや長めに時を過ごした際、宇井に呼びかけられた。太鳳がやり直し前の世界と違う動きをしても、世界自体が大きく作り変えられるわけではない。毒殺の犯人に影響が及ぶ動きをしない限り、この鏖殺未遂は必ず起こることなのだ。

「太鳳二皇子……」

涙で顔中を濡らした玄麒の近習が、恨みがましくこちらを見つめる。

「……何だ」

「食事を控えるようにとの言伝は、貴方が近習に言わせたものでしょう。失礼ながらこの食事に毒が入っていたと御存じだった証拠ではないのですか。なぜ知っているのです。それは貴方が、いや、貴方に連なる者が毒を盛ったからではないのですか？　貴方はそれを告発しようとして諦めた！　だとしたらなぜ、なぜもっと強く警告しなかったのです⁉　貴方が」

「黙れ」

相手の言葉半ばで間に入り、暴言を遮ろうとしてくれた宇井を横へと退かせて、太鳳は立ち上がった。尊大な態度で見下ろすと、床に倒れた玄麒と跪き涙を怒りに変えている近習が視界に入る。助命できなかった怒りをこちらにぶつけているだけ。それがわかる。

辛くないわけがない。

しかしここで安易に謝罪するわけにはいかない。

「前日、夢を見た。大宴の食事で倒れる皇子たちの姿だ。もしや神から託された知らせかとお前たちに伝えた。だが玄麒大哥(あにうえ)は夢の通りとなってしまった。――俺に連なる者が怪しいだと？　傲慢(ごうまん)な転嫁(てんか)だ。俺の言葉を受け取らなかったのは貴様ではないか」

「それは」

「玄麒大哥(あにうえ)を殺したのは毒ではあろう。しかしその死を止めることもできたのにしなかったのはお前だ。俺に責任を擦り付けるとは烏滸(おこ)がましい」

顎をついと上げ、瞳だけで見下ろす自分は、相手から見たらどれだけ非道な男に見えるのだろう。だが「二皇子から毒の存在を匂わせる忠告を受けた」などと証言する気を削がねばならない。この後、皇宮からの調査が入るのだ。

自己保身を考えなくてはならないことに精神的な疲弊を覚えつつ、太鳳は身を翻した。主を亡くした近習が、くずおれるのを見たくなかった。

どうやらこの東の台(うてな)で何か起こったと、酒宴で惚(ほう)けていた人々も気づき始めたらしい。謡いの媛が声を止め、父帝が速やかに食事の保存と回収を命じている。

もう三度目となるこの惨劇を、太鳳はどこか冷静に眺めてしまう。いや、冷静でいられる理由は繰り返した回数のせいではない。

――龍生(ロンシエン)が生きているからだ。

最も親しく、心を向ける龍生が、苦しまずそこに生きているからこそ自分はこうして強かさをもって地に足を着けていられる。

最初の世界では気づかなかったが、父帝のそばに侍る重鎮たちもそれぞれの側近に命じ動きを見せている。対面の西の台（うてな）、皇妃たちは、淑女であるがゆえに物見高く席を立つことができずもどかしそうにしている。

太鳳は、一縷（いちる）の希望を持って双子皇子の方へと足を向けた。

蹲る龍生の背と、その陰から突き出すように横たわった双子皇子の身体。もう動かないそれを見てしまうと、胸苦しくなる。

双子皇子に寄り添っていた龍生もまた、その近習から責められていたようだ。二皇子の警告は何だったのかと、玄麒の近習と同様の推測を吐いている。さらに、なぜ三皇子は生きているのか、と。

龍生が糾弾される謂れはないと、太鳳が声をかけようとしたところで。低く怒気に満ちた音が響いてきて耳を疑った。

「私がなぜ生きているかをお前が問うか。太鳳二哥（あにうえ）の近習より忠告を受けていたのを見ていたぞ。それを無下に退けたのもな。二哥（あにうえ）を疑うよりも先に、お前こそ自身の不見識を愧（は）じ、詫（わ）びるべきではないか」

「さ、三皇子はあの忠告を信じたというのですか。なぜです。貴方様は誰よりあの二皇子に強く当たられて」

近習の言葉に一つ息をつくと龍生は立ち上がった。上背があるせいか、先程の太鳳よりも威圧的に見える。

「蕾翠（レイツイ）様を巫女と呼びながら、そのお子である二哥（あにうえ）の言葉を信じぬなど愚の極みではないか」

奇しくも太鳳が神の言葉に託けようとしていたのと同様の理論を龍生が展開している。太鳳の思考を推理して合わせてくれたのだろうかと思うとありがたい。

その時だ。西の台（うてな）の方で何か割れる音がした。振り向けば、立ち上がった麗蘭（リーラン）が西の台（うてな）の欄干（らんかん）へと駆け寄り、身を乗り出すようにして青ざめた顔をしている。

「なんで。なんで、なんで――」

震える声が、同じ言葉しか覚えさせてもらえなかった鳥のように繰り返す、その目は龍生を見つめているようだ。父帝の采配でやってきた刑部（けいぶ）と、吏部の者たちで東の台（うてな）には人が多いが、息子の無事は確認できているはずなのになぜそのように取り乱しているのか不思議だ。

――『何で、こんなことが起きているのか』と言いたいのだろうが……。

　さしてよく知る相手でもないが、麗蘭が、自身に連なる事柄以外で慈悲らしきものを見せるのは珍しく思う。

　それとも最初の世界でもこのように騒いでいたのだろうか。あの時はとにかく龍生の死ばかりが気にかかり、挙げ句気を失ったから、周囲の状況など目に入るはずもなく、何も覚えがない。

　麗蘭の隣の苗遠(ミャオイエン)二皇妃は言葉なく目を見開いている。呆然と愕然(がくぜん)を混ぜ合わせたかのような表情に心が痛む。双子の母である四皇妃は麗蘭の様子がおかしいことに気を取られているのか、自身の悲しみを忘れたかのような引き気味の顔をしている。

　母の蕾翠は、自分にしがみつく公主――太鳳の七つ年下の妹――の背を撫でながら、こちらをじっと凝視していた。

　給仕と毒見が刑部の役人によって一時的に遠ざけられた。毒物を持っていないか身体検査などされるのだろう。吏部と医局の者たちが皇子たちを吟味し、首を振っている。急なこととて戸板しかないと相談しながら、亡骸となった皇子三人を白絹に包んで運び出してゆく。襤褸布(ぼろぬの)のように落胆した彼らの近習たちが項垂れ、ついてゆく。

　東の台(うてな)に残る皇子は、自分と龍生だけになった。

　ざわざわとした、形になりそうでならない言葉の群れが廷臣たちの間にぐるぐると循環している。「何があった」「見えぬ」「死んだ？」「皇子が？」「なぜ」「毒？」「皇子毒殺」「二人」「生きて」「誰が」そんな言葉の断片が次々と耳に入ってくる。

　自分たちを責めるものではない。ただ、純粋な好奇と恐慌の視線が注がれているだけだ。

　だがそんな中に身を置き続けるべきではないだろうと、それぞれの近習が退席を促してきた。刑部の者たちも、事情を聴きに後日伺う、といった旨(むね)を告げ、太鳳と龍生をことさら怪しんでいる様子はない。そういった思いを表面に出さない技術に長けているだけかもしれないが。

そうして、東の台の端まで先導されたものの、太鳳はふと振り返った。

やり直し前の世界では倒れるか死んでいるかだったから、事後の処理がこのように速やかだったことを知って太鳳は密かに驚いていた。父帝が自身の毒見役と直接会話しているのが見える。毒見をすり抜けた毒について相談し教示を受けているのだろう。やがて頷き、即座に死罪人を連れてくるよう刑部の者に令を出す。時間が経つと消える毒もあると昔聞いたことがある。それゆえこの場で毒の実験をするのだろう。

「ほら太鳳様、参りましょう。さすがに間近で見て気持ちのよいものではないですからね」

宇井に再度促され、橋回廊へと至りかけた瞬間。

同じように退出しようとしていた皇妃たちのいる西の台から声が上がった。先程と同じ甲高く囀る、耳を突く声。

「なんと大変なこと。皇子が三人も亡くなっているではございませんの。こちらどう考えても毒殺でございますわよねえ？　怪しい人物はおりませんでしたこと？　そういえば――一人、おかしなことをなさろうとした方がございましたことよね、ねえ、太鳳二皇子」

太鳳をまっすぐ見つめ、扇で口元を隠した麗蘭が煽ってきた。

「あたくし、主上の前に口を開くなど不敬だからとつい止めてしまいましたけれど、あの時何をおっしゃるつもりでしたの？　もしやこの事態を予測なさっていたのでございましょうか？　それは如何してわかったものでございますの？　あ、よもや毒をお使いになられたのは蕾翠姐姐？　それを知ってご子息の太鳳様が糾弾なさろうとしたのでございますかしら」

なぜ、何、どうして、まるでまとわりつく赤子のような疑問を投げかけてくるけれど、赤子のような無邪気な純粋さがないから鬱陶しいだけだ。蕾翠は呆れたような視線を送っている。

この場で麗蘭が蕾翠に対してしているのはちょっとした嫌がらせだ。それがわかっているから母は、彼の女を胡乱に見つめるにとどめている。どちらかといえば麗蘭のあれは、太鳳を追い落としたいがための追及だ。太鳳が毒殺に関与していたという印象を周囲に植え付けるには、今が絶好の機会である。そうすることで龍生を皇太子とする追い風を作り出す気ではなかろうか。

今更、太鳳は語る言葉を持たない。なぜなら、事前に事態を止められてこそ神託には意味があるのだ。「あの時神の言葉を伝えようとしていた」などと言い張っても、事が起こった後では印象がまったく変わる。そもそも、神託を信じている演技を完遂するならば、もう一度声を上げるべきだった。もっと必死に訴えるべきだった。だが実際は、世界が違うかもしれないなどと臆病風に吹かれ、強行できなかった。

そんな一瞬の逡巡で口籠もった太鳳の前へ、庇うように立つ影があった。

龍生だった。

朗として落ち着いた声が発される。

「我が母ながら麗蘭皇妃のおっしゃりよう、印象操作が過ぎますまいか。そもそも貴方が難癖を付けてやめさせておきながら、今度は発されなかった内容を妄想して糾弾するとは」

「ま……待て、俺がちゃんと理由を話す」

太鳳が煽ろうとも常に控えめにしていた龍生が、まさかここで出てくるとは思いもよらなかった。行き違いの誤解が解けたものの、このように公の場で庇ってもらえるとも思っていなかった。しかも立ち向かった相手は龍生の実母である。

嬉しく思う、だが対外的に見てこれは悪手である。普段敵対関係にあると見られている二人なのに、それは演技で裏では結託していたかのように思われそうだ。

慌ててその口を閉じさせようと肩を掴んだ太鳳の手は、しかし、龍生の大きな手によりそっと下ろされた。

その温もり。

ほんの一瞬、太鳳が固まった瞬間。

「は？」

今までのキンと響く高い声とは打って変わった、低い女の声が響いた。

「は？　は？　なあに？　あたくしは貴方の母でしょう？　共に二皇子を糾弾する立場ではないの？　それともそこの毒の巫女姫に一時でも育てられた恩を今返しているとでもいうの？　貴方本当にあたくしの子なの？　このような場でも楯突いて、なんて、なんて、なんて要ら」

「あらあ。皇妃ともあろう方がそんなに感情を出すものではないわあ」

麗蘭の言葉半ば、まろやかな語調の男声が遮った。沈清がゆっくりと東の台に上がってきて、対面の西の台でおろおろする宮女を笏で差す。

「アナタたちわかってるでしょ。三皇妃様のいつものよ、宮へお連れしてあげて頂戴」

「っ……あたくしは至ってまともでございましてよ！」

側仕えの宮女に肩を抱かれた麗蘭の声がまた高くなった。

それに対し大きなため息をつきながら、ズカズカと沈清は太鳳の隣へとやってくる。庇うように斜に立った龍生を、手にした象牙の笏で軽く払うようにして退かせて、台の欄干へと片手をついた。なぜここへ、と太鳳は沈清に礼を取る。

「中書令様」

「公務で出しゃばったわけじゃないから今は大伯と呼んでくれて構わないわあ」

下がった龍生を一瞥した後、太鳳へもうそ寒い眼差しを呉れる。それから、自身の背後についてきていた者たちをちょいちょいと笏を振って呼び寄せた。白絹のかかった何かを載せた台座を、四人がかりで持っている。

彼らが太鳳のすぐ後ろへと並ぶと、沈清はこちらの様子を窺うすべての視線へ答えるように声を上げた。

「主上のお言葉の前に、二皇子太鳳が声を上げたのは、コレのためよ」

そう告げて顎を上げ合図すると、侍従たちは台座を目の高さに掲げ持った。白絹の下には何か、小さな犬くらいの大きさのものがあるようだ。

「布を引きなさい」

小声で囁かれ、太鳳はできうる限りの優雅さを持って白絹を取り払う。

そこに現れたのは陽光の下で赤く艶々と輝く、羽を広げた朱雀の彫刻だった。居並ぶ廷臣、官吏たちから感嘆の息が漏れどよめきのように広がった。

勝ち誇った明るい声音で沈清が語る。

「海陽の珊瑚を彫らせた特注品よ。神獣に形代を捧げるのは縁起の良いもの。朱雀帝に捧げる詩歌音曲を、この朱雀を通してお届けしたかったのでしょう」

手にした象牙の笏で太鳳の頬を撫で、「ねえ、太鳳ちゃん」と沈清が笑っていない目で諭してくる。

「――はい、大伯。能う限り早くお目にかけたいと願う心から不躾な声を上げてしまいました。申し訳ございません、主上」

「いや、よい。見事な細工だ。このようなことがなければもっと輝かしく見えたろうが、むしろ今献上してくれたことで幾許かの心の慰めにもなろう。……沈清も苦労をかけた」

父帝が沈清を労い、皇子二人に退席を促してきた。もし毒実験を確認したいならば北の台に来ても良いと呼ばれるが、その結果を太鳳は知っている。死体ができるとわかっているだけのものを見る気はせず、自室で休むと告げ拱手した。そしてその流れのまま、沈清にも礼をする。

「大伯、このたびは……お手間をおかけいたしました。心より、ありがとう存じます」

「あの女に隙を見せるのは感心しないわあ。蕾翠様になんて口を利いたかアナタも聞いたでしょ」

「ええ」

「まあ、今は下がりなさい。毒の同定が済めば事態も動くでしょうし身を慎んでおくのが吉よ」

「かしこまりました」

拱手し身を翻した先、宇井が待っていた。しかしそのすぐ脇に、龍生と青琴の姿もある。助力の礼を告げている間、沈清が、太鳳の背後をしきりに気にしていたのはこのせいだったかと納得する。これまですっかり疎遠だった龍生が今日に限ってそば近くにいようとするのが不審なのだろう。

そう思った矢先、龍生は会釈し沈清にも聞こえる声量で、「二哥より先の退出は不敬と存じお待ちしておりました」と告げる。

「そうか」

太鳳はひと言冷たく頷くと、先導する宇井について龍生の前をさっさと通り過ぎた。

4.希望

自分の宮へと戻ると、部屋よりも先に湯殿へと連れていかれた。すでに宴席で何が起きたのかは伝わっているようで、死穢を落とすためにと清められた。龍生が死んだ最初の世界では、朦朧として何もかも胡乱であったから、宮の侍従たちがこのように甲斐甲斐しく働いていたとは気づきもしなかった。

彼らの労を労い、しばし自室に籠もること、昼食は要らないことを告げて太鳳は寝台に寝転がった。

──龍生と話がしたいな。

現在太鳳が、毒殺犯ではない、と見ているのは母である蕾翠と後見の沈清、そして龍生くらいのものだ。毒殺の犯人について一人で考えるのは限界があるから、誰かしら相談をしながら思考を発展させたい。しかし蕾翠は後宮にいるし、沈清は腹を割って話せる相手ではない。

龍生と連絡が取りたい。もしもこちらの窓に、合図となりうるような布を下げるなりしておいたら、向こうの宮で青琴が気づいてこちらへ出向いてくれたりしないものだろうか。前日に零した墨を拭いた手巾を飾り格子の一角に垂らしてみた。

「おやすみのところ申し訳ございません、太鳳様」

宇井の声が聞こえ、慌てて太鳳は窓から離れた。

太鳳の私室、寝室と文机のある部屋の間の扉は日頃から開け放たれ、大きな衝立で目隠しされるにとどまっている。この私室にいつでも立ち入れるのは近習の宇井だけだが、寝室にいる主に用事があるときは、まずは衝立の向こうから声をかけるのが礼に適っているとされる。

「どうした」

太鳳が衝立から顔を出してやると、考えあぐねた様子の困り眉の宇井がいた。

「ええ……蕾翠様を、主上自ら幽閉──幽閉？　なさいまして」

「ああ。麗蘭皇妃の言いがかりがあったからな。あの父帝のことだ、幽閉の名目で保護したとか、そんなところだろう」

前の世界で沈清から聞いたのを思い出しながら頷く太鳳へ、宇井は明るい顔になった。太鳳が落ち込まないように、と考えつつも形式上は『幽閉』なのでどう伝えようか困っていたのかもしれない。

「幽閉先が貞寧宮とのことで、たしかにその通りだと思われます。ただ表向きは幽閉となるので、終日面会は不能とのことでして」

「そうか……少し聞きたいことがあったのだが、では、明日もお会いすることは適わないのか」

今回の毒が、少なくとも砒毒の症状と同じなのか否かを尋ねたかった。一体いつ頃まで父帝は、母を貞寧宮に置くつもりだろうか。

そう考えた後で、明日が——未来が来るのだということに衝撃を受けた。何しろ太鳳は、この大宴の日から先には行っていないのだ。

今回は龍生が生きている。青琴（セイキン）に殺されずに済む。だから明日は来るのだ。

つい笑いそうになって危うく押しとどめた。さすがにこの状況下では怪しかろう。

「よりによって貞寧宮が幽閉先では、劉（リウ）家のあの鳥は余計うるさくなっただろう」

「それもまた平常と言えますね。あの鳥は少々口が過ぎますので塞ぎたい気分で胸がいっぱいですが」

大衆の面前で蕾翠を『毒の巫女姫』と呼び訂正すらしないままだったのを、宇井は憤っているようだ。

「声高い鳥はある意味無害だ。放っておけ。——しばし眠る」

毒についてわかったとしても夜に聞く、と言い置き、太鳳は宇井を自室から追い出した。手ずから扉も閉めて、宇井の足音が遠く離れていくまで聞き耳を立てる。それからようやく、寝台に戻って大きく息を吐いた。

「いるのか」

声をかけると、寝台の陰から青琴が現れた。

実は宇井と話している最中、背後で音がした気がしたのだ。

「あの格子窓の手巾、あれは　太鳳様からの合図でしょうか」

「発見が早いな。あの布は今程垂らしたばかりだぞ。——もしや、それで呼ばれたと思いやってきたのか？」

「遊びでなさったことでしたら帰りますが」

「いや、言伝を頼みたい。毒を使った犯人が誰か相談したいと」

できれば龍生と直接会って話がしたいところだ。もし会うとしたら、昨日の朝会った無人の隣の宮がいいのではないだろうか。

太鳳の言葉を聞き、青琴は我が意を得たりとばかりに頷いた。

「実は私は、太鳳様をお迎えに上がったのです」


よもや自分が、近習の目を盗み窓から寝室を出る、などという行動を取る羽目になるとは思わなかった。いや、幼い頃にやったことはあるから、正確には二十一にもなって幼い子のような真似をする羽目になるとは、というのが正しい。

抜け出した先、青琴について寝室の窓下から白壁までを身を低くして素早く移動すると、木香茨(つるばら)や月季花の茂みの中へと引き込まれた。風呂上がりで中衣(へやぎ)だったため、身軽なのが幸いした。

なんと、花の蔓が秘密を守りでもするかのように、太鳳の宮と隣の宮の壁には穴が開いていた。

「青琴は壁を乗り越えて俺の部屋に来ているのだと思っていた」

「そんなことはできません」

あっさりと否定し、青琴はこの無人の宮の逆側の壁にも穴があることを教えてくれた。

東の区画には、皇太子専用の昭陽宮を含めて十五も宮があるものの、皇子の数は五と少ない。そのため無人の宮を一つ二つ挟む形で皇子たちの宮は割り振られているのだ。

「まさかこの穴、青琴が……」

「元々あったのですよ。おそらく一部の皇子が内々にやり取りするため、もしくは侍従たちの逢い引き用でしょうね」

「ふうん……」

いつまでも残されていることを考えれば、逢い引きの線が濃厚だろう。この抜け道を利用していた皇子が為政者になった時、自身の目の届かない場所で結託される恐れがあるものを放置するだろうか。当然潰すに決まっている。

よしなしごとをつらつらと考えながら、壁の穴をもう一つくぐった先で——太鳳は、待ち受けるように木陰に佇む龍生を見た。

「龍生様。小爺(わかさま)。おいでですよ」

小声で青琴が呼びかけると、月季花の蕾を撫でていた龍生がこちらを向いた。

「鳳哥」

一瞬で明るくなった笑顔で自分を出迎え、あまつさえ近寄ってきてぎゅうと両手を握ってくる。

「こうしてお会いできるとは思っていませんでした」

「あ、ああ……」

触れた手の大きさに驚きながら、太鳳はかくかくと頷く。ともかくここでは侍従に見つかるからと、庭先から龍生の私室へと連れ込まれる。

ほぼ太鳳の部屋と変わらぬ、小さな卓と椅子、架子床。その天蓋には昔通り、青龍が身をくねらせ舞う彫刻があるのだろう。

青琴は、続きの間で待機し、侍従たちがやってきたら時間稼ぎをすると言って出ていった。おかげで寝室には、小さい卓を挟み向かい合う龍生と自分だけになってしまう。

「……」

「……」

まず何を話せばいいだろう。ここへ来るまでの間に言いたかった様々な事柄は、すっかり頭の中から吹っ飛んでいた。

先程は感極まったように手を握ってきた龍生もまた言葉を発することがない。

おかげで部屋の中ばかりを見回し、あの調度品は見たことがないとか、脱ぎ置かれた赤の外衣が思いの外大きいとか、そんなことばかり目に付く。

「哥哥」

とうとう、龍生の方が口を開いた。ただ一言、しかし太鳳がまっすぐ目を向けるに十分な呼びかけだった。

嫌味を言わねば、貶めなくては、という気持ちを抱かずに見る龍生は本当に、ほれぼれするような美丈夫に育っていた。

眉は強く濃く、瞳は深い黒、明眸というにふさわしい。秀でた額、すっきりとした頬、引き締まったやや大きめの唇。黒髪の流れは艶やかで、頂いた小冠の細工もまた美しい。

この汪の次の皇帝となるのは龍生の方だと、素直に思えた。

「こうして来ていただけたこと、大変嬉しく存じます」

ゆるりと微笑む顔には、面影はあるものの見慣れたと感じる要素は少しもない。

「もうずっと二人だけでこのように面会する機会は取れないと思い込んでおりましたから、昨朝お会いした時を逃してはならないと色々、おかしなことも申しました」

「い、いや……」

　やり直しも三度目、龍生の声を聞き慣れたと思っていたのに、こうして向かい合い語るとまったくそうは思えない。小劇の台詞のように同じことを繰り返すわけではないからか。

　言葉遣いも大人びて、なんだか心に距離があるように思えて切なくもあり、こうして膝を突き合わせるような距離で語れること自体が嬉しくもあり、複雑な心持ちだ。

「正直を申しますと、哥哥にはお考えがあって私と距離を置かれていると、頭ではわかってはいたのですが——やはり心では寂しく思うこともありました」

「それは、悪いことをした……」

「いいえ。それより、昨朝思いがけずお会いできたこと、さらに忠告をいただいたことからその……舞い上がってしまって。本来なら大宴で、あんなふうに哥哥を庇ってはいけなかったと思うのです」

　けれど我慢できなくて、と笑う。少し言葉が崩れ、幼い頃の語り口が覗き、太鳳の頬にもほのかな笑みが降りた。

「いや、俺が口籠もったのが悪かった。お前が場を繋いでくれたおかげで沈清様の助け舟まで間がもった」

「……やはり、あの珊瑚でできた朱雀は哥哥が用意したものではなく——」

「ああ、本来は沈清様がご自身の名で献上する予定だったものだ。まあ俺の失態を隠すだけでなく、麗蘭皇妃の口説が聞くに堪えなかったのもあるだろうが」

　後見人として擁する皇子の援護をするのは当然といえばそうなのかもしれないが、大きな借りを作ってしまった。

　いずれ何を要求されることだろうかとぞっとしない思いを抱える。

　そんな太鳳の手を、龍生の手が包んだ。

　敵意なし、武器なしを示すため、自然と卓の上に乗せていただけ。なのに、温もりが触れた途端、なんだ

かまるで自分が誘い込んだような、奇妙な恥じらいが胸には湧いた。

　そんな太鳳の内心を知るや知らずや、龍生が低く呟く。

「本当なら私が、哥哥を守りたかったのに」

　すっと目を伏せると、沈清への敵愾心からか、長い睫毛に縁取られた瞳に酷薄な色が浮かんだ。血の繋がりは薄くとも、やはり沈清とは伯父甥の関係なのだなと妙に得心がいく。ただ、そんな冷えた表情をしながらも、言葉は在りし日の幼い龍生と同じように太鳳を想うものだから、心はふわふわする。

「……だが、お前は表立って俺と繋がりがあると見せてはならないからな」

「ええ。今の状況では余計にそうでしょう。我らが裏で結託して、大哥や四弟五弟ら邪魔者を廃し、どちらが立太子しても良い形を作り上げたように見えてしまう」

「そうだ」

　わかっているならいいと、なぜだか柔らかく心を乱してくる龍生の手の下から太鳳は抜け出そうとする。が、握る力を強くされて適わない。

「龍生」

「私は、哥哥をお慕いしています」

「慕う……」

　思わず太鳳は自身の視線が揺らいだのに気づいた。反して、龍生のまっすぐな眼差しに嘘偽りの匂いは微塵もない。姿も声も大人になろうと、龍生は昔のまま。

　そうだ、と納得する。これは、兄を慕う弟の温もり。手を見つめ、同じ言葉を繰り返した太鳳へ、龍生は困ったように小さく笑むと、ゆっくりと手を離した。

「……もちろん、共に育った兄弟として。家族として——常に、お慕いし続けていましたよ」

　共に育った兄弟。家族。自分たちは、それ。

　だからこそ太鳳は、龍生を害させまいとわざわざ疎遠を装い、いや、疎遠どころか政敵の振る舞いを続けてきたのだ。

「そう——お前は、俺を見誤たず、兄としてずっと信頼してくれていたのだな。……嬉しく思う」

　頷いて、龍生の温もりの残る手の甲を撫でて自身の体温で上書きする。自分の言葉に若干の違和を感じながら蓋をする。

今、すべき話をするべきだ。

太鳳の顔付きが変わったのを見て取ったか、龍生も気を引き締めたようだ。

「まず、昨日の朝はいきなり食事を摂るな、などと言ってすまない。あれは」

やり直し三回目だから、と言っていいものか躊躇う。龍生なら信じてくれるとは思う。なのに、もし欠片でも不信の様子が見えてしまったらという危惧(きぐ)が、結局「神託」という言い訳を使う選択を太鳳にさせた。

「……その、夢の形でいただいた神託では、毒がすべての皇子に盛られていたところまで判明しているわけですね」

「ああ。だが、罪人を毒見に仕立てて実験しても、どの料理にどのような毒が入っていたかまではわかっていない」

「それについてはそのうち報告も上がってきそうですね。そちらで新事実が判明すればよいのですが――」

毒からも、怪しい人物からも犯人を絞りきることはできなかった。だが、一人で考え込んでいるより頭が働いている感覚がある。

「もしこの鏖殺が成功していたら、と考えてみるか……。そもそも、皇位継承者に思うところがあったとしても、衆人環視の中で皇子を皆殺しにするのは煽情的すぎるとは思わないか」

「皇宮内の出来事とは言え、民にもいつかは公表せねばなりませんからね。後嗣がすべて死んだなどと知れれば民心は惑います」

「そうなるとこれは、諸外国の工作か？　となるが……」

汪はすでに領地拡大の侵略戦争を仕掛ける国でなくなって永い。安定した帝国があるということは、周辺の小国もその恩恵に与(あずか)るものだ。隅々まで整備された農地と貿易路、汪水(おうすい)上流に当たる汪が治水を行っているから、下流地域も氾濫洪水の心配がなく、また河川水運も栄える。

「北方王国が唯一、どうにか対立国となるかどうかといったところだな」

「しかし北方大王との盟約は生きています。苗遠(ミヤオイエン)皇妃と玄麒(シュエンチー)大哥(あにうえ)がこちらにいるということもありますが、近年北方では穀物の不作が続いた模様。こちらとの同盟破棄、貿易破棄は堪えましょう」

「北の土地を捨て汪を侵略しに来る――には、彼の国は人的国力が足りないか」

「それもありますし、そもそも人種的にこちらの湿気た暑さは苦手だといいますね。玄麒大哥の体調がすぐれないのはそのせいだと、苗遠皇妃が以前訴えていらしたはずです」

「俺も聞いたことがあるな。かといって、南方は属国としてからすでに五十年は経つが、これも父帝の代になってから問題なく外交していたはずだ」

「はい。戦のできる体力ある周辺国はありませんから、皇子を皆殺しにしても何の利もないです。こちらに食い込みたいならば、むしろ皇子たちと姫を婚姻させる方が賢いやり方ですよね」

「そう……やはり蟲は身中にいる、ということだ」

父帝が政を丁寧に行っているおかげで、可能性を一つ一つ潰してゆけるのはありがたい。

「だとすると、皇子鏖殺により父帝に新たな妃を、と思う一族が国内にある――と考える方がいいのでしょうか」

「第一皇妃も第二皇妃も外国の姫だからな……汪出身の妃を増やしたいという気持ちはわからないでもない、が」

「その場合、現在第三皇妃第四皇妃を入内させている劉家と範家に毒殺犯はいない、それ以外の大家の計画ということになります。ただ、自分で申し上げておいてなんですが、あまりに気が長く分の悪い賭けです。皇子鏖殺犯と発覚すれば一族郎党絶えるほどの刑罰を与えられるうえ、そもそも父帝が新たな妃を娶るかといえば――」

「未だ母上を寵愛しているからな。似たような顔立ちの西胡人を探してくれればあるいは、とも思うが、まあ何にせよ気の長い話だ。新たに妃を入れることができたとしても、いつ皇子が生まれるのやらわかったものではない」

皇子の外戚となり権力を得ようと考えたとして、その計画はあまりに杜撰だ。意気軒高とはいえ父帝も不惑といわれる四十を過ぎた。若い妃を娶り子を生すより前に禅譲を考える可能性だってある。皇位の継承ならば皇子に限定せずとも、現在諸侯王に封じられている皇弟たちを皇籍に戻せばいい。まあ諸侯王となった叔父たちは揃って「皇帝の器ではない」とのんびり田舎暮らしをしているから、皇位を継いでくれるかは微妙なところだが。

「膠着した皇子たちの立太子問題に風穴を開けるため、皇子鏖殺を成して現在の皇妃たちとの間に新たな後嗣を儲けてほしい――というなら、今度は劉家範家以外の大家が怪しい、という線はなかったことになる」

「とはいえ……どちらにせよ新たに皇子をお産みになる可能性が高いのは蕾翠様ですよね」

寵愛の偏りを見れば誰が予測してもそうなる、と龍生は言う。その大前提を思えば、皇子鏖殺による新たな皇子擁立の夢を抱く一族などいるはずがない、と結論付けることとなる。

「なるほど……可能性を潰していくことはできますが、犯人に近づいている気はしませんね」

一人でこの作業をしていたら辛いな、と龍生が独り言のように呟く。

それでも、一人きりああでもないこうでもないと考えるよりはずっとましだ。

「――なぜ今だったのだろうな」

「とおっしゃいますと」

「今回のように、毒見による毒の検出が不可能ならば、大宴でわざわざ手を下さなくともいいはずだと思うんだが」

「たぶん……毒物は入手できてもそれを混入させる手札が足りないのではないでしょうか。大宴となればあちこちの宮から厨人が駆り出されます。一人潜り込ませられれば皇子の食事に毒が入れられるわけですから、各皇子の宮にそれぞれ配下を潜り込ませるよりずっと楽です」

「なるほどな。一族挙げての思惑ではないとなれば手が足りぬというのはありそうだ。前回の春の大宴でも、次回の秋の大宴でもなく、この時だった、というのも同じ意味だと思うか？」

毒の入手が今だっただけということもありうるが、と捕捉しつつ問いかけた太鳳に、龍生は何か思い当たったようだ。

「直接の関係があるかはわかりませんが、春の大宴との違いといえば、今回は皇子に関しての発表がある予定でした」

「玄麒大哥と北方属国の姫との婚約が成るという話だったな。ただ政略婚というにはさして条件が細かくないから、父帝には他の思惑があるのかもしれないが」

「皇宮内の一部では、その婚姻を機に玄麒大哥を皇太子として立てるのではないか、という憶測がなされていましたよね」

「……それが、今回の大宴で皇子鏖殺を試みた理由ではないかと？」

玄麒だけが狙われたならばきっかけとなりうるかもしれないが、実際のところ全員が死んでいる。そこまで考え、ふと思いつく。

「毒の配分を間違えた可能性はあるかもしれないな。たとえば健康な人間には軽い中毒症状を起こす程度の量、身体の弱い玄麒大哥だけを弑す量の毒を混入させたつもりが、全員が死に至る量を入れてしまった……」

「それはあるかもしれません。ただ――大哥はおっしゃっていました。自分の婚姻は冥婚のようなものだと」

「そんなことを……？」

冥婚とは、未通の男女が亡くなった場合、幽鬼になると信じられている伝承が元になっている。大抵は亡くなった子と年近い死体を探し、結婚を模して葬ることで魂を慰め、幽鬼となるのを防ぐ。宮城の南区画、民からの訴えを聞く部署の一つには「死体の斡旋」願いに来る者もいるくらいだ。

だがまだ生きている大哥がそのようなことを言うとは、と太鳳は驚いた。

「父帝にはそんな意識はなかったと思いますが、大哥はもう永く、いつ死の床に就くか、という心持ちで過ごしていらっしゃいますから。一国の皇子が死した後に冥婚というのも外聞が悪いし、このたびの縁談はちょうどよい、とおっしゃって近習に叱られていらっしゃいましたね」

「穏やかなだけかと思っていたが――達観なさっているというか。だが、大哥がそう言われるということは、やはり政略的な意味はさほど含まれていないのは明らかだ」

「ええ。皇宮内でもこの婚姻の条件について詳しく知る者、玄麒大哥(あにうえ)周辺の者、このあたりの人間はこの婚姻が立太子のよすがになるとは考えておりません」

「玄麒大哥(あにうえ)の立太子を警戒して事を起こしたとすれば、その者は中枢部にいる人間よりも情報に疎く、噂を鵜(う)呑(の)みにする性質」

「はい。得られた情報に差がある者を精査してゆけば、少しは絞り込みの手蔓になるかと思われるのですが」

「そうだな……」

　厨人を大宴の料理人として送り込むことができ、且つ皇宮内の噂を鵜呑みにしそうな人物といえば、麗蘭が思い浮かんでしまう。

　ただそれを口にしていいのかわからない。表向きは対立するような態度を取っているものの、実際のところ龍生が麗蘭をどう思っているのかいまいち不明なためだ。ようやく兄弟として手を取り合うことができたのに、実の母親を疑ったと心を閉ざされるのは避けたかった。

　麗蘭が条件に該当することは胸にしまい、しばし大家(きぞく)のうちでも中小の一族を中心に論議したものの、結局それ以上の絞り込みはできないまま時間は経った。

5.絶望

「暗くなってきましたね」

　だいぶ陽が落ちてきたようだ。初夏ゆえ、外にはまだ光が残るだろうが室内は仄暗(ほのぐら)い。小卓の小さな燭台に龍生(ロンシエン)手ずから明かりを入れる。

　今日は大宴の夜。この先に進めるのは嬉しいが、明日から行くのは未知の道となるわけだ。

　ふと思い出した。初めての死を迎えた日、初更(しょこう)に差し掛かる頃、毒実験の結果を携えて沈清(シェンチン)が宮を訪ねてきたことを。

　今回、龍生は生き残ったものの、皇子鏖殺未遂事件が起き、死罪人たちが毒実験をされたのはあの世界と変わらない。蕾翠(レイツィ)が貞寧宮に形ばかりの幽閉をされたのも同じだ。

　――ということは、そろそろ自室に戻らなくては。

「龍生、俺は一度戻る。何かあれば……」

　そう太鳳(タイフォン)が退席しようとしたところで、続きの間に控える青琴(セイキン)の声がした。

「小爺（わかさま）。お寝（やす）みでございましょうか」

「……いや。どうした」

「お薬の時間だそうです」

「ああ。今、襟を整えるからしばし待たせよ」

言って、龍生は太鳳にとりあえず身を隠すようにと、天蓋から下がる羅の陰へと導いた。そのまま扉へ戻ろうとするので軽く引き留める。

「薬とは何だ？　具合が悪いのか」

「いえ、麗蘭（リーラン）妃から贈られた丸薬がありまして――賢くなる神薬だと」

「そんなものあるわけないだろう」

「まあ、調べたところ羚羊角（れいようかく）や沈香（じんこう）を調合したものでしたので問題はなかったのですが、ほら」

硯箱（すずりばこ）の蓋を開け、さらに硯を取り出した下から出てきた箱を龍生は開けて見せた。かなり前からのものもあるのかすっかり乾いた大量の丸薬はからからと軽い音を立てた。

「初めのうちは私が飲むのを侍従は待っていたのですが、今はもう手が離せぬからと置いて去るように言い付けているのです」

「そうか……」

頷いた太鳳に「しばしお待ちを」と言い置き、龍生は寝室の扉を開けた。衝立の向こう側には、青琴と薬係の侍従がいるようだ。いつも通り「後で飲む」と済ませようとした龍生に、今日は色々あって疲れただろうからと疲労を癒やす丸薬も共に飲むよう、侍従が言い募っている。これは押し問答が続くかもしれない。

羅の陰から飾り格子の外を覗き見れば、裏庭はかなり青く日暮れているのが見える。そろそろ戻らないと宇井（ユージン）にも不在がばれるだろう。

こっそり窓から抜け出られるだろうか、と思案したところで龍生が戻ってきた。どうやら「後で飲む」の言葉に侍従が納得せず、震えながら「お身体をおいといください」と意見してきたため、面倒になって飲んでしまったそうだ。

「よほどお前の健康が大事と見える」

「なんだか妙に量が多かったうえに普段は強いて何かを訴えることのない侍従だったので、つい従ってしまいましたね」

母の薬が健康にいいとは思えないのですが、とため息をつくところを見るに、表面上の対立は演技ではなく本心なのかもしれない。

「身体をいとえという意見には俺も同意だ。——そろそろ宇井が声をかけに来る頃合いとなる。また明日にでも、時間を作ってこちらへ来よう」

「一人で宮までお戻りになれますか？　青琴をおつけしましょう」

「いや、壁の穴を抜けるだけだ。問題ない」

昔はよく二人で木香茨の隧道を身を屈めてすり抜けたものだろう、と昔話すると、龍生は嬉しそうに頷いた。

幼い龍生と、現在の龍生が自分の中でぴたりと重なった気がして、嬉しくなりながら太鳳は弟の住まう宮を後にした。


やってきた時と比べ、もう世界は青々とした夜の色に染まっていた。

まだ空の端に陽は残っているから真っ暗ではない。

物の輪郭が淡く夜闇に溶けそうで溶けきっていない、曖昧な世界。

まるで今の自分たちの状況にも思えて、浮かれていた気が塞ぐ。身を潜め、蔓花の下をくぐり、壁をくぐり、無人の宮の庭の壁に沿って颯々と駆ける。

玄麒だけを狙ったのに失敗して鏖殺未遂になった、という推測はかなりいい線だと思ったが、今回使われた毒についてよくよく考えるとそれも無理筋の気がしてきた。

ある程度大量摂取しなくては発現しない毒を、ある者には致死の量、ある者には中毒で済む量、とうまく調節して摂らせることが可能なものだろうか。毒見や給仕が犯人ならばともかく、食事はすべて同じ鍋で作られたもの。やはり犯人は、皇子を鏖殺しようと決めていたように思えてきたのだ。

無人の宮から自身の寝室近くへと壁穴をくぐったところで、太鳳は失敗に気が付いた。

下りる分には問題なかったが、寝室の窓は、足場もなく登るには少しばかり高い位置にある。こっそり外出したのだからこっそり戻るつもりだったのに、これは困る。

「……太鳳様」

途方に暮れたところで木陰から呼ばれ、太鳳はびくりとした。

振り向くと宇井が困り顔で手招きしている。

「ちょうど今、沈清様がいらしたんですよ。お迎えに参りましたのに寝室にはいらっしゃらないし窓は開いているし、なんとやんちゃなお子だろうかと私はもう本当に」

緊迫しているはずなのにヨヨと泣き崩れるふりをした近習は、こちらへ、と湯殿を上がった先にある衣裳庫へと太鳳を連れていった。私室ではなく応接の間で待たせているのでどの部屋から出てきたかはバレませんからと、太鳳を安心させる言葉と共に、上衣をきれいに着付けてくれた。

銀鼠色(ぎんねずいろ)に紺と銀糸の刺繍の上衣は、最初の世界で沈清と向き合った時に着用していた藍のものとは違う。

今、自分は異なる世界で、明日を生きるためにこうしている。その気持ちを新たに応接の間へと太鳳は参じた。

普段よりも気持ちの入った笑顔で、沈清の来訪を喜び、また、麗蘭からの追及を躱すために珊瑚作りの朱雀を譲ってくれた礼を深く述べた太鳳へ、沈清は上機嫌の声で言った。

「そんなことより、お酒を持ってきたのよ、太鳳ちゃん。――もちろん、飲んでくれるわよね？」

龍生に似た眼差しの、笑っていない笑みに触れ、太鳳はぐるりと世界が回転したような気分を味わった。経験が脳を揺らし刹那(せつな)のめまいを起こしたのだ。

沈清が持ってくる酒。それは、太鳳の粗相(そそう)への仕置きの酒。

媚薬だ。

麗蘭に付け込まれる隙を見せたことをもしや腹に据えかねてのことだろうか。ここ一年以上、そんなへまをしなかったので、あの媚薬に冒された時の悪夢を思い出し心拍がどくどくと上がる。

どうにか言い逃れできないかと目まぐるしく思考を巡らせながら、太鳳は薄笑みを浮かべたまま席に着いた。

沈清はそんな太鳳を眺め、卓に片肘で頬杖をつく。

「はあ。どうにもねえ。仲違いしたのかというくらい接点がなくなっていたのにね。今日はまたどうして、あれほど近づいてきたのかしら――麗蘭(あのおんな)の子供」

どきりとした。麗蘭相手に不覚を取った件ではなく、ほんの少しばかり龍生に庇われた件について責められるとは思いもしなかった。

「……さあ、兄弟たちの不幸を目の当たりにして冷静さを失ったのではないでしょうか。俺が生きていたので安堵したとか」

「ああ、そういう考え方もできるわね。——でもあの子、なんで毒から助かったのでしょうねえ？」

「それは」

「あ、お酒。美味しいから飲んでちょうだいな」

龍生が生きている理由をでっちあげようとした口を封じられ、酒を勧められる。逃れきれず、太鳳は杯を手にした。

「い、ただき、ます」

とろりとした透明な、甘ったるい香りのこれを知っている。最後に口にしたのは一年と少し前。龍生にほんの少しの助言を与えた日に飲まされた。

——大丈夫。どうにか我慢できる。

別に、沈清はこれを飲ませて自分に無体なことをしようというわけではない。自分の情けない姿を見て溜飲を下げたいだけ。あとは自分の問題だ。龍生を相手にしての性夢を見てしまうのは、自分の心の問題だ。

意を決し否応なく鼻に入るその香りを一気に飲み干すと、喉元から胃にかけてじわっと熱が広がる。

「ねえ、太鳳ちゃん。今日のことだけれど、主上のお言葉を遮って何を言おうとしていたの？」

「……夢で、皇子の毒殺が行われることを知り——まさに神託ならんと思い」

「ああ。それで太鳳ちゃんは皆に警告しようとしたのね。それが適わず、あなただけは食事をしなかった。なるほどね」

ふうん、と美しい瞳に酷薄な色を乗せ、沈清が問い詰めてくる。

まだ媚薬の効果は出ていない。だが酒と共に摂取したためか頭がふわりと揺らぐ。難しい問答ができなくなりそうな予感を抱える太鳳へ、容赦なく沈清は突っ込んでくる。

「じゃあ聞くわ。龍生（あのこ）が助かったのはなぜ？　アナタ、一皇子や双子たちの近習には宇井ちゃんを遣わしていたでしょう。三番目には表立って宇井ちゃんが近づくことはなかった。なのに三番目は生きている。ということは？」

「……宇井と、龍生の近習が顔見知りでしたので……大宴の直前、玄麒大哥(あにうえ)たちにしたのと同じ警告をさせたのです」

「ああ。そういうこと。そうしてあげてもまあ、いいわ。ともかくもアナタの預言を信じたのは三番目だけだったため今も生きている……ということね」

　龍生と太鳳自身が繋がっているという言質(げんち)は得られなかったようで、苦笑して沈清は切り替えた。

「結果から言えば龍生が生きているのは悪いことではないわ。アナタ一人が生き残ったりしたらとっても面倒くさいことになっていたの、わかるかしら」

「……一部不見識の者からは、俺や大伯(おじさま)が、皇太子の座を狙って兄弟たちを殺したと思われるから、でしょう」

　座っているだけなのに息がほんのりと熱く、上がってきている気がする。そうさせるのが酒なのか媚薬なのかわからないまま、太鳳は口をついて出る推測を垂れ流した。

「そうよ、その通り。お酒を飲んでそれだけ考えられるなら、太鳳ちゃんの頭はしっかりしているようね」

　ぱちぱちと小さく手を打って、沈清は喜ばしそうに笑う。目は無機質に冷たいままで。

「辛そうねえ」

「少々――酔いが、回ったようで」

「色々あったから疲れたのでしょうね」

　労いの言葉をかけながら、沈清は仮面のような笑みを浮かべ立ち上がった。

　ゆったりとした動作で太鳳の椅子の背後に回り、背もたれに手をかける。気配でわかるけれど太鳳は、蛇に睨まれた蛙のように身じろぎできない。

　衣擦れの音。沈清が軽く腰を曲げたのだろうか。わずかな空気の動きも辛いくらい感じるようになってしまった太鳳の肌に、そっと吐息を吹きかけでもするかのように、耳元へと口を寄せて囁く。

「何が、でしょう……」

「思えば不思議ねえ」

「アタシはアナタを、その姿だけ見て気に入っていると思っていたのよね。心を向けているわけじゃないって。でもなんだかすごく、麗蘭の子に——龍生に庇われているのを見たら腹が立ったのよ。太鳳ちゃんはアタシのなのに、って」

「俺が、今いられるのは、大伯が後見を買って出て、くださったおかげ……ですからね」

勝手に浅くなる呼吸を抑え、息継ぎ多めに途切れ途切れに感謝を述べる太鳳に、ふふ、と笑う息がかかる。

「ほんと、辛そう。でもそうして耐える姿はとても良いわ」

「申し訳ございません——酩酊しているようです」

媚薬による発情だとわかっていながら、そして太鳳がそれに気づいていると知りながら、核心には触れぬような言葉遊びをする。太鳳の自制心が面白いのか、沈清はどこかしっとりと甘い声で独り言つよう呟いた。

「……抱く。抱かれる。どちらもさほど興味はないわ。だからこれは嫌がらせね」

嫌がらせ。

やはりこの薬で太鳳をどうにかしようという気はなかったのだなあ、と妙に感慨深く思う。

背後にあった沈清の気配が、すっと離れた。大卓の脇へゆるりと歩いてきて、宇井が用意しておいた酒を手ずから酌をして呷る。

「事件の話だけれど。毒については実験したもののほとんどわからなかったと言っていいわ。とりあえずある程度の量を食べないと死罪人は死ななかった。毒見奉侍によると食材には問題がないってことだったのだけれど、となると毒混入の機会があった毒見と給仕が怪しくなるでしょ。でも主上が即座に身柄を押さえて身体も服も隅々まで調べたのに何も見つからなかったわ」

「毒が……見つからない……？」

低く静かに呼吸を殺しながら尋ねた太鳳へ、沈清は眼差しの圧を緩めた。

「辛そうねえ。毒実験の話はまた今度ね。明日も調査があるけれど、小劇へ行く予定を変えることもないわ。刑部には朝のうちに太鳳ちゃんに聴き取りするように言ってあるから、今のように隠し立てせず答えなさい」

「かしこまりました」

疼き始めた身体が揺れないよう、身を固くして肯う。

「さあて、長居もなんだし帰るわ。——ああそうだ。

その『お酒』、未通なら男女変わらずまあ多少劣情で身が緩むという程度だから安心なさい」

「未通、でない場合……どうなるのです」

「目の前の人物が意中の人に見えてしまうくらいに効くそうよ。幻覚は、幻覚の中に生きている間は真実だものね。思いを遂げたつもりになりたいだけならいい手ではあるかもしれないわね」

じゃあまた明日と、言いたいことはすべて言った、というような満足げな様子で沈清は自身の近習を連れて去っていった。

――未通の、場合は、あまり問題がない、だと……?

以前飲まされた時よりもずっと強い効果が出ている気がして、太鳳はよれよれと椅子から立った。沈清に人払いされ部屋を出ていた宇井が、即座に戻ってきて支えようとしてくれるが断る。ほんの少し肩を支えられるだけでも危ない予感がする。

「沈清様のああいうところだけはいただけません」

小声で、しかしきっぱり文句を言う宇井がちょっとばかり頼もしい。同意だ、と劣情に体内を駆け回られて辛い中太鳳は頷く。

「夕餉を、食べる気分、じゃない……寝てしまうので、朝まで、放っておいてくれ」

「かしこまりました」

結局太鳳が一人で歩いて寝台に至るまで、宇井はきっちり見守ってくれた後、出ていった。

喉の奥、苦しさを我慢するような吐息が勝手に漏れる。横になったら余計、身体の感覚が鋭敏になったような感じがする。劣情で身体が潤み揺れるような感覚。もう、味わいたくなかったこれ。

本当に未通なら大した効果がないのだろうか。腰衣の中が不如意に硬さを増している。

辛い、けれど萌したものに手を掛ける気はない。

ただ瞼の上へ両の手を置き、この身の内の嵐が過ぎ去るのを待つ。

いっそ眠ってしまえたらいいのにと思う。龍生の夢さえ見なければ、眠りはたぶん救いだろう。

そんなことを思う間に、いつしか太鳳は寝入っていたらしい。

そよ、と頬に風が当たる感触を得て目を覚ました。

窓が開いたのだ。

「……青琴？」

身体の不具合が去ったことを確認しつつ、ゆっくりと太鳳は起き上がった。影がするりと羅の内側に入り込んでくる。

球形燭台を持ってきていないのか、青琴の顔は見えない。

なんだか嫌な予感がする。この薄暗い空気に、太鳳は一度晒されたことがある。

「……龍生はどうしている」

呟いた言葉が悪かったのかどうか。

天蓋の内側、さして広くない空間にどっと緊迫した気配が漂った。青琴が、息をぐっと詰めたせいだ。気のせいなどではない。

「どうしているか、と。貴方が一番よくご存じなのでは」

「何を」

言っているんだ、という疑問の声は、ぶつかってきた青琴の身体で止められてしまった。

鳩尾の辺りに熱い痛み。

これはあれだ。匕首で刺されたのだろう。

「貴方がお帰りになられた後、夕餉の支度ができて呼びに伺うと、すでに龍生様は事切れておられた」

「……な、に」

「最初はお疲れが出て気を失われたのかと思った。けれど血を吐き息がなかった。それに大宴の時、四皇子五皇子から匂ったのと同じ、木の実の香りがより強く匂った。となれば同じ毒ということです」

「な」

あの香り、青琴も嗅いだのか。そして龍生から同じ香りがしたと。ならば毒の本質はあの香りなのか、そんな考えも傷の痛みで散漫になる。

「最後に龍生様がお会いしたのは太鳳様、貴方です。貴方が差し出したものなら、龍生様はそれが毒でも飲むでしょう。……一体、なぜ一回は龍生様を救ったのです？　ご自身だけが大宴で生き残っては目立つからですか？　後から龍生様を弑し奉ればよいと侮られたのですか」

「お前、は……考え、違いを」

まったく何ということだろう。

青琴は頭が切れるが龍生のこととなると馬鹿だ。恨み言の断片を繋ぎ合わせれば、龍生が自室で毒殺されていたことになるが、それならば侍従に飲まされた丸薬の方がうんと怪しいではないか。太鳳が龍生を陥れる理由などをくだくだ考えるよりも先に、丸薬の出処を探れという話だ。

腹が熱い。喉元にも血液の逆流を感じる。

――龍生が死ぬと、青琴が俺を殺しに来る。

とんだ確定事項だ。

だが、これは二度目だからわかること。青琴の暴挙を毒殺犯は読めるだろうか。無理だろう。

毒殺犯は、龍生を殺した後、太鳳の始末をどうつけるかも決めていたはずだ。

ここで太鳳が殺されたら、きっと毒殺犯の思惑は潰えたことだろう。そこだけ少し痛快だ。

「ああ……」

手指の先が冷たくなって感覚が薄れてきた。傍らで青琴がしくしく泣きながら「龍生様は貴方を信じていたのに」と恨み言を吐いている。お前も信じてくれればよかったのに、とちょっと腹が立つ。

――せっかく明日がどんな日か確認できると思ったのに。

死にゆくことについて大した感慨も持てないまま、太鳳は真っ暗闇の中に落ちていった。

幕間　蕾翠(レイツイ)と桂都(グウイド)

桂都(グウイド)が書状の墨字に鼻をくっつけ呟くのを見て、蕾翠(レイツイ)は呆れて笑った。

「匂いが違う」

「またそんなものの匂いを確かめて。何をしているの」

「ああ……これらは皆、太鳳(タイフオン)が献策してきたのに発案者として龍生(ロンシエン)の花押があるものなんだ。記述者が太鳳。さらに龍生を良く思っていない沈清(シエンチン)の認め。どういうことだと思うねレイツィア」

「そうねえ」

　二人きりのときは故国の言葉で話してくれる連れ合いに尋ねられ、蕾翠は両手で包み込んだ茶器へと視線を落とした。

　こちらに嫁いで二十年、汪(おう)の言葉はすっかり覚えたものの、故国の歯切れ良い発音法がどうにも修正できず、こちらの言語を使うと大変つっけんどんな喋り方になることを気にしている蕾翠としては、故国の言葉はありがたい。

「花押というのはサインでしょう？　しかもこの国では筆で書くから偽造は難しいはず――龍生と太鳳が水面下で繋がっていて、沈清に認めの花押を書かせた後で、龍生が発案者として花押を入れた、というところかしら」

「最初は私もそう思ったんだが。どれもこれも匂いが違うんだ」

　言って、大国の皇帝はまた紙を嗅いだ。

「子供たちには立志の祝いに際してそれぞれ違う産地の墨と硯を贈ってある。だから、墨書の匂いもそれぞれ違う。龍生の花押なのに、太鳳に遣った墨の匂いがする」

「太鳳が龍生の花押を模した、と考える方がいいのかしら」

「うん。龍生が太鳳の宮へ行き、太鳳の墨を使って書く、というのは侍従たちの目があることを考えると実現は難しそうだからね」

「ということは――沈清は太鳳の献策と思って認めを入れた。太鳳は奏上の際は龍生の名を出さなかった。けれど書類上は発案者が龍生となっているから実際の考課点は龍生のもの……という流れになるわけね。どんな事情があるのかしら」

「君が皇后になどなりたくないと長年言っているから、その望みを叶えるためかな」

「ああ……沈清は太鳳を皇太子にしたくて発破をかけているはずだし。板挟みをやり過ごすためかもしれないわね」

沈清は、異母妹――麗蘭を皇后にすることだけは阻止したいと思っているらしい。

「本当に立太子問題は頭が痛い。私のときと違い、選ぶ時間が多く取れるのだけが救いだね」

桂都の親、前皇帝はかなり遅くまで子を生すことができなかった。若い皇妃を得てようやく数人皇子を得たが、彼らが皇位を継ぐにふさわしい年齢になった時にはすでに六十を越え、譲位を急がれる年齢となっていた。それを思えば、息子たちが二十歳そこそこ、桂都は不惑を越えて数年程度の現在はましな状況なのだ。

「適性で言えば玄麒もありなんだ、無理やり改革を進める性質ではないから私の路線を忠実に継いでくれるだろう。兄の忘れ形見でもあるし」

「体調が万全だったらそれが良いと私も思うわ」

心底皇后の座には興味がない蕾翠が頷くと、桂都は苦笑いをした。

「太鳳も良い。龍生も良い。誰が皇太子になっても問題なく国家運営は可能なのに、何かしらの瑕があってうまくいかない。まさに玉に瑕だ」

「沈清は龍生自体が嫌なの？　麗蘭妃を皇后にせず済むならば龍生を推してくれたりしないかしら」

「たとえば苗遠を龍生の養母となし、皇后に据える――など？　麗蘭を黙らせられる気がしない」

というより、できるだけあの女には関わりたくない、と桂都は皇帝にあるまじき弱音を吐く。

「あの女呼ばわりはよくないわね」

「君との会話でしか言わない。言葉がわかる相手には聞かれても問題ない」

そうため息をつかれ、蕾翠もそれ以上の注意をやめた。麗蘭とは義姉妹の契りとやらを交わしはしたものの庇わなくてはならないわけでもない。それに、ひどい媚薬を盛られたとその昔、桂都は気を病むほどだったのだ。以来、麗蘭の宮を訪っても水一杯すら口にしない。

「沈清が龍生を嫌うのは、麗蘭の子という以外にも容姿の問題があるんじゃないかと、最近私は気が付いたよ。龍生も二十歳を迎えて、沈清の父――龍生の祖父といよいよ瓜二つになってきた」

「龍生と沈清を見れば想像もつくけれど、若い頃は大変な美丈夫だったと聞いているわ。まったく政治に興味がなくて本の虫なのだとも」

　劉（リウ）一族の本家には娘しかいなかったため、容姿を買われ分家筋から婿養子に入ったのが沈清の父だ。しかし本家の娘である本妻になかなか子ができず、劉の分家出身の第二夫人が宛てがわれたと聞く。その側室との間に生まれたのが沈清で、後から生まれた麗蘭が本妻の娘となる。沈清と麗蘭の確執は、麗蘭の母の二夫人いじめが原因だと聞いている。

「政治だけでなく内向きにも興味のない男で、沈清の母がいじめられようとまったく意に介さなかったらしい。それで沈清は父のことも劉家のこともほぼ見限っているというわけだ」

「それは初耳だわ」

　蕾翠は故国の兄を思い出した。

　敵対勢力には冷酷に死を与えるくせ、懐に入れた者には砂糖のように甘い。そういった割り切りが沈清には毅然（きぜん）とした態度に見えていたのだろうか。桂都の留学に随伴してやってきていた沈清はひどく心酔していた。

　沈清が現在、女性らしいまろい口調になっているのも、蕾翠の兄から「お前の語り口調は甘く耳に心地よい」と褒められたためだ。たしかにこちらの発音法は、蕾翠の耳からすると甘えるようなかわいらしい響きに聞こえる。そこを誇張したためああなったのだろう。

「何にしろ、龍生を皇太子するのは無理なようね」

「沈清はしばらくあの地位に就いていてほしいからな。無理にも龍生を皇太子にしたら隠遁してしまいそうだ」

「夏の大宴でも立太子の選はないということね」

「そろそろ歴臣もうるさいので決めたいところなんだけれどね」

　太鳳を皇太子に推薦しては駄目かと、桂都が蕾翠を窺ってくる。

　本音の部分でいえば、もしもなってしまったら皇后の職務をきっちりこなす覚悟はある。ただ、太鳳は自身の容姿を誇りつつも引け目に思っているようだったから——頂点に立てば皇子でいるときの何倍も、悪意に晒されることになるだろう。本人にも覚悟があるならばよいけれど、わざわざ龍生の花押を模した奏上書類を作る時点で皇太子になる気など無いのが伝わってくる。

——ならばやはり、立太子などはかわいそう。

だから蕾翠は今日も、桂都が寄こす眼差しの打診をさらりと無視して放置したのだった。

四章　命の数

1.再会

「待ってください」

龍生(ロンシエン)の声。

夜気の忍び込んだ室内とは打って変わって、陽射しに晒された屋外の空気。

——ああ、くそ、まただ。

また、戻ってきたのだ。あの日に。

初夏の午前の光の中、やや荒れた無人の宮。

太鳳(タイフォン)は、呼びかけてきた相手へ向き直り、ずいずいと歩み寄った。

「龍生」

「に……哥哥(にいさま)？」

待ってくれと引き留めたものの、本当に太鳳が待つとは——いや、踵を返して自分の真ん前までやってくるとは思いもしなかったようだ。つい数刻前まで向き合って話していたのと同じ顔、けれど自分と和解したことなど知らぬ龍生は、面食らったようにこちらを見下ろしている。

『青琴(セイキン)に、俺はお前の敵にはならないとよく言い含めておけ』

　そう文句を言おうとしたものの、そんな場合ではない。

　侍従の目もなく龍生と語れるのはこのわずかな時しかないのだ。まず伝えなくてはならないことは。

「お前を、嫌ったことはない」

「え……」

「お前はもちろん、俺を信じてはくれていただろうが不安もあったろう。だが、お前を嫌って、今まであのような態度を取っていたわけではない。ちなみに皇太子になりたいわけでもない」

「違うのですか」

「そのあたりの詳しい事情は時間があるときに教える。それより、明日の大宴のことだ」

　龍生が今でも自分を慕ってくれていると、一つ前の世界で実感できたからこそこんなふうに傍若無人(ぼうじゃくぶじん)に振る舞えるのだと思うと、そんな自分を少し傲慢にも感じる。だが時間がないのは真実だ。

　太鳳の勢いに気圧(けお)されたか、龍生は真剣な眼差しになってこちらを見つめてきた。

「まず一つ、大宴で食事を摂るな。毒が入っている。どの皿に盛られているかわからないからすべて残した方が確実だろう。もう一つ、できれば自然な形で食事を摂らないようにしてほしい。俺も食事しない予定だが、二人して食事をしないのは怪しい」

　前回沈清(シェンチン)に怪しまれたことを踏まえて告げる。つらつらと要望ばかりを述べる太鳳を眺めていた龍生は、ふむ、というように頷いた。

「……体調不良ならば問題なさそうにも思えますが、朱雀帝を祀る神事でそのような状態なのは各方面からの心証が悪くなりそうですね。食事が始まる頃には詩歌が読まれ始めます。何か即興詩でも作り、唄うことで食事に手を付ける暇がないというのはいかがですか」

「ああ、それでいい。俺は胃の腑が痛くなる予定だ」

　詩作の発表の方が当然、印象が良い。そちらは龍生に任せるとする。

　他に龍生に伝えること、聞きたいことといえばあれだ。

「お前が夜、丸薬を飲んでいるのを知っている者はどのくらいいるんだ」

「丸薬……麗蘭(リーラン)妃が寄こしたものでしたら、宮の人間は皆。他にも、麗蘭妃があちこちで吹聴しているので後宮の方々や、近習伝いで大哥(あにうえ)や四弟五弟も知っているでしょう。下手をすると廷臣たちも」

「な……なぜ吹聴しているんだ、麗蘭妃は……」

「羚羊角(れいようかく)などやや貴重な素材を息子のために惜しみなく使う母であると喧伝したいのでしょうね」

まあここ何年も飲まずに過ごしていますが、と前回の世界で言っていたのと同じことを龍生は付け加えた。

かなりの人数が、皇妃が薬を贈ったと知っている。となると丸薬は、毒殺犯が新たに作り龍生の宮に持ち込んだと考えることもできるのか。侍従が怯えていたということから、毒の丸薬を確実に龍生に飲ませるよう、犯人が強いたのかもしれない。

「……もしも今後、侍従に目の前で飲むよう懇願(こんがん)されても絶対に飲まないように」

「懇願……。わかりました」

真剣な顔で頷き、その眼差しのまま龍生は「哥哥(にいさま)」と呼びかけてきた。

「どうして今日は、このようにお話ししてくださるのですか？　まるで昔に戻ったようで……とても、嬉しい」

「……昔は、こんなに偉そうな口は利かなかったはずだがな」

離れていた年月の間に大人らしい言葉遣いを身に付けたせいで、どこか尊大な物言いが染みついてしまっている。不本意さを見せた太鳳に、春のような風情で龍生が笑う。

「私ももっと甘ったれた話し方でしたよ」

「……それもそうだ」

にいさま、と舌足らずに呼ぶ幼い姿を思い出して太鳳も笑う。初夏の風が頬の上を撫で流れていくように、胸にもさわさわと爽やかなそよ風が吹いている心持ちだ。

やり直しの積み重ねがあるがゆえに自然に龍生と語ることができている自分と違い、いきなり親しげにされたはずの龍生が自然体で微笑んでくれるのが嬉しい。

――『ずっと、家族としてお慕いし続けていました』

……か。

前の世界の龍生の言葉を反芻して、あの時に覚えた微かなしっくりこない感覚に気づきそうになる。けれどそんなものを深く掘り下げている場合ではないから、太鳳は半歩、後ろへと下がった。

「そろそろ行かないと宇井が変に思う」

「また、お会いできますか」

「……一人になれた時には窓に目印になるようなものを垂らす。青琴あたりに確認させてくれ」

「わかりました」

頷く龍生を見つめる自身の視線を引き剝がし、太鳳は白壁の扉へと振り向く。しかし、

「鳳哥」

去り際、背後から手首を握られた。

大きな手は、体感ではつい昨日の夜にも感じた温もりと同じ温かさをしている。思わず見返った自分がどんな表情をしているのかわからない。目線の先、龍生はどこか困ったように自分の手を見て、太鳳の顔を見て、ゆっくりと手を下ろした。

「必ず、また後で」

「——ああ」

かつて太鳳が先に東の宮に入ることになったとき、離れたくないと駄々をこねる龍生を諭したのが「また後で」という言葉だった。何気ない日常のひと言の方が上手に龍生を宥められると思って口にした。しかし東の宮で再会しても、太鳳は昔のような親しさを龍生に見せることはなかった。

そんなことを龍生が覚えていたのかどうかはわからない。けれど「また後で」に「必ず」を付け加えた意図を深読みして、太鳳は胸を押さえた。

白壁の扉を抜けた先には、ちょうど白い花を抱えた宇井がやってきたところだった。

もう何度も見ている光景なのに、いつになくその花が光に映えて見え、眩くて太鳳は目を細める。

「木香茨か。美しいな」

「はい。一つ一つは小ぶりですがみっしりと咲くので見栄えが良いですよね」

この世界に気に入る色などない、とでも言わんばかりの顔をしてこの数年を過ごしていた太鳳が、いきなり花を褒めたりしたため宇井は驚いたようだ。目を丸

くしながら頷いている。まあ我ながら、自分の変わりようが可笑しくはなる。

龍生との対面が順調だったせいか常になく気が逸っている。この流れを止めぬよう、まずすべきことをこなすため、太鳳は襟を直し、毅然と宇井に命じた。

「今日のうちに母上に会いたい。もう午になってしまうから、即刻面会のお約束を取り付けてくれ」

「は。かしこまりましてございます」

なぜ、などとは聞かず、宇井は身を正して肯った。手にしたこんもりとたわわな白い花を、呼びつけた侍従に任せ、自身は一礼をして太鳳の前を辞す。

迅速な手配だったようで、午餐の最中には面会時間の連絡が尚舎監から入った。

――母にはすべて話す。

何度も死んではやり直していることもすべてだ。

軽い昼食を終え、花茶で口内をすっきりさせると、皇妃に会うにふさわしい衣装を着付けさせ、太鳳はさっそく宮を出ることにした。

幼い頃から何事も、まずは話を聞いて判断してくれる母だったから、未だにその安心感を覚えているのかもしれない。血の繋がりのせいか。そうでなければ幼い日々培った相互の信頼。そんなものがあるのだろう。

――だが、前回、龍生にはやり直しについて語ることができなかった。

菓子として水蜜桃を籠に入れ携える宇井の背を眺め、太鳳は眼差しをそっと伏せる。

龍生を信頼していないわけがない。けれど、龍生にもしも――頭がおかしいと思われたらどうしようかと憂う気持ちが、やり直しについて告げようとする口を重くした。

母と、龍生は違う。

共にあの弘徽宮で育ち、胸を開いて語り合った兄弟だというのに、母と龍生には差異がある。

嫌われたくない、という気持ち。母に対しては、けっして自分を嫌ったりしないという盲目的な信頼があるというのに、龍生に相対するときは万一の際を考えてしまう。そんなことあるわけないと頭でも心でも理解しているのに、もしも万一嫌われたらと思うと恐ろしい。

たぶん、最初の世界の経験があるせいだと思う。結果的に龍生が自分を嫌っているわけではなかったとわかったけれど、初めて死んだあの世界において、太鳳はずっと憂鬱だった。「髪を染めたらいい」というたったひと言には、子供の頃の二人の思い出を引き裂く鋭さが含まれていて——嫌われたと思い込み、悲しみと苛立ちを混同した曖昧な鬱屈を抱え込んだのだ。

「太鳳様。どうぞ」

思い沈んでいるうちに後宮の外とも内ともつかぬ面会のための宮へと着いていた。尚舎監が開けてくれた扉の脇に立ち、宇井が促してくる。中は面会の部屋と、近習が侍る場合の次の間がある。茶道具などもありゆったりと落ち着ける造りとなっている。

「珍しいこと。お前が面会の連絡をくれるとは」

金の髪に白い牡丹(ぼたん)の髪飾りを着けた母は、ゆるりと椅子に掛けた。太鳳と同じく色素の薄い姿で、髪飾りも衣装も柔らかな色をしているせいで現実味のない美しさだ。宇井が淹れてくれた茶を口にする指先まで優雅なのに、語調がどこかつっけんどんなのが不思議な魅力を見せる。

「普段は祥花(シャンホワ)が会いたがった時、母上から連絡をくださいますからね」

今日は妹の祥花は抜きで、と頼んだために太鳳と蕾(レイ)翠(ツィ)の二人だけだ。話の内容を鑑(かんが)み人払いしたので、それぞれの近習も次の間で待機している。

「遠回りな話はなしにします。実は俺は、世界を何度かやり直ししているようなんです」

「ふうん。お聞かせ」

興味深そうに蕾翠は卓に頬杖をついて身を乗り出してきた。思った通り、こちらの頭を訝しむ様子は欠片もない。太鳳が荒唐無稽(こうとうむけい)な切り出しをしたにも関わらず、本当に相も変わらず浮世離れした女性だ。だがありがたい。

初めて死んでから三回目に死んだ前回までの話を、太鳳はできるだけ客観した視点で長く詳細に語り尽くした。蕾翠の目は一度も興味をなくすことなく、まっすぐにこちらを見つめ続けていた。

「——母上にお聞きしたいのは毒のことです。それなりの量を摂取せねばならず、即効性とも思えないのに症状は激烈。純正の砒毒はこのように人を殺すものでしょうか」

「ふん……喉や胃粘膜の爛れを感じたと言ったね。少なくとも砒毒は激しい糜爛の症状は出ない。あるのは嘔吐と腹痛、心拍の増進、血脈の圧が一時的にひどく上がる。不随意の筋肉運動、痙攣。呼吸困難。頭痛は起きるな、これはかなり強いはずだ」

　頬杖をついているのとは逆の手、長い爪の先でコツ、コツ、と音楽を奏でるように卓を叩きながら蕾翠は美しい翠の瞳を瞬く。

「だがお前が感じたという、青い木の実の匂い――これもない。砒毒ではないだろうね。というより、そもそも純正の砒毒はそのように急性に死ぬように使うものではない」

「量の調整が困難なのでしょうか」

「いや、薬匙に半分も盛れば誰でも死ぬ。まあ楽に死ねる量は体格を考慮しないと難しいが。それよりも、考えてごらん鳳児。せっかく銀に反応しない特性を持つのだぞ？　日々、少量ずつ呑ませるに決まっているだろう。まあ、あまり長期にわたると身体に斑紋ができるなど砒毒の特性が露わになってしまうからな。弱った人間にうまく摂取させて砒毒と見破られる前に殺す、というのが正しい使い方だ」

　淡々と毒の使用法について語られ、少しばかり太鳳は面食らった。

「母上がそのように恐ろしい話をなさるとは思いませんでした」

「そりゃあ、お前と一緒にいたのは十一までだもの。そんな小さな子の前でする話ではなかろうよ。――そうだな。お前が秘密を話してくれたから妾もばらすとしようかな。あの毒の巫女姫とかいう秀逸な渾名、あれは本当さ」

　金色の睫毛を伏せ、微笑みの形に口角を上げて蕾翠は桃を食べた。

「弱った人間、死期の近い人間を見極めるのは妾の役目だった」

「……見極められる、のですか」

「疲れるから普段はしない。死期が見える、というよりは、命を見る。動物のものは目に入るだけで見えるが、人間の魂はちと色々なものが重なりすぎて見にくいな」

　集中しないとならないと言いながら蕾翠は、両の手の中指と薬指で眉をつい、となぞった。その指先を親指とくっつけ輪を作り、目を眇めて太鳳を眺めてくる。そうして「おやま」と呟いた。

「お前、命が四つしかないよ」

「四つ……しかない、とは？　どういうことです……？」

「言ったまます。——死んでもやり直しになる、と言ったね。なるほど心当たりがなくもないよ」

「ほ……本当ですか」

「ああ。お前、梅芳を助けたのを覚えているかい？」

前回のやり直しで、宇井と思い出を話した、池に落ちた猫を助けた件だ。頷く太鳳に、蕾翠は衝撃の事実を明かした。

「お前、あの時死んでいたのだよ」

「……生きていますが……」

「梅芳が命をくれたからね。妾の故国では猫には九つの命があると言われていた。幸せになるために、毛皮を変えて生まれ変わることができる、とね。お前が池の端で横たわっていたあの時、胸の上に梅芳が乗っていた。普段九つ見えていた梅芳の命は一つになっていた。ああ、お前に命をくれたのだな、と思ったのだよ」

「待ってください、では梅芳はもう生まれ変われないのではないですか」

愛らしい茶と白の縞猫を思い出し、太鳳は眉を下げた。蕾翠は笑っている。

「幸せになるために命をたくさん持っているんだよ。お前みたいな直情な子が、自分の命を顧みずに池に飛び込んだことを梅芳は幸せだと感じたのだろう。まだまだあの子は長生きしそうだし、命を返すこともできないのだから、今度はお前が幸せになるためにその命を使えばいいだろう」

「そんなことでいいのでしょうか」

「所有者が変わっても使用法は変わらない、ということでいいんじゃないか。お前の場合、命を生まれ変わりに使ってもきっと幸せにはなれないのだろう。この世界でしか摑めない幸せがあるのだよ。だから世界をやり直すことになっているのだろうね。——お前が納得する幸せとは何だか、わかっているかい？」

「……誰も死なず、毒殺の犯人が判明し罰を受けること、です」

「ならばそのために命を使うといい。梅芳も喜ぶだろう」

桃の蜜で汚れた指先を手巾で拭い、蕾翠は不思議そうに首を傾げ、言葉を付け加えてきた。

「それにしても、八つの命を梅芳に貰ったはずなのになあ。お前の話だと三回死んだということだから、残りは五つのはずだろう。どう見ても残りは四つ。もしや一回、お前が気づかないうちに死んでいるってことはないかい」

「さすがに眠っていても死ぬ際には気づくと思うのですが」

「聞いたところ死というのは相当苦しいようだしね。死んだことを忘れるなんて話はなさそうか。まあ母としてはあまり苦しい思いはしてほしくないから、できるだけ早くお前が幸せに辿り着けるように願うよ」

太鳳の言うことを全面的に信じてくれた母が祈ってくれるのが心強い。すべて受け入れられるこの安心感こそが家族というものなのかもしれない。

「ともかく、お前がこの局面を乗り切るために死ねるのはあと三回。生きてこの世界に残るために最後の一つは残しておかないとならないからね。それまでに毒殺犯を確定し無力化する手立てを見つけなくてはならない」

「そうして最終的に、兄弟たちに死が及ばぬようにする」

「ああ。とりあえず、龍生の死がお前の死となるならば龍生の生存を目指し、共に探ると良い。あとは沈清かね。あれは癖は強いが頼りになる。できれば味方にすると良いよ」

沈清が犯人である可能性を度外視して母がこうして勧めてくるのは、少なくとも彼女の中では沈清は裏切る人間ではない、ということか。

前回の世界で沈清が見せた、龍生へ敵対心が気にかかりながらも、太鳳はその後しばしの間を母との雑談で過ごした。

別れ際母は、「明日から幽閉生活が始まるのなら必要な荷物をまとめておこうかな」などと暢気な呟きをしていた。

母との面会が終わり宮に戻ると、太鳳はまず寝室の窓に要らぬ手巾を垂らした。

それにしても不思議なものだ。青琴にはもう二度も刺されているのに、案外と恐怖心は湧かない。常に龍生の死がきっかけとなっているせいだろうか。

——龍生のいない世界で生きる苦痛を知ってしまった。龍生が死んだら青琴が俺を殺してくれるなんて、ある意味救いとも捉えているのかもしれないな。

それに少なくとも、龍生が生きている間は全面的にこちらの味方をしてくれるのはありがたいことだ。

夕餉までの間、書を読むと宇井に言い置き、太鳳は一人私室に籠もった。

軽く窓を開けておいた寝室から音がしたのは、それから半刻もしないうちだ。

「いるのか」

私室の外にまで聞こえぬよう小さな声で誰何（すいか）すると、寝室との境に立てた衝立の陰から、青琴が現れた。音を立てずに素早く、太鳳の椅子の脇へと膝をつく。

「明日、どのように動くのが吉かと小爺（わかさま）がおっしゃっております」

「ああ……伝言を頼む」

言いながら太鳳は、いつも寝室の窓から侵入してくる青琴の身体能力に呆れに似た羨望を抱くのだった。

2.毒実験

大宴の始まりを父帝が告げ、昼餐が始まってすぐのこと、龍生（ロンシエン）が立ち上がり台（うてな）の欄干へと寄った。

「夏の宴を寿ぎ朱雀帝へ詩作を献上いたしたく思う」

手筈通り、食事を摂らぬことを自然に見せるためだ。

太鳳（タイフォン）の方は朝から胃の腑の調子がすぐれないと宇井（ユージン）に告げ、朝餉もなしにした。今後、刑部の調査が入っても宮の人間は皆、太鳳の体調不良に言及してくれるだろう。

父帝は龍生の言葉に手を打って喜び、楽奏の媛に伴奏を申し付けている。弦の調子を整えた媛が、程なくして二胡を爪弾きだした。龍生が最初に告げた「夏の宴を寿ぐ」にふさわしい、爽やかな音調だ。

「緑陰深処小池塘、風送荷花十里香」

やがて、奏でられる曲に合わせ、朗々と龍生が唄い始めた。緑陰深き小池、風が十里に蓮花の香を送る、といったところか。

ゆったりとした音楽に乗せているから、声の良さがまた響く。北の台の、父帝に侍る高官たちまでもがうっとりと目を閉じて龍生の詩を聴いている。

「翠蓋亭亭擎暁露、紅苞嫋娜映斜陽。清泉続竹通幽径、白鷺眠沙立画檣」

翡翠の盆には朝露、赤き芽は夕日に映える。清泉に続く幽玄の竹径、白鷺は川砂に立つ杭に眠る。

夏の日の美しい風景が閉じた瞼の裏に紡がれてゆくようだ。龍生が目立つことを嫌う沈清ですら、黙ってじっと聴いている。対の台の皇妃たち、特に麗蘭妃などは鼻高々であろう。希少な薬を贈っているのだなどと息子思いの自分を喧伝するくらいだ、息子である龍生本人が父帝や廷臣たちに評価されるのを喜ぶだろう、と思いきや。

見た目の嫋やかさが取り柄の女は、ひどく険しい顔をして龍生をじっと睨みつけていた。

――やはり怪しいのは彼女だ。

感情的な部分でいつも麗蘭は太鳳を刺激してくる。彼女が毒殺犯であればこんなに話の早いことはないのにと、安易な考えに流れるほどだ。

龍生の母というだけの女の不可思議な表情に見入るうち、緩やかに夏の誉れを唄い上げる龍生の詩は結句へと向かう。

「最是晩来天気好、満城簫鼓楽升觴」

天気の良い晩、これ以上なく良い晩だ、街には音曲が満ち溢れている――といったところだろう。夏の夜の夢のごとき楽しさが伝わるいい詩だった。

台に座する父帝、高官、母を含む皇妃たち。そして太鳳が警告しなかったがゆえに何の疑いもなく食事を進める兄弟たちもが、よきかな、と龍生の詩才を褒めそやしている。

父帝は、良い詩の褒美を遣わすと言い、そばに控える者へ銀細工の文鎮を出すよう命じている。即興の詩があればそちらにも褒美を取らすと宣言したもので居並ぶ官は嬉しそうだ。

元々褒賞は用意してあったのだろう、程なくして龍生に小ぶりな文鎮が下された。身をくねらす龍の細工が見事なものだ。

龍生はかなり緩やかに唄い上げ、楽もゆっくり合わせてくれていたようだが、さして食事の膳は進んでい

なかった。しかし、褒賞を恭しく戴いた龍生が、

「お褒めに与りとても嬉しく、胸がいっぱいです」

と、当分食事の箸が進まぬ旨を宣言したため、毒の回避はできそうだった。

銀細工を青琴に渡した龍生が席へと戻る。他の兄弟たちに倣い、手を叩き称え、龍生へ視線を送る。

ただその眼差しに賛辞ばかりを込められなかったのは、この後にやってくる惨劇を知っているからだ。自分と龍生以外の兄弟が死ぬという無惨な幕切れ。

西の台へ目を遣ると、これから起こることを唯一知らせた蕾翠と目が合う。慈悲深く細められた目に、この世界では見殺しにするしかなかった兄弟たちへの負い目が少しだけ許された気がした。

そうしてゆるゆると時は過ぎゆき、やがてまた悪夢のような混乱が太鳳の目の前で繰り広げられることとなった。

斃れた兄と双子の弟たち。

わかっていてもなんと心が苦しくなることだろう。

父帝に命じられ、刑部が速やかに東の台へと集まってくる。

「なんで」

と遠くから声が聞こえた。前回も見た光景だ。西の台の麗蘭が取り乱す。東の台の龍生を見ている。

不思議だ。死地の中、生き残った息子を見て取り乱す、その意味がやはりよくわからない。玄麒の横へ跪き、その死を悼みながら太鳳は麗蘭を窺う。騒ぐ麗蘭を押さえつけていいものか戸惑う宮女たち。

「何であの子、詩など唄ったの」

祭祀を伴う宴席であるからその音曲は礼部が取り仕切ってはいる。だから皇子が詩を読む必要はないが、読んではいけないものでもない。なんだかおかしな言い分だ。むしろ詩を読み、食事が疎かになったからこそ龍生は生きているというのに、その言い草では食事して斃れた方がよかったと聞こえかねない。

だがそれも束の間、麗蘭は矛先を蕾翠へと向けた。

曰く、自分の息子である龍生は詩作の披露をしていて料理に手を付けなかったから生きている。しかし太鳳は何故食事しなかったのか、毒入りなのを知っていたのではないのか、毒を入れたのは蕾翠ではないのか、

そんな言いがかりをつけている。

なるほど、こうして印象を下げることで太鳳が立太子する可能性を摘み取ろうとするのが、どの世界でも彼女の常なのだろう。

――どう考えても自身を貶めているようにしか見えないがな。

結局蕾翠は形式上『幽閉』扱いなものの、皇后宮相当の貞寧宮で警護されることになるのだから皮肉なものだ。

蕾翠はといえば、普段なら言い返しそうなものの、今回は太鳳より先々の展開を聞いているからだろう、面倒なのか波風を立てたくないのか黙って麗蘭を眺めるにとどまっていた。

「玄麒様を看取ってくださりありがとう存じます、太鳳二皇子。……毒見奉侍（どくみのせんせい）が即刻毒実験をすべきだと進言なさいました。今から死罪人を入れ、公開で毒の同定を行うこととなるそうです」

考え耽りながら死んだ玄麒の手を握っていたら、玄麒の近習が声をかけてくれた。玄麒の死を深く悼んでいるように見えたのだろう。

前の世界では「玄麒を救わなかったのはお前だ」と威嚇したのを覚えているせいで、なんだか申し訳ない気分になって、太鳳は淡く微笑んで立ち上がった。

刑部の下官たちが皇子たちの遺体を板に乗せて白絹をかけて搬出してゆく。見送る太鳳へ、宇井が「沈清様より、毒実験の確認をしたいのならば北の台（うてな）に来るよう伝言を承りました」と耳打ちしてきた。

「席をご用意くださるとありがたいとお伝えしてくれ」

前日のうちに、太鳳はこの場に居残り龍生は退出すると決めてあった。

沈清の前で表立って龍生と接触しないようにするためだ。

沈清がこの毒殺に絡んでいるとは思わないけれど、龍生との繋がりを誤解されて媚薬を飲まされるのはたまったものではない。身体的にも精神的にもきついし、毒殺犯について考える際に余計な雑音ともなるからだ。

ともあれ事前に打ち合わせしたため、龍生と太鳳は目を見交わすことすらなく、鏖殺未遂の場を抜け出すことができた。

皇妃たちにむごい場面を見せるわけにはいかぬと退出が促され、その後、太鳳が北の台に急遽設えられた椅子へと腰を下ろすと、すぐに毒実験は始まった。

東の台には料理と毒見、給仕、そして連れてこられた死罪人数名。これから開始すると刑部長官が発する。

「生き残った二皇子と三皇子の皿からそのまま食べる者、二名。料理の鍋から取り分けたものをすべて食べる者一名。他、各一名ずつが料理それぞれを食せ」

怯えながら食う者、今生の終わりの御馳走だとばかりに大喜びで料理を片付ける者、食べるより先に緊張でえずき、嘔吐してしまう者。

各人めいめいの反応を見せながら、毒実験は——太鳳と龍生の残りを食べた者、取り分けたものをすべて食べた者がまず死んだ。各種料理を食べた者たちのうち、三人が体調不良を訴えて実際嘔吐し頭痛を訴えたが、死ぬことはなかったために緊張からくるものとの区別がつかないままだった。

本当に、どの皿に毒が入っているのかわからずじまいだった。

最初の世界でそう聞いてはいたが、実際目の当たりにすると不思議だ。すべて平らげると毒に中り、単品ずつでは効果がよくわからない。たしかに摂食量が鍵となるのだろうが、料理の残量が残り少なくなり、一つの料理を大量に食べさせる、という手が使えなくなった。また、死罪人の数も限りがある。

どうにも不可解だが、この不可解さを解消するには一つ策がある。

「組み合わせることで毒となる食材がある……？」

太鳳は、ついそう口に出した。

小声のつもりだったけれど、隣の席に座る沈清には聞こえたようだ。目をぱちりと見開いてこちらを見ている。

一体どういう感情の発露なのか。沈清の心の底が読めぬのはいつものことながら、太鳳はそら寒い思いで曖昧な笑みを向けた。

毒実験は一刻も経たぬうちに終了した。

人の死を見るのは精神に響く。兄弟たちの死を何度も目の当たりにして心がどこか壊れたように思っていたが、初見の死はやはり胸に痛く、そのことが少しだ

け自分をまだ人間でいさせてくれる気がしてありがた
かった。

　宮に戻ると湯浴みさせられた。死穢を洗い流し身体が温まると眉間の皺が緩んでゆくのがわかる。太鳳の気がほぐれたのを見計らったかのように蕾翠幽閉の——実情は保護としか思えない報がもたらされたため、宇井が困惑していたのが少し微笑ましかった。

　その後はしばしゆっくりすると宇井に告げ、寝室の窓辺に今日も手巾を垂らす。前回はほどなくして青琴がやってきたが、今日はどうだろうか。毒実験に参加したため、少し時間が遅くなってしまった。

「知識は少しずつ積み重なっている。これを生かさなくては……」

　文机の上、手を組んで目を閉じる。

　毒実験の成果を自分で見て確かめわかったのは、以前の世界での沈清の話に嘘はなかったということ、そして、沈清がこの毒について何かしら思うところがあるらしい、ということだった。

　初めの世界のことを思い出す。正直なところ、このようにやり直すことになるとは思っていなかったからうろ覚えもいいところだ。

　それでもそう、どんな毒かわかったのか、毒が判明すれば犯人を辿れるか、そんな疑問を投げかけたはずだ。

　そのどちらにも沈清は「難しい」と答えた。唇を撫でながら。

　——あまり見ない仕草だったから覚えているが……。口を拭うというその意味を思い、太鳳は考え込んだ。慣用の言葉というのは存外人の内面を言い当てるものだ。

　沈清は、毒について知っていながらしらを切っている。まさかと思いもするが否定する材料はない。ただ何の確証もなく問い質せるものでもないから、結局胸に秘めておくしかない。

　青琴がやってきて龍生の宮へと連れ出してくれたら、協議したい事柄だ。

「いや……時間がない、か？」

　前回よりも日の入りまでにあまり暇がない。大宴の毒殺事件の日は初更頃に沈清がやってくる。せっかく龍生との繋がりの気配を消しているのだから、それまでは動かない方が得策ではなかろうか。

太鳳は窓の手巾をいったん引っ込めることにした。

だが、そのときだ。

「太鳳様。中書令様がお見えになられました」

私室の扉の向こう、まだ陽があるというのに沈清の到来を告げる宇井の呼びかけが聞こえてきた。

「な、なぜ……」

思わず呟き、咳払いでその声を誤魔化す。

前の世界では陽が落ちてからの訪問だった。なぜ、今回は時刻が違うのか。

もしや毒実験に立ち会い状況が変わったからだろうか。悩む間に「太鳳ちゃん」と扉の外から聞こえてきた。これも前と違う。前は応接の間に通していたはずだ。

呼ばれて出ないわけにはいかず、太鳳は飾り窓に手巾を垂らしたままなのを気にかけつつ、扉を開けた。相変わらず底知れない眼差しをして、沈清は表面ばかりはにこやかに微笑み「入ってもいいかしら」と尋ねてきた。

「片付いておりませんが、よろしければ」

肯う以外の術を知らず、太鳳は小卓の椅子を沈清に勧める。宇井に酒を頼むと、沈清は手を振った。

「長居するつもりはないわあ。ちょっと聞きたいことがあっただけよ」

「聞きたいこと、ですか。何なりと」

酒ではなく茶をお持ちするように、と宇井に告げ、太鳳は沈清の背後にそっと目を遣る。沈清も、その近習も手ぶらだ。少なくとも今日は媚薬を飲まされる危険はない。

とりあえず腰掛けた沈清の斜向かいへと太鳳も座る。

「アナタ、今日の毒実験で面白いことを呟いていたでしょう？」

「面白いこと……。もしや、組み合わせて毒になる食材があるのか、という疑問でしょうか」

あの時沈清が眼光鋭くこちらを見つめたのを思い出し、できるだけ何気ないような顔で告げた。すう、と美しい眼差しを細め、「それよ」と沈清が頷く。

「それの具体例について、太鳳ちゃんは何か知ってるのかしら」

「いえ……寡聞にして、ある種の茸と酒精を共に摂ると毒になる程度のことしか」

「ああ。嫁笑いね」

それならアタシも知っているわ、と沈清は頷いた。

「嫁笑い、というのですか」

「巷での俗称よ。酒飲みの夫に肴として墨汁鬼傘の幼菌を出すの。案外美味しいらしいけれど、酒と組み合わせるとひどく苦しむというでしょう。毎回繰り返せば、だんだんと『酒を飲むと苦しい』と夫が勘違いして酒を飲まなくなるから嫁は嬉しいというわけよ」

「なるほど……」

酒に溺れたことがない太鳳としては、そこまでして飲酒を止めたい嫁の気持ちがいまいちわからなかったが、理屈としては納得できた。

ともかく、それ以外は組み合わせ毒についてよく知らぬ、と答えると、沈清は「そう」と吟味するように太鳳を見つめてきた。

こうしてわざわざ確認に来る理由。もしかして、盛られた毒は食材を組み合わせることによって体内で発生するものだと考えてよいのだろうか。知っていて沈清は、太鳳にどれほどの知識があるのか見極めに来たのか。

ごくりと喉が鳴る。酒でなくともいい、早く宇井が茶でも持ってきたらいいのにと思う。毒の真相に一足飛びに近づけた気がして、緊張で喉が干上がってしまう。

いずれにせよ、「毒について沈清が何かを知っている」と気づいたと、悟られてはならない。多分毒について何を知っているかの他、太鳳が自分に疑惑の目を向けることがないか、沈清はそれを確かめに来たのだと思う。

「大伯は、他にも例をご存じなのですか？」

できるだけ無邪気な風を装って、わざと突っ込んだ質問をした。引けば、何かに勘づいたと知られる危険があったからだ。

「そうねえ」

ゆったりと微笑み溜めを作って、沈清は自身の唇をゆるりとなぞった。

そして「アタシも他には知らないわ」と告げる。

「ただまあ、そうね。そういった事例は案外、各州からの事件事故の報告を見れば出てくるかもしれないわ」

「それは……」

なぜそんな足掛かりをわざわざ教えてくれる気になったのだろう。沈清が、この毒殺事件について隠し事をしていない、とは思えない。最前、唇を撫ぜたのもどんな意味の仕草だったのかわからない。

「調べてみる価値が、ありそうですね」

内心の逡巡を隠し、いい情報を得たと太鳳は微笑んで見せた。沈清が目を細め、手を伸ばしてくる。髪を、ひと房掬われる。手遊びしながらこちらを眺めてくる。

「役に立ったなら嬉しいわあ」

ふ、と笑い、沈清が手にした髪にくちづけようとした、その瞬間。

扉の向こうから宇井の声がした。「何故貴方様が」「お客様がいらしております」「お待ちを」出来た近習にあるまじき慌てた様子に、太鳳も沈清も沈清の近習も扉へ顔を向けた。

勢いのわりに思いの外優雅に、飾り細工の施された扉が開く。

そこにはまだ落ちていない陽の光を背に負って立つ、龍生がいた。

「ご機嫌麗しく、伯父上」

恭しく拱手し顔を上げる。その目は強く光を放ち、沈清の手元を見つめている。太鳳の髪に触れる沈清の手を。

「な、なぜ、ろ……三弟、お前」

せっかく大宴で沈清の目を眩ましたというのに何故姿を現したのか。そう思うが、青琴を呼び寄せる手巾を垂らしっぱなしにしていたのは自分だ。

いや、しかし、前回の世界では龍生は出向いてなど来なかった。太鳳が向こうへと赴いたはずなのに。

思う間に、胡乱な目付きでただ龍生を見つめる沈清へとズカズカ近寄り、龍生は金の髪に触れた沈清の手をやんわりと外させた。無言のまま、けれど強い意志を感じさせる行動だった。沈清が、思わずといったように鼻を鳴らして笑う。

「三皇子。太鳳ちゃんも驚いているじゃない。先触れもなしにやってくるなんて、無礼な子」

「御忠告痛み入ります伯父上。兄弟たちが殺されたために動揺し、先触れを出すことすっかり失念しておりました。申し訳ございません、二哥(あにうえ)。ただ、ずっと疎遠となっておりましたもののあのような恐ろしい事態を思い返すにつけ居ても立ってもいられず、こうしてお顔を拝見しに参った次第です」

　太鳳への口上に見せかけ、実際は沈清へ向けての「普段から行き来しているわけではない」という主張だ。沈清がじっと見つめても龍生は引かず見つめ返す。火花が散るような眼差しの咬合(こうごう)に太鳳は気が気でない。

　やがて、沈清がまた鼻で笑う声を上げた。

「ふうん。まあそうね、二人きりの兄弟というやつになってしまったんだものね。わかったわ。アタシも聞きたいことは聞けたし、退散するとしましょう」

「大伯(おじさま)」

　あまりにあっさりと引いていく沈清が逆に恐ろしく感じられて、太鳳は呼び止める。しかし、にっこり、と擬音がつくくらいにやさしい仮面じみた笑みを浮かべ、沈清は扉へと向かった。

「ああ、こんなことがあったけれど、明日の小劇(しばい)の予定はそのままよ。――きれいな服を着てくるといいわ。宇井ちゃん、よろしくね」

「か、かしこまりましてございます、中書令様」

　扉の脇で成り行きを止めることもできず固まっていた宇井が、茶の盆を手にしたまま拱手の真似をする。慌てて廊下まで太鳳も見送りに出るが、沈清は振り返ることなく去っていった。

3.夜を越える

「ええ……お茶を、もう一度淹れ直してまいりましょう……」

　困惑を隠すことなく、宇井(ユージン)が龍生(ロンシエン)と太鳳(タイフォン)を交互に眺める。

「いや、今持っているその茶で構わない」

　龍生が宇井の持つ盆を手にして小卓へと置いた。青(セイ)琴(キン)がようやく扉から現れ、何事もなかったかのように茶器から器へと茶を注ぎ入れる。動揺している宇井が哀れになるくらいの落ち着きようの二人に、太鳳は呆れ、諦め、椅子に掛けた。宇井には軽めの夕餉を用意するよう手配してもらうため厨房へと向かわせた。

　龍生を見遣ると、どこか恐縮したように項垂れる。

自分でも悪手を取ったと反省してはいるのだろう。反省を見せる様子が子供の頃と変わらぬことに可笑しくなりながら、太鳳は「さて」と指を組んだ。

「手巾を片付け損ねたのは俺だが——姿を見せる必要はなかったろう。なぜ出てきたんだ」

「それは、伯父上が哥哥の、……髪に触れていると、寝室から覗き見た青琴が教えてくれたので……」

「髪？」

東の宮に上がって以来、幾度も沈清には触れられた。それに慣れたというのもどうかと思うが、あの男は何かを試すときに髪に触れ、じっと太鳳の底を覗いてくるのだ。本心を糊塗し、化かし合いをするその一環の行為。

だが龍生にはもっと重大な意味に捉えられたのだろう。

「哥哥の髪は、そうやすやすと触れていいものではありません。貴方を、想い、慈しむ人が」

「母上のことか？」

「……そうです。それに、私とか」

太鳳から目を逸らし、長い睫毛を伏せた龍生が、こちらをちらりと窺った。眼差しに触れる力があるとは思えないが、目が合った瞬間に太鳳は小さな礫に胸を打たれた気がした。とくとくと、酒も口にしていないのに鼓動が俄かに走る。

「お前も、母と同様俺を想い、慈しんでくれている、と」

龍生の言葉をまとめ、尋ねる。どのような思いでか、じっとこちらを見つめた龍生が、卓の上で指を組んだ太鳳の手に自身の手を重ねてくる。

大きな手のひら。

この、これはいつぞやの世界でも感じたぬくもり。

この後龍生が告げる言葉もわかっている。

「私は、哥哥を慕っているのです。ずっと、昔から」

ふ、と小さく笑う吐息が漏れてしまった。

知っていた。前の世界で教えてもらった。

慕われてはいたのだ。そう。

「——そうだな。お前は家族として……俺をいつだって慕ってくれていた」

頬に笑みが浮かぶのがわかる。きっと幸せそうに見えることだろう。

『家族として』。あのとき太鳳は、その言葉に納得のいかない引っかかりを覚えながらも頷いていた。

「俺たちは兄弟だ。それがとても、嬉しい」

きっぱりと言い切る。前の世界で、付け加えるように龍生が発した言葉を先に告げてやる。龍生は虚を突かれたような顔になった後、やはり困ったように微笑んだ。

自分たちが兄弟であること。それを嬉しく思うこと。龍生の言葉に肯うのではなく自分でそう口にして、ようやく太鳳は前回、自身の覚えた違和感に納得がいった。

——そんなものは嘘だ。

と。

それが前の世界で浮かんだ違和の正体だ。

家族。兄弟。だから慕う。互いに相手を兄弟として、慕い合っている。そんなものは、嘘なのだ。

龍生の手が重ねられた自身の手を見下ろす。

その温かさに幸せを感じる。龍生が生きていること、それがこんなにも嬉しい。慕っていると見つめられ、とても嬉しい。

だが、違う。

自分は、家族として慕われる喜びを、嘘だと感じている。

——家族では、ない。

龍生を、家族とは違う意味で慕わしく思っているのだ。自分は。

他の兄弟が死んでも、龍生が生きているだけで幸せを感じる。ずっと太鳳の真実を見誤らずにいてくれたと知って、胸が詰まるほど嬉しくなる。そして——媚薬の夢の中に出てくるのはいつも龍生。

女性を知らぬ、人肌を知らぬ。だから最も心が近しい相手が夢に出る。そんなわけがなかった。

たぶん、幼い日に共に育ち胸にあった親愛の情は、引き離されたせいできっと、底の部分が露呈してしまったのだ。

ずっと一緒にいられれば、龍生と共に過ごす時間を愛すること、また龍生自身を愛することを『家族だから』という上澄みの理由だけ掬って過ごせただろう。

けれど東の宮に上がり龍生と離れ、家族らしさはどんどん干上がって、太鳳の底に沈む龍生への想いは露わになった。あると誤解し、気づかなかっただけで、『家族という上澄み』はとうになくなっていた。

それが、世界を繰り返し、龍生に『家族として慕っている』と繰り返されたせいで認識してしまった。自分の中に、家族としての龍生への情はもうなくなっているのだと。

――俺は、龍生を想っている。

その事実は太鳳の気持ちをやや安らげた。

世界をやり直していると、年に数度しか面会することのない母には何の恐れもなく告げられたのに、龍生には言える気がしなかったのはそういうことだ。

家族なのに龍生には言えない、のではない。

想う相手に嫌われたくない、気持ち悪く思われたくない、疎まれたくない。だから言えない。ただそれだけのこと。

龍生には申し訳なく思う。自分を家族として、兄として慕ってくれる龍生に対して恋情を抱き、家族とはもう思っていないなんて、本当にすまないと思う。

――ちゃんと隠しておくから。

今まで自分たちは家族であると誤認していたのだ。これからだってその気持ちを保ったまま接していけばいいだけだ。

自身の気持ちの落ち着き先がはっきりした。重ねられた手を見つめていた眼差しを上へと向ける。灯した燭台の火が瞳に揺れて眩い。

「――まず、お前はなぜ俺が、食事をするなと止めたか疑問に思っているだろうから説明する」

居ずまいを正し語り始めた太鳳へ、龍生は真摯な目を向けてきた。

「……兄上が幾度も悪夢のような神託を得たこと、私も胸が潰れる思いです」

「いや。その気持ちだけで嬉しい」

これまでやり直してきた世界について、数度にわたり神託を得たという体で、掻い摘まみ話した。正直なところ、やり直しも神託も似たような胡散臭さではあるが、母が巫女呼ばわりされていることや、この大陸には五天帝の他にも多くの神がいることからまだましな言い訳に思われたのだ。

「これまでの神託の中で、誰が毒を混入したのか示すものはなかった。ちなみに昨日のうちに母上に尋ねてきたが、砒毒の症状とは違うようだ。お前は、ここまでで何か考えはあるか？」

「そうですね」

伏せがちにした黒い瞳に、卓の上の燭台の灯が映っている。太鳳は黒曜のようなそれに見入ってしまう。

やがて龍生は卓の上で指を組み語りだした。

「献立采配をした第二皇妃が疑われないのはひとえに玄麒(シュエンチー)大哥(あにうえ)が亡くなっているからですよね。もし玄麒大哥(あにうえ)に道連れを作りたくて第二皇妃が毒になる食品を選定したのだとしたらどうでしょう」

「道連れな……。機会はあるが、苗遠(ミャオイエン)皇妃のお人柄とは相容れないと思わないか」

太鳳の目から見た苗遠は『受け入れる人』である。政略婚を受け入れ、時の皇太子を受け入れ、その死を受け入れた。さらに自身の義弟であったはずの桂都(グウイド)の皇妃となることを受け入れた。玄麒の身体の弱さも、責めることなく受け入れ、どうにか過ごしやすくさせてやりたいと考えていたようだ。

「それに……お前は、今回公表される予定だった大哥(あにうえ)の婚約について、玄麒大哥(あにうえ)がどう感じていたか知っているのだろう」

「生きながら冥婚するようなもの、とはおっしゃっていましたね。だからこそ、苗遠皇妃ではないかという疑いも持ったのですが」

「何故だ？　本人の感じ方はともかくも、親としては慶事と受け取ると思うが」

「対外的に考える人ならば慶事でしょうが、苗遠皇妃は玄麒大哥(あにうえ)に心から寄り添っていますから。大哥(あにうえ)が冥婚と思ったのならば、苗遠皇妃もそう思うでしょう。そして――『自分の息子を生きながら冥婚させるなんて。道連れならば見知らぬ国の姫よりも兄弟皇子を』と……」

口に出すと違和感があったのだろう、龍生は首を捻って言葉を止めた。

「……哥哥(にいさま)のおっしゃる通り、どうも今申し上げたことは苗遠二妃の考え方とはそぐわぬ気がしてきました。麗蘭(リーラン)三妃と違い、玄麒大哥(あにうえ)を憐れむ心からそうすることはありうるかと思ったのですが……」

「それは憐れみとは言わないだろう。というより、そこで麗蘭皇妃を引き合いに出すとは、お前はあの方をどんなお人柄と了解しているんだ」

「私からすると彼女は、自分自身を何より尊ぶ人、ですね」

龍生が、唾棄すべきものを語るように告げた。物珍しくてまじまじとその顔を眺める。

「あの人なら、息子が皇太子になれないと感じた時点で皆殺しにしてやる、くらいのことは考えます」

「恐ろしいな」

呟きながらも太鳳は、さもありなん、と内心頷く。今回も前回も麗蘭は少々常軌を逸した部分を垣間見せてきたからだ。

「そういえば前……いや、玄麒大哥の婚約公開についてが引き金なのでは、という見方もあるのだが」

玄麒が冥婚などと口にするくらいに、政略的意義は乏しい婚約である。だが、この婚約が玄麒の立太子への第一歩ではと噂する声があるため、実情に疎く噂を鵜呑みにする人間がこの毒殺を目論んだかもしれない、と前の世界で龍生と語り合った。

その時太鳳は、麗蘭を候補に思い浮かべていたのだ。

「もし、玄麒大哥が立太子すると勘違いしたのが麗蘭皇妃だったら——皇子殺害を企てるだろうか」

「ありえますね」

人の母を疑う言葉なのでおずおずと発したものの、当の息子である龍生はきっぱりと言い切った。

「あの人は、外観上繊細で嫋やかな汪の大家の理想の女性の姿をしているでしょう。実際繊細なのですよ。だから耐えられないのです。理想の自分と、実際に在る自分の乖離に」

「理想の自分、とは」

「皇后として官民たちに崇め奉られる自分です。ですから玄麒大哥が立太子すると勘違いしたら、自分の子が皇太子になれないならば全員死ね、くらいのことは自然に考えるでしょうね」

ただ、と龍生は疎ましいものを振り払うように茶を飲んだ。

「残念ながら私までも殺す毒は使わないと思うのです。母だから、という情のせいではありません。あの人の最終的な望みは皇后になることです。私が死ねば立后はありえませんから」

だから犯人ではあるまい、と龍生は結論付けた。

ここ何回か麗蘭を直接目にしてきた太鳳からすると、母の情を持ち出されるよりもずっと納得できる論理だった。けれど、どこかに抜け穴がありそうにも思え、太鳳の返答は精彩を欠いた。

「……そういえば、先程沈清様がいらしたのは俺の言葉を警戒してのことだったのだ」

毒を盛ったのは誰か、では行き詰まるなら、どのような毒だったのか、から類推していくのはどうだろうか。

「哥哥の言葉とは」

「毒実験に立ち会っただろう。その際、個々の食材の名を吟味して、それらに毒は含まれていないとまず毒見奉侍が断言した。その後、皇子たちの膳、鍋に残った料理などを食させたところ、前菜から点心までを食べた者だけが死んだ。単品を食した者は体調不良になった程度だ。どの皿に毒が盛られたかはわからずじまい、という夢の通りの結果だった。だがふと、組み合わせると毒になるものがあるのでは、と考え、口にしてしまった。それについて問い質しにいらしたのだ」

「なるほど……私は嫁笑いの例しか知りませんが、組み合わせ毒はありえぬことではないでしょう」

「ああ。沈清様も、各州からの事件事故の報告書――事誌には似た事例があるかもしれないとおっしゃった」

「ではそこから調べるのが良いのでしょうか」

龍生は、あの伯父の示唆に乗るのがはなはだ不本意、という渋い顔をする。

だが太鳳は沈清に微妙な違和感を覚えていた。

「もちろん調べるに越したことはないのだが、何か――あの人は何かを知っていて、且つ、それを公にしたくないのでは、という気がした。諸州事件記録を当たれと言うのも、見当違いの方を調べさせたいのではないかと邪推が浮かぶ」

もしそうだとしても、一体何が見当違いなのか分からないから結局調べることになるわけだけれど。

「それでも何の当てもなく机上で他人の思惑を忖度するより良いかもしれません」

「たしかに……」

前の世界でも、話し合っても突き抜けたところまで考えを進めることはできなかった。まるで全面藪の中、少しずつ藪をつつきはするものの、その方向が合っているかわからないから突き進む前に元の場所に戻るかのようだった。

今は少なくとも各州の事件事故についての事誌を調べきるという目標ができた。

「犯人がどのくらい昔の記録を引っ張り出したかわかりませんので、とりあえずは十年区切りで調べていこうかと思います。それでも青琴と二人では相当時間がかかるかもしれません」

「そうだな……明日、沈清様と外出の予定がある。その時、毒見奉侍に事件事故記録の調査を進言すべきではないかと提案してみよう。毒見奉侍が直接調査の指揮を取れば、沈清様が隠蔽工作をするのも難しくなるだろう」

「そちらを巻き込めば刑部も調べに入るでしょうし、人手が多ければ捗りますね。——私は明日、王都の江南地区へ視察に出る予定なので、朝だけになりますが事誌の確認に行ってまいります」

江南地区は遊興商業区域である。小劇館がいくつかあり、明日、太鳳と沈清が向かうのも江南地区の劇場だ。他には運河の遊覧船に乗れたり良い品を扱う店が多くあったり、また裏にはそこそこの格式の娼館もあったりするため、地方から来た大家や豪商などがまず向かう地区となる。

「そういえば、あの辺りの治安管理についての草案を——青琴が先日俺に知らせてくれた。まだ提出に至ってはいないが、お前が献策する予定のものを……すまなかった」

こちらの世界の龍生には、施策の剽窃を詫びていなかったことをふと思い、謝罪した。しかし龍生はあっさりと「あれはそのためのものですよ」と微笑む。

「青琴にわざと見つかるようにしているのですから、良いのです」

「お……お待ちください、小爺、まさか、私が長らく太鳳様と繋がっていたことをご存じで」

「二年と少し前だったか。まとめきれず草案として置いたままだった水閘門に関する施策を、哥哥が提出し審議中だと知った時に勘づいた。お前ばかりが哥哥にお会いしているのだと思うと大変腹立たしくもあったが……」

本気で腹を立てていそうな、地を這うほどの低音声を発した後、龍生は朗らかに笑った。

「これはいい、とも同時に思った。哥哥自身も施策の献上をなさっていたが、私の分も提出してくだされば献策の頻度が上がる。哥哥即位の一助になれる。これはとても誇らしいことだ」

なのにいつまで経っても主上が皇太子を選ばないのはどうしたことか、と最終的に憂える調子になったので、太鳳はつい笑ってしまった。

「俺は、お前が皇帝になるのが一番いいと思っている。だから実は献策の書類は沈清様の目を欺いて、お前が発案者という形で提出している」

青琴が草案を盗み見て教えてくれたのも龍生のためだ、と伝えると、思惑とまったく別方向に進んでいたことに困惑した愛弟は目を見開いた。

「しかし、私は発案者の花押など記しておりません」

「お前の花押は練習した。筆の強弱も墨の溜まり具合も完璧に再現できる」

龍の字と龍の絵柄を組み合わせたような複雑なものだが、もはや何も考えなくとも書けるようになっていると自慢する。龍生はなぜそんな無駄な労力を使うのかと顔を覆ってしまった。その反応がなんだか微笑ましくもあり、太鳳は笑ってしまう。

やがて落ち着いたらしい龍生は顔を上げた。

「……皇位が誰にふさわしいかはたぶん平行線ですのでやめましょう。それよりあまり長居するのも良策ではないでしょうからお暇いたします。……私がここへ来たことを中書令様はご存じですから。滞在がどのくらいだったか、侍従たちの口から伝わるのもあまり良くないでしょう」

宇井以外の侍従たちは沈清の息がかかっているのだ。

できるだけ目に付くよう帰宮します、と龍生は立ち上がった。しかし太鳳はそれに素直に頷けない。

「昨朝も言ったが、くれぐれも丸薬は飲むな。夢とは状況が少し違うから大丈夫かもしれないが用心に越したことはない。いや、――むしろもう今日は食事をここでしてゆけ」

「しかし」

「お前だけを思ってのことではない。……夢の中でお前が死ぬと、青琴がいつも私を殺しに来るのだ。俺がお前を殺したのならばその報いを受けても仕方ないが、やっていないことで殺されるのは納得できない。ここで食事を済ませ、今日はもうあちらで何も口に入れるな」

太鳳の訴えに、龍生は苦い顔で青琴を見た。当の青琴は「私はそのように短絡に二皇子を害したりいたしません」などと嘯(うそぶ)く。もう二度も殺されているのだがと、内心苦々しく思いつつ、その生真面目な顔が可笑しくて太鳳は大いに笑ってしまった。

そうしてその夜――龍生が死ぬことはなく、また太鳳も、短絡な近習に殺されることなく過ごすことができた。

やり直しの世界が始まって以来初めて、太鳳は大宴の翌日へと進むことができたのだ。

4.交点

朝も早くから起こされ、身なりを整えられた太鳳(タイフォン)の前に、刑部の若い役人が二人拱手で現れた。沈清(シエンチン)の予告通りだ。

「毒見奉侍(どくみのせんせい)より、個々の食材に問題はなくとも食い合わせにより問題が起こる場合の可能性が示唆されました。ただいま、大宴の時と同じ食材を集め再現性を調査する予定を立てているところでございます。お伺いしたいのは、何かお気づきの点はなかったかと」

特に太鳳が疑われているということはなさそうだった。龍生(ロンシエン)もまた生き残っているからだろう。最初の世界のように太鳳だけが残ったら、たとえ大宴の夜を越えることができたとしても罪人を見るような目で見られたかもしれない。

「ほんの少し口にしたが、どうも苦味が口について食べにくかった。夏の五行とはわかっていたのだが。気づいたことといえば、大哥(あにうえ)の近くに侍った時、木の実のような香りがした。あれは何の香りだったのか……気になったのはそのくらいだろうか」

唐突に三人もの兄弟を亡くした苦悩を眉に乗せると、刑部の役人は「お辛いところ申し訳ございません」とあっさりと去っていった。取り調べとなったかどうかはなはだ謎だ。

「お湯を使われたら、お出かけの準備を致しましょう」

きれいな格好をしてくるようにと釘を刺されたから悩みますね、とぼやきながら、宇井は湯殿に太鳳を突っ込むと衣裳部屋へと向かっていった。

城外に出るのはなんだか久しぶりだった。

思えば大宴の数日前にも沈清に連れられて寺参りをしているから、本来なら五日ぶりといったところだろう。しかし太鳳はもう四回も大宴の前日と当日とを繰り返した。さらに自身の動き次第で状況が変わるとはいえ出来事はほぼ同じ。

大宴の夜を乗り越え、こうして外出できたことに感謝を覚えるほどだ。

ただ、馬車の向かいに腰掛けるのは普段よりいっそう恐ろしげに感じる沈清である。笑みも物腰も普段と変わらず、しかしどこかから凄味が滲み出している気がする。

単にそれは、昨夜龍生と沈清が鉢合わせした出来事が太鳳の中で重石となっているだけかもしれないけれど。

馴染みの劇場は三階建て、二階が最も良い席で、沈清はいつもそこを貸し切りにする。食事も酒も上等のものが用意され、鵞鳥の毛の詰まった牀もある。

「今日の演目は小楼の『別妃』だそうよ。楽しみねえ」

舗装された街の大路に入ったようで、響いてくる車輪の音が硬くなった。贔屓の役者の名を挙げ、前史戦国時代の悲恋物語だと喜ぶ沈清は、やはりいつもと変わりない。

龍生を気にかけすぎて、とんだ杞憂だったのかもしれないと太鳳は思い始めた。沈清も一国の宰相待遇、被後見人たる太鳳がいくら気に入らない皇子と会ったからと、悋気まがいの感情に支配されるはずがない。

ほんの少し気が落ち着いた頃、件の劇場前で車は停まった。

扉が御者によって開けられる前に、黒の薄絹を垂らした、径の小さい被り笠を宇井が着けてくれる。太鳳の髪を隠すためだ。

汪の第二皇子の姿は王都の民で知らぬ者はないが、実際目の当たりにするのとは違う。

彼らが普段見慣れている胡人、特に金の髪をしている者は、容姿を売りにした卑職に就いているのが普通なのだ。

この大通りの表側は治安も良く、胡人と取引のある豪商も多いためあまり警戒する必要はないが、太鳳がそのままの姿を見せるのは憚られた。

「不見識な民のせいで、太鳳ちゃんがわざわざその髪を隠さなくてはならないのは口惜しいことね」

若い頃、西方教国で暮らした経験のある沈清からすると、太鳳を賤職の者と見做すこの国の人間が許せないらしい。

――こういうところがあるから、俺はこの人を嫌いになりきれない。

父母や宇井、胡人と関わりある者以外で、太鳳の容姿を隠さず誇るべきものとして捉えてくれるのは龍生と沈清くらいだ。皇宮内で言葉を交わす高官どころか、長年宮に仕えている侍従たちすらも時折太鳳を見て一瞬ぎょっとしたように固まることがある。心底から受け入れられているわけではないと思い知らされるようで少し寂しい。

そんなわけで太鳳は、市井に下りるときは必ず髪と顔が隠れる笠を被る。今回は貸し切ってある劇場の二階へ辿り着くまでの我慢で済むから良い方だろう。

沈清とその近習が降りた後、太鳳も沓掛に足を踏み出した。

そこへ季節外れの突風が吹いた。被り笠の前は薄絹が開くようになっている。風が長く垂れた布を巻き込み笠の上へと捲り上げ、太鳳の髪をきらきらと靡かせた。

人出の多い江南地区の中央を抜く大路である。人目はいくらもあった。

後ろから降りてきた宇井が慌てて薄絹を直そうとするが、すでに注目は集まってしまった。

元々が、仕立ての良い格子戸付きの馬車だ。貴人のものであろうとは思われていたらしい。

幾度も吹く風に文句を言いながら、ようやく宇井が笠の絹を直してくれたところで、太鳳たちは声をかけられた。屋外だというのに跪礼し拱手する、身なりのいい男とその護衛らしき者たち。

「失礼ながらその見事な御髪、太鳳二皇子殿下にあらせられますでしょうか。もちろんお答えいただかずとも結構でございます。私どもの謝意だけお伝えしたい次第」

「許すわ。おっしゃいなさい」

宮中で手にしている笏ではなく、紙を張った摺扇で相手を差して沈清が直答を許す。男は跪いたまま袖から顔を上げた。

「恐れ多くも二皇子殿下のご奏上くださいました施策により、我々の店は立ち退き後も新たな場所にて商いを根付かせることができました。これと申しますのも殿下がご考慮くださいました保障制度によるものと存じます。深く御礼申し上げたく」

突然の声掛けを詫びながら、男はまた拱手した袖の中に頭を下げた。

驚きながらも面には見せずに免礼した太鳳へ、また新たな人間が礼を取ってきた。

結局停めた車から芝居館に至るまでの数歩の間に、三人の民に挨拶をされた。

「太鳳ちゃん、アナタ姿を隠す必要なくなったわねえ。――惜しいこと」

美しい布の張られた階段を上りながら沈清が言う。

口々に民が唱えていたのは太鳳の献策により生活が楽になったこと、利益が損なわれなかったこと、業務上の安全が確保できたことなどだった。

そのどれもが龍生の草案に手を加えて献上した施策。しかも太鳳が手を入れた部分ばかりが的確に褒められていた。

沈清は、太鳳の施策の一部が龍生の草案の剽窃であることも、そこに太鳳が手を入れていることも知っているが、どちらの案が褒められたかなどは関係ないのだろう。太鳳の功績として、民が認知しているのが重要なのだ。

だが太鳳本人が『自分がこの工事を命じた、崇めよ』などと喧伝したことはもちろん一切ない。民にとってはすべて国の工部がしてくれたこと、行政がしてくれたこと、であって、皇子自身に直接謝意を覚えるなどほぼないのではなかろうか。

――龍生の仕業か……？

「仕業」ではなく「おかげ」と言うべきだろうと内なる自分が訂正する。

龍生は言っていた。太鳳が皇太子となり、その能力を見せつけ、侮った臣たちの不明を嗤ってやりたいなどと、およそあの清潔な見た目から想像もできないようなことを言っていた。そしてゆくゆくは太鳳が皇帝となるのが望みだと。

今日の民たちには、龍生が色々と吹き込んでいたのではなかろうか。いずれ太鳳が皇位に即くことになったとしても、市井の者がその容姿を理由に太鳳を貶める気持ちを抱かないように、太鳳がどれだけ民を思い民の暮らしを考える施策をする人間かと知らしめようとしているのではなかろうか。

——本気でお前は、俺の立太子を後押しする気なのか。

太鳳即位の地盤を、民という大きな土台から固めようとしてくれているなどと考えるのは期待が過ぎるだろうか。

皇位。そのような大きな責を自分が担えるわけがない。そう竦(すく)むのと同時に、龍生が自分を推してくれるその気持ちに、えも言われぬ幸福感のようなものが満ちる。

兄として慕われているだけ。昔通り純粋な心のまま、太鳳を皆に認めさせようとしているだけ。わかっている。

けれど、自身の薄暗い、叶うことのない恋情など笑い飛ばしてしまえそうなくらいの多幸感が胸に満ちてしまうのはどういうわけだろう。

——龍生が俺を認めてくれている。それだけでいいじゃないかという晴れ晴れしい気持ちになってしまう。

沈清に龍生との繋がりを気取られたのは失敗だった。しかし、龍生が本気で皇太子を太鳳に、と考えているのならば、もしかしたら沈清は龍生を許容するのではないだろうか。もちろん、あまりに親しくすれば、恪気ともつかぬ心の赴くままにまた太鳳に媚薬で嫌がらせをしてくる危険はあるが、龍生を殺すことはないのではないか。

自身の容姿を誇りつつも引け目に思うという相反する心の働きで、太鳳はずっと皇位に手を伸ばすのを避けていた。けれど、もしも龍生と沈清の関係がうまく回るのならば、自分はもっと将来の展望について考えてもいいのかもしれない。

上機嫌の沈清の後につき、考え込みながら階段を上るうち、貸し切った二階へと着いた。

階段を上がりきった二階は広めの回廊が左右に分かれる。皇宮同様、きちんと桐油紙の貼られた飾り格子の扉が、間隔を置いていくつも並んでいる。それぞれ小劇見物の際の富裕層の個室となっているのだ。

　階全体を貸し切り、どの部屋を使うのか直前まで決めないのが常だ。襲撃、誘拐などを少しでも難しくさせるためである。

　沈清が先に立ち、「ここにしましょ」と指し示すと、護衛の士官が恭しく扉を開けた。

　吹き抜けになっている二階の客席は、舞台側が広い窓のように開口している。見下ろせば階下の客と、幕がまだ下りている舞台が見える。

　舞台を愉しみながら食事できるよう、卓と椅子が窓辺に備えられているのも個室の特徴だ。

　扉の外に二人立たせると、沈清はあまり人が多いのは好まないとして、室内には給仕兼護衛の士官二人、沈清の近習、宇井の四人だけを残した。

　向かい合い、椅子に掛け、ひとまず落ち着いてから太鳳は尋ねた。

「宮城ではあのような事件が起こったのに、こうしていて良いのでしょうか」

　沈清は摺扇でひと煽ぎして「いいのよ」と答える。

「まだどのような毒か目算も付かない。犯人の目鼻も付かない。わからないことだらけで臣民たちに『このような悲劇があった』と発表できると思って？　あの席には幸い従三品より上の者たちしかいなかったわ。緘口令も布いたし、下々はまだ皇子が三人も亡くなったことなど知りえないの。けれど、元々の予定を覆せば勘繰る者も出てくる。だからアタシたちは予定通り小劇見物にやってきたわけよ」

「……いずれ色々判明すれば、大哥や四弟五弟たちの死は発表されるのですね」

「そうね……。皇子鏖殺。汪はどうなってしまうのかしら」

　鏖殺未遂では、と思うものの、深く何かを憂うような沈清の様子に、太鳳は指摘する気を失くす。今日の沈清から感じていた奇妙な凄味がまた醸し出されているように思う。

「ねえ、太鳳ちゃん。アナタたち、昨夜は食事も一緒にしたのですって？」

当然のように沈清は、太鳳の宮での出来事を知っている。侍従が報告しているのだ。誤魔化しようがなくて太鳳は頷いた。

「我が宮の侍従たちは大伯が手配してくださった信用のおける者たちです。こう言ってはなんですが、三弟の宮の侍従は――あのような事件の後、信用できるか気になり、こちらで夕餉を摂るよう俺が命じたのです」

「ああ。三番目の宮で信用に足るのは青琴くらいのものだものね。他の者たちは劉の老人たちが選んだ者ばかり。ちょっと格上の者に命じられれば、怪しいと思いながらもあの子を害す選択しかできない。たとえばそう、アタシに命じられたりしたらね」

「……！」

単に太鳳の反応を見るための放言だとは思う。

だがその言葉は、前回の龍生の死の理由、侍従から与えられた丸薬のせいだったろうことを髣髴させた。

――いや、ありえない。

沈清は冷静な人間だ。人の命を奪うということは思いの外色々なところに影響が波及するものだと知っている。だから無駄に殺したりはしない。やり直し前の最初の世界で、「皇子鏖殺を目論むような馬鹿なことはしていないだろうな」と確認に来たほどだ。

前回の世界では龍生も生きているからこそ太鳳に毒殺犯の疑いが向かなかったのに、龍生を害したりするわけがない。

そうは思うのに、ただ可能か否かだけでいえば、沈清は簡単に龍生に毒を盛ることができると理解してしまった自分もいる。

身を強張らせ追想する太鳳の前へと、小さな銀の杯が置かれた。

目に入った途端、身体はいっそう緊張で硬くなった。その杯に注がれる酒がどんなものか、太鳳は身をもって知っている。

じゃんじゃんと鳴り物が鳴り、歓声に押し上げられるように幕が上がった。艶々しい楽の音に乗せ、嫋々たる歌声が響いてくる。沈清の近習が、酒の入った瓶子を静かに卓に置いた。

ごくりと息を呑む太鳳へ、朗らかに、けれど少しも和んでいない瞳で沈清が告げる。

「お酒を持ってきたわあ。これでも飲みながら、もう少しお話ししましょ」

「は、い……」

「大した話はないのよ。夕食を共にするほど話し込んでいたのなら、アナタたち案外、毒について色々と推察できているのじゃないかと思ったの」

「――組み合わせ毒では、という話はいたしましたが、残念ながら三弟（さんてい）も『嫁笑い』以外のものは知らなかったようです」

「あらあ、そう」

　明るい声のまま沈清がこちらを見据えてくる。

「アタシが言ったように、事件事故記録は調査することになっているのかしら」

「有益な示唆をいただき誠にありがたく」

「そおお？　アナタたちの頭が切れるところ、アタシも買っているのよ。だからもっと他のことにも気づいてるんじゃないかって気になっているの」

「……いえ、特には」

「ふうん」

　どうにも納得していない様子で頷き、「まあ飲みなさいな」と、沈清はとうとう酒を強く勧めてきた。

　いつものあれだ、嫌がらせだ。

　覚悟して飲もう、と目の前の銀の杯を手にした時、宇井が進み出た。

「中書令（ちゅうしょれい）様。僭越（せんえつ）ながらそちら、太鳳様には少々強すぎるお酒ではないかと思われます」

「あら、そう？　ならちょうどいいわ、宇井ちゃん、毒見してみる？」

「――よろしければその任に与りたく存じます」

「宇井、失礼だ、下がれ」

　太鳳が止めるが、聞き入れる気はないのだろう。宇井は沈清に渡されるまま銀杯を手に取った。微笑む沈清が瓶子を傾ける。

　なぜいきなりこんな行動を取るのか。考えて、思い当たった。一つ前の世界で、媚薬を飲まされ苦しむ太鳳を目にした宇井は、「沈清様のああいうところだけはいただけません」と言っていた。

　――ありがたい。けれど、駄目だ。

　こんなわけのわからないものを飲ませるわけにはいかない。

　慌てて太鳳は「毒見の必要などありませんので、いただきます」と沈清へ杯を掲げ礼を取る。

だがそれよりも先に宇井が少々礼を欠く動作で「お先にいただきます」と呟き中身を呷った。

ひと足遅かったのを悔やみつつ太鳳も杯に口を付ける。あの、我慢しきれない欲情を思い出して刹那躊躇するが、宇井だけに羞恥を擦り付けたりは絶対しない。

ぐっとひと息に飲み込んだ。

同時に、視界の端で宇井の身体が揺らぐのが見えた。普段よりも媚薬の効果が早い。そう思った。

だが宇井は――揺らいだ身体を立て直すことなく、床へとくずおれた。

「宇井……⁉」

「太、鳳、さ……」

手を伸ばしてくる姿が、死の間際の龍生と重なる。思う間に、唐突に、太鳳は息苦しさを覚えた。急速に血の脈が速く強くなる。ガンガンと、脈動に合わせて響くような頭痛と頭重。

――これは。

ひゅ、ひゅ、と浅い息しかできなくて、卓の上にパタリと伏せた。

そんな太鳳を沈清が覗き込んでくる。美しい眉根を苦々しく寄せている。媚薬を盛ったときのような楽しげな様子は微塵もない。

「ちょっと少なかったかしら。もう少し多ければ瞬時に昏倒(こんとう)させてあげられたのだけれど」

どうにか眼球だけで沈清を見る。

「アナタの伯父様からいただいたものを、アナタに使うことになるなんてね」

「……伯父」

母が教えてくれた砒毒の症状と合致する。銀の杯を変色させることもない。これが、純粋な砒毒の効果なのか。

「宇井ちゃんが毒見してくれると言ってくれてよかったわ。いい子だし、あまり辛い気持ちにはさせたくなかったから。太鳳ちゃんと一緒に逝くのが一番よね」

口ぶりから、宇井はもう事切れているのだとわかる。

「さっきね、太鳳ちゃんが思っていた以上に民に支持されていることを知って、とても惜しい気持ちになったの。アタシの大事な人を守るためとはいえ、アナタたちを殺してしまうのは汪のためにならないと、心の底から思った。――いえ、大事かどうかも今はもうわからなくなっている者なんかのために、せっかくの皇帝の器がある者を弑すのは大罪よね」

ふふ、と曖昧に沈清が微笑む。

頭がひどく痛い。息ができないからどんどん朦朧としてくる。

そんな働かない頭にも、気掛かりが一つ浮かぶ。

「ろ、ん……」

「三皇子？　――思っていたよりもずっとしっかり意志のある子でびっくりしたわ。あの子も今頃同じ毒で死んでいるはずよ、安心してちょうだい。ちゃんと遺書を作っておいたしね」

沈清の声が遠くなってきた。

絶望が気力を削いだのかもしれない。龍生も殺されているなどと、知りたくはなかった。

瞳を閉じてもまだ少しだけ意識の残る太鳳に、沈清のあまり楽しそうではない声が低く忍び入る。遺書の中身についてだった。

大宴の毒殺事件は皇位を狙った太鳳と龍生の共謀であること。達成後に自責の念に駆られ自死を選んだこと。皇妃は与り知らぬことゆえ、咎めなきよう。そんなふうに認(したた)められているという。

沈清のことだ、きっと母に累が及ばないようにその遺書を盾に守ってくれることだろう。

それに、この世界の蕾翠(レイツイ)は太鳳がやり直しの生を生きていると知っている。だからこの死もきっと、幸せになるための足掛かりにしたのだと受け入れてくれるに違いない。

――それでも、悲しませることにはなるのだろうな。

寂しく切ない気持ちになって、太鳳はごく小さく息を吐いた。

まあ、悪い気分ではない。

これまでの死のように、混乱と絶望と憤懣(ふんまん)と、そんな負の感情で満たされた死よりは、残される母親を思うやさしい気持ちになれたのは、存外悪いものではない。

あんなに速かった脈が頻繁に休むようになってきた。呼吸数が減り、頭痛も引いていった。その代わりにやってくる奇妙に穏やかな、眠りのような暗闇。死の淵(ふち)がもうすぐそこにあるのだろう。

今回は、青琴に殺されなくて済んだ。

最期に浮かんだのは、そんな感慨だった。

五章　想う人

1. 調査

「待ってください」

呼び止められるや否や、太鳳(タイフォン)は振り向いて龍生(ロンシエン)に駆け寄った。

驚く顔が、初夏の朝の陽射しに照らされている。

――生きている。

もう何度自分はここで、龍生の生存を確認して安堵しているだろう。さすがに少し疲れてきた。

「鳳哥(フォンにいさま)……」

知らず、相手の両腕を摑んでいた。龍生はたいそう困惑して見えた。やはり、やり直しができているのは太鳳だけのようだと確信した。

目の前に龍生が生きているというのに意気消沈する自分は贅沢者だと思う。だが、初めの世界での龍生の死よりも、目の前に何も知らない龍生が生きていることの方が辛く感じてしまうのだ。

話し合い、分かち合い、同じ出来事を捜査して考えを出し合って――よく知れたはずの龍生が消えてしまったことの方が辛い気持ちが大きい、ということだろう。

たとえ身体が同じで、太鳳に対する情が同じでも、前回の龍生と今の龍生は違う。新たなやり直しの世界で新たな龍生と会う。やり直すたびに、新たな龍生と新たな絆を築き、世界が変わればどこにもいなくなる。

疲れもするというものだ。

だが。

――残りの命は、あと三つ。

最後に一つ命を残さねばならぬから、やり直せるのはあと二回が限度。

それにしてもまさか沈清(シェンチン)に手を下されるとは思っていなかった。完全な油断だ。

その代わり手掛かりは掴んでこられたと思う。

「龍生。できれば俺がこれから話すことを信じてほしい」

「……はい」

真摯に願えば龍生は話を聞いてくれる。それがわかっているのは心強い。摑んでいた龍生の二の腕から手を離し、太鳳は言った。

「俺は、……ここのところ神託の夢を見ているようなのだ」

結局、怯懦な心ゆえにやり直しの真実にはまたも触れられないまま、太鳳は大宴で取るべき行動と、沈清に警戒するよう警告を発して龍生と別れた。

現在は、書を読むと告げ、自室の文机で筆を片手に考え込んでいる最中だ。一応、今日は沈清の訪問がないはずなので、寝室の窓から手巾を垂らしてある。

「沈清様は純正砒毒を持っている……」

なんとなく、彼が持つ笏に見立て、紙に棒を描く。

「たしかに銀器に反応していなかった。母上の言う通り、本来はゆっくりと使うものなのだろうな……」

前回死に際に聞かされたのは「龍生は同じ毒で死んでいる」。きっと龍生の宮の者に毒を盛らせたのだ。本人が言っていた通り、沈清ならばそれができる。おそらくだが、他の皇子の宮でも可能なはずだ。あの地位に長くいるには、いるだけの人脈と力がある。もしあの毒で皇子を鏖殺したいと考えたら沈清には簡単なことだ。

だが大宴の毒は違う。

沈清は心当たりがあるようだったが、毒殺犯本人ではない。

笏を描いた棒に、斜めに線を入れる。

「あの人が守る、大事な者、とは誰だ……」

毒殺犯が明るみになると、沈清の大事な人も巻き込まれる。そういう意味なのは間違いない。

沈清との付き合いは長いが、彼が大事にしている者に心当たりがない。強いていえば母の蕾翠（レイツイ）と父帝桂都（グウイド）くらいだ。毒殺犯がその二人に所縁の人間ならばまあ、犯人を挙げることは二人の名誉に関わる――かもしれないが。

「もう大事かどうかもわからない、とも言っていたしな……」

何とも複雑な心情を抱えているようだった。

もういっそ、沈清にそのまま尋ねてしまおうか。毒殺犯を何故庇うのか、大事な者とは何なのか。たとえその踏み込みすぎた質問によってまた殺されるとしても、命は三つあるからまたやり直しが始まるだけだ。

そう、この命は捨て駒にして傍若無人にあちこちで藪をつつき回って突き進んでおけば、それによって知れた事実により次の世界ですべて解決することもできるのではないだろうか。今回また死んでしまう三人の兄弟にはすまないけれど――。

「……馬鹿か、俺は」

手にした筆を放り投げる。墨が紙の上に軌跡を描いて転がり、止まった。

死にすぎて頭がおかしくなっている。

――死んだところでやり直せる、などと、絶対考えてはいけないことだろう……！

太鳳にとっては予備の命であっても、三人の兄弟にとっては一回一回が完全なる死だ。やり直しの世界で出会った龍生が、前の龍生とは違うように。

この世界でもたぶん、龍生以外の兄弟たちを救うことはできない。ただそれを必然の事象のように考えてしまってはいけない。

――ちゃんと、皆が生き残る世界を摑むから。

真相を暴くため、この世界でも兄弟たちを見殺しにすることにはなるけれど、その死は心から悼まれるべきだ。

「事誌を調べるか……」

沈清が調査を勧めてきたものなのでそこから何かが出てくるのは期待薄だが、自爆前提での聞き込みをする気は失せていた。

となれば昼を早めにしてもらおうかと立ち上がったところで、寝室の方で音がしたのに気が付く。

「いるのか」

低く問えば、寝室の扉の前に置かれた衝立から、用心深く青琴が顔を覗かせた。太鳳の姿を確認するとまた衝立の陰に引っ込み、全身を隠したまま尋ねてきた。

「窓の手巾が、龍生様に伝言されたという合図ですね？　何かご用の向きがあろうかと罷り越しました」

「ああ、用というかな。俺は昼を食べたら蔵書楼で事誌を調べる予定だ。各州の毒死事件について」

「うちの小爺にもその作業を頼みたい、という理解でよろしいですか」

「ああ、その通りだ。期間と場所は、そうだな……」

沈清絡みの土地にするべきか、まったく別にするか。沈清の示唆が目眩しやもしれぬと疑うともう、期間も場所も絞り込みきれなくなってしまう。

「……どちらも定めず、だが何の指標もないのも困るから、とりあえず直近十年の区切りでいこう」

曖昧な太鳳の指示に文句も言わず、青琴は「承りました」と静かに部屋を出ていった。

——これで、龍生と会える。

ふわ、と心が浮き立つのは、この事件について相談できる相手と語れるから、だけではない。

ただ龍生と会うのが嬉しい。

きっとそのうち、この世界の龍生も『家族として哥哥を慕っている』などと口に出すのだろう。自分はそれに、喜びながら絶望するのだ。

家族だからこそ慕われ、家族だからこそ自分の想いはけっして表出することはできない。

男性同士の恋情を、重陽の情という。万物は陰陽に分かれており男子は『陽』、女子は『陰』。子を生すにはこの陰陽を和合させる。男同士の場合陰陽ではなく『陽』の気が『重なる』。ゆえに重陽の情という。

特段忌避される嗜好でないのは、沈清が媚薬を盛ったり、街中に重陽の廓があったりすることからもわかる。

汪の七代皇帝は生涯妻を娶らず、重陽の情をかけた側近と添い遂げた。側近が先に死ぬと、彼の衣服を背中からほどき、自身の衣の半身と合わせて仕立て直した。すべての着衣は右の半身が皇帝のもの、左の半身は側近のものになった。半衣の寵という故事は、仲睦まじい二人を表す語となったくらいだ。

だから汪において、重陽の情そのものは隠すべきものでもない。

――だが、共に育った兄弟に懸想する、というのは……。

幼い頃の思い出が濃い分、背徳感を覚え『家族たらん』と気負ってしまう。

まあ会えば龍生が家族として扱ってくれるから、太鳳もその気負いをすぐに忘れて兄弟として接することができるのだけれど。

なんだかんだで龍生の存在に助けられている認識を新たにし、太鳳は苦笑した。

蔵書楼知賢閣は五階建ての円筒形の楼だ。内側は螺旋のような階段が中央を貫き、壁側は採風光窓以外全面棚となって書が収められている。古くは木簡、巻物の類い。事誌や地誌など地方からの報告書類は冊子の形にまとめられているものが多い。

楼の尚書監は、入館の際に見せる各宮ごとに割り振られた木札の目視をするだけで、誰が入ったかをまったく気にしていない。なので中で誰に会おうとも、宮の侍従たちからも尚書監からも、沈清へ報告が入る危険はない。

ちなみに楼の中は暗いので、尚書監が球形燭台を貸してくれるのが常だ。ただ燭台はいいところ一刻ほどしか火が保たない。大抵の者は、目当ての書を見つけたら借り出すのが常で、今日の太鳳のように楼の中に腰を据えて読み込む者はそういない。

自前の油を持ち込んでこっそり継ぎ足してやろうか、と考えながらも、万一火災にでもなったら目も当てられぬと諦めて、太鳳は午後、蔵書楼へと向かった。

蔵書楼は東の宮の区画を出て、中央区画、太政宮の北東にある。白塀を隔てた西側は大園林で、明日の大宴の用意のために宮人たちが欄干を磨いたり白洲を整えたりしているはずだ。

入口で宇井が、太鳳の宮の木札を見せ「事誌はどの辺りでしょうか」と問うと、不愛想で無口な尚書監は一枚の紙を寄こし、それから球形燭台二つに火を灯して渡してくれた。

楼の扉を開けると、墨の香りが鼻をつんと刺してくる。よい香りだ。そういえば父帝は鼻が良く、墨の産地を嗅ぎ分けられるのだと母が言っていたが本当だろうか。

尚書監がくれた楼内の蔵書目録の写しを眺めながら、宇井が階段を上るのについていく。

三階に差し掛かったところで、頬に風を感じた。心なしか明るくもある。

「哥哥」

龍生が、細く縦長の窓から入る明かりに照らされ、明るい笑顔を見せた。

「窓、開いているぞ」

「ええ、私はそれなりに頻繁にここへ来るので、尚書監とも顔見知りなのです。少し調べものが長引くかもしれないと相談したところ、書棚に風を通すための窓を一刻程度なら開けていいと言われまして」

「そうか。ここはいつも薄暗くて苦手だったが、今日は空気も良いし長居できそうだ」

龍生の話ではほぼ人は来ないという。絶好の機会とばかりに、太鳳はいくつかある椅子に皆を腰掛けさせ、神託らしい曖昧さを意識しつつこれまでの経緯を語った。

宇井は相当衝撃を受けたようだ。他の皇子たちに毒の存在を説こう、と気炎を揚げるも、その道がすでに断たれていることを語ると悄然となった。

「それで、事誌をお調べになることにしたのですね」

「ああ。だがこれは、もしかすると大変な見当違いかもしれない。沈清様の……夢の中での振る舞いは、何かを隠そうとしているようだった。それを考えると事誌を調べるのは悪手となるが、ではどこからこの事件を紐解けばよいのかわからなくなる」

龍生が考え事をまとめるようにしながら、手を挙げた。

「事誌ではなく、地誌に載っている可能性はないでしょうか」

「地誌に？」

「毒自体が検出されず個々の食材にも問題がないとなれば、組み合わせ毒の可能性に行き着くのは道理です。刑部が事誌を調べるのも時間の問題で、しかも彼らには人手がある。もし記録があればすぐに見つかります。それなのにあえて中書令様が事誌を調べよと指示なさったのはなぜか」

「事誌からは何も出ないと知っている……？」

「ええ。そして、事誌を調べて何も出なかったら、記録を漁るという詰め方は間違っている、と考えるのではないですか？　事誌にないから地誌を調べよう、とは十中八九なりません。あれはどうにも読み物の度合が強いですから」

　事誌が事件事故裁判の記録であるのに対し、地誌は土地ごとの伝承や説話、幽霊話や文化風習などが蒐集されている。たしかに読み物だ。

　記録に当たっても無意味、となったら刑部の調べはどこへ向くだろう。

「毒見奉侍も心当たりがないとなると、例は少ないのかもしれません。とりあえずは尚薬局、医局、または民間の療法士、薬師などへの聞き込みが主となるのではと思います」

「そちらから情報が取れるならば隠し立てする必要もなさそうだが――」

「こう考えてはいかがでしょう。王都にある薬局、医局などからならば情報が上がっても問題がない。もしくは出るはずがないと考えていた」

　龍生の推測を受け、太鳳は呟いた。

「沈清様と関連がある土地、例えば劉一族の本拠、巴州の地誌に、もしかしたら今回の毒と同じ事例がある……？」

「そう考えると、事誌に誘導して捜索損を味わわせ、地誌から目を背けるよう仕向けられると思うのですが」

「なるほどな……」

　地誌に当たる、と方針を転換した方が良いだろうか。ふむ、と考慮する太鳳へ、宇井が疑問を投げかけてくる。

「地誌は昔いくつか読んだことがありますが、池沼に大蛙が住み着き人の娘を攫うとか、山に入り込んだ者が帰ってきたが実は死んでいたとか、荒唐無稽な話が多いですよね」

その中に現実で使用に耐えうる毒についての記述などありえるだろうか、と言うのだ。実は太鳳も少なからずその認識だった。とはいえ地誌についてはあまり興味を持ったことがないので、詳細を知っているらしい龍生に乗ることにしたのだ。龍生の提案に異を唱えたためか宇井は青琴に睨まれている。

龍生はそんな青琴の視線を手のひらで遮り、宇井へと返答した。

「その心配はもっともだが、風土病と思われていたものが実は毒だった、という話を私は人に教えられ実際に読んだ」

「どういうことだ?」

「慶行三年の相州の記録になりますが、秋になると頻繁に、手足その他身体の末端に赤い爬行疹ができ激痛で苦しむという風土病が発生する地域がありました。一部の土地に住む者に多かったため風土病、血族病と思われていたのですが、中央から訪れた高官が、入州して五日ほどでこの病に罹り調査が行われたのです。相州に到着して同じ料理を食べた従者たちも同じ症状で苦しんでいることがわかり、食事に問題があったのではと疑われました。結果、漏斗茸という茸の湯を飲んだ者特有の症状だと判明し、その件は事誌に載せられました」

「風土病と思われていた当時にはそれは事誌に載っていない……ということか」

「ええ、それ以前の相州地誌には特有の風土病として記載されていました。地誌の文化項目には皮肉にも土地の料理として漏斗茸の湯が載っていたそうです」

現在は皇宮の尚薬局や医局の症例集にも載っているというが、もしも今回の毒もその類いだとしたら。

「誰が教えてくれるのだ、そんな話を」

「東の宮に上がる前、一度だけ祖父と面会したことがあるのです。あまり人と話すのが得意な人ではなさそうでしたね。本の話をすると色々溢れるように語ってくれましたが」

龍生の祖父ならば、沈清と麗蘭の父だ。どちらもひどく癖のある人物だが、親に似ているというわけか、と太鳳は苦笑した。

沈清が大事にしているというのはその父だろうか。青琴に「龍生の祖父と沈清様はどんな関係なのだ」と尋ねてみるが、沈清の父は巴州の劉本家に個人で蔵書楼を建てそこに入り浸っており、もう二十年は会っていないはずだという。ならば大事な者とは家族の線は薄いのか。

——恋人がいる……？

ふと思いつくも、候補者の一人も思い浮かばない。

とりあえずは龍生の提案に倣って四人は巴州の地誌から当たることにした。

しかし残念ながら、一刻半ほどを費やしたものの目ぼしい記述は見つからなかった。

あまり宮を空けては侍従たちへの言い訳が難しくなる。太鳳が退出を告げるが龍生と青琴は残ってゆくという。

明日の大宴ではくれぐれも料理を食べないよう、詩歌の披露でも何でもいいから自然に箸が進まないと見せつけるよう言い置いて、太鳳は階段に足を掛けた。

そこでもう一つ、連絡事項を思い出す。

「明日は初更……いや、下手をするとそれより前に沈清様が俺の宮へ来る可能性がある。話はさほど長くかからないはずだ。沈清様が帰られたら、今日のように目印を垂らしておく」

沈清が来る時刻の変化については、太鳳だけが生き残った場合とそうでない場合、毒実験に参加したかしなかったか、それぞれでどうなるのか条件付けが定かでない。そのため、沈清訪問後に龍生と連絡を取り合う方が安全だろう。

しかしあまりに細かく危険を回避しようとしたためか、龍生の目には奇異に映ったようだ。

「哥哥は、どうしてそのように微細なこともご存じなのですか？　神託とはもう少し曖昧なものかと思い込んでおりました」

「……俺が受け取る神託は案外と鮮明でな。だからできるだけ、避けられる危険は避けていきたい」

「そうなのですね。かしこまりました。伯父上……中書令様には関わらないようにいたしましょう」

「ああ、そうしてくれ」

心の底から願い、太鳳は消えかけの球形燭台を頼りに階段を下ってゆく宇井の後へついた。もう申の刻というのに、夏らしくなってきたことだ。

宮までの道すがら、宇井へ尋ねてみる。

「沈清様と劉一族について、宇井は何か知っていることはあるか？」

「私は皇宮内の噂で、沈清様と劉本家とは折り合いが悪い程度のことしか。けれど蕾翠様が故国からお連れになった胡人の人々が市井に紛れて情報収集しておりますから、蕾翠様を通せば王都周辺でのことでしたらわかりますよ」

「……他国から嫁いだ皇妃が間諜もどきを市井に送り込んでいいのか……？」

「間諜というほどではないと、私の母は言っておりましたね。万一のことがあった際の安全のためだと」

一体どんな万一を想定しているのだろうか。母の故国は暗殺謀略家督乗っ取り摂関政治とにかく落ち着かない状況が続いているらしく、つい備えてしまうのだという。自国で今まさに起きている毒殺事件を棚に上げ、母の故国は恐ろしいな、なんて感想を抱いてしまう。

「明日は大宴か……気疲れしそうだ」

「私も太鳳様にとんでもない預言をいただきましたので、顔に出さないようせいぜい気を付けます」

せっかくのご神託ですから必ず毒殺犯を捕まえましょう、と宇井が大変前向きな発言をしたところで、門番の衛士が立つ東の宮に辿り着いた。

2.敵対回避

たとえわかっていても、兄弟の死を目の当たりにするのは辛いものだ。

今回も救うことができなかった俺を許してくれ、と胸を塞ぎながら、太鳳(タイフォン)は玄麒(シュエンチー)の死を看取った。

「なんで」

とまた西の台(うてな)で麗蘭(リーラン)が騒いでいる。前回と同じく、なぜ詩歌など披露したのかと龍生(ロンシエン)を詰っている。やはりどう聞いても毒で死ね、と言っているようにしか思えない。立后を目指しているから龍生を殺すはずがない、と龍生本人から聞いてはいるが、言動を見ると限りなく黒い。

「もしや蕾翠(レイツイ)様が毒を盛ったのではなくて？　それを太鳳二皇子は知っていて食べなかったのではないかし

ら？　龍生は詩歌に褒賞をいただいたことで胸がいっぱいで食事が疎かになったようだけれど、太鳳様は違いますわよねぇ」

　またも蕾翠と太鳳にどうにか泥を付けようと頑張っている。

「皇后になりたくて蕾翠様が画策したとすればわかりやすくございませんこと？」

　しかし、前回は蕾翠が一歩引いた目で彼女を見ていたから、言いたい放題であったけれど、今回の蕾翠は「息子のやり直し」を相談されていない蕾翠だ。当然、言われっぱなしでいるはずがない。

「麗蘭妹妹は皇子たちの料理全部に毒が入っているというのか？　毒実験もまだだというのに、なぜわかるのやら」

「あらあ、だって蕾翠姐姐、それぞれの皇子の給仕が、自身の主に皿を持っていくんでございますのよ。もしも料理全体に毒が入っているのでなければ、毒見か給仕が毒を盛ったことになってしまいますわ。それって何かおかしいじゃございませんこと？」

「料理に毒をぶちまけておいたとして、もしも伝達がうまくいかなければ太鳳が儚くなるではないか。皇后になるため？　どの世界にそんな危ない橋を渡る母がいる」

「別に、太鳳様が亡くなられても蕾翠様ならまた御産みになれるでしょう？　主上のご寵愛未だに熱くていらっしゃいますもの」

　皇子が死んだならまた作ればよいと事もなげに麗蘭は叫んでいる。子を亡くしたばかりの母に挟まれていながらよくも口が動くものだ。玄麒の近習は苗遠皇妃を慮ってか、唇を千切れんばかりに噛み締めている。

　蕾翠はため息をついて首を振った。

「産み直したとてそれが太鳳になるか？　なるまいよ。だいたいだな、主上のご寵愛が深かろうと、妾はもう不惑を過ぎているのだが。子を儲けられるのは、皇妃の中でも麗蘭妹妹、お前くらいだろうよ」

　呆れたように告げる母の言葉に、太鳳は虚を突かれた。以前の世界で龍生と共に毒殺犯概要を推測した際、一向に進まぬ皇太子選定に業を煮やした廷臣が皇子鏖殺によりいったん全てを初めに戻すつもりでは、しかしそんなことをしてもどうせ蕾翠が新たな子を儲けられるだけと結論した。

子の欲目なのか、蕾翠は若々しくまだ子を産めると考えていたが、他人は不惑を過ぎた蕾翠にその可能性は見ないだろう。いや、新たな皇妃を参内させるのでもなければ、現在いる皇妃の中で年齢的にまだ子を産めるのは麗蘭だけだ。

さらに、沈清が犯人に目星を付けていながら隠そうとしているのを考え合わせてみる。

――毒殺犯は、劉一族の長老……？

ならば龍生の宮の侍従を脅して、毒の丸薬を飲ませるよう強要もできる。唯一子を産める年齢の麗蘭に期待をかけもする。

ばらばらだった欠片がぴたりぴたりと嵌まっていくことに呆然とする太鳳へ、玄麒の近習が礼を告げ、次いで毒実験がこの場で行われると教えてくれた。

「……何もできなくてすまない」

この悲惨な事件を未然に防ぐことなど本当にできるだろうか。いや、防がねばならない。そんな自戒を込めて呟いた言葉に、玄麒の近習は無言で頭を下げてくれた。余計に辛くなって唇を嚙み締める太鳳へ、今度は宇井が寄り来たって毒実験を確認するか否か尋ねてきた。

龍生の退出時間とずらすため、今回も太鳳は毒実験に参加した。しかし無駄な口を利くことはやめておいた。龍生と絡んだこと以上に、組み合わせ毒について言及したことが前回の沈清の行動を生んだに違いないからだ。

自分の皿にも毒が入っていたと知り気分が悪くなったという体で、毒見奉侍と議論を始めた高官たちに挨拶して太鳳は自身の宮に戻った。

湯殿でお湯に浸かり、上がる頃に母の幽閉情報が回ってくる。神妙な顔をしていいのかどうなのか、といった様子の宇井の困惑ぶりが前回と同じで、可笑しいのになぜだか胸が痛くなった。

――もう何があろうと、沈清様の酒を宇井に飲まれることなどないようにしなくてはな。

やり直すたび、『同一人物なのに別人』である人々に囲まれる。なのに、彼らに対する情は深く濃くなってゆく。繰り返し同じ日々を過ごす自分の魂が、それぞれの世界での彼らを刻んでゆくからだろうか。

中衣(へやぎ)を着付けられ、私室へと向かう途中、周りに侍従がいないのを確認して宇井が囁いてくる。

「太鳳様のおっしゃる通りになりましたね……。これからどうなさいますか。地誌を調べに行くのはお控えになるべきですよね」

「ああ、沈清様に怪しく思われる行動は取らない方がいいだろう」

頷くと、「では侍従たちには、心労でしばしおやすみになられると伝えてきましょう」と、宇井は私室の扉を閉めて去っていった。

部屋に一人、文机に向かって自問する。

自分が死ねるのはあと二回。その限られた時間の中で、すべての死を退けるつもりでいる。

だが、神託を授かったという形でそれぞれの世界での肝となる部分だけを掻い摘まんで話はしたけれど、やり直しをしているのだと告白して詳細すべてを語った方がいいのではないだろうか。そんな気持ちが常に胸底に漂っているのだ。

これまで繰り返してきた世界の中、宇井も青琴(セイキン)も、真実を語っても太鳳を胡乱に見たりしないだろうと確信できるようになっている。宇井ならば軽口を叩きながらも信じると言ってくれるだろうし、青琴に至っては龍生に利があると見ればどんな荒唐無稽な事柄も了解するだろう。そして。

――……龍生は、無条件に信じると言うに違いない。

何しろ神託だなどという胡散臭い説明すら頭から丸呑みしているのだ。やり直しだとて何をか況(いわん)やであろう。

家族だから、弟だから、信じてくれる。母と同じように。

けれど怖気づいてしまう。

ただその怖気る理由は、前の世界で思いついたものとは違う。髪を染めろと言われ、幼い日々の信頼が打ち砕かれたと感じたせいなどではない。

たぶん自分が龍生を『家族』と思っていないことに気づいてしまったから。その後ろめたさが水鏡のように反映されて、龍生の『家族』という言葉を疑ってしまう。暗鬼(あんき)を生ずるのは疑心ゆえ。家族でないならば無条件で受け入れてくれることはないと自らが思い込んでいる。そして、龍生に嫌われるならば、やり直しの生を生きている事実など口にしたくはない。

　たとえそれが真相究明の近道だろうと感じていても。

　うじうじと考えているうち、酉の正刻の鐘が遠くで聞こえた。宇井がやってきて、夕餉は摂れそうかと尋ねてくる。

　軽めに用意してもらい、食事が終わって半刻もしない頃。ちょうど陽が落ち、初更になって沈清が訪ねてきた。

　毒実験に参加しても、無駄口を叩かない場合はどうやら最初の世界と同じ頃にやってくるようだ。

「毒実験、お疲れさまだったわね」

　労いにと、自身の近習に持たせた豆沙玉を差し出してくれた。龍生との絡みもなかったためか媚薬の嫌がらせはないようで安堵する。

「太鳳ちゃんが退出した後、毒見奉侍から食材の組み合わせによって毒が発生するものもあるかもしれないと進言があったの。食材を取り寄せ、再現性があるかどうかの実験をするそうよ」

「再現性があった場合、どうなるのでしょう。今回の采配は苗遠皇妃でいらっしゃいますよね」

「苗遠皇妃への疑いはとりあえず今のところないわ。玄麒皇子を亡くされて傷心でいらっしゃるし、主上に言われてアタシも様子を見てきたところよ。……とりあえず、組み合わせ毒として周知されているものかどうか調査するために、事誌をお調べになるのはどうかと進言しておいたわ」

「見つかるでしょうか」

「……どうかしら」

　言って沈清は考え事をするように眼差しを伏せ、唇をそっとなぞった。この仕草は、太鳳以外が死んだ最初の世界でも見せていた仕草だ。あのときも、毒の解明に迫れるか尋ねた時に触れていた。

「ふと思ったのですが、もしもその組み合わせ毒についての事例がなかった場合、我々を故意に狙った毒殺事件などではなく、まったく偶発的に起きた悲劇という可能性もあるわけですね」

「……そうね。そうなるわね」

　太鳳の言葉にハッとしたように瞼を上げて、沈清は頷いた。

　そんな反応こそが、皇子たちの料理が組み合わせ毒であると知っている証左に思える。沈清は毒になる組み合わせを知っているから、「偶然それが起きた」というごく自然な考えに辿り着けなかったのだ。太鳳の口から偶然の可能性を指摘され、すべてをやり過ごせる希望を得たように見えた。

　もちろん太鳳は偶然の悲劇でないことを知っている。やり直しの世界の中で龍生は、大宴で死んだ兄弟たちと同じ症状が出る毒の丸薬で殺されている。前回だって、沈清は毒が偶発的なものではないという確信があったから、真相に近づこうとする太鳳と龍生を殺したのだ。

　だが太鳳のそんな内心を知らない沈清は、やってきたばかりだというのに席を立った。茶の用意をしてきた宇井が驚くほど短い滞在時間だ。

「ちょっと顔を見に来ただけだし帰るわ。明日はたぶん、朝から刑部の聴き取りがあるはずだから、知っていることは何でも話しなさい。一部にアナタと三番目を怪しむ声があるけれど、アタシの方は偶発的な事故の可能性を主上と毒見奉侍(どくみのせんせい)へ進言してみるわ」

「かしこまりました」

「あと、こんなことがあったけれど小劇(しばい)の予定はそのままだから用意をしておいてちょうだい。玄麒皇子たちが亡くなったことは事態がある程度解明できるまで当分伏せておくことになったの。出席者たちには緘口令を布いたけれど、予定を変えて下の者に勘繰られることを避けるためよ」

　そちらも了解し拱手する太鳳に頷いて、沈清は速やかに宮を辞していった。

　とりあえず今の受け答えならば、警戒され、龍生ともども始末される危険はないだろう。

　太鳳と共に沈清を見送った宇井に、せっかくだからお茶を淹れてくれと告げ、太鳳はいそいそと寝室の窓に合図の手巾を出した。

「宇井、もしかしたら龍生が忍んでくるかもしれない。他の侍従に知られないよう迎えてくれるとありがたい」

「このような時間に宮を抜け出して、龍生様の方は大事ないのでしょうか」

「あちらの宮は——侍従の選定が劉一族の長老達らしいから、あまり龍生自身を気にかけるということがないのかもしれないな」

いつぞやの世界であちらに忍び込んだ時も、さほど侍従の目を気にすることがなかった。

太鳳の宮の侍従は沈清の選定のため、どうにも監視されている気分も強いが基本的には太鳳を皇子として敬い遇してくれる。容姿についてはなかなか慣れないようだが、監視という意味以外でも気にかけてくれているのだなとふと気づくことは多い。春にしては蒸す日には夜具が軽快なものになっていたり、風邪気味だと尚薬局で麻黄湯(くすり)を貰ってきてくれたりするなど。

それに、沈清の息がかかっているからこそこの宮の侍従には、毒殺犯が付け入る隙がないのだともいえる。

——そう。沈清様を味方にできるのならば、その方がいい。

母の勧めを思い出したその時だ。寝室の方で音がした。

「いるのか」

声をかけると、宇井が何事かという顔で、寝室との境の衝立と太鳳を交互に見る。しばしの静謐(せいひつ)ののち、衝立の陰から「お一人ではないのですね」と声がかかった。

「宇井だから大丈夫だ。——龍生が来ているのか。それとも俺が行く方がいいのか」

「小爺(わかさま)がいらしております。宮の者に見つからないよう、入れていただくことは可能でしょうか」

「宇井を向かわせる」

そう応じると、龍生が裏手の花の陰にいることを告げ、青琴の気配は消えた。

「……というわけだ。宇井、龍生を呼んできてくれるか」

「かしこまりました。——なんだかお二人、弘徽宮でご一緒だった頃に戻ったようですね」

太鳳と龍生と母の三人の家族。たまにやってくる父帝。そんな日々のようだと宇井は笑って出ていく。

——家族、ならばよかったのだが。

そうすればやり直しについて告げることも恐ろしく感じなかったはずだ。自分の心が臆病なせいで、もしかしたら自分では気づかない有益な情報を渡し損ねているかもしれないと思うと申し訳ない気持ちになる。

わずかな反省をする太鳳のもとへ、夜闇に紛れられるようにだろうか、藍の衣の龍生が密やかに案内されてきた。

3.沈清(シエンチン)と麗蘭(リーラン)

「偶発的に毒になった……。もしも毒殺犯が以降動かないのならば、その落としどころでも悪くはないのかもしれないですが」

そうではないのでしょう、と龍生(ロンシエン)はこちらを見つめてくる。

それに対し、実体験だとは言えず、太鳳(タイフォン)は暈(ぼか)す形で
「神託では、生き残っても龍生は同一犯と思しき者に殺されている」と頷いた。

「何度か神託の夢をご覧になったということでしたが、常に鳳哥(フォンにいさま)は毒殺犯の手にはかからずいるのですね」

「……そうだ」

「毒殺犯は、哥哥(にいさま)を殺すための手段がない。もしくは、一連の事件の罪を哥哥(にいさま)に擦り付けようとしてわざと見逃しているということでしょうか」

「わざと見逃す、はないだろうな。本来は大宴で諸共死ねと思われていたはずだ。ただ——この宮の侍従は沈清様の子飼いの者たちだろう。大宴を逃すとその犯人は手管がなくなる、とは言えそうだ」

正直なところ龍生が死ぬと青琴(セイキン)が自分を殺すので、生き残った場合に罪を擦り付けられているかどうか定かではない。ただその推測が当たっていれば、龍生が丸薬で殺された世界では犯人の思惑が外れたことになるから、少し気が晴れた。

「伯父上のこと、ですか」

「沈清(シエンチン)様について知りたいのだ」

「ああ。昨日蔵書楼で話したと思うが、神託の中で毒の正体について迫ろうとした場合、沈清様が俺とお前を手にかけてくる。毒殺犯は沈清様ではない、が、こちらの行動次第では脅威となってしまう。取り込むか封じるかすべきだろう」

「母上……蕾翠(レイツイ)様に尋ねてもいいかもしれませんが、蕾翠様が最もよく知る伯父上はきっと、西方教国に滞在していた頃の人となりでしょうし——青琴」

同族ならば、と龍生は自身の近習を見た。太鳳も青琴に聞くのがよかろうと思ったが、彼は劉（リウ）一族ではありながら劉の姓ではない、傍流の人間だ。どこまで知っているものだろうか。

青琴はといえば、敬愛する龍生に尋ねられできうる限り協力はしたいのだが、と前置きしたうえで、

「沈清様の生い立ちといったことでしたらお話しできますが、現在の沈清様の動向を知ることはできないだろうとお含み置きください。それでよろしければ」

と考えることもなく返答した。

「むしろ生い立ちを聞く方が、現在の沈清様と劉一族の関係が知れてよいのではないか」

太鳳の知る限り、沈清は劉本家の第一子であり且つ中書令（ちゅうしょれい）という文官として最高位といってよい官位職位にありながら、自身の一族を引き立てる気配がない。

大家（きぞく）の出でありながら科挙を受け、恩蔭（おんいん）に拠らず官職を得たことから、血縁血族でない部分を重要視しているのだと周囲より評価を受けているが、太鳳は少し違うと思っていた。生まれたばかりの龍生を放置した麗蘭の所業や、乳母の手配すらしなかった劉家の杜撰さを、他ならぬ沈清から聞いているからだ。劉の者でありながら劉の不手際をこき下ろす姿から、何かしらの確執は嗅ぎ取ってはいた。

青琴がそれについて語ってくれるというなら詳しく聞きたい。太鳳が興味を示したことで龍生が頷き、青琴は「では」と口を切った。

「劉の傍系でありながら劉家の醜聞を晒すのは心苦しいのですが、沈清様の生い立ちからして、太鳳様がお気づきになった劉家冷遇は仕方のないことではあるのです」

「あまり伯父上とは接点がなかったので気づかなかったが——もしや伯父上は私を疎んでいるというより劉全体がお嫌いなのか」

折り合いの悪い麗蘭妃の子だから嫌われているのだと思っていたと龍生は驚いている。太鳳もそう思っていたのだが、劉家自体に物思うところがあったらしい。

「しかし、劉家からどのような仕打ちを受けたのだ。第二夫人の子だとは聞いているが、正式に娶られた方なのだろう？」

「はい。ただ——話の発端ですが、まず沈清様の親世

代に遡ります。当時の劉本家には女のお子様お一人しかいませんでした。こちらが長じて婿を取ることになり、見目好い分家の男性が選ばれました。これが沈清様の父上、龍生様から見て外祖父になります。しかしご結婚後数年経ってもお子様ができず、長老たちは第二夫人を娶るよう圧をかけました」

正当な血筋は本家のご令嬢だが、龍生の祖父も分家とはいえ劉の血筋だ。たしかに二夫人を娶って子を生しても『劉一族』としては問題ないのだろう。なるほど、血の正当性よりも本家という器の継続を求められたわけだ。

「二夫人は劉家の傍系で商いをなさっている方のご息女でやはり美しい方でした。ただ、本家の子女である大奥様――第一夫人からしますと、旦那様と第二夫人の間にお子ができたらその子が跡継ぎになり本家を乗っ取られる、と思われたのでしょう。第二夫人の明葉様が嫁された時からちくちくといじめることはあったようです」

結局、第二夫人が先に妊娠し、さらに生まれたのは男児である沈清だった。

第一夫人の憂悶と憤慨は相当なものだったという。産後間もない二夫人へ、いじめというより折檻と呼ぶべきものが始まったそうだ。

ただ悋気を端に発した行動ではないからかどこかに冷静さがあり、矛先はすべて二夫人に向いたという。沈清自身を虐待すれば当然長老たちが黙っていないとわかっていたのだろう。

産後の床も上がらぬうちから、下働きがするような膝をついての床拭きなどをさせるのはまだ良い方。自身の食事の給仕をさせ、旦那様がお渡りになる日だからと夜具の用意をさせ、気に入らないことがあれば鞭で叩いたり、冬でも一切湯を使わせないようにしたりなどといった嫌がらせを満遍なく繰り返し行ったという。

第二夫人への所業を目の当たりにしつつも、ご意見番たる長老たちは、とにかく沈清に危難が及ばぬならばよい、という姿勢だったらしい。当然仕える者たちもそれに従うしかない。

「沈清様が物心つき、教師がつくようになるとその聡明さが知れ、大奥様の憂鬱は増したようです。出来が良ければ当然劉家の跡継ぎとして持ち上げられますから。ただ沈清様がうまく間に入られるようになり、第二夫人への折檻の機会は減りました。さらにそれから少しして大奥様のご懐妊が判明しまして」

しばしの間、劉家は平穏だったそうだ。だが生まれたのは麗蘭――女児だった。

女では劉家の跡継ぎにできない。いや、できなくもないがそれには沈清が邪魔だ。第一夫人が本家の跡取りと見做されたのは、兄弟などいない正真正銘の一人っ子だったからである。かといって沈清はすでに十歳、身体も健康、下手に危害を加えたら自分の謀略だとすぐにバレてしまう。

大家（きぞく）というのは本家だけではなくそれを支える分家、さらに長く生きてそれなりに伝手と見識を持つ長老がいてこそ成り立つ。沈清を排除することもできず、また長老たちに逆らい女児である麗蘭を後嗣とするのも無理だろう。

産後の肥立（ひだ）ちが悪く、二夫人へ直接の折檻もできず、第一夫人は累々（るいるい）と鬱憤を溜めた。溜めきれぬ分はぐちぐちと、幼い麗蘭へ聞かせる日々の恨み言となったらしい。

そんな話が劉の分家のみならず、傍系の青琴の家にまで響くほどだから相当なものだったと思われる。

「麗蘭様が五歳の時、沈清様をおままごとの茶会に呼んだらしいのです。そこで、躑躅（つつじ）が皿に載せて出されまして。その躑躅の蜜が茶菓子だという」

「躑躅……」

太鳳と龍生は同時に眉をひそめた。

幼い頃、庭を駆け回った思い出が多々あるが、躑躅は種類によっては毒だから決して蜜を吸わないように、と当時きつく戒められたのだ。

「故意かどうかはわかりません。しかし当時沈清様は科挙のための勉強をしており、科挙の前段階である郷試に合格なさっていました。大家（きぞく）の子は最近恩蔭（おんいん）制度で官吏登用されるばかりでしたから、沈清様が科挙に受かって官吏となれば劉家は向こう数十年は安泰です」

恩蔭とは、恩赦と呼ばれる制度と根は同じものだ。皇帝即位、皇子誕生、立太子宣旨などの国家的慶事の際、それまで官職を得ていなかった大家（きぞく）の若人が登用される制度である。教育はされているが、当然科挙に受かった者には遠く及ばない。

「麗蘭様はそれからもままごとの茶会に沈清様を招待したようですが、次は科挙の正試験を受験なさる沈清様に何かあっては大変です。長老たちは、麗蘭様のおままごとに沈清様を関わらせるなと強く命じました。しかし、すると麗蘭様は第二夫人をままごとに招待するのです」

「幼い頃からどうしようもない人だな」

龍生が眉間を揉む。幼女の無邪気な遊びではなく、沈清母子への嫌がらせだと捉えているようだ。もしも麗蘭が諸々わかっていてやっていたのならば、沈清と麗蘭の確執の根はそこにあったのか、と太鳳も聞いていて気疲れしてきた。

「そういった小競り合いの結果、麗蘭皇妃と沈清様は反目しているのだな」

「小競り合いではなくなったのですね。沈清様は十七の歳に科挙に受かったのですが、あの試験は一泊二日の泊まり込みになるでしょう。王都での試験を終えて沈清様が巴州(はしゅう)にお帰りになると、二夫人の手指の爪がすべて抜かれていたというのです」

「……」

太鳳も龍生も言葉を失くした。

過去、まだ周辺国と戦をやっていた際の拷問でしかそんな酸鼻(さんび)な事柄を耳にしない。

「沈清様は烈火の如く怒られたそうです。ただ母君は『本家のお嬢様方のなさることだから』と、少しも憤慨しておられなかったようで」

「心が広いのか、それとも本家と傍流の格差とは怒りを抱けないほど隔絶しているものなのか」

母の蕾翠だったら、そんな所業決して甘んじて受け入れることはないだろうと太鳳は顔を歪めてしまう。

「第二夫人は劉一族の傍系の中でも特にお商売をなさっていたおうちでしたので、卑下と申しますか、まあ本家への尊崇は甚だしかったようですね。同じ血を戴きながら商人に身をやつすことになった自分たちを愧(は)じている、といいますか」

「商人がいなくては物流が止まるだろう」

誇りを持たずになんとする、と眉を顰(ひそ)める太鳳を見て、龍生が微笑ましく目を細めている。そんな目で見られるような子供っぽいことを言ってしまっただろうか。なんとなく腹立たしくなって龍生の目を手のひらで塞ぎ、太鳳は先を促した。

「沈清様は、その日のうちに母君を連れて本家を出て、王都へと舞い戻ると宿を取り、劉家分家傍系に声掛けをしたそうです。『絶対に自分は試験に通っているから投資するなら今のうちだ』と。うちの父は沈清様より少し年上ですが、その檄文（げきぶん）の素晴らしさに震えたそうですよ」

いくつも支援の手は挙がったようだが、王都にある分家の一つがいち早く返事を届けたということで沈清に選ばれ、沈清の母を匿うこととなったという。

「残念ながら王都にはいくつか劉の分家傍系があるのですが、どこなのかまではわかりません。何しろ沈清様はその恩に報うのに、官職を与えるのではなく金子そのものをお渡しになっているらしいので、傍からはわからないのです」

官位職階は家柄に拠らず能力のある者に与えるべきと沈清は説いているから、その信念に沿っているといえるだろう。だからこそ、他の大家（きぞく）の者たちも沈清があの地位にいることを認めている。

「その……第二夫人の爪を抜くよう指示したのは、さすがに第一夫人なのだろう？」

沈清と麗蘭の歳の差は十。さすがに六つや七つの少女が命ずるはずがないと龍生が尋ねると、絶望的な表情で青琴は首を振った。

「初めは第一夫人と思われていましたが、麗蘭様でした」

発覚後、母親を隔離した沈清に詰め寄られると麗蘭は泣いて詫びたというのだ。今でも劉家の中で語り草になっているというそれは、曰く『美人の爪は桜貝と言うでしょう？　だから爪を抜いて水に入れたら、貝に戻るかと思ったの』だそうだ。

「……なぜそんな女を後宮に上げる気になったんだ、長老たちは……」

両手で顔を覆う龍生が絞り出すように呟いた。沈清からの敵意に少しは反発も覚えていたのだろうが、どう考えても自分の母親がおかしいと理解してしまったがゆえの詠嘆であろう。

「しかしその後、沈清様は西方教国に行かれただろう」

「はい。試験に受かり恩蔭ではまずいただけない高位の官位を得られ、劉の長老たちは大いに喜んだそうです。しかし時の主上との面談にて沈清様は希望の職位を桂都様の乗り物管理をする尚乗郎としたとのことで」

「普通科挙合格者は中書局か尚書局を希望するものだよな」

太鳳が宇井に尋ねると、青琴の話を神妙に聞いていた宇井は頷いた。

「立法行政に関わりたいのは秀才の常でございましょうね。しかも、当時の主上は皇太子ではなく第二皇子でいらしたのですよね」

「はい。沈清様の出世により劉一族を引き立ててもらおうと思っていた長老たちは落胆憤慨し文句を言ったようです。ですが沈清様からしたら、長年虐げられた母君を守ることもせず、沈清様に期待だけ乗せていた長老など知ったことではなかったでしょうね。意趣返しであろうと思いますよ」

ただ、されるがままだった実の母にも、沈清は思うところがあったのだろう、と青琴は言った。

「劉本家から隔離し、俸禄のほとんどをその家へと預け母君を頼むと、沈清様は異国遊学へと赴く桂都様にお伴する話をこれもまた誰に相談することもなく決めたようです」

その遊学先で桂都は蕾翠と出会い、帰国後に兄皇太子が亡くなり桂都は皇位に即く羽目になった。結果的に父帝桂都に重用され、沈清は中書令という地位にまで就けた、というわけだ。

青琴が、自分が知る沈清についての話はそこまでだと締め括る。

——なるほどな。

青琴の話は非常に有益なものだった。

前回の沈清が、汪のためにならないと理解しながらも太鳳と龍生を手にかけてまで守りたかったもの。母親なのだ。

頼りなく弱々しい母親。守らねばと思いながらも守り甲斐のなさに疲れ、大事なのかどうかわからなくなる、というのはありうることだ。

最初の世界の俺だ、と太鳳は心の澱となったそれを見つめる。

このやり直しが始まる前の太鳳は、自分の心を犠牲にして龍生を守っているつもりになっていた。だがそれを龍生は理解していないと思い込んでいて、挙げ句髪を染めるよう提案されて憤慨した。

　母を守ろうとしながらも、親族に金と母を預けて異国への旅に出てしまった沈清が、あの時の自分と重なった。

　それだけに沈清が母を思う心の重さもまた実感できた。

　大切に思う自分の心が報われない、その愛惜と憎悪。沈清から情報を引き出すためにつつくのはそこだと、そう思った。

「伯父上が毒の正体を知りながらも隠そうとしているのは、母君のことがあるからなのでしょうね」

　龍生も同じように感じたようだ。

「毒を盛ったのが劉一族の者とすれば、その咎は全体に及ぶだろう。何しろ皇子鏖殺未遂だからな」

「ご本人の保身もありますでしょうか」

　中書令とはいえ、いや、だからこそ身内の犯行を未然に察知防止できなかった咎を被るのでは、と宇井が思案する。

「そこは案外度外視なさっているかもしれませんね。私から見るに主上の中書令様への信は厚い。一族との繋がりも希薄となれば、中書令様へのお叱りはかなり和らぐのではとも思えます」

「それならば沈清様の母君一人くらい、父帝は罪に問わずに済ませることもできるはずだ。沈清様もわかっておられそうな気が」

　そこまで告げたところで太鳳は言葉を切った。私室の外に人の気配を感じたのだ。誰何するより先に、扉の向こうから侍従の声がした。

「太鳳様。宇井様。お話し込みのところ申し訳ございませんがそろそろお寝みになりますまいか」

　もう二更も半ばを過ぎたと言う。明日の予定は侍従たちも知るところであるし、声掛けは道理だろう。ただ普段はさほどうるさくないのにやってきたのは、宇井以外の者の気配を感じ取った可能性もある。

　宇井に目配せし、青琴と龍生の退路をどうにか頼む。太鳳が就寝の準備を命じたらこのまま侍従たちは扉を開けてしまうが、もし気配を怪しまれたのだとしたら、宇井以外の人間がいないと見せたいところだ。

　一瞬返事を遅らせただけで、龍生と青琴は寝室の窓から抜け出したようだ。宇井に目顔(めがお)で合図され、太鳳は「用意を頼む」と外へ向かって声をかけた。

　すぐに侍従たちがやってきて、床の用意と寝巻の着付けを始める。

　なめらかな絹の肌触りに太鳳は明日が来ることを願い目を閉じた。

　龍生の宮の侍従は頼りないものの、食事に毒を盛られたことはなかったはずだ。毒殺犯の手は思っていたよりも短い。ただ、くれぐれも丸薬は飲むな、と言い含めておいた。この夜を龍生も乗り切ってくれるようにと祈るばかりだ。

4.媚薬

　太鳳(タイフォン)の夜は問題なく明けた。龍生(ロンシエン)の無事を知りたい。

　朝餉の間に知らせてもらえないかと、窓に手巾をかけ青琴(セイキン)を呼び寄せることにした。龍生の様子を尋ねる手紙を書いて文机に置いたところ、青琴がやってきたのだろう、太鳳が私室に戻った時には「無事」の部分が丸で囲われていた。やや粗雑な筆遣いだったので、「こんなことでわざわざ呼び出さないでください」という文句が聞こえるようで、つい笑ってしまった。

　その後は前回朝を迎えた時と同様、刑部の若い二人組がやってきたので、同じ話をする。特に問題なく速やかに聴き取りは終わり、湯浴みさせられた。劇場へと向かう準備を始めなくてはならないのだ。

　少し緊張する。何しろ前の世界では小劇館(しばいごや)で殺されている。媚薬だと思って飲んだものが砒毒だったのには閉口した。

　しかし今回は龍生との繋がりは一切見せていないし、毒の正体についての言及もしていない。沈清(シエンチン)の逆鱗(げきりん)に触れそうな事項はすべて回避したはずだから、死ぬことはない。

　――そのはずだ。

　気にしすぎて不審な動きをしないよう、そちらに留意して太鳳は小劇の席へと臨むこととなった。

「あ」

都の江南地区。劇場や大きな商店の並ぶ大通りで、車から降りるなり突風が吹き、太鳳の被り笠から垂れる薄絹を巻き上げた。背後の宇井が慌てて絹を直そうとするが叶わない。

太鳳の目立つ容姿に引かれたのであろう、前回と同じ身なりの良い男が挨拶へとやってきた。

太鳳は今回、あえて風任せに顔を見せることを選んでいた。沈清が自分に対し殺意があるか否か、言葉尻から判断できると考えたのだ。

民の中に交じり意見を吸い上げることで民の信望を得ている龍生が、太鳳の業績をきちんと挙げ、褒めてくれていたため、民の中にも太鳳への支持は増えている。それを目の当たりにした沈清が、前回は「惜しい」と言ったのだ。民に認められている太鳳を殺すのはいかにも惜しいと、そういう意味だったのだと今ならわかる。

この世界での沈清は、民と太鳳の関係をどう評すのか。

ひと言も聞き逃すまいとしながら、劇場に入り、美しい布張りの階段を上がる沈清の後につく。

「太鳳ちゃん」

呼びかけてきた沈清が、階段の途中で立ち止まりこちらを振り向いた。

「アナタ、あれだけ民に慕われるなら、その髪も隠すこともしなくて良くなったわねえ。——少し、嬉しいわ」

「……ありがとう存じます。そう言ってくださるのは父母の他には大伯(おじさま)くらいです」

「そうかしら」

ふ、と目を細め、沈清はまた段を上り始めた。

どくどくと、緊張から解放された胸の鼓動が耳に響く。少なくとも殺意は、ないのではないだろうか。

貸し切った二階に着くと、沈清は前回と同じ個室を選び中へと入った。

さほど明るくない個室内、舞台側の開口部、窓際には卓と椅子がある。上演まではあと少し、座って待ちましょう、と席を勧められて太鳳は素直に従った。

昨夜、青琴から沈清の事情を聴いた。十中八九、沈清の『大事な者』とは母親のことだ。

——そこを突く。

母親に累が及びさえしなければ、沈清は現在庇おうとしている毒殺犯について教えてくれるのではないか。希望的観測にすぎないかもしれないが、勝率は悪くないはずだ。何しろその大事な者のために、皇位に値する二人の皇子を手にかけるほどなのだから。

　話をどう切りだすか。上演前か、後か。

　階下の人々のざわめきに耳を傾けるふりをして機を計る太鳳の前に、いつものあの杯が、置かれた。

「……これは」

　ごく、と我知らず喉が緊張で唾を呑んだ。

　沈清が指を組み、楽しげにこちらを見て首を傾げた。

「ねえ、太鳳ちゃん。昨夜アタシが帰った後、アナタの部屋に一体誰がいたの？」

「……宇井（ユージン）としばし、大宴の事件について話をしておりました。我々の立場はどうなのか、など」

　本当に優秀な侍従たちだ。昨日、龍生たちは見つからずに帰したはずなのに、わずかな違和感から来訪者があったことに気づき沈清へと報告を上げたのだろう。

「あらあ、隠さなくてもいいのよ？　もしかして侍女でも閨（ねや）に引き込んだので隠しているのかしら？」

「そんな、隠し事など」

　滅相もない、と笑って見せる。沈清も笑う。

　一見和やかな話し合いながら、実際は喉が干上がりそうだ。笑顔の沈清が瓶子を取り上げ、手ずから太鳳の杯に液体を注ぐ。

　毒か媚薬か。いずれにせよただの酒でないことはたしかだ。太鳳の目が吸いつけられる。

「まあ、お飲みなさいな」

　砒毒ではないはずだ。会っていたのが龍生とは知られていない。話の内容も知られていない。太鳳が何者かと会っていたからといって短絡に殺す男でないのはわかっている。

　これは媚薬だ。

　物言いたげな宇井を視線で押しとどめ、太鳳は杯を手にした。

　――飲み干す。沈清に敵対しないという意をこれで表す。そのうえで要求するのだ。

　意を決し、太鳳はその杯を干した。

　心配そうな宇井に見守られる。しばし自身の体調変化に注意を向けるが、吐き気もめまいも頭痛も襲ってくることはなかった。

ただ、慣れた熱。下腹部をずんと重くする、あの媚薬の熱が身体に回り始めた。

沈清はその様子をしばし見守った後、扇でゆるりと一回太鳳を煽いだ。

「その『お酒』。未通の男女にはほぼ効かないの。どうやらアナタの昨夜のお客様、懇ろになった女などではなさそうね」

「……一国の、皇子が、そう簡単に女を引き入れるのはどうかと……思いますよ」

「ふふ、よい心がけ。——ねえ。太鳳ちゃんはそれがただのお酒でないことはわかっていて飲んだわね。アタシに対し敵意はないと取っていいのよね」

「……その通りです」

「ならば聞くわ。一体昨日、誰と会い、どんな話をしていたのか」

沈清の問いかけと同時、舞台から嫋やかな楽の音が響いた。演目が始まるのだ。

身の内の熱がせり上がってくるのを押しとどめ、太鳳もまたそれに応じた。

「いえ、聞くのは俺です、大伯。俺がここまで譲歩した以上、俺の質問に先に答えてもらいます」

「何ですって……？」

よもや反論されるとは思っていなかったのか。沈清が目を見開く。

「大伯は大宴の事件について、その毒が食材の組み合わせで発生するものだとご存じですね。そのうえで、わざと刑部の調査を事誌へと向くよう進言なさった。そちらに毒についての記述はないからです」

「どういうことかしら」

ふわり、と沈清が扇を揺らした。余裕がある。

当然だ。太鳳には世界をやり直してきた実績があるから、沈清の動向について確信がある。しかしこの世界での沈清は、『大事な者』について口外もしていないし、太鳳と龍生を警戒もしていない。知りえた事実を使って畳みかけ、真実を引き出すしかあるまい。

卓の下、膝を強く摑んで爪を立て、痛みで媚薬の効果を打ち消すよう気力を絞る。

「毒実験の際、罪人たちの食事が進むにつれ大伯は考え込むような顔をなさっていました。さらに、毒見奉侍がそれぞれの皿の食べ物を少量ずつ毒見して検分したあと、『どれも毒となりえぬ』と発言するまで、神妙に見守っていらした」

「そのくらい当然ではなくて」

「夜になり、俺の宮へいらっしゃいましたよね。毒の再現性を確かめるために、同じ食材を取り寄せることになった、と教えてくださいました。その時、事誌を調査するよう進言したとおっしゃった。俺が、該当記録が見つかるでしょうかと申し上げると、大伯は『どうかしら』と疑問を呈した」

「……そうね」

「普段の大伯ならば、自身の進言なさったことなのですから『見つかるといい』とお答えになるだろうなと不思議に思えました」

「アナタの感想にすぎないわね」

「その後、偶発的な毒の可能性を指摘すると、大伯は驚いた様子でした。むしろ毒見奉侍も知らない毒なのですから、たまたま悪い組み合わせができてしまったのだと考える方が自然ではないですか。しかし大伯は少しもそんな考えに及ばなかった。それも貴方らしくありません。毒になる食材の存在を知っていたからこそ、偶発的に起こった事故である、と思えなかったのでは？」

「……何が言いたいの」

太鳳の論った一連の事項がすべて繋がっていると、沈清はわかっているようだ。ともすれば熱く荒れそうな息を低く押し殺し、太鳳は告げた。

「毒について、そして毒殺犯について、大伯は気づいていらっしゃる。毒殺犯は、劉一族の者なのでしょう」

「……劉家とアタシの関係が良くないことは知っているでしょ。どうなろうと知ったことではないわ」

「大事な方が、劉家の中にいらっしゃるのでしょう。母君が」

沈清の顔からうっすらとあった微笑みが消えた。

「劉家の者を庇う気は、大伯にはないのでしょう。たださすがに、皇子鏖殺を企図したとなれば、毒殺犯のみならず劉一族全体に累は及ぶ。近しい者は極刑、端の一族すら辺境へ封じられるでしょう。母君をそれに巻き込まないため、結果毒殺犯を庇い立てすることになっていらっしゃるのでは」

「面白い仮説ね。でも、自分で言うのもなんだけれどアタシは主上の信が厚いの。アタシが事件に関わっていないことはご理解いただけるだろうし、毒殺犯を糾弾することで母だけお目零しいただくのも可能なはずよ」

それは昨日の議論でも出た。侍従がやってきたため、なし崩しに終わったのだ。

「……母君がそれを望まないとしたら」

「……どういうことかしら」

「聞くところによると、大伯の母君は劉本家に大変義理堅くていらっしゃる」

沈清の様子を観察しながら太鳳は言葉を選ぶ。媚薬の熱が頭を冒すけれど、まだどうにかなる。まだ、考えることはできる。

「大伯がその主上の信を以て母君を咎めから外されても、母君ご本人が劉家と共にあろうとしてしまうのではないですか」

「……」

沈清が、じっと太鳳を見つめてきた。

反論はない。やはりそれこそが沈清の心を縛っていたのだろう。

舞台からは嫋々と弦の音色が響き、悲恋の情が歌い上げられる。太鳳は立ち上がった。よろけて隙を見せるわけにはいかないから、沈清に詰め寄るふりをして卓に手を突く。

「母君を、母の――蕾翠皇妃の侍女に召し上げるのは如何です」

「なんですって……？」

「劉家と切り離してから毒殺犯を捕縛するのです。皇妃の侍女となれば、母君の一存で罪に連なることはできない」

「それは」

沈清の眼差しが揺らぐ。考えている。もうひと押しだ。

「巴州の地誌を、龍生が調べています」

「三番目が動いているの」

「龍生は優秀です。遠からず、このたびの大宴で供された食材による事例を見つけるでしょう。できれば龍生が発見するよりも先に、大伯、貴方から証言が欲しい」

「アタシにも花を持たせてくださるということね」

「そうすれば母君をより、劉家の凋落から遠ざけられます」

じっと太鳳は沈清を見つめた。最後の決断は沈清自身が選ばなくては意味がない。

言葉を止めると、紛れていた意識が媚薬に煽られる身体へと向いてしまう。できれば早く、沈清に意を決してほしい。だが急かせるのは悪手だ。

体感では長い時間が過ぎた。

ようやく、沈清が口を開いた。

「……巴州、地誌、天徳二年春。それがアタシの知る限り一番新しい記録よ」

「！　早急に調べます」

「公表するなら母の隔離が済んでからにしてちょうだい。そして、アタシが教えられるのはそこまでよ。……これだけで追い詰められるとは思えないけれど」

はあ、とため息をつき、沈清は扇で自身を煽いだ。

気が抜け、ともすれば倒れ込みそうになる足を叱咤し、太鳳はこの場を辞す旨を告げた。沈清はちらりとこちらを見上げてくる。

「たとえ未通でも、よくもその状態でアタシを操れたものね。――その『お酒』、主上ですら惑わしたものよ」

「父帝を……」

「巴州の特産と知って、王都禁制品に指定なさったくらい。手に入れる筋はまあ、劉家の者にはあるのだけれどね」

沈清が言外に何かを伝えようとしている。けれども、先程のやり取りで疲労した太鳳は意味を考慮できずただ頷いた。その様子に苦笑し、沈清は扇で風を送ってきた。

「アタシはせっかくだから舞台を見ていくわ。アナタは先に退出するんでしょ」

「……そう、させていただきます」

力が抜ける腕を叱咤し、袖を垂らして拱手する。宇井が即座に扉を開け、沈清へ礼を取った。

薄暗かった室内と比べ、廊下には昼の光が差し込み明るい。沈清に値踏みされることはなくなったものの扉の外にも護衛はいる。彼らに醜態を見せるわけにはいかない。媚薬の効果でひどく歩きにくい中、太鳳はどうにか強く足を踏み出し、劇場を出た。

昼日中の大通り、人が多い。

即座に宇井が被り笠を頭上に乗せてくれる。それでどうにか、往来の目からは逃れられたけれど問題は自身の身体にある。

この媚薬は本当に、ひどい。

未通ならば大して効かないと沈清は言ったが、このやり直し以前に使われた時よりもずっと、自分の我慢は利かなくなっている。それはあの、三回目の世界でもそうだった。

よろける太鳳を支えようとする宇井の手を断る。触れられたら自分でも制御しきれない何かが溢れそうで恐ろしい。

人目を避けたくて劇場の横の小道へと入り、壁にもたれかかった。

「車を探しに行っても大丈夫でしょうか」

この状態の太鳳を、宇井も知っている。とにかく宮に戻って眠ってしまうのが一番なのだ。だがここまでやってきたのは沈清の車だし、小劇の間舎人はどこかで休憩しているから太鳳が使うことはできない。

馴染みの商人に車を借りるのが手っ取り早かろうという宇井に頷くと、焦った表情を隠すこともなく、出来た近習は表通りへと駆けていった。

「は……」

喉元で震える吐息を押し殺す。もっと年若い頃に覚えた手淫の最中に漏れるのと、同じ色の吐息だ。

先程までは理性が欲情を凌駕(りょうが)していたからここまでの飢えは感じなかった。けれど今はもう、この劣情をどうにか解放することばかり考えてしまう。

未通。

それは言い換えれば、他人の温もりをまだ知らぬ者という意味ではないのか。親兄弟などの温もりではなく、自身が心に想う者の肌に触れたか否か。

そういう意味でなら、太鳳は完全な未通とは言い難い。

龍生に手を握られ、その安心感のある大きさと、しっとりとした温もりを知っている。

――だが、今世の俺は龍生に触れてはいない。

触れたことがあるのは、前のやり直しの世界での話だ。

けれどあの温もりを、身体ではなく、魂が覚えている。

この世界の太鳳の身体が、龍生の温もり、手の大きさ、力強さを知らなくとも、積み重なった記憶は魂に刻まれている。

立っているだけでももう辛い。身体が揺らぎ腰衣(こしぎぬ)が微かにこすれるたびに、自身のはしたないものが屹立(きつりつ)するその角度を変えるのがわかる。濡れた部分が布にぬめり、柔く愛撫されているような感覚をもたらしてくる。

早く宇井が戻ればいいのに。とにかく、このような路地裏ではなく安心できる場所に落ち着けば気持ちだけでも楽になれるだろうに。

人通りもなく、被り笠が息苦しく感じられてきたため、太鳳は薄絹を開き捲り上げた。金の髪が顔の脇へさらりと流れてくる。

このようなところで胡人であることを晒しては妓郎と間違われるかもしれない。そんな危機感を覚えつつも、背を壁にもたれさせ、上向いて喘(あえ)ぐような呼吸をやめられない。

「こちらです」

不意に曲がり角の向こうから声が聞こえた。

こんな路地裏へ、逃げるように入り込んだことを誰かに見咎められていたのだろうか。せめて薄絹を戻し顔だけでも隠さねばと思うのに、手には力が入らず叶わない。

足音が近づいてきたかと思うと、思っていたよりも多い人数が現れた。

先頭には、もうすっかり見慣れた美丈夫がいる。

「龍生……」

驚いて名を呼ぶ。

そういえば、龍生も江南地区の視察があるとやり直し前の世界で聞いていた。

どうやら太鳳と宇井を見かけた青琴が、龍生を連れてきたらしい。

「哥哥(にいさま)」

龍生だけが歩み寄ってくるのに少し安堵し、太鳳は口の端に笑みを乗せて見せた。近づいてくる龍生が眉根を寄せたので、うまく微笑むことはできなかったようだ。

皇子の視察には二つの種類がある。公式に、皇子として見回るもの。もう一つは身分を明かさずに行うもの。

今日の龍生の視察は後者だったようだ。地方の大尽(かねもち)の息子として王都の見物をする体なのか、それなりの品質の絹の外衣だが膝丈で、普段は身に着けない長脚筒を着用している。伴につけている者たちも使用人らしさを出すためか、皆、お仕着せらしい綿服だ。

寄ってみて太鳳の様子がおかしいのがわかったのか、青琴以外の者を大通りへと戻らせ、龍生は太鳳の顔を覗き込んできた。

「哥哥(にいさま)。なぜこんなところで」

太鳳の具合悪さを憂える瞳。実年齢よりも年嵩(としかさ)の人間と思わせるためだろう、髪は結い上げて帽子を被っている。そのせいで余計に凛々(りり)しさが増す。

いつもの媚薬だ。なのにこんなに身が疼くのはもうすでに自分の魂が、龍生の手の大きさを知っているからだろう。その温かさも力強さも覚えているから、未通でありながらこんなに千々(ちぢ)に胸乱れる。もしや自分はひどい淫乱(いんらん)なのではないかと疑いが湧く。

できれば龍生にはもう触れてほしくない。そう思うのに、身を屈めた太鳳を支えようと、龍生の手のひらは自分の肩を抱いてくる。息が熱くて上向けば、視界が劣情によって潤んでいるのがわかる。

「熱はないようですが、お顔が……」

額に手を置かれ、ぞわぞわと欲望が下腹を突き刺した。

思わず歪んだ太鳳の顔を見て、何か言いさして、龍生は青琴に耳打ちをした。頷く青琴がより道を奥へと進んでいく。そちらは廓が多くあるのに、と思いながらも、太鳳は引き留める声を出せなかった。

肩を抱く龍生の体温が辛い。離れたい、けれど振りほどくことはできない。

耐えつつ息を殺す太鳳の耳に、さして時間の経たないうちに戻ってくる青琴の足音が聞こえた。

少しだけ歩けますか、とやさしく問う龍生に支えられ、ぬめる腰衣を気にしつつ、太鳳は路地の奥へ奥へと連れ込まれた。

そして辿り着いたのは、きらびやかな建物の並ぶ街路だ。表通りに引けを取らぬ美しい建築。だが、そこにあるのは――ほとんどが廓であった。

連れていかれたのは白壁に青い瓦(かわら)、掲げられた額には『慶郎茶藝館（けいろうさげいかん）』と書かれた茶館だった。

部屋を貸す茶館があるのは知っていた。だがそれはただ茶を喫する場ではなく、情事に使われる部屋を貸す、という意味だ。人に知られたくないやり取りをする際に使う者もいるとも沈清は教えてくれたものの、基本的には茶館の一階で待ち合わせたり妓女妓郎を選び上階の部屋で愉しんだりする場所。

青琴は「近場で休める場を探せ」と龍生に命じられ、この茶館を選んだようだった。

――ここがどんな場所かわかっていないはずないのに……！

やり直しが起こる以前は切れ者だと評していたのだが、どうにも青琴には真面目馬鹿の気配を感じるようになっている。

「部屋が空いていると聞いたんだがね」

普段よりもずっと砕けた物言いで、太鳳を支えた龍生は茶館の人間に声をかけた。顔が見えぬよう俯（うつむ）いている太鳳を気にかけてか、近づいて覗き込んでこようとする相手を龍生が遮る。

「ああ、近づかない方がいい、こんな真昼間から酒を飲みすぎたんだこいつは。粗相しないかひやひやだよ。ああ、もちろん部屋を汚したりしないように気を付けさせるが――青青（チンチン）」

青琴の偽名だろうか、呼びつけて龍生は小金を差し出させた。

「万一汚したらもちろん片付けていくし、先に迷惑料を払っておこう」

「これは、ありがとうございます。旦那様のような方を疑うなどとんでもない。良い部屋が空いておりますのでご案内しましょう。――ああ、そこのお前。そちらの方の酔いが早く醒めるよう、薄荷水を一緒にお持ちしなさい」

部屋の案内係の少年に水差しと器の載った盆を持たせ、茶館の主らしき男はほくほくと銭袋を懐へとしまい込んだ。

どうやら、髪の色のせいで妓郎と間違われたらしい。そのくらい、この国では西胡人（がいこくじん）の職業は限られている。それは皇宮内で官僚たちが向けてくる好奇の目などよりもずっと、生活に密着する形で市井に浸透している意識だ。加えて長衣であることも妓郎らしさを増している。性を売りにする者は皆、動きにくい、高位の者が着るような服装をするのが常だからだ。

　まあ、おかげで寝台で休める。誰もこんなところに自国の皇子二人がいるなどとは思わないだろう。

「こちらです。ごゆるりとお愉しみを」

　案内されたのは男の言葉通りになかなか良い部屋だった。広く、寝台には天蓋が付き、牀、多くの引き出しが付いた黒檀の箪笥、石造りの浴槽まである。

　とにかく寛がれるように、と龍生が寝台へと太鳳を連れて行ってくれる。しかし横になる気はない。もうずっと、龍生に支えられ、身体中が欲に浸されているのだ。

　腰掛けただけの太鳳を無理に寝かせる気はないらしく、龍生は太鳳の前へと跪いた。

　敬愛する龍生のこんな姿を見たら青琴が怒るだろうと、広い一室を軽く見回すが、自分たち以外に人がいない。

「青琴、は」

「このような場所についてくる召し使いはいませんよ。一階で茶でも飲んでいます」

「そうか……」

　頷いて、ハッと気づく。

「このような、場所……お前、ここがどのようなところか、知って」

「私がいくつの時から市井に下りていたと思うのです」

　それはそうだ。

　齢二十歳の美丈夫。それが現在の龍生であって、性の知識も当然あってしかるべきなのだ。

　幼い頃を知っていても龍生を家族とは思っておらず、また歪んだ重陽の恋情を成長した龍生に抱いていながらも、なぜかその手のことに関し龍生は子供の頃のままと思い込んでいた。相手が公になっていないだけで、恋仲の人間がいてもおかしくない年頃なのだ。

「お前、このような場所、使ったことは……」

「ございません。だからこそ来たのです。市井ではほぼ私の顔は知られておりますし、哥哥についても私が事あるごとに話題にしていますから」

「あ……」

　そうだ。小劇館の前で車を降りた時、褒め称えられたのだった。やはりあれは龍生の策だったのか。

「お前、まさか、自分の業績を俺のものだと吹聴して」

「吹聴とはお言葉が悪い。私の草案の足りない部分に手を加えてくださったのは哥哥でしょう。水閘門の操作に必要な鎖の他、安全を期すための装置を造るよう指示してくださったり、通りの道幅増幅に伴い立ち退きを迫る場合、金の支給だけでなく仮宅を用意するよう定めたり、正直に太鳳二皇子の施策であると教えただけです」

自分では抜け落ちていたと龍生は語るが、それは単に草案段階だったからだろう。

身体の熱に浮かされ、頭がぼんやりして言い返せないまま、太鳳はため息を吐いた。龍生はそこでハッとしたようにこちらを見上げてくる。

「それより、本当にお辛くないのですか。今日は中書令様と小劇見物だったはずなのに。こんな状態の哥哥を置いてあの方はどこへ行かれたのです。それに宇井も」

「沈清様はまだ、小劇だ。俺は、先に退出してきた。宇井には、待っているから車を頼む、と」

その辺りを流している傭車では格が低すぎて皇宮まで乗り込めないから、馴染みの帯屋にでも借りに行ったのだろう。

「だからといって哥哥を一人にせずとも、背負っていけばよいのに……」

単に具合が悪いだけと思っているからか、龍生は納得いかないようだ。宇井はまったく悪くないのでなんだか申し訳ない気分になる。

「俺が、あまり触れられたくないと、宇井だけ行かせた」

「……そうだったのですか。たしかに身を強張らせておられましたね。強引にお連れして、ご不快にさせたかもしれません」

すみません、としょんぼりした風情で謝られた。昔と変わらぬ素直さを、現在の美男の姿で見せてくる。その差異に太鳳の胸は締め付けられるようだ。

「悪くない。お前は、悪くない。……実は」

ふ、と息を吐き、太鳳は囁いた。

「……媚薬を、盛られた」

聞こえなくても良いと思って口にした言葉を告げた

途端。憂いに満ちていた龍生の眼差しが、ぎんと見開かれた。その強さに驚き息を呑む。

「媚薬、ですか……？」

「気にするな。沈清様の、嫌がらせだ。昔から……お前と親しくすると飲まされた。だからどんどん、お前への態度が悪くなって――悪かった」

　事情を明かしたのを幸いに、龍生にとっては意味もないだろう懺悔（ざんげ）をした。だが龍生には無意味ではなかったのか、はっと目の色を明るくする。少しばかり嬉しい。

　けれどすぐに龍生はまた険しい眼差しで、寝台に腰掛ける太鳳を見上げてきた。

「本当に、中書令様には触れられていないのですね」

「あの方は、俺の髪に触れるのが……せいぜいだ。俺ではなく、母上の兄君が心にいらっしゃる。それがどのような愛なのかはわからないが」

　抱くことも抱かれることもさして興味ない、といつだかそう言っていた。本心か否かは知らないが、少なくとも性欲を太鳳に対して抱いているようには見えなかった。

　しかし龍生から発せられる怒気めいたものは濃くなっている。

「哥哥（にいさま）の髪に、触れると……？」

「ああ……物憂げにくちづけながら、俺の反応を見る。俺を、あの人の理想の君と比較して……」

「くち……」

　言いかけて歯噛みしたかと思うと、龍生は呟いた。

「中書令様を殺した方がいいですか」

「な……何を」

「貴方の髪にくちづけるなど、許せるはずがないではありませんか」

「た、たいしたことでは、ない」

「大したことです」

　ぎろりと睨まれ、ぞくりと背すじの毛がそばだつ。

ああ、と思い出した。太鳳との間に繋がりがあると思われないよう注意を払っていた前の世界でも、沈清が髪に触れたからといって龍生は姿を現したのだ。

「幼い頃から、お前は俺の髪が好きだと言ってくれていたものな……」

　今も変わらないのだなと可笑しくなって、身内を荒れ狂う欲情に耐えながら太鳳は無理矢理に微笑んだ。

あと数時間我慢すれば薬の効果も切れるだろう。幼い頃の思い出話でもして、龍生をただ親愛していると考えていた頃に心を引き戻しておくのが最善だ。

そう決めたのに。傍らに跪いていた龍生はなぜか、太鳳の真ん前へと移動し、膝をつき直した。外衣の下、わずかに開いた膝へと手を添えてくる。

「ま……待て、何を」

「お慰めいたします。その方が、辛さも疾く去りましょう」

「ろ」

龍生、と名を呼ぶ間に、腰掛ける太鳳の外衣の裾は割られた。白絹の中衣も。

抵抗しようにも媚薬のせいで力は入らず、しかも衣越しに触れられるだけでも身が強張るような快感が響く。

市井の人間に身をやつした龍生と違い、太鳳の衣装はいつも通り長衣を重ねたものだ。庶民のような長脚筒ならばこんなに簡単に腰衣を剝き出しにされることはなかったのに。

「こんなことに……」

ほう、と龍生がため息を吐く。

見下ろせば腰衣の中、自身の陽物は硬く勃ち上がって先端を潤ませている。

龍生に呆れられると失楽を覚えたのも束の間。いつかは太鳳の手を握ってきた龍生の大きな手のひらが、腰衣の前のふくらみを包み込むように触れてきた。

びく、と腰の筋肉が痙攣する。ああ、出てしまう。思った途端、腰衣が熱く濡れた。当然龍生の手も濡れただろう。

「あ、あ、あ」

駄目だ、と思うのに、一度で吐き出しきれなかった名残の精が、びく、びく、と腰を震わせてまた漏れる。

あまりの情けなさで泣きそうなのに、視界の潤みはまだ冷めやらぬ欲のせいだとわかるから羞恥で死にそうになる。

手を離してほしい。そしてさっさと、部屋の隅の手水で洗ってほしい。そう思うのに、龍生は手の中で未だ萎えずにいる太鳳の茎を、精のぬめりをそのままに上下に扱いた。

「っ……！」

首筋を強張らせるような快感に貫かれ、太鳳は首をのけぞらせる。ぬる、ぬる、と扱かれるほどに、先ほどより大きなうねりが腹の奥に生まれ、勃起したものが更に硬くなってしまう。

「あ、っあ、な、なにを」

「よい形を……なさっています」

濡れた布が取り払われ、ふるり、と自身のものはまろび出されてしまった。龍生の手が、腰衣の横から入り込み、硬くはしたないものを剝き出しにしたのだ。

「み、るな、このような」

「一度達されたというのにこんなに――先端が張り詰めて。お辛いでしょう」

「な」

抵抗を試みる太鳳の両の手首をひとまとめに摑み、脇へと除け、龍生は屹立したものをあろうことか、口に、含んだ。

――あ、あ、あ……!!

ぬめり、柔らかい口内。歯など当たらず、ただひたすらに甘やかされる。

龍生の、口で。

思った途端、また絶頂に到達した。いくら媚薬を盛られたといえ、これはない。これまでの薬では寝ている間、腰衣の汚れ具合からしていいところ一度程度だったはずだ。

なのに、太鳳の陽茎を含んだまま、龍生は吸い上げるようにして精を飲み、またも口内でそれを愛撫し始めた。

「ま、待て、三度も、そんな、気を遣ることができるはず」

ない、と思うのに、腰が揺れてしまう。一度目、二度目よりも切羽詰まった感がない分、快感が心にゆるゆる浸み込んでくる。裏側を舐め上げられ、先端を果実飴のように唇と舌で蕩かされる。根元をやわやわ揉み込まれて、身体中の力が抜けそうになる。龍生のその一連の行為すべてに何か愛おしさのようなものが溢れている気がして、心までも柔くほぐれてしまう。

「んっ、ん、ん、で、出てしまう、から」

また龍生の口の中に、と思った瞬間、腰が震えた。心臓の鼓動と同じ律動で精が溢れているのがわかる。

強く吸い上げられたまま、龍生はそれを飲み込む。先端に残るものも丁寧に、くじるように舐め取られ、身体は弓のように反る。

もう駄目だ。何度そう泣いただろう。それでも甘々と愛撫する舌はまだやまない。もう何も出ないままそれでも達して、下肢が震え続けた。

陽茎が硬さを徐々に失い、それでも口内で甘やかされるうち、頂点にまでは達しない緩やかな劣情は、慰められ、和らいでゆく。

ふ、ふ、と息が浅く、ゆっくり、落ち着いてゆく。

とうとうしゃぶられるそれの感覚が鈍くなり、ようやく太鳳は人心地ついた。呆然と寝台から天蓋を眺める太鳳から、龍生が身を起こす。

驚くほどすっきりとしていた。いつも媚薬に浸されたら最後、どうにか眠ってしまうまで悶え耐えなくてはならなかったのに。いいだけ精を吐いてしまうのが一番の早道だったとは思わなかった。

「哥哥(にいさま)。申し訳ございません」

「謝る、ことは」

脱力して寝転がってしまった身体を、肘をついて半身起こす。まだ床に膝をついている龍生へ眼差しを送ると、帽子を外した龍生は緩く首を振った。

「いいえ。ここに告白いたします」

「告白……？」

「ええ。幼き日より貴方と育ちながら――弟として愛してくださったのに、私の慕情は兄弟へのそれではないのです」

「え……」

「ですから今の行為は、媚薬で煩悶する貴方へ付け込んだ私の咎です」

言いながら龍生が、着崩れた衣装を直してくれる。濡れた腰衣(こしぎぬ)はさすがに着けないままなので脚の間がやや頼りない。

「ずっと、貴方を騙しているようで心苦しかった。けれど伝えればやはり貴方を苦しめるでしょう。なのにこのような形で、貴方のそれを慰められると思ったら矢も楯もたまらず」

「ずっと……」

「鳳哥(フオンにいさま)。ずっと貴方を愛し、慕っていました」

言い終えると、太鳳から咎められるのを待つかのように龍生は瞳を閉じ、口も閉じた。

その、美しい顔。影が差して見えるのは表情のせいか、単に明かりの加減か。

――ずっと、俺を、想っている？

やり直すたび世界が変わろうと、大元の関係にも心にも変化はない。それはよく理解している。

では、ということは。

考えて、ああ、と思い当たる様々の事柄。

二人きり、無人の宮で会い、太鳳が名を呼んだだけで嬉しそうにした龍生。太鳳の気を損ねたと何度も誤解を解こうと言い縋った龍生。慕っている、と手を握った後に「家族として」と付け加えた時の困ったような笑み。太鳳を皇位に即けようとするその心の底にあるもの。施策の剽窃を黙認どころか推奨することすら、龍生にとっては想いを表すものだったのだ。

――なんということだろう。

自分が最近になってようやく気づいた気持ちを、龍生はいつから抱えていたのか。自分が長い間、弟への親愛と見誤っていた気持ちを、ずっと昔から龍生は胸に秘めていたのだ。


「龍生」

起き上がり、手を伸ばし、太鳳は龍生の手を握った。

「俺は……俺も」

愛している。

ただ、自身の真実を口にする。それだけのこと。拒まれる危険ももうない。心情を吐露するだけでいい。

なのに唐突に太鳳の声は止まった。

――どの、龍生を？

くだらない自問だった。

どの龍生も変わらず龍生だ。どの世界でも龍生は、太鳳を想ってくれていた。

なのに、脳裏にはそれぞれの世界の龍生が蘇る。

最初の世界、皇位を勧める真意がわからずその死を見届けるのみとなった龍生。何も知らせることなく同じ毒で同じ時に逝った龍生。せっかく兄弟として語り合えたのに何者かに殺された龍生、沈清の毒で死んだ龍生。そして、想いを告げてくれた目の前の龍生。

「……哥哥（にいさま）？」

見上げてくるその清冽（せいれつ）な眼差しを愛おしいと思う。

だが、どの龍生も同じ目をしていた。同じように太鳳を想ってくれていたのだろう。

この世界が始まった時の心の疲労を思い出してしまう。やり直しの世界で新たな龍生と出会うたび、前の世界で心を積み重ねた龍生の消滅を実感する。同じ話をして、同じように犯人を見つけるために語り合って。

——残りの命はあと三つ。

あと二回猶予がある。それは、あと二回、新たな龍生に出会う可能性があるということだ。

もしもまたこの龍生を失ったら、自分はやり直しの世界で同じように自分を想う、けれどこうして自分に触れた龍生とは別の龍生と出会うのだ。

自分の想いなど、何も言葉にできる気がしなかった。

「……黙っていたことがある。俺は、実は」

小さく吐息して続けた。

「やり直しの世界を生きている」

龍生は目を瞠（みは）った。

「神託の夢など、嘘だ。俺はもう四回死んで、そのたびに——別々のお前と、会っている」

龍生の眼差しを断ち切るように、太鳳は強く目を閉じた。

嫌われもしない、気持ち悪がられることもない、それはわかっている。けれど、今現在の龍生を直視できなくて身を固くして俯いた。

「哥哥（にいさま）」

手の中にあった龍生の手が抜け出し、反対に太鳳の手を握ってきた。

温もりと力強さに惹かれ、そっと目を開く。痛ましげに眉根を寄せた龍生が、

「ずっと、辛かったのですね」

と囁いてくれた。

「……お前は」

どうして、自分が望んでいた言葉をくれるのだろう。いつも、いつもだ。

目の奥がじんと、熱く痛む。

喉元に熱いものがこみ上げている。

「哥哥（にいさま）。すべて話してください。何が起きていて、何をご存じなのか、何を感じているのか」

潤む視界でも龍生が真摯に自分を見ているのだけはよくわかる。

「ああ……」

頷き、一刻近くをかけ、太鳳はすべてを話した。

わけもわからないままやり直しをしたこと、蕾翠に命の数を教えられたこと。これまでの龍生の死に様、自身の死に様。沈清には警戒をせねばならないが、この世界では敵にせずに済んだこと。

「昨夜青琴に、沈清様の生い立ちについて聞いておいてよかった。ほぼはったりだけで乗り切ることができたのは、母君の存在が沈清様の中で大きいと、知っていたおかげだ」

母親を蕾翠の宮付きの侍女に推薦し、劉家に殉ずることができないようにする。そうすれば、毒殺事件の犯人を探ることを止めないと確約できた。

「巴州(はしゅう)地誌、天徳二年春を調べよとおっしゃっていた」

「天徳二年……十年以上前の記録ですね」

「ただ沈清様が知る限りの最新の情報だそうだから、その後も同じ事例はあるのかもしれない」

それだけでは追い詰めるための証拠として弱い、とも言われたが、犯人が劉家の者であることはたしかなのだ。

となればあとは二択。劉の長老か、皇妃麗蘭。

龍生も同じところに考え至ったのだろう。物思う瞳で呟く。

「伯父上はなぜ、そこまで教えてくれながら毒殺犯そのものを名指ししてくださらないのでしょう」

「……劉家の者が相手だから、かもしれないな」

「身内だから手加減をする？　そういう方ではないですよね」

「ああ。手加減ではなく――そうだな、劉家の中で最も権を持つのは沈清様だ。一度は大宴の事件のようなものを起こさせはしたが、今後は抑えられるという自負があり、できれば俺たちにはおとなしくしておいてほしいのではないか」

「けれど哥哥(にいさま)のお話を伺うに、三回目のやり直しの際は私が大宴のものと同じ毒で殺され、哥哥(にいさま)は青琴に害されている」

まったく抑えられていない、と龍生は唇を引き結ぶ。

「思うに……俺が経験してきた世界はいわば『結果』だ。現在の沈清様に見えている景色はまやかしのようなものだが、それは彼にはわからない。自分が目を光らせていれば毒殺犯は自身の理想を諦めおとなしくなると思っている。だから、俺たちに下手に藪をつつかれるよりは、犯人特定には至らぬ餌を投げ、探りたいなら探ればよいという態度を取る」

もし太鳳たちが証拠不十分ながら動くとしても、母親の確保を条件にしてあるからそちらには累は及ばぬようにできている。

「まあ、沈清様に邪魔をされなくなっただけでも上出来だ。地誌以外の証拠もできれば押さえたいところだが……」

「哥哥(にいさま)は、犯人は誰だと目算なさいますか」

「俺は――劉の長老たちではないかと思った」

大宴の事件の折、麗蘭に突っかかられた母親が「もう自分は子を産める歳ではない」と言った。可能性のある皇妃は麗蘭だけだろうと。その時、以前の世界で却下した、新たな皇子誕生と擁立を目指す者が犯行に及んだのではないかという推論と、沈清が劉家を庇っているのではないかという推測が絵合わせの如く嵌まり込んだ。

太鳳の語る根拠を龍生は真剣な眼差しで聞いている。

長老たち、という群体だからこそ沈清も詰めきれないのではないか。そうも付け加えた。

龍生はどう思うのか、そう尋ねようとする。だがそこで、扉に付いた鈴が控えめな音で鳴った。開けると、店の者に案内された青琴が眉を下げて立っていた。

「大通りに残した従者が一人、伝言に参りました。宇井様らしき人物が、車を小劇館の横につけて途方に暮れていらっしゃると」

「……」

「忘れていた」

思わず呟いた太鳳へ、「なんてひどい主でしょう」とまるで口ほどに物語る視線を、青琴は向けてきたのだった。

5. 一矢を報う

宮城に帰り着くと、龍生(ロンシエン)はすぐに青琴(セイキン)を蔵書楼に向かわせ該当の地誌の確保を命じた。沈清(シエンチン)の気が変わって隠されないようにだ。

龍生の宮の前で別れる際、太鳳(タイフォン)はくれぐれも注意をした。

「お前が、自身の宮の食事で命を落としたことはない。しかし大宴後に永らえたこと自体あまりないので、確実に大丈夫だとは言えない。毒見はしっかりさせ、そのうえで食事量は抑えた方が無難かもしれない。当然だが丸薬は絶対に飲むな」

「お気遣いありがたく存じます。――私も考えるところがありました。できれば明日、その成果をお見せできるようにしたいと思います」

「明日か」

別に今日の晩でもいいのだが。何しろ沈清には、龍生と動いていることがばれた。こそこそ忍んでこなくとも、正面から訪問し侍従たちに見られても問題はない。

「むしろ、沈清様の目が行き届いている俺の宮に、当分住んでくれてもいいくらいだ」

その方が安心なのに、と思う。

「幼い頃のように、哥哥(にいさま)の寝台で共に眠ってよいのですか」

「え」

陽が傾き始め、赤い空の下で龍生が目を細めている。思わず見惚れ、太鳳はどっと顔に朱が上るのを感じた。

非常に理性的な話を延々としたため、自身の醜態がすっかり彼方へと忘却されていた。龍生は、太鳳を――家族ではない慕情で慈しみたいと、そう言ってくれたのだ。

もしも、と思う。

もしも自分が、死んだ兄弟たちの命を諦めることができたなら。そして、この世界で毒殺犯を見つけ、断罪することができたなら。

そうしたら、この世界の龍生の想いに応じ、自分の心を打ち明けてもいいのではないだろうか。

これ以上世界をやり直すことなく、この世界を最後とするならば、太鳳に愛を打ち明けてくれたこの世界の龍生は消えはしないのだ。

「……哥哥(にいさま)。また、明日」

顔を朱に染めたまま絶句した太鳳に、龍生が囁く。

橙の陽射しの中で微笑む龍生へ、太鳳もまた「明日、必ず」そう告げて、宇井(ユージン)を伴い自分の宮へと歩いて向かった。

わかっていたはずなのに。

明日が問題なく来ると希望を持った時ほど、この世界は辛辣（しんらつ）な結果を太鳳にもたらしてくるものだと、わかっていたはずなのにその時の太鳳は浮かれ、油断し、緩んだ。


夜中だった。

天蓋の羅が揺れた気配に、太鳳は身を起こした。

「いるのか」と尋ねた声に、普段の青琴ならば絶対立てないような大きな物音が応える。寝室の格子窓の脇、長脚の燭台を引っかけ、寝台へと倒したようだ。

今日の不寝番は誰だったろう、聞こえてしまったろうか。声がかからないところを見るに気づかれてはいないようだが。

ともかくも常ならぬ事態だと、太鳳は飛び起き手燭台に火を灯した。

床には血塗れの青琴が倒れていた。

「何事だ。話せるのか。龍生は」

矢継ぎ早な質問は無意味とわかりつつも口が止まらない。青琴はひどく息が苦しそうだ。うつぶせて呻いているのを横臥させる。

衣服の腹辺りに血の染みが大きい。刺されているのだろう。

どうにか息を整え、かすれた声で、青琴は胸元から折り畳んだ紙を取り出し捧げてくる。端に血痕が滲んでいる。

「……こちら、を」

途切れ途切れの声。急かしたい気持ちを抑え、太鳳は口元に耳を寄せた。下手に問い質せば聞き逃す恐れがあった。

「小爺（わかさま）の、お手紙に、ほぼすべてが。……我々は、証拠となる、媚薬を探しに」

媚薬。沈清が使うあれだろうか。それを探しにどこかへ忍んだところ返り討ちされたとでもいうのだろうか。ならばこの青琴の傷は沈清が、と考えるも、「後宮にて」と青琴がさらに呟いた。

「龍生様、は、後宮にて——命を。もはやお身体は、見つからぬ、やも」

「……命を、落としたと……?」

思わず、手にした用紙を取り落とす。後宮にどう忍び入ったものか知らないが、もしもそこで殺され、埋め隠されでもしたら。

「青琴」

「仇を、頼みます」

「青琴」

呼びかけ、さらに耳を寄せる。しかし床に横たわる青年の息はすでになくなっていた。

膝をついたまま、しばし太鳳は時を見失った。何が起きているのか理解が及ばなかったのだ。

床に置いた手燭の炎が揺らぎ、背にかいた冷や汗が冷たくなって、ようやく自分が呆然としていたことに気が付いた。

初めてではない。龍生の死は初めての経験ではない。けれど、ようやくやり直しを話すことができ、十二分に宮での過ごし方も注意したのに、どうして龍生は死地に赴くような真似をしたのか。

——死地とは、思っていなかったからか。

そう。いつだって、結果から見れば「なぜそんなことを」と思うようなことばかり自分たちはしてしまう。

やり直すごとに修正して、修正して、ようやく犯人に手がかかろうというところまで来たのに。

そうだ。

龍生の手紙にすべてがあるのだ。

床に広げ手燭台の明かりで読む。

そこに書いてあったのは、麗蘭(リーラン)皇妃が毒殺犯ではないかという推理だった。

そもそも彼女が毒殺犯から外れていたのは、龍生が殺されるせいだった。皇后になりたいのに龍生を殺しては本末転倒である。ゆえに、麗蘭は違うと見做していた。感情に随(したが)えば真っ黒にしか思えなかったが、母が息子を殺すはずがないという情愛的な意味でも、太鳳は目を曇らせていた。

しかし理性的に考えれば劉(リウ)の長老よりもずっと、麗蘭は怪しかった。

麗蘭ならば、大宴に自身の厨人を紛れ込ませることができる。龍生の宮の侍従に丸薬を渡すことができる。無害な羚羊角の丸薬を処方していたことも、いざというとき毒の丸薬を警戒されずに飲ませられる布石と捉えられる。また、地誌の天徳二年は龍生が七歳の時分の年号。その頃には龍生はまだ弘徽宮、そして麗蘭は劉の本家がある巴州にいた。地誌の事件を、現地で見聞した可能性は大いにある。

　そこから、大宴での言動に龍生の推理は及ぶ。龍生が詩歌を披露し、料理を食べなかったのを責めるような言動。毒実験もまだなのに、すべての皇子の皿に毒が入っている前提で蕾翠を詰ったこと。皇子が死んでも産み直せばよい、という思想を露わにしたこと。

　さらに、沈清が語った媚薬のこと。父帝に使い禁制とされた理由。劉家の者ならば手に入れることが可能である事実。

『それらすべて加味した結果、麗蘭皇妃は皇子鏖殺を企て、達成の暁には媚薬を以て主上を惑わし子を生し、それを皇位に即けんと画策したものと結論付く』——龍生の手蹟、そして花押。

　その媚薬を証拠とするため、後宮にわざわざ忍び入り在り処を探ったというのか。そうして見つかり、儚くなってしまったというのか。

「馬鹿」

　なぜ、そんな無謀なことを。馬鹿、馬鹿、と声が漏れてしまう。涙が勝手に溢れてきてしまう。馬鹿だなど本当は思っていない。けれど口からは馬鹿という言葉しか出てこない。

　太鳳一人がまた置いていかれた。この世界の龍生と、もしかしたらずっと一緒にいることができたかもしれないのに、死んでしまった。

「馬鹿者ども……」

　床に蹲り、額をこすり付ける。痛むけれど胸の痛みほどではない。

　朝を待つべきなのか。それとも人を呼んで青琴の死を見せつけ、後宮を即座に探させるべきか。今ならば龍生の遺体なりとも見つかるかもしれない。

　——そうしてまた俺は、死んだ龍生を魂に刻みつけなくてはならないのか。

嫌だ。

　もう嫌だ、もう新しい龍生になど会いたくない。

手にかかった麗蘭を告発する手紙を強く摑んでしまう。がさりとした音。下にもう一枚、小さな紙が重なっていた。

「……」

そこにはやはり龍生の文字があった。

おおらかな手蹟。鳳哥（フォンにいさま）、と呼びかけてくる、まるで話し言葉のようにまろい筆致。

愚かな行為と思わないでほしい。何かがあればそれは、次の世界での糧になるはず。もしも自分が死んでいたら、世界をやり直すことができる哥哥（にいさま）に任せたい。そんな言葉が連ねてある。

「……『辛い思いをさせるとわかっています。けれど、哥哥（にいさま）は幾度も世界を繰り返しよりよい幸せを掴もうとしている。次の哥哥（にいさま）のための一助になりたいと考えた結果です』」

声に出して読み、もう一度馬鹿だと呟き、太鳳は蹲る。世界が変わればお前との絆は切れるというのに。

——それでも次の世界で、俺が幸せを掴むことを、お前は望むのか。

太鳳の幸せ。それは母に話した時から揺らいでいない。兄弟が死なず、毒殺犯が正当に裁かれること。

だがそれにもう一つ、望みが加わった。

龍生に自分の想いを伝えたい。今までの龍生すべて、世界が変わっても自分の魂が覚えている。そのすべてを愛していると伝えたい。

疲弊している場合ではないのだ。

急ぎ墨を磨（す）った。薄墨でも構わぬと、宇井への手紙を書き付ける。

龍生の告発文と青琴の遺骸を以て麗蘭皇妃の後宮を疾（と）く捜索するよう沈清へ訴えよ、と。自分は死を以て麗蘭皇妃の悪行を訴えるものである、と。

龍生が手紙を自身の宮に残さなかったのは、侍従を信用していないからだ。麗蘭を訴える手紙など、劉の長老と繋がる侍従が見れば握り潰すだろう。

だが、太鳳の宮の侍従は違う。

事件の発覚が早ければ早いほど龍生の身体が見つかる可能性は高くなる。この世界で、忌まわしい事件を起こしたあの女に一矢を報うことができる。

小刀を取り出し、その刃先の鋭さを指を少し切って確かめた。

太鳳に宛てられた龍生の手紙だけは燃やし、告発文と宇井への手紙を私室の卓へと載せる。鈴（りん）を鳴らし、宇井を呼び寄せる。あのよく出来た近習がやってくるよりも前に、自死する。

覚悟を決め、太鳳は手鈴を振った。

喉元に小刀を突きつける。鎖骨のくぼみの少し上、喉仏の下。ここを刺せば死ぬことができる。

死など一瞬だ。もう何度殺されたか数えたくもない。青琴には二度刺殺されている。もう一度、自分で自分を刺すくらいはわけないこと。

そう思うのに、覚悟は十全に決まっているのに皮膚から先に刃が進まない。

——なんということだろう。

人に奪われるのとはまったく違う。自分の運命を自分が握っているというこの感覚。これはなんと恐ろしいものなのだろう。まるでただ広い広い荒野に一人立つかのような、身震いするような恐ろしさ。行くも進むも自分だけで決定し自分一人で歩んでいかねばならない。

生きる、とはそういうことだと今更ながらに思い知る。

この世界を終わらせるのは自分だ。殺され、奪われ、仕方なくやり直すのではない。自分で自分の幸せを摑みに行く。

胸の震えが止まった。

喉に当てた刃は鋭いが、突き刺しきる力は自分にはない。ならば刃を突き立てたまま、床に沈めばよい。それだけだ。

ぐ、と小刀の柄を床に当て、刃先は喉に。そこへ、身体を倒れ込ませた。

やはり痛みよりも熱さを感じる。ただ腹を刺された時と違い一瞬で眼前が暗くなる。

「太鳳様、お呼びで……た、太鳳様⁉」

暗闇の中に宇井の声が響いた。

すまないと思う。卓の上の手紙を頼む、と思う。ここで死ねば残りの命はあと二つ。次で毒殺犯麗蘭に手がかかるよう、きっと証左を集めきるから赦してほしい。

そんなことを考える自分の心は、どちらの世界にあるものなのか、少し不思議に思えた。

幕間・二　沈清（シェンチン）

「お手を煩わすことになり大変申し訳ございません、中書令（ちゅうしょれい）様」

　所用ができてすぐには皇宮へ向かえないという殿中尚食の官が、頭を下げてくる。それへ朗らかに笑って、沈清（シェンチン）はこの大宴の献立書き付け四巻分を受け取った。

「主上のところへ行くのは変わらないのだし、問題ないわあ。ひと足早く大宴にどんなものが出るのか知るのも楽しいし」

　主上へ確認に回す書類は他にもある。それらと共に近習に持たせると、沈清は皇宮へと向かった。

　今回の大宴の料理全般、采配は苗遠（ミャオイエン）が執り行っている。

　こちらへ嫁いできてすでに二十年を超え、お役目をこなすのもすっかり板についた。ただ、普段の食事がどうしても北の食材、味付けに偏っているためか、汪（おう）の中央部で新しく流行っているものには疎く、このような宴の場では古来の献立の利用が多い。また北方産地のものを多く使う傾向があり、食材に偏りが出がちになる。

　なので、苗遠皇妃の采配のときは、よくいえば安定した、難をいえばいつも似たり寄ったりの采配となるのが常だ。

　とはいえ夏の大宴を取り仕切るのは久しぶりだから、何か新しい菜単（りょうり）を取り入れてくれるかもしれない。そんな期待を胸に尚食から預かった四巻を主上に提出した。

「ほう。苗遠にしては此度は南の食材も多く取り入れている。苦瓜に芥藍。五行を取り入れたようだな」

　感心したように、皇帝桂都（グウイド）は自身が食すことになる書き付けを眺め微笑んでいる。

　見てみろ沈清、と呼び寄せられて近くに侍ると、広げられたままの献立書を直接渡された。

「これは……」

　皇帝の食事にふさわしい、山海の食材が使用されているのはもちろん、春から夏へと移り変わるこの季節の体調が整うよう、五行にも配慮されている。心の底から賛辞を口にすると、桂都も頷いている。

こうなると自身が口にすることになる高官のための献立にも興味が湧く。桂都の許可を得て眺め、沈清はまた感心した。まるでこの汪で生まれ、季節のものを味わい尽くした人間が考えそうな献立だったからだ。

沈清が敬愛する蕾翠ですら、こうまで完璧なものは作れまい。この国での料理には、深く五行思想が関わっている。木火土金水の五つに対応する食味や臓腑への効能を理解するのも大変だが、大宴の献立は実際料理として美味であるか否かもまた重要となるから知識は広範に必要となる。

ともかくもこの分なら皇妃や皇子のための献立も問題なくまとまっていることだろう。そちらも確認したい気がするものの、あくまで大宴の献立については御遣い事であって、別の議題のために沈清は参じたのだ。

では、と仕切り直し、持参した巻を紐解くと他の官吏たちも仕事の姿勢になった。

それからひと月、献上された献立表を沈清が再び確認することはなかった。——大宴で皇子たちが次々と斃れる事態となるまでは。


毒見奉侍の進言により即座に行われた毒実験は、不振に終わった。それも、どこにどんな毒が入っていたか皆目見当がつかないという有り様だ。何もわかっていないに等しい。ただ、毒見奉侍自身が毒見し、且つ献立の調理法と食材名の検分をしたところ毒にはならぬと請け負ったため、苗遠への疑いは早々に晴れた。

——まあそもそも、あの苗遠妃が玄麒一皇子を害すようなこと絶対なさるはずないのだけれど。

わかりきったことが確定しただけだ。

けれど、毒見奉侍が「問題ないとは思うがすべての食材を同じように集め、調理し、この毒が再現するかどうかの実験を行いたい」と桂都に進言していたのを聞いて、沈清の胸には引っかかるものがあった。

毒の再現性。

毒見奉侍は、まだ世に知られぬ毒を疑っているのだ。

——まさか。

北の台で高官たちがこの事態の発表をどうすべきか、皇子たちの遺体は氷室に寝かせしばし様子見をしようとか、そんな話し合いをしている間、沈清は毒見奉侍から献立表を借り受けしげしげと眺めた。

「沈清」

桂都に呼ばれ、はっと顔を上げる。普段通り、疲れを面に出すことのない偉丈夫が、

「苗遠の心労がひどかろう。少なくとも皇妃の献立のせいではないとだけ伝えに行ってはくれまいか」

と請うてきた。

当然否やはない。沈清は急ぎ身嗜みを整えると近習を連れ出発した。

苗遠の今回の大宴の采配は完璧なものだった。それがなぜこんなことになったものか。憂いながら承香宮を訪れる。

本来後宮に在る皇妃に面会するには色々と煩雑な手続きが必要だが、今回ばかりは皇帝桂都の計らいである。沈清はそのまま宮へと通された。

「ようこそ、中書令様。すぐにお茶を用意させますね」

牀に足を伸ばす苗遠は、うっすらと微笑んでいた。跪礼し沈清は長居するつもりはないこと、また桂都からの伝言という形で献立に問題はなかったことを伝える。

「まああ、そう。良かったわ」

柔らかく目を細める様は夢見る少女のようで、まるで愛息を亡くした直後の母親には見えない。

「麒児も美味しそうに食べていたものねえ。わたくし、西の対から見ていて嬉しかったの。五行ってすごいのねえ」

「……夏には心を損ないやすく、苦味のものがそれを補うと言われておりますね」

「そうらしいわねえ。今回初めて知ったのよ。いつも夏は暑いからと、冷たいものばかり食していたから。それってあんまり良くなかったのかもしれないわね」

うふふ、とあまりにもいつも通りの姿を見せる苗遠を見、沈清は腑に落ちた。

悲しんでいないのではない。玄麒の死を見ぬふりしているのでもない。――受け入れているのだ。

もう永いこと、いつ死ぬか、いつまで生きられるのか、と息子を見守り続けて摩耗した心が、ようやく安寧を得たのだろう。大切な者を亡くした人間が二十年はかけて得る安息を、すでに苗遠は得ている。

――思えば、この方は連れ合いである皇太子様も早くに亡くしているのよね……。

弔意を示すことはむしろ、玄麒が死んだばかりであると強く意識させることになるのでは。それはもしかしたら苗遠の望まぬ感情を呼び起こすかもしれない。

　そんなことを考え、沈清は袖を上げ、敬う形を取った。

「……このたびの大宴の采配、感服いたしました。苗遠二皇妃様におかれましては失礼ながら相当の研究をなさったご様子」

「あら、やはりよい献立の組み立てだったのね。でもあまり褒めないでくださいな。中書令様だけにこっそり秘密をお話しいたしませんとならないわ」

「秘密――秘密の研究をなさった？」

「いいえ、違うのよ。あまり褒められてしまうと、その、中書令様も身内を褒めていたことになり恥をかかせてしまうから……」

　身内、の言葉にぞわりと背すじが冷えた。

　苗遠は政治的な人間関係に疎い。というより、北方王国は血族社会であり同姓の結びつきが大変深い。汪でも血縁は重視するが、北方はその比ではない。何しろあちらでは同姓族総勢百人単位の人間が住まう巨大な城を各姓族が構え、雪深い冬の間はそこに閉じ籠もって過ごすのだ。自然が厳しい分、団結せねばならないらしい。血族、姻族の間で争うという意識がそも、ないのである。

　そんな国の出身だから、沈清と劉（リウ）家の関係が良いものではないなどと苗遠は考えもしない。同氏族の仲は堅固であるのが常識なのだ。

「身内が……劉家の者が何かいたしましたでしょうか」

「うふふ。わたくしねえ、このたびの大宴、とっても困っていましたの。後宮の書庫に季節ごとの菜単集、ありますでしょう。あれを見てどうにか決めてゆかないと、と考え込んでいたのですけれど、何しろ夏の菜単だけでも百を超えるのですもの。しかも食材も知らないものが多くてどんな味かわからなくて」

　二皇妃という立場ながらも後宮争いに無縁な女はおっとりとにこやかに語る。身内とはどういうことだと急かしたい気持ちを抑えて沈清は辛抱強く待つ。

　やがて、恐れていた名が出た。

「何日も書庫に籠もりきって唸っておりましたらね、麗蘭（リーラン）妹妹（めいめい）がいらして、どの食材がどんな味か、どんな調理法があるか教えてくれたんですの」

「麗蘭皇妃が。――劉家の者がお役に立ったなら何よりでございます」

「ええ、本当にありがたかったのですわ。もう何十年もこちらにおりますのに、どんな食べ物か知らないものが本当に多くって。恥ずかしいことね。委榔（ウェイラン）様が『あなたの口に合った料理をお食べ』、と言ってくださったのを未だによすがにしてしまって。うふふ」

玄麒が生まれる前に死んだ元夫のことをまだ生きているかのごとき距離感で語り、微笑む。やはり、苗遠の死者に対する感覚は沈清には理解しきれない。

だが、今の沈清には欲しい情報がある。嫌な汗が背中を冷やすのを感じながら、表面は苗遠に合わせておっとりと穏やかなものにして尋ねた。

「麗蘭皇妃は一体、どのような食材について苗遠様にお教えしたのでしょう？」

「ふふ。教えてくださったというか……。実はね、わたくしが頑張って用意できた献立書は桂都様がお召しになるものだけなの。わたくしたちと皇子、官僚の方々のものはすべて麗蘭妹妹が作成してくださったのよ」

沈清はひどい眩暈（めまい）を覚えた。

「劉家の方は貴方も麗蘭様もおやさしい。あんなに知恵をお貸しくださったうえ、それが知られるとわたくしの評価が落ちてしまうだろうとおっしゃって、書き付けは燃すとよいと教えてくださって……」

「書き付けとは、献立指南の際の書き付けでございますか」

「ええ。昨朝、花竿灯に飾る花を探しに参りました際にお会いしたの。佳き花の色などについてご説明くださって、その折に」

麗蘭の語り口まで思い浮かぶようだ。きっとあの女はにこやかに、『あの書き付け、もしまだお持ちでしたら燃（も）してしまうのがよろしゅうございますわ。あたくしの助言があったなどと知られては、苗遠姐姐（ねえさま）に瑕がつきますもの』……なんておためごかしをしたのだろう。姑息で、しかも運のいい女だ。

「では、苗遠様はその通りに処分を」

「ええ。お友達にいただいたお手紙を燃やすようで心苦しかったのだけれど、せっかくご忠告いただいたから」

人の悪意を疑わない皇妃は、その献立で愛息子を亡くした可能性もまた疑っていない。

書き付けが残っていたら良かったのにという内心の悔しさを隠し、沈清は苗遠の宮を辞した。


なぜもっと早く、すべての献立内容を確認しなかったのか。自分ならそれができた。そうすればこの献立に不信を抱き、麗蘭の関与を疑うことができただろう。

――いえ……どうかしら。

今回皇子たちが死んだからこそ気づくことができただけではないだろうか。

刑部の者から受け取った献立表の写しを沈清は眺める。

沈清の知る限り、菜単の中で毒となりうるものは二つ。

一つはすりおろした木薯を猪牙花の粉でまとめて蒸し上げた木薯餅。ごく一般的な夏の料理だから見逃すに違いない。

もう一つは、夏らしい苦味を付けるためのビワ種の粉。いくつかの料理に風味付けとして振りかけるよう指示されている。こちらも煎じてビワ茶として飲むため不審を抱かなかったろう。劉一族の本家がある南西の巴州ではどちらもごく普通に採れるものだし、汪にも流通している。

けれど巴州の木薯はごくたまに、ビワ種はおそらく成熟の度合によって、毒になる恐れがあるのだ。

だが、事誌には載っていない。事件事故として扱われていないのだ。

なぜなら長らくそれは呪いのようなものと認識されてきたためである。

突然血を吐き死ぬ呪い。比較的貧しい地区に住む者の身に多く起きたため、詳細な調査が行われず捨て置かれたという背景もある。

呪いは事誌の管轄ではない。事誌は、各州の裁判や事件事故について記すものだからだ。

対して、風土や文化については地誌に載る。呪いは文化の管轄になるらしい。

どこで呪いを受け死に至ったかわからないから、死んだ者の足取りは案外と詳細だ。その中には木薯餅やビワ種の煎じ茶についても書かれている。

だが他の情報も膨大となってしまうのが常だ。「山に入って取ったものを食べたら死んだ。神の食べ物を間違って取ってしまったのだ」「人の往来せぬ土地だからと取ってきたものを食べたら死んだ。人が通らぬのには訳があるのだ」「寂れた廟に寝泊まりしそこで取れたものを食べたら死んだ。不敬ゆえだろう」――そんな記述が大半を占める。問題は食べ物自体ではなく、どこで取った物かに焦点が当てられていたし、もしくは神に不敬を働いたから死んだといわんばかりに締め括られていた。

それでも直感的に食べ物が怪しいと理解した人間は少なくなかったはずだ。沈清もそうだし、麗蘭もまたその一人なのだろう。

――頭がおかしいくせにそういうところには気がつく女だもの。

沈清の知る限り、木薯餅を食べ呪いで死んだ者の記載の最新は天徳二年の春。巴州に、麗蘭がいた頃だ。

あの女のことだから、下手をすると人を使ってどのように摂取させれば効率的に死ぬかの実験くらいしていてもおかしくない。そうしてうまい組み合わせ毒を発見したのだ。なにしろ木薯もビワ種粉も、確実に死ぬものではない。だからこそ、死ぬ者と死なぬ者の境目がわからず、毒ではなく呪いとされてきたのである。

眉間を強く押さえて沈清はため息を吐く。

――皇子たちが死ぬ前に気づいていれば、止めようもあったかもしれないわ。でももう死んでいる。

今、麗蘭の仕業だと糾弾したところで、麗蘭のみが処罰されるなんてことはないだろう。劉一族全体に累は及ぶ。

正直、麗蘭も劉一族もどうなろうと構わない。

だが、その一族には母も含まれているのだ。頼りなく柳のようになよなよと流されるばかりで自分の意志などひとつも感じさせない、あの母も。

母に何かしてもらった記憶はない。幼い頃から常に母を庇っていた思い出ばかりだ。

どんなに手ひどくいじめられても「夫人は本家のお嬢様なのだから」「麗蘭様は本家のお嬢様のお子なのだから」と耐えていた。

正直な気持ちを言えば、母は気持ち悪かった。彼女たちのことを語る時いつも目を伏せ怯えたように見えるのに、逆らうことなどできはしないと受け入れる。その姿はたいそう気持ち悪かったけれど、守らなくてはならない弱さにも見えていた。

一度は母のお守りに厭(あ)いて、西方教国へと遊学する桂都の伴に手を挙げた。母を守ってくれそうな分家に預けたから、もうそれで自分の役目は終わりにしようかとも思っていたのだ。

なのに結局、母の様子を季節ごとに窺ってしまう。どうも預け先の家でいい待遇を受けていない気配があるのに、母は何も言わない。おかげでまた沈清は母を気持ち悪く思いながらも、守る心を捨てられない。

今回の件だってそうだ。

沈清は中書令である。麗蘭の所業を告発し、その褒誉として自身と母の身の安全を行政にねだることだってできる。なのに「劉一族に罰が下るのなら私にも」と自ら罰を受けにゆく母の姿しか思い浮かばない。ゆえに沈清はこれを告発できず、むしろ気づいていていながら隠蔽を企てなくてはならない。

——知られては駄目。

麗蘭を守るためではなく、母を守るために。

事誌を調べさせるのはよい目眩ましになると思ったのでそう進言もした。地誌は一般に好事家(こうずか)の読み物であり、事誌を調査しきって何も出なかったとしても、「地誌を調べるべきだ」と言う者は出ないはず。

それにしてもあの女、どういうつもりだろう。毒実験の結果からして普通の量を食べたら死ぬよう毒性を強めていたようだ。皇子すべてを殺すつもりだったとしか思えない。

——自分の息子である三番目が残るようにしたのならわからなくもないけれど、死んでしまった。

もし皇后になりたいのならば龍生(ロンシエン)の生存は必須事項のはずだ。何がしたいのかまったく理解できなくてとても不気味である。

ただ沈清としては悪くない出来事もあった。現在立場は最悪なものの、太鳳(タイフォン)は生き残っているのだ。沈清の手管を使えば廃嫡は免れるし皇位に即くことも可能だろう。手違いで龍生が死んだのならばおかしな逆恨みで太鳳に手を出してこないとも限らないから、そこだけは心配だ。

「とりあえず、太鳳ちゃんの宮の警護はもう少し厚くしないとならないわね……」

あとは夜、訪問してみることにしよう。彼がこの状況をどう見ているのかは知っておきたい。

敬愛する蕾翠と桂都の子である太鳳を皇位に即ける好機でもありながら、そこはかとない嫌な予感を覚え、沈清はため息をついた。

六章　命の行方

1.回生（ループ）の開示

はっと気づいた時には、手燭の明かりしかない自室ではなく庭にいた。

「待ってください」と、いつものように龍生（ロンシエン）に声を駆けられるよりも先に振り向き、太鳳（タイフォン）は駆けだした。

あまり整備されていない庭ゆえ下草が足に絡むけれどどうでもよかった。強くぶつかる勢いで龍生の袖を摑む。衣の下の腕に、実在のたしかさを認め安堵する。

ごくごく近くで見上げると、美しい『弟』は驚いたように目を瞠っていた。しかしすぐに、

「……哥哥（にいさま）」

うっとりするような甘い、黒い瞳が柔く緩んで自分を呼ぶ。

ああ。生きている。

生きて、自分を見ている。

どうしてこの目が伝えてくるものにずっと気づかずいられたのか不思議なくらいだ。

世界が変わっても、新しい龍生になっても、前の世

界、太鳳の知る世界の龍生と同じ想いをこの男は持っているのだ。

「龍生。……聞いてくれ。俺が、幾度も世界をやり直しているという話を」

もう躊躇わずまっすぐ告げた太鳳の手に自身の手を重ね、龍生は頷いた。

取り急ぎ重要なことだけを語る。大宴で毒殺事件が起きること。自分が幾度も死に、毒殺犯の情報を集めたこと。前の世界で龍生が、犯人の手にかかり死んだこと。

そのすべてを呑み込み、龍生は前の世界と同じように太鳳の手を包んで「辛かったでしょう」と共に悲しみ、慈しんでくれた。

この龍生は、恋情を告白してきた龍生ではない。それでもこんなにやさしく温かい。

直近の世界での死を思い出し、冷たく震える太鳳の手が温まるまで、今度の世界の龍生もずっと包み込んでくれていた。

午後に蔵書楼で会う約束をして、いったんは龍生と別れた。

いくら侍従の目がないとはいえ長々とやり直してきた世界の話を聞かせるほどの時間はないし、それに宇井(ユージン)には午前(ひるまえ)にやってもらうことがあったからだ。

とりあえず宮に戻り、宇井の抱える木香茨(つるばら)を褒めた後、急ぎ母宛ての書状を認(したた)めた。それを宇井に託し後宮の蕾翠(レイツイ)に届けてもらう。

さすがに書面には、やり直しについても毒殺事件についても書くことはできない。だから要求を連ねるだけになってしまったが、まああの母ならば問題なく受け入れてくれるだろう。

——大丈夫。とりあえずここまでのところ失敗はしていない。

そうは思うのに、宇井を送り出して一人になると途端に恐怖が襲ってきた。

なぜなら。

「残りの命はあと二つ……」

机に肘をつき、組んだ手に額を押し付ける。身体にはまったく問題がないのに、精神は疲労している。よくよく考えればいつも死んだ後にすぐやり直しの世界が始まるから、ゆっくり眠った記憶があまりないのだ。常に新しい事実が積み重なるのに整理する時間がほとんどない。さすがに今日の夜だけはしっかり睡眠を取るべきだ。魂の消耗は気力をも削ぐだろう。

ともあれ、毒殺犯はわかった。なぜ鏖殺を目論んだのかも、龍生の推測ではあるがほぼほぼ当たっているはずだ。

だが糾弾するのには証拠が足りない。沈清も、この世界ではまだ敵対しないよう説得できていない。大宴で兄弟が死ぬまでにどうにかするには時間がない。この世界でもまだ兄弟たちを見殺しにするしかない。

ないない尽くしだ。なのに残りの命はあと二つ。死んでやり直しができるのはあと一回。

この世界で、麗蘭を追い詰められるだけの証拠の在り処を確実に得る。

最後の世界で、大宴前に劉麗蘭を告発するために。

昼食が終わり、蔵書楼へと赴く準備を始めたあたりで蕾翠からの返事が来た。

一つは、沈清の母、明葉を宮付きの侍女として召し上げたいという稟議を尚舎監へ提出したこと。急がせたので今日中に許可の書類が出るだろうという。

もう一つは、以前の世界で宇井から聞いた、蕾翠が故国から連れてきて汪の市井に紛れ込ませている胡人を利用させてほしいという要望への返事だ。沈清を確実に味方に引き入れるために、その母の人となりが詳しく知りたかった。

おそらく決め手は弘徽宮侍女の任命書となるだろうが、どれだけ沈清母の内情を知っているかも、説得の際にはきっと必要だからだ。

当然のように、これにも「是」との返事があった。明日の午後、大宴と夜宴の隙間時間あたりに該当の胡人が登城するよう手配するから、宇井を窓口にして知りたいことを聞くように、との返答だった。

詳細を語らずとも協力してくれるのがありがたい。

思えば四回目の世界で面談した際、沈清を味方に付けるよう提案してきたのは蕾翠だった。この世界の蕾翠も、何か事が起きるのならば沈清を味方に、と考えて、唐突な太鳳の申し出を受けてくれたのだろう。

「宇井。明日の午後、母上が市井に紛れ込ませた胡人がお前を訪ねてくることになった。応対を頼む」

「……かしこまりましてございます」

「詳細は、これから行く蔵書楼で話す」

頷く宇井を連れ、支度を終えた太鳳は蔵書楼知賢閣へと向かった。


前回は当てもなく事誌を調べる予定だったが、今回はしっかりと目的がわかっていた。

巴州（はしゅう）の地誌、天徳二年。

沈清から聞いたそれを、朝の時点で龍生には伝えてある。蔵書楼内、地誌の収蔵された五階で、龍生は風抜き窓を開けて待っていた。

ようやく落ち着いてすべて話せる時が来た。

この場所に人が来ないことは前回で経験済みだ。とはいえ長い時間が取れるわけでもない。

まずはそう、今の段階では避けることができない事実からだ。

「明日の大宴、料理を食べた皇子たちは毒に中って死ぬ」

太鳳の言葉に、事前に少しだけ話をしていた龍生以外の二人はぽかんと目を見開いた。わかっていた反応だ。だが二人が声を上げないので太鳳は最初の世界で起こったことを語った。

太鳳が青琴（セイキン）に殺された下りでは、龍生も青琴も嫌そうな顔をしていた。

「その……太鳳様。夢にしてはあまりに生々しいそのお話、一体どんな意味があるのでしょうか」

宇井の問いに、太鳳は静かに口を開いた。

自身が、やり直しの生を生きていること。

実のところこの話を宇井と青琴にもすべきか否かは少々悩んだ。信じる信じないで話が進まなくなるのは困るからだ。ただ、神託らしさを出すために曖昧な情報ばかりを提供する方が害になると判断した。

青琴は思っていた通り、龍生の利になるのならば信じると言う。宇井はといえば、軽口を叩くかと思っていたら憤慨していた。

「そのように大事なこと、これまでやり直してきた世界でもおっしゃってくだされればよかったのに。私はそんなに信用がないのですか」

「いや信用はしている。——お前ならもっと軽く『そうだったんですか大変でしたね』程度で受け入れてくれると思っていたのだが……叱られるとは思わなかった」

「宇井は良い近習ですよ、哥哥」

二人のやり取りを見ていた龍生がそんな風に微笑んでいる。

ざわざわと胸が騒ぐ。見守る眼差しの龍生を愛おしいと思う気持ちも、しかしまたこの世界の龍生とも別れることになるのだと諦める心もどちらも胸にあるからだ。

だが、それぞれの世界の龍生はすべて太鳳の中にいる。それをよすがにして、この世界で為すべきことを為すしかないのだ。

最初の世界での出来事を語った後は、判明した最も新しい事実——麗蘭皇妃が毒殺の犯人であることについて太鳳は語った。もはや誰が怪しいかなどと議論する必要はなくなったからだ。

そこからさらに尋ねられ、沈清を警戒する理由と対処を語った。

「なるほど……明日、蕾翠様の間諜が私のもとにやってくるのは沈清様の母君の情報を伝えるためなのですね」

「間諜というのはよろしくないのだが、まあそうだ。沈清様が母君を匿われた経緯は青琴が話してくれた通りだが、どこに匿われ、どのような生活をしているのかなども知りたい。たぶん何かしらの問題があるはずだ」

太鳳と龍生に砒毒を盛った時、沈清は「大事な者」「もう大事かどうかもわからない者」と呟いていた。もしも沈清の庇護下、幸せに安穏と暮らしていたらそうはならないように思うのだ。

「しかし哥哥の見てきた世界では、明日の大宴は大荒れとなるでしょう。蕾翠様の……知り合いが、宇井を訪ねてきたところで取り次いでもらえるでしょうか」

「おそらく大丈夫だろう。事件の概要が不確かなまま大哥たちの死を公開するわけにはいかないという理由で、対外的には通常通りの行動を命じられるはずだ。明日、訪問者があることは尚舎郎に伝えておいたので予定通り進むはずだ」

午後の時間、沈清の訪問があるまでは太鳳は自身の私室に籠もる予定だから問題ない。これまでの経験を顧みるに、毒実験の際に毒について言及しなければ沈清は初更になってからやってくる。

　沈清が帰った後で、宇井が得た情報を共有するのが良いだろう。

「龍生と俺が繋がっていると気取られぬために、俺と宇井がお前の宮へ行くのが良いと思うのだが」

　龍生がやってくると侍従たちが気づいて沈清に報告されてしまう。沈清を味方に付けやすくするためには、龍生との繋がりは一切見せない方が良いと思うのだ。

　しかし龍生は首を振った。

「いえ……私と断定できない程度に影はちらつかせた方が良いのではないでしょうか。哥哥が一人で調べをつけ沈清様に交渉をするとなると、お命が心配です」

「ええ。沈清様としては劉一族の件を明るみに出さないよう、太鳳様の口を封じる手に出るやもしれません」

　宇井も同意している。しかし、と太鳳は粘った。

「母君を保護すると言えば、俺を害す必要はなくなるだろう。そのためにわざわざ母上にも協力していただいたのだぞ」

「蕾翠様からの任命書があれば大丈夫かもしれませんが、手堅くいくならばこの件を他に探っている者がいると知らせておくべきです。前の世界で哥哥と伯父上の交渉がうまくいった理由は、一つは『私』の存在を伯父上が確信できなかったこと。一つは伯父上の母君に関する哥哥の言葉が当たっていたこと。一つは、毒と劉家の関係を探っているのが哥哥だけでなかったこと。この三つだと思いますよ」

「……お前と動いていると知られることは悪手。なぜなら俺たちを殺す手管が沈清様の手にはある。ただ、誰と探っているのか確証が持てない場合、沈清様はいきなり俺を害すことはない。俺は交渉の席に着ける。そういう理解でいいか」

　太鳳の言葉に龍生は頷いた。

　たしかに前回うまく交渉できたのだから、その線をわざわざ違える必要はないのか。

「では、お前が俺の宮に忍んできた際、宇井から報告を聞くとしよう」

「はい」

　頷く龍生に対し、ふと疑問が湧いた。

「なあ。俺が初めてお前を死なせずに済んだ世界では、青琴に案内され俺がお前の宮に赴いたのだ。けれどその後の世界ではお前が俺の宮へと来る。どんな心境の変化なのだ」

　別世界の自分の心情など問われても困るだろうに、龍生は虚空を見上げ少し考えるようにした後、こちらへ向いた。

「そうですね……『他の私』の考えも今の私と似たようなものだとしたら、哥哥が私を受け入れてくださっている確信がある場合は、こちらからお伺いできるのだと思います」

「俺が、お前を受け入れる？」

「ええ。今朝お会いした時、哥哥は私に駆け寄ってきてくださいました。久々にそんな哥哥が見られて、私はとても嬉しかった。――お呼びする、ということは、哥哥に選択権があるということです。反してお伺いする、というのは悪く言えば、押しかける、と同義。押しかけて嫌われたら嫌だなあという思いがありましたら、お呼びするでしょうね」

「なるほどな……」

　思い返して、それぞれの朝で、自分の態度は随分と変遷してきたなと気づく。一人の行動が変わるだけで影響は随分と諸所に及ぶものだ。

　――麗蘭皇妃が後宮の人間でよかった。

　直接太鳳と関わる龍生と沈清の行動の変化を目の当たりにすると、心の底からそう思う。麗蘭の目に触れぬ場所で行動できるおかげで邪魔が入ることはない。

「まずは天徳二年の地誌の中から大宴の食事と同じものがあるか確認しよう。献立については俺が覚えている限り書き出してきた」

　大体のものが苦かった、と付け加えると、宇井は「よく全部召し上がられましたね」と嫌そうな顔をした。

「それが、最初に出た梅の果実酢を飲んでからだと妙に美味く感じられてな。普段は苦くなどないフクロ茸の牡蠣油炒めにも苦味が付いていたから、何かしらを後から加えて苦味を足したのだと思うが」

「……その、苦味が問題なのでしょうか。夏の五行なので誰も問題にしませんし、苗遠皇妃が苦味のものを中心に采配したのならば、麗蘭皇妃の厨人が後から細工してもばれにくいかもしれません」

「そうだな……」

収蔵された天徳二年の地誌は、原本と写しの二冊のみだ。最初は四人で頭を突き合わせて眺めていたが、龍生と太鳳が話し始めると、宇井と青琴は皇子二人を脇に避け、自分たちだけで冊子を読み込みだした。

「個々の食材については毒見奉侍（どくみのせんせい）が問題なしとしているし、麗蘭皇妃には献立自体をどうこうすることはできなかったはずだ。毒の粉を振りかけるくらいならできるだろうが……その程度の量でよいほど強い毒ならば、少量を口にした最初の世界の俺も死んでいておかしくない」

「そうか、ある程度の量を食す必要がある、ともおっしゃっていましたね。毒の粉の線は薄いかもしれません。——では、後から細工したという考えはいったん脇に置きましょう。ただ苦味というのは手掛かりのような気もするのです。夏の英気を養うためとはいえ、本来それほど大量に取らねばならぬ五味でもありませんし、そういった不自然なところに麗蘭皇妃の思惑が入り込んでいる可能性はあるでしょう。他に何か、気になったことはありますか」

「不自然さというならば、木薯餅（いももち）の餡掛けだろうか。カタクリでまとめられたすりおろしの木薯（きゃっさば）が蒸し上げられ、もっちりとした食感と、しゃりしゃりした歯ごたえが残る不思議な感覚の仕上がりだった。コクのある餡にうまくまとめられてはいたが、どちらかというと庶民が日常的に食べるものだろう」

「大宴で提供されるには不自然ではありますね」

「それに以前食べた時はもっちりとしているだけだったし、苦味もなかったはずだ」

「木薯といえば……巴州とその隣の摩州（ましゅう）でよく採れる食材ですね」

「劉本家がある土地近辺の特産、ということか。しかし献立は苗遠皇妃の担当で……」

「菜単（りょうり）一つくらいは紛れ込ませられるかもしれません。苗遠皇妃は未だにこちらの食事に慣れていない気配がありますから、采配のお手伝いをするとか何とか甘言を弄（ろう）せば」

　穏やかで奥ゆかしい風情の苗遠を思い出し、そういうこともあるかもしれないと太鳳は考える。そんな二人の話に応えるかのように、宇井と青琴がほぼ同時に「木薯餅の事例、ありました」と声を上げた。

「……『山歩きせし男、名の消えた娘々廟にて雨宿りす。帰りしな廟に住み着きたる雉を捕りて家に帰る。雉は潰し、肉団子と木薯餅の湯にして家族で喰う。四半刻過ぎる頃合いに男と息子のみ血を吐き悶え死す。妻と娘もまた数日床に就く。息、青き木の実の香りして、嗅げば余人も倒れる。人々、山中の廟こそ百草娘々の廟ならんと噂す。娘々の鳥を喰らいし罰なりと邑人ども弔いを挙げず土地境に埋めるものなり』……」

女神の使いの雉を殺して食ったため本人と跡取りが死んだのだろう、という話だ。だがその記述の中に見過ごせないものを太鳳は見つけた。

「食べた者の息が木の実の香りがしたという部分。大宴で斃れた大哥や弟たちの呼気からも、採りたての木の実のような青い匂いがしていた。どの世界でも常にした。もしも木薯餅の毒に中るとこの香りがする、と考えると――」

「ええ。地誌の中に同じ食材が見つかっただけ、という話ではなくなりますね。木薯餅の記載についてを重点的に調べましょう。今のところ哥哥の書き付けにある他の食材は出てきていないようですし。宇井と青琴が一通り見終えたら、私たちも確認しましょう。見落としなどを考えると各々二回は見返すべきかと思います」

「ならば一度ほどきましょうか」

そう告げると青琴は、さっさと冊子の綴じ紐を切り、自分が読み終わったところから順に龍生へと渡していった。たしかにこれならば一冊を読み終えるまで待つ必要はない、が。

「躊躇がなさすぎるな、青琴は……」

そんなだから人の話を聞かず、龍生が死ぬと俺を殺しに来るのだなと、太鳳は妙なところで深く納得してしまった。

結果からいうと、木薯餅以外に太鳳の覚書と合致する菜単はなかった。

雉を捕って死んだ男の話の他にもう一つ、他州の牢獄から脱走した男が山で木薯を掘り、木薯売りの山人のふりをして民家に一夜の宿を問う話があった。

男は宿泊の礼にと木薯を差し出すが、その家では山の木薯は食べぬことにしていた。自分が食べる分だけでも調理してほしいと男が頼み込み、下女が木薯餅を作ってやった。男と、その家の喰い詰めの三男が木薯餅を肴に酒を飲み、二人ともあっという間に死んでしまった。その家では山の木薯は山の神のものだから食べないようにと徹底していたのだが、そんな道理もわからない者はやはり命が短いのだ――と締め括られていた。

後者では食べた人間はどちらも死んでいるが、前者では四人のうち二人が生き残っている。必殺の毒かというと少し違う。

「おそらく木薯餅と何かを組み合わせることで毒性が増すのだろう。だから沈清様は俺の『組み合わせ毒ではないか』というわずかな疑問に反応した」

「その何かがわかればもっと良いのですが。……本来苦くないフクロ茸や豆烏賊(まめいか)の炒め物などにも苦味が付いているのが怪しいですね。木薯餅が苦いことを考えると、それも毒性のあるものかもしれません」

「苦味のあるもの同士が組み合わせて毒になる可能性はあるのかもしれないな……」

毒実験に参加した際、単品を食して具合が悪くなった三人の死罪人は何を食べたのだったか。たしかそれぞれ、木薯餅、鯉(こい)の蒸し物、羊の包み焼きだった。

「ともかくも、毒となる菜単、一つは木薯餅は決まりとしてよいと思います。罪人が体調を崩したという他の二品は如何でしたか」

「鯉は多少苦味があった覚えがある。茶色い粉がかかっていたな」

「本当に何でも苦いじゃないですか」

幼い頃に故国で苦味のある野菜をよく食べさせられたという宇井が悲鳴を上げている。毒の有無に関わらず苦いものは嫌らしい。ここのところずっと鬱々としていて、この気安い近習の軽口を聞き損ねていたから、なんだか微笑ましい気分だ。

「しかし、羊に苦味はなかったのに罪人は体調不良を訴えたのですよね」

「まあ『毒実験』として連れてこられたからな。毒見奉侍(どくみのせんせい)も死の恐怖で具合が悪くなることはある、と言っていた。そのため料理に毒が入っているかわかりにくくなったようだな」

もし木薯餅を食べた者だけが不調を訴えたならば少

しは調べが進んだものを。そういう意味ではあの毒実験は成功とは言い難い。

「――これ以上は今は難しそうですね。ともかく、この地誌二冊は借り出していきましょう。万一伯父上との交渉が決裂し、この記述が消されたりしたら困ります」

龍生に頷き、宇井と青琴それぞれが手続きの用紙を記入した。

その後は、宮での食事や大宴での注意事項など細々したすり合わせを行い、確認し合った。

そろそろ戻りましょう、と宇井が腰を上げたのは、遠くから酉の正刻を打つ鐘が聞こえたからだろう。邪魔が入らないからとかなり長いこと居続けてしまった。途中で宇井と青琴が、燭台の油を継ぎ足してもらいに受付まで出向かねばならなかったほどだ。

球形燭台を提げた宇井と青琴が先に立ち、階段の左右の手すりに寄って下りてゆく。その後ろについていきながら、太鳳は明日を思って憂鬱になった。

大宴の惨事。何度も経験し心が死んだようになっている自分でさえ辛い現場に、何も手出しできないまま皆を臨ませることになる。

「……すまない。わかっていながら大哥（あにうえ）たちを見殺すことになる。お前たちにはその心痛を与えてしまう」

ぽつりと呟いた太鳳の声に、全員が立ち止まった。

細長い窓からはもう、この円筒形の楼閣に光はほとんど入ってこない。球形燭台の明かりだけが仄暗く灯っている。

階段の途中。下りてきた場所も下りていく先ももう暗い。何もわからない藪の中にいるのと変わらない。そんなふうに思えてしまう。

そんな太鳳の手を、龍生が握ってきた。

「今まで哥哥（にいさま）お一人でその心痛に耐えてきたのでしょう。これで最後にするのです。そのために我々がいるのですから」

心強い言葉に、太鳳は「ありがとう」と礼を告げるしかできなかった。

2.相思の情

大宴の惨劇は寸分違わず太鳳（タイフォン）の記憶通りに進んだ。

そば近くに控えていた宇井(ユージン)が思わず、といったように息を呑んでいたほどだ。

大哥(あにうえ)の死。ほぼとばっちりのような形で死んでしまう四弟と五弟。龍生(ロンシエン)が昨日言ってくれた通り、彼らの死をこれで最後にしなくてはならない。

午後になり、尚舎郎が宇井を呼びにやってきた。蕾(レイ)翠(ツイ)の放った胡人が情報を知らせに来てくれたのだろう。

初更頃にはやはり記憶通り沈清(シエンチン)の訪れがあった。前回と違って地誌の情報を摑んでいるから、つい木薯餅(いももち)について質したくなるがぐっと我慢した。偶然毒が発生してしまったのではないかという所感を述べると、沈清は前と同様、太鳳のその言葉に安堵したように帰っていった。

そして、太鳳が寝室の窓に合図の手巾を垂らすと、すぐに龍生たちはやってきた。

宇井がうまく人払いして、二人が入室する姿を見られないようにと誘導する。来訪者の存在を気取られても、相手が龍生だと知られなければ明日の観劇の際に太鳳が害される危険はない。

「では、沈清様の母君の現況について聞こうか」

沈清用に持ってきた茶を、今日も太鳳と龍生のために淹れた後、宇井は席に着いた。

「まず、沈清様の母君が匿われているのは王都の碧南地区の劉(リウ)分家、主人は工部郎中(けんちくぼさかん)の劉沙元(リウシャユアン)です。彼のもとに沈清様の母君――明葉(ミンイエ)様が預けられた経緯は青琴(セイキン)の話の通りですね。私が聞いたのは当然ながら蕾翠様がこちらの国に来てからのこととなります」

揃った面々を見回し、続ける。

「沈清様は俸禄の中からそれなりの金品をその家へ謝礼として渡しているようです。当然母君の庇護への礼なわけですが、そこの侍女によると家の方の態度がやや黒い」

「黒い？」

「明葉様を受け入れた当初はもちろんその分家の者は沈清様に肩入れしていたわけです。西方教国からお帰りになった後すぐに皇太子様が頓死、譲位を予定していた前皇帝がしばし在位を延ばしてから桂都(グウイド)様が即位。沈清様は主上の引き上げですぐに中書郎になられ飛ぶ鳥落とす勢いというやつでした。当然沙元も明葉様を丁寧にお世話するわけです」

ですが、と宇井は時間を先に進めた。

「麗蘭様が輿入れなさって龍生様をお産みになられました。かなり長いこと劉本家に帰られていたものの結局後宮に帰り、お子様の龍生様との繋がりを深くなさいました」

「対外的にはそう見えるのだな……」

まったく絆など深まっていないのだが、と龍生は鼻に皺を寄せる。

「東の宮に上がられた後、龍生様の評判はめきめき上がります。特に市井では一番人気の皇子」

「私が？　そういうことになっているのか」

「実際そうなのだそうですよ。――太鳳様の評判を上げようと龍生様が言及してくださっているようですが、それを市井の者が素直に受け入れているのも龍生様ご本人に人気があるからです。当然ですよね、嫌いな人が何を褒めたところで誰も耳を貸しません」

劇場の前でのひと幕を思い出し太鳳も頷く。太鳳が受け入れられているのは龍生の人望によるところが大きいのはたしかだ。

「ともかく、龍生様の名が上がると麗蘭皇妃の評判も上がるわけです。となると、沈清様に肩入れしていた劉一族の者の中に、鞍替えを試みる者が出てくる。明葉様を誰が匿っているのか密告する者が現れる」

「沙元が名乗り出たわけではないのか」

「さすがにそこまではしていないようです。ただ、ある日『高貴の方』の使いがやってきて、沈清様の母君を長年匿っていたことは不問に処す、と言ったらしい。さらに『いずれお前たちに利をもたらす者が誰か見極めた方がよい』と」

「それも侍女の言か。随分と口の軽い……目が敏い分、怖い」

「今日来た彼としては情報の裏を取るだけでしたので随分と楽な仕事になったようですが。ともあれ、出入り業者などに聞き込みした情報とのすり合わせをした結果、沈清様の母君は普段は召し使いのように働かされているようですね」

「沈清様の母君ならばもう暦が還っているお歳だろう。ひどい話だ。そのようなこと、沈清様が気づかぬはずもないが……」

「季節ごとに沈清様がご訪問なさる際は、きれいな衣を着せて上を下へも置かぬ扱いをするようで。あとはまあ、傍流から入った第二夫人ということで、元々ご自身を下に置く性質というか、何をされても受け身なのだそうですね。お喋りな侍女が『ああいう人イライラする』と言って色々教えてくれるとのことでした」

「……沈清様も、麗蘭皇妃の罪により劉一族が処断される場合、母君は自らその罪に連なるだろうと危惧していたな」

太鳳の言葉に宇井は眉を下げる。

「母君の劉本家を思う気持ちは、少々深すぎるように私などからすると思えますね。——話を戻しますと、麗蘭様はどうもこう、粘り強いと申しますか、ねちっこい性格のようです。もうずっと劉の本家にいなかった明葉様のことなど忘れたらよろしいのに、季節の味覚を贈る体で石蒜(ひがんばな)だのあの脳味噌のような気持ち悪い茸だのを送りつけてくるそうですよ」

「脳味噌……鹿花菌(しやぐまあみがさたけ)でしょうか。どちらもそのまま食べたら死ぬような毒物です」

龍生が眉根を寄せる。口の滑りの良くなった宇井はうんうん頷いて「蕾翠様を『毒の巫女姫』などと呼ばっていますが本人の方がよほど毒女ですよ」などとやや不敬な評価を口にする。

「ともかくも、それらのものも『せっかくいただいたものだから』とおっしゃって、明葉様は数日のうちに自ら調理して召し上がってしまうようで」

「食べられるのか……？　毒なのだろう」

「毒抜きすれば食べられるのですよ。茸の方などは案外美味しいようですね。だからこそ麗蘭様のやりようは姑息だな、と侍女にまで思われてしまうわけで」

「正しく毒抜きできるならば贈り物として成り立つ。できなければ死ぬか苦しむか……保身を考えつつ嫌がらせができる。実にあの女(ひと)らしい」

母親の全き悪事に龍生はいつになく疲弊した様子だ。

「侍女によると今まで明葉様が失敗したご様子はないそうです。こちらも毒物にお詳しいのですかね？　もしくは自分が斃れると劉家に迷惑がかかるとでも思って頑張って食されているのか。ちなみに沈清様が沙元の家での暮らしぶりを尋ねても『落ち着いた暮らしをしている』『この家にいたい』と言うばかりだそうで。それでは沈清様も動きようがありません」

「劉一族の中にその母がいる限り、あの方は弱みを握られているようなものということだな」

「はい。明葉様を蕾翠様の侍女に召し上げると確約するのは、沈清様には相当効くと思います」

きっぱりと言い切られ、太鳳は龍生と目を見交わした。

前回の世界では、沈清が持つ証拠をすべて吐き出させることは叶わなかった。だが今の太鳳の手元には、皇宮を管理する尚舎監の花押が入った任命書がある。これを使えば麗蘭が犯人と確信するに足る、沈清が知りえたすべてを明日、手に入れられるだろう。

「そろそろ三更になります。侍女がやってくる頃合いなのでしょう。——龍生様」

青琴が帰宮を促し立ち上がった。宇井もまたそれに倣う。

寝室の窓から帰るというので太鳳もまた見送るために立ち上がりかけるが、龍生に袖を引かれた。

「少し哥哥と話したいことがある。青琴は先に戻っていてくれ」

「……でしたら寝室の窓の下で待っています。お一人にするわけにはいきませんので」

目礼し、青琴は言葉通り速やかに太鳳の寝室へと侵入すると、突き当たりの窓からひらりと身を躍らせ消えた。

宇井は何か言いたげに目を細めるが何も言わず、拱手して扉を出ていった。

残されたのは龍生と、袖を摘まれ彼のすぐそばから動けなくなった太鳳だけだ。

「は……話したいこと、とは」

この世界では常に四人で行動していたから、唐突に二人きりになるとどこを見てよいかわからなくなる。

目を逸らしっぱなしもどうかと思うので横目で確認してみるも、いつも通りに凛々しい眉と黒い瞳がこちらを見ていて、結局すぐに俯くしかなくなってしまう。

龍生の見た目ばかりに胸がときめくわけではないのだけれど、目にすればやはり、美しく魅力的な容姿は暴力的に太鳳の恋情を掻き立てる。さらに前の世界ではこの美丈夫に身体を慰められた思い出がある。

そんなふうに、自分の中には積み重ねてきた龍生がいるから慕わしさも恋しさもこの胸に溢れてくるけれど、そんな気持ちを、ほぼ事件の話しかしていないこの世界の龍生に向けてもいいものか戸惑っている。

「鳳哥（フオンにいさま）」

哥哥（にいさま）、よりも近しく、愛情の籠もった機微を含む呼び方で、龍生が手を握ってきた。

「他の世界の私は、鳳哥（フオンにいさま）に自分の気持ちを伝えてきたのでしょうか」

「な……何だ」

「……気持ち」

龍生の気持ちは——常に太鳳へ向け囁かれた。最初の世界の、あの死の際に触れただけの龍生すらも。いつのときも龍生は、太鳳を慕っていると言ってくれていた。

その思慕が恋情の意味を持つと知ったのは、つい先日のことだったけれど。

「……うん」

小さく頷いた太鳳に、龍生はひどく甘い眼差しで笑み崩れた。

「私も、申し上げてよろしいですか？」

「もう、何度も聞いているのに？」

「私はまだ伝えておりませんから」

そう言われては否やが言えようはずもない。聞くのが恥ずかしいから言わなくていいなどと、自分の都合でしかない。

「……心して聞く」

自身の顔が一瞬で朱を掃くことを予想し、目を閉じて観念した太鳳へ、龍生はいつになく静かな低い声で囁いた。

「貴方をお慕いしております。心から」

せっかく閉じていた目が、思わず開いてしまった。

案外と近いところに龍生の顔がある。昔通りに黒く艶やかな髪、秀でた白い額と男らしい頬の輪郭。自分とは違う、射干玉（ぬばたま）の黒の瞳。

子供の頃抱いた「いいな」という羨望が、実は触れたい、欲しい、という気持ちに端を発していたと気づかせられる。

照れて視線を落とせば、卓の上で重ねられた龍生の手の、その筋張った男らしい指が太鳳の指の間へするりと入り込んでくるのを目撃してしまう。

逃げ場なく絡めとられたのがまるで自分の心のよう

だ。

「くちづけてもいいですか」

「……訊かれては、駄目だと言えないだろう」

「嫌なら駄目出しなさるでしょうに」

笑って龍生は頬に手を添えてきた。

どうすればいいのだろう。悲恋物の劇ではくちづけの場面もあるにはあるが、袖に隠されてしまってどのようにしているのか見えないのだ。それとも袖で顔を隠しながらするのが正式なのだろうか。

わからないまま龍生を見つめる。龍生も見つめてくる。目と目が合わされたまま、龍生の男らしく美しい顔が近づいてきて、いつのまにか唇が重なっていた。

しっとりと温かい。胸が恐ろしいほど高鳴っている。身体がすぐに不埒な反応を見せている。

ばれる前に終えた方が。

そんな気持ちは、角度を変えてもう一度吸い上げられたらすぐに消えた。

おずおずと龍生の腕に手をかけ摑むと、背を抱き寄せられた。座る場所が椅子から龍生の膝へと移ってしまった。

安定が悪く、唇を吸いながら手探りする。折悪しく、といおうか、太鳳の手は龍生の不埒な熱に触れてしまった。

「あ……」

「……」

互いに思わず、くちづけをほどいた。

見つめ合う間にどんどん顔が赤くなってゆく。

慌てて龍生の膝から立ち上がり、太鳳は無意味に衣を払って「あの」「ええ」「その」と胡乱な言葉をぽつぽつ零した。

大変、間が抜けている。

けれど龍生もまた「その」「これは」「あの」と要領を得ない言葉を漏らして立ち上がった。

「あの……明日は、伯父上を懐柔なさるのでしょう。ご無理なさらぬよう」

「……ああ。お前も市井の視察なのだろう」

正気を取り戻すのに最適な、明日の予定を確認し合う。

それから二人は名残惜しさを覚えながら、別々の夜を過ごすために手を振ったのだった。

3.交渉

劇場への馬車の中は、相も変わらず緊張に満ちている。多分に太鳳（タイフォン）の心構えが関係しているのだろうが。

――少なくとも、砒毒を飲まされた時のような凄味は、沈清（シエンチン）様から感じない。

今思えばあれは殺気だったのかもしれない。

とりあえず龍生（ロンシエン）の言った通り、来訪者の存在は知られてもその相手と話の内容がはっきりしていないから沈清は殺意を持っていないのだろう。

となると、媚薬を勧められることになる。前回は敵対しないことを示すために口にしたが、今日は飲むつもりはない。沈清に利するものを持参しているからだ。

懐の書状を服の上から何度も確認し、沈清が選んだ個室へと太鳳は入室した。

向かい合い座っても、まだ舞台の幕は上がらない。前もそうだった。階下からのざわめきの中に、前も聞いた世間話が聞こえてくる。

やがて、沈清がこちらを吟味するよう眺めながら、銀の杯と瓶子を卓の上に用意した。

昨夜、沈清の来訪後に誰と会っていたのか。女なのかそうでないのか。

尋ねてきながら、なみなみと注がれた杯の中のものを――勧められた。

前回は飲んだ。が、今回は違う。

背筋を伸ばし、袖を垂らして丁寧に一度礼をすると、太鳳はきっぱりとその『酒』を断った。

「いいえ。これはいただけません。お話をさせてください中書令（ちゅうしょれい）様」

私的な付き合いの際にいつも呼ぶ「大伯（おじさま）」ではなく「中書令」という役職で呼ばう。ピリ、と沈清の気配が苛立った。

「……お話？」

「はい。このたびの毒殺事件、麗蘭（リーラン）皇妃によるものと俺と龍生は疑っています」

言い切った太鳳を見、扇をゆったり開き、沈清は自分の近習を見て護衛の官二人を見て、それから宇井（ユージン）、太鳳へと視線を戻した。

「昨夜、アナタの部屋にいたのは三番目、という告白かしら」

「はい」

「それで、麗蘭皇妃が毒殺の首謀者であるのではと話し合った」

「はい」

太鳳が頷くと同時、じゃんじゃんと舞台から音が鳴った。

開幕だ。嫋々と楽の音が流れだす。

それを機にしたように、沈清は一度開いた扇をぱちりと閉じた。

「いくらアタシがあの女を疎んでいるからといってあれは一国の皇妃。妄言はさすがには許されなくてよ」

「貴方がいれば妄言ではなくなるかもしれません」

どのような意味か量りかねたのか、沈清が眉を顰める。

「……アタシとあの女が結託しているとでも思っている？　それを裏切って情報を流せとでもいうの？」

「いいえ。貴方が麗蘭皇妃と結託などするはずがないことは、母君への仕打ちを知ればわかります」

明らかに沈清が顔色を変えるが扇でうまく隠し、「ならば話の核は何なの」と促してくる。

「巴州の地誌、天徳二年の記述に木薯餅を食べた者が死んだというものがあります。そちらでは神に対する不敬から死んだとされていますが、今回の大宴にも木薯餅があったことを考えると関連が疑われます。神怪によるものではなく純粋に食物として問題があるのではないかと」

「……毒見奉侍はどの食材も問題ないとし、実際それぞれ少量毒見なさったけど何も言わなかったわよね」

「ええ。量が問題か、となりましたが単品を十分な量食した死罪人は不調を訴えれど死にはしなかった。それで、同一食材を取り寄せ再現性を確認するのと並行し、組み合わせ毒を疑ったのですよね。中書令様は、事誌の調査を進言なさった」

「その通りよ」

「けれど実際は地誌から見つかった。天徳二年巴州には、麗蘭皇妃がいらした。もし同年、毒性の強い木薯が出回っていたなどの場合、麗蘭皇妃が地誌の記述とは別の場所で毒死する者を見たかもしれません」

龍生は、彼女なら自身で毒実験をした可能性すらあるとまで言っていた。そう告げると沈清は、「あの女ならまあ、ありえるでしょうね」と肯う。だが、麗蘭の人格については肯定しても、まだ知りたいことについては語らない。

太鳳は続ける。

「今回の献立、汪の食材がとても多く使用されています。苗遠皇妃が今までに采配なさった献立を遡り調べたところ、今回だけが例外といっていいほどに『汪の食事』の体を為している」

「……研究なさったのではないかしら」

「そうだとしても、言い方は悪いですが正直なところ木薯餅は庶民の食卓に上る菜単の域を出ません。よい湯を餡にしていたのでかろうじて食べられたようですが、大宴にふさわしいかというと如何でしょう」

「民がどんなものを食べているか知るのも為政者には必要とも言えるわよ」

「普段ならば思わず納得してしまうお言葉です。ただ繰り返しますが大宴の献立には少々ふさわしくない。――献立の組み立てに、麗蘭皇妃が関わっていた可能性があります。どのようなものが好まれるか教示し信頼を得たところで『故郷のもの』として木薯餅を紹介する。苗遠皇妃のお人柄ならば、それを取り入れるだろうことは十分予想が付きます」

「……ありうる、というところをうまく突いてくるわね。それは、三番目の入れ知恵なのかしら」

「合議の結果です。さらに、そのあたりの事情を大伯……中書令様はご存じなのではないか、という結論に辿り着きました。木薯餅の採用から麗蘭皇妃の関与を確信し、それを隠そうとした」

沈清は言葉を発さずこちらを見つめてくる。肯定せず、否定せず。別の視点での指摘をしてきた。

「となると麗蘭は、自身の息子である三番目にも毒皿を用意したことになるわね。癪だけれどあの子は案外皇太子に近い位置にいるのよ。そんな有望な息子がいながらなぜ毒を？」

「玄麒大哥の婚約発表です。失礼ながら麗蘭皇妃はあまり政、特に外政にお詳しくない。玄麒大哥の婚姻に政治的旨味がほぼないことはご存じない。また一部ではその婚約を機に玄麒大哥が皇太子に選定されるのではと噂が立っていました。龍生は彼女の中で再び『要らない子』になったのです」

　要らないと後宮に置き去りにしたくせ、自分たちの都合で太鳳のもとから龍生を毟り取っていった。挙げ句また用に足りずと害そうとする。麗蘭に、劉（リウ）家の者に対する不穏な感情が湧き、太鳳は卓の上で強く拳を握った。

「……だからって殺してどうするの」

「それは、これが解決してくれると考えたのではないですか」

　一度深く息を吸い、吐き、太鳳は目の前に『酒』の注がれた銀杯を取り上げた。

「この『酒』、王都では禁制すると父帝が発布したはず。けれど、劉家の方ならば用意することができる」

「……色々と調べたようね」

　先程から沈清の発する気配が悄然としてきている。幾度も死んだ甲斐があったというものだ。

「実際うまくいくとは思えない。けれど麗蘭皇妃は、皇子鏖殺後にこの媚薬を以て父帝を惑わし孕（はら）もうと画策した。――それがこの毒殺事件の真相ではないかと俺たちは結論付けました」

「……仮にそうだとして。アタシはあの女が大嫌い。この場だから言うけれど、そんな罪を犯したのならば死罪が妥当、黙っておく手はないわ。真っ先に糾弾して皇妃の座から追い落とす。なのになぜアタシがそれをせず、あの女の罪を隠していると思うの」

　沈清の問いかけに、太鳳は武者震いのようなものを身の内に感じた。網に追い込んだ魚を捕らえるためにはあともうひと息。ここで網の口を縛り上げる。

「――こちらを」

　胸から、尚舎監の花押の入った蕾翠（レイツイ）筆の任命書を取り出す。逸る心を隠しきれずにか、やや粗雑な手つきで沈清はそれを開いた。

「これは……どういうこと⁉」

「大伯（おじさま）が麗蘭皇妃の罪を庇う理由は、母君が劉の者だからでしょう。もし皇妃の罪が明らかになれば、おそらく大伯（おじさま）以外の劉一族は処断される。大伯（おじさま）のお力ならば母君のみ助命することは可能でしょうが、きっと母君はそれを良しとなさらない方なのでしょう」

「……劉の傍流に生まれたからこそ、本家を崇めている節はあるわね」

抵抗を諦めたように沈清はため息をついた。

「そちらの任命書は大伯にお預けします。提出なされればすぐに効を発するでしょう」

「そうね。事情を知るアナタと三番目を殺してしまったとしても、これがあればもうあの女に遠慮することはないのよね」

沈清の言葉に、それまでおとなしく控えていた宇井が、太鳳を庇うようにずいと前へ出た。それを見て沈清が笑う。

「宇井ちゃんはいい近習だわ。アタシのもとにいる子たちもそうだけれど、仕える者が慕ってくれるというのは良いことよ」

たしかに、やり直す世界の中で宇井と青琴という従者二人にはとても助けられている。それを思うと、多くの人間を従える沈清はかなりの人物といえるのかもしれない。

しばしの沈黙を、舞台から届く台詞と音楽が繋ぐ。

やがて、低く長く息をついてから、沈清は口を開いた。

「毒性の強まる組み合わせについては、アタシも調べがついていない」

「……！」

目標としていたところに辿り着いたのか。太鳳は快哉を叫びたい気持ちを隠して小さく頷く。

ゆっくりと書面を畳み、沈清はそれを懐へと忍ばせ、近習に新しい瓶子と杯を用意させた。

「たぶん、酒と共に取ると症状が憎悪するのだろう、とは思っているわ。アナタが調べた天徳二年の地誌の数年前のものには、神に捧げるために分けておいた酒を飲んだ男が死んだ記述がある。もちろん肴は木薯餅よ」

「けれどこの大宴、皇子たちに酒は供されていない……」

「ええ。だから他にも何か組み合わせがあるのかも。……木薯餅は巴州で一般的に食される調理法だけれど、報告年が飛び飛びなのも気になるわ。毒性が強い年とそうでない年があるのだと思う」

「調べます」

頷き、沈清は新たな酒を注いだ杯を太鳳へと寄こした。そうして、毒見だといわんばかりに先に飲む。太鳳も倣った。

口に含んだ瞬間、芳醇な香りを持つ液体が、すぐさま喉を焼き滑り落ちてゆく。

紛うかたなき白酒だ。

「あとは残念なことしかないわ。――大宴の献立は、主上のもの以外すべて麗蘭の手によるものなの。麗蘭が作成した献立を苗遠皇妃は写しただけ」

「重大な証拠ではありませんか。……いや、残念とおっしゃるからには原本は」

「ええ。大宴の前日、探花の際に麗蘭に会い、燃やすよう忠告されたそうよ。そして苗遠様は素直に言われた通り処分してしまった」

「花探し、ということは、大宴前日」

ぞわ、と身体の奥がまた身震いした。

大宴前日ならば戻れる。麗蘭の書き付けた原本を確保できる。

一瞬、どのように手筈を整えればいいか太鳳が沈思したのを、消沈したと思ったのか沈清が「仕方ないことよ」と告げてくる。

そう、この世界では仕方ないことだ。けれど、やり直しさえできれば。

「……大伯。もしもやり直すことができ、その書き付けを手に入れることができたら、麗蘭皇妃の罪を暴けますか」

「もしも……もしも、ね。仮定の話は好きじゃないけれど、ある程度は追い込めるでしょうね」

「鏖殺後を見据え、彼女が媚薬を手に入れているという証拠があったらどうでしょう」

「媚薬の現物ということ？　現物は当然手元に置いているとして、あれでも皇妃、後宮に刑部の者を入れ捜索させるなら確たる証拠が必要よ」

無理筋だ、と沈清は言う。

「……その媚薬、商人から購入されるのでしょう。しかし禁制の品ならば扱う者は限られているのでは？　商人は記録を重んじると聞きます。帳簿があるのではないですか」

「帳簿の提出――それはありかもしれないわ。あの女、子が死んでもまた産めばいいと蕾翠様に言っていたものね。頭の中身が駄々漏れと言えなくもない」

あの口論は皆が聞いていたから、もし媚薬の購入歴が明らかになれば皇子鏖殺の目的も衆人の目に明らかだ。

「もし大伯（おじさま）がその商人に要請したら、どれほどで帳簿の提出が成るでしょう」

「各地での仕入れが終わって、今の時期は王都で調剤と販売をしているから、最短で二刻、長くても朝命じて夜には届くでしょうね」

　ならば間に合う。次の世界で沈清を味方に引き込み、大宴の惨劇までに麗蘭を追い落とすことができる。

　密かに気炎を揚げる太鳳に対し、沈清は冷静だ。

「麗蘭を告発するつもりなの？　媚薬の帳簿については提供してあげるけれど、地誌に記載されたことと帳簿では追い詰めきれると思えないわ」

「苗遠皇妃がいらっしゃるではないですか。それに毒見奉侍（どくみのせんせい）が再現実験をなさるのでしょう。もしも新たに取り寄せた木薯が毒性の少ないものでしたら少々難しいかもしれませんが、地誌の記述を元に木薯餅が毒になりうることを苗遠様に説けば、麗蘭皇妃が献立作成した証言をしてくださるのではないでしょうか」

「同じ皇妃ならばまあ、苗遠皇妃様の方を信じる者が多いでしょうね」

　普段の行いの印象からそうなるだろうと沈清は頷く。

「……告発するとしても、アタシは無理よ。臣としてそれをするのはやはりいただけないし、元々あの女とは敵対しているから、引きずり下ろすための工作が結実したと思われる可能性がある。ここまで用意したのだから当然、太鳳ちゃんが口火を切ってくれるのだとは思うけれど」

「それは」

　もちろん、とは言えずに刹那太鳳は固まった。

　なぜなら太鳳はこの世界で得た情報を、次の世界に繋ぐために死ななくてはならない。最後のやり直しをしなくてはならない。十分な告発材料が集まったこの世界、告発者は龍生になる予定だ。

　だが言えない。意を決したような顔を作り、強い眼差しで太鳳は沈清を見た。

「もちろん、俺が。兄弟たちの命を失わせた罪を必ず認めさせます」

4.命の行方

やり直しの世界が始まって以来初めて、太鳳(タイフォン)は芝居を最後まで観覧した。

沈清(シェンチン)お勧めの物語『別妃』。前史戦国時代、同盟国の戦に駆り出された王が「逃げよう」という愛妃を捨て、戦に身を投じ、死の間際に妃を想い悲しむ話だ。

愚かな話だと思う。大事な者を捨て体面などにこだわるとは、と。

しかし為政者として、同盟国の要請に応えぬのは自国の民のためにならない、とも思う。戦国の世において同盟とは自国を守るための鎧にも等しい。無下に破棄できようはずがない。

前の世界を終わらせるとき、運命を自分の手で選択しなくてはならないという、何も見えない深淵(しんえん)を覗き込むような恐ろしさを太鳳は味わった。

自分の命を失わせるという、それだけの選択にすら恐怖したのに、為政者とは数万の民の命を自分の肩に乗せ判断し続けなければならないのだ。愛する者との生活を失ってでも。

——俺も、龍生(ロンシェン)と別れることになる。

『別妃』の王と何が違うのか。次の世界での龍生、他の兄弟、彼らの命を守るため、この世界での龍生を捨てるのだ。

私室で一人、唇をなぞった。

どの世界の龍生も、太鳳を慕うと言ってくれた。手を重ね、包み込み、時には媚薬で乱れる身体を冷ましてもくれた。

この世界の龍生は、すべてを知り、他の世界にも自分がいたことを知り、そのうえで愛を告げてくれた。

くちづけを、くれた。

もう一度、龍生に触れられた時を想い、柔いそのふくらみをなぞり——しばし太鳳は卓につっぷした。

早めに夕餉を摂った後に太鳳の私室へ集まる約束をしてある。もう少ししたら、今日は堂々と表から龍生はやってくるだろう。

今日の沈清から得た情報は次の世界でもきっちり役立つ。だからやり直ししない選択はありえない。けれど。

——今の情報でも十分麗蘭(リーラン)を追い落とせる。兄弟たちの弔いになる。

この世界にとどまってはいけないだろうか。いつか、そう、一年とか二年とか、龍生を皇太子として立ててちゃんと国が回ることを確信して、それからやり直しに旅立ってはいけないだろうか。そうすれば、この世界の龍生を振り切る覚悟も決まる。次の世界でちゃんと兄弟たちを助けることもできる。良いこと尽くめではないか。

「無理に決まっている……」

頭を抱え、自分のその卑劣な考えに太鳳は悶えた。

たぶんそのときにはもう、太鳳はやり直しできなくなっているだろう。幸せになるため、梅芳(メイファン)は命をくれたのだ。この世界の龍生と長く過ごしたら確実に幸せになる。きっと、大宴前日の世界には戻れない。兄弟たちの命は永遠に失われるだろう。

愛を告げられ、自身も素直に愛を告げることができたこの世界から、今去らなくてはならない。

卓の上に広がった金の髪が、滲む視界の中でやけにきらきらと輝いて見えた。

部屋に、四人が揃ったのはそれから少ししてだった。

任命書と説得によって沈清の協力を取り付けられたこと、そして麗蘭の書き付けを確保できそうだという情報に四人は沸いた。沸いて、そして、しんみりと宇井(ユージン)が呟いた。

「麗蘭様が絡んだという動かぬ証拠を得るためには、太鳳様はまた、命を落とさなくてはならないのですね」

「……そうなる」

「これまでの世界でのことは覚えていませんが、太鳳様を亡くした私はきっと、かなり消沈していることでしょう」

前の世界で死に際に聞いた宇井の声を思う。思わず、すまない、と謝ろうとした太鳳に、一瞬早く宇井は微笑みかけてきた。

「一番お辛いのは太鳳様です。そして、龍生様」

目を向けられ、龍生は苦笑した。

「申し訳ありません哥哥(にいさま)。私が哥哥(にいさま)をお慕いしていることが、なぜか宇井にも青琴(セイキン)にもばれてしまいました」

「わからないわけがないでしょう」

「私も昔から存じておりました」

宇井と青琴が口々に「自分は鈍くない」と文句を言う。幾度か世界を渡ってようやく気づいた当の太鳳が一番鈍かったようだ。

「哥哥（にいさま）」

もう慣れつつある龍生の大きな手が太鳳の手を包む。

美しく、翳りのある眼差しが見つめてくる。

「哥哥（にいさま）がまた死の苦痛を味わうことは辛い。けれど、兄弟たちが生きる世界のために、幸せのために哥哥（にいさま）は何度も辛い目に遭ってらっしゃいました。それを無駄にしない道はと考えると……」

「……うん」

「でも私は——お別れするのが辛い」

もう声も出せなくなって、太鳳は唇を噛み締める。

「この世界で麗蘭を告発すればいいではないかと、お部屋を伺う途中、宇井と青琴の二人と話もしました」

顔を上げると二人とも頷いている。

龍生の指先が、噛み締めた唇をほどけとでもいうように、そっと頬を撫でてくる。

自分と同じことを、皆考えていたのだ。自分だけが持つ卑劣な考えではなかったと知れ、少し心が軽くなる。

けれど、きっと辿り着いた結論は——同じなのだ。

龍生の瞳が、眉を下げ情けない顔になった太鳳を慈しむように細められた。

「哥哥（にいさま）が真の幸せを得るために、私たちはこの世界でのお別れを、選びます」

「…………ああ」

お前たちならばそれを選ぶだろうと思った。

そう告げると、宇井は「やっぱり読まれていましたか」とことさらに明るい声で笑った。

しんみりとした、けれど奇妙な解放感に満ちた空気だ。そこには希望と諦観が混ざり合っている。

後はどう死ぬか、だ。

出来ればもう刃物で刺すのはなしにしたい。痛みよりは熱さを主に感じるとはいえ苦しいことに変わりない。掃除をする残された者たちも大変だ。

あの、純正砒毒があれば。使う量によっては安らかにいけると蕾翠（レイツイ）は言っていた。

そんなことを思った折も折、龍生がふと思いついたかのように告げた。

「鳳哥（フォンにいさま）。母上の——蕾翠様のもとへ、行ってはみませんか」

「毒を貰いに行くのか？」

尋ねるも首を横に振られる。

「ちょっと気になることを思い出したのです。哥哥(にいさま)の命の残りはあと二つということでしたが、亡くなった回数と残りの数が合わないと蕾翠様はおっしゃられたのでしょう？　もしも、いつのまにか失われるという事態がまた起こっていて、残りの命が一つになってしまっていたらやり直しできません。今一度見ていただき、確実にやり直しができると確認するのも悪くはないでしょう」

　単にこの世界にとどまってほしいという願望からくる姑息な気持ちですが、と露悪的に龍生は笑った。

　だが一理ある、と太鳳も頷く。

　梅芳が太鳳にくれたはずの八つの命。行方不明の一つがどのようにして失われたのかはわからないままだ。同じ現象が知らぬ間に起きていないとも限らない。

「しかし母上は現在、貞寧宮に幽閉なされている。父帝に話を通せば会えぬこともないだろうが……」

「忍び入るのです」

「……そんなことが可能か？」

　尋ねた太鳳に、龍生はまっすぐな瞳で頷いた。


　夜陰に乗じて東の宮の門へと向かった。

　門には衛士がついているが、毒殺事件があったばかりで警戒が強まっている。通常は二人で門の前に立ち続けるが、現在は四人増員して二人が門に立ち、残りが二人組で見回りだ。毒殺犯の目星は付いていないが、暗殺者が律儀に門を通るはずがないという理屈で見回り強化に力を入れたらしい。

　汪(おう)では、大門の前には魔除けの壁を立てることが多い。特に城外と城内を繋ぐ城門、宮城内の執政区と居住区を隔てる宮門の前には、四神の浮き彫りを施した大きな壁がある。

　これは、姿の見えぬ悪疫悪鬼は壁を回り込むという概念がないため、開口部に壁を設けることで悪いものが入らぬようにしているのだ。寝室と次の間との扉前に衝立を置くのもそれに倣っている。

　龍生は、門番の目をかいくぐるのにこの壁を利用するという。

　小石を投げてほど離れた場所に物音を立て門番の気を引き、壁の陰から暗がりへと出るだけだった。

「こんなにあっさりとうまくいくと、警護とは何なのか、という気になってくる」

「出ていく者より入り込む者に注意を払っているから仕方のない部分もありますね。おかげで我々は抜け出せたわけですから良しとしましょう」

「しかし母上のいる貞寧宮にはこんなに簡単には入れないだろう。あれは本来皇后が住まう宮だぞ」

「だからこそですよ」

抜け道があるのだという。

たしかに為政者が革命など緊急の事態に際し抜け穴を持つというのは理解できるが、皇后の宮にそんなものがあると一介の皇子である龍生が知っているのは如何なものだろう。後宮には宮女侍女の他に今は数少ない宦官を仕えさせているが、その意味がなくなるのでは、と小走りで太鳳は思案する。それに対し龍生は、もちろん誰でも知れることではないと、苦いものを口に含んだような笑みを浮かべた。

「私が知ったのは、哥哥が東の宮へと上がった後、ひと月ほど経った頃のことです。どうにかして後宮を抜け出し、東の宮へ行けないかと夜な夜な弘徽宮を抜け出し、無人の後宮をうろついて、抜け道を見つけたのです。貞寧宮の井戸の一つは虚偽のものでした」

言いながら、後宮のある西の区画の手前で龍生は南へと下った。宮城全体でいえば西南に当たる方角には、後宮で働くさして官位が高くない人々の寮がある。だがそこへ達する前に、龍生は立ち止まった。まだ咲いていない紫薇の木の間の、簡素な木戸の前だ。それを躊躇わず開けると、下りの階段がある。

下りきった場所には太鳳の身長ほどの植え込みがあり一見行き止まりだが、それをかき分けて進むと石造りの堅牢な隧道が現れた。

――なるほどな……。

前回、麗蘭が持つ媚薬を探すために後宮に忍び込むのに、龍生たちはこの道を使ったのだろう。

あの時の絶望を思い出して太鳳はぶるりと震えた。思えば初夏だというのにこの道はひやりと寒い。そんな中、懐から球形燭台を龍生が取り出し先を照らす。

「鍵もかかっていないのは不用心ではないか」

「もしもの抜け道ですから、鍵がかかっていてはまずいのでしょう。それに、隠す気もないただの木戸なので人目を引かないのではないかと」

「まあ……秘されれば暴きたくなるのが人の性分か」

　あのような場所に剝き出しに設置された戸が皇后宮に続いているとは誰も思うまい。

　問題はこの先だ。龍生が幼い頃に抜け出したときは無人の宮だったので警護もなかったそうだが、今は蕾翠が貞寧宮にいる。きっと守備は固めてあるだろう。

　前回の龍生と青琴はどのように麗蘭の宮まで行ったのだろうか。

　懸念しつつも浅く造られた偽井戸から顔を出すと、案の定女性衛士がいた。さらに運悪く目が合ってしまった。

　だが騒がれると思いきや、慌てて隠れた二人に衛士は呼びかけてきた。

「そのお髪（ぐし）の色、太鳳二皇子であらせられますか。……本当にいらっしゃるとは……さすが蕾翠様」

　太鳳が現れたことではなく、別の驚きをもって衛士は縄梯子を降ろしてくれた。

　どうも母である蕾翠が「もしかしたら太鳳か龍生が来るかもしれないから」とここに人を立たせるよう命じてくれたらしい。

　女性にしては大柄な衛士はしきりに「さすが巫女姫」と感心しながら、太鳳たちを蕾翠が私室として使っている間へと案内してくれた。

　そうして二人の皇子は、寝ぼけ眼の母親と対面するに至った。

「なかなか苛酷な状況を経験してきたのだね」

　掻い摘まんで自分が今まで経験したことを語ると、母はあっさり受け入れてくれた。沈清の母の任命書を頼んだ時から、何かが動いているとは思っていたらしい。

「それで、兄弟たちを生かしながら麗蘭妃を糾弾するためやり直す、と。それで本当にいいのかい？　それはまあ命の数があればやり直すことはできるだろうが、今そこにいる龍生とは別人になるのだろう？」

「それは、覚悟したことです。それに俺が荒唐無稽な真実を語ったとしても龍生はちゃんと信じ協力してくれるのはわかっています」

「ええ。どの世界の私も、哥哥（にいさま）を信じぬはずがない」

　頷きながらも龍生の瞳は愁いを含んでいる。覚悟を決めているとはいえ、太鳳を死出の旅路に送り出さねばならないのだ。

——何度も、龍生が死ぬのを見た。

あの時の自分と同じ気持ちを龍生に味わわせるのはひどく辛い。

けれど。

やり直せるのにやり直しを選ばなかったとして、何度も見殺しにしてきた兄弟たちを、救える世界があるのに救わないまま幸せを享受できるだろうか。たぶんそれは幸せに似てはいても贖罪の心が常につきまとう、幸せとは似て非なるものとなるだろう。

「お願いします。俺の命があと二つ、ちゃんとあるかどうかを見ていただきたいのです」

「はあ。仕方ない子、わかったよ。——どれ」

以前と同じように蕾翠は眉を指で掃き、その後指で輪を作って覗き込む。

「ん、二つだね。やり直せる……いや、ちょっとお待ち。龍生」

「はい」

「なんてことだろうね。お前にも、二つ命がある」

蕾翠の言葉に二人は目を見開いた。

しかし蕾翠は、ああ、と一人合点がいったように手を打った。

「どういうことです、阿母(かあさま)」

思わず、といったように幼い頃の呼び方をした龍生を見て蕾翠は目を細める。

「梅芳が、太鳳が幸せになるようにと命をくれた、という話は聞いているのだろう」

「はい、八つ貰ったはずなのに、やり直し回数と残りの命の数が合わないとも。——まさか」

「ああ。梅芳は元々、太鳳に八つの命を与えたわけではなかったようだ。自身を助けようと身を投げ出した太鳳。そして、太鳳を助けるために自ら水に入った龍生。きっと、太鳳の幸せのためには龍生が必要だと感じたのかもしれないね」

猫は九つの命を持つという。

自分のために一つ残し、梅芳は七つを死んだ太鳳に、一つを生きている龍生へと分けた。だから龍生には今、二つの命がある。

「ということは、私もやり直すことができるかもしれない……？」

「可能性は高いね」

蕾翠が頷く。

しかし太鳳には疑問が浮かんだ。

「母上、しかし今まで俺と同じ回数龍生は死んでいるのに、やり直しをしたわけではないですよね」

「命の数の総和からして、龍生はやり直ししていないだろうね」

「どういうことなのでしょう……」

ふむ、と蕾翠は唇を撫ぜて一拍思案すると推論を口にした。

「あくまで主体は太鳳なのだと思う。幸せになるために命を使うのは太鳳。龍生の命は、太鳳の命に附帯するもの、太鳳のために使え、ということだろう」

「哥哥のために命を使う……」

希望に満ちた龍生の目がこちらを見た。

――龍生が、俺と共にあのやり直しの時間に戻ってくれるとしたら。

それはなんと心強い。

そして、なんと辛いことだろう。

「俺のために死ぬ、とはどうすればいいのでしょう。それに、結局……龍生はまた死ぬことになるのですね。この世界でならば生き続けてくれると思ったのですが」

「お前は何度もその死を見ているのだったね」

ぽつりと呟いた太鳳へ、蕾翠が密やかに頷く。それから何か思案するような顔で立ち上がると、太鳳の前へとやってきてその身を抱いた。

母に抱かれるなど、東の宮へと上がる日に抱擁されて以来だ。衣越しに感じる母の身体と薫き染められた薫香が懐かしい。

「龍生の気持ちもわかっておやり。常に自分が謀殺され、お前が不如意に命を落とすと聞かされては心穏やかでないだろう。お前のために使える命があるのなら使いたいと、妾でも思う。龍生ならばなおさらだろう」

「母上……」

おとなしく抱かれる太鳳へ、蕾翠は「あれはお前を愛している。昔から」と耳打ちしてきた。

それは、この世界で知ることができた太鳳にとっての幸せの真実だ。

もしも一人この世界を終わらせたなら、次には持ち越すことができない真実。また新たな世界で新たな龍生からその真実を掘り起こさなくてはならない。

世界が変わるだけ。太鳳は記憶を引き継ぐから、これまでの龍生が失われることはない。龍生の真実は常に一つだから、次の世界でまた始めればいい。

これまでもそうだった。

次もそうすればいい。

でも。

蕾翠が再び椅子に腰掛けると、龍生が見つめてきた。しばし見つめ合う。少しも互いの瞳は揺るがない。

「哥哥(にいさま)。私も共に」

「――わかった」

頷き、太鳳はもはや弟ではなく愛する人となった龍生の手を取り、恭しく捧げ持った。目を閉じ、そっとその手の甲に額を触れさせる。

「お前を殺すのは、俺だ」

「それは」

「いや。やり直しの力がどう働くのかわからない。俺が手を下すことで少しでも俺とお前との間に繋がりを作りたい」

他の誰でもなく、自分がその命を背負いたいと思う。初めて自死するときに必要だった覚悟の大きさを顧み強く決意する。

そんな太鳳たちの前、蕾翠は胸元から円環状の玉を取り出した。それは強く引くと半分に分かれ、中の空洞から小さな薬包紙が数個出てくる。

「母から息子たちへ贈るものとして適当とは言い難いが、これをやろう。お前たちの体格ならば最も苦しまずに命を狩ることができる手段となろう。多少頭痛はするかもしれないがな」

「これは」

純正砒毒。

思わず顔を上げ目で問う。

普段は凛々しい眉を下げ、困ったような笑みを返す母は息子の太鳳の目から見ても美しかった。

「……ありがとうございます母上」

「礼を言われることではないな。だがそろそろ五更も終刻近かろう。夜が明け人々が動きだせばあの声高い鳥がまた何か策を巡らすとも限らない。お行き」

この世界では最後になる母との面会を終え、二人は来た時と同じ道筋を辿り宮へと戻った。密かに入り込むのはさすがに難儀だったため、太鳳がその姿を晒し、龍生が侍従のふりをして堂々と門を通り抜ける他なかった。

「これは二皇子。もう夜も明けようというのに、中書令様にお呼び出しでもされていたのですか」

「ああ。少々立て込む話があった。通ってもいいか」

門番は何も疑うことなく通してくれた。太鳳の後見人が沈清だったためできた荒業だったともいえよう。これから行うことを思うと、少し迷惑をかけてしまうが、あの男ならどうとでも切り抜けるだろう。

さすがに宇井も青琴も自室に下がったと思っていたが、二人は火の明るさを落として待っていた。

「龍生様も……ですか？」

青琴が、自身の主の選択を聞いて目を瞠る。

太鳳が話してやったこれまでの世界の『自分』とは違い、主を失わずに済む幸運を噛み締めていた姿を思い出し胸が痛む。

しかし、龍生を想う気持ちが強すぎはするものの、宇井同様よく出来た近習は「小爺(わかさま)がそれを望まれるなら」と決断を受け入れた。

太鳳と龍生の死を見届けるという二人を、龍生は自室に戻るよう促した。

「私たちの死体を目の前にして、朝になるまで放置するなど青琴は我慢できないだろう。ならば自室で夜明けまで待て。朝になり宇井が他の侍従と共に来て、私たちを見つけるという筋書きの方が良いだろう」

「……お二人が自死する理由は何といたしましょう」

麗蘭様にやられたことにしますか、とすべての罪を麗蘭に擦り付けてしまおうとばかりに宇井が問う。

「そうだな……」

何かしら理由をでっちあげて遺書を書くことも悪くはない、が。

「あえて何も残さずにおこう。宇井が俺たちを見つけ、二人は何かを調べていた、と騒げば沈清様が介入してくる。母君を匿うための書類は渡してあるから、うまく麗蘭皇妃の所業を断罪してくださることだろう」

あの後見人にはあれこれと面倒をかける。思えば腹の探り合いをしつつも長い付き合いをしてきたのだ。太鳳の中に、信頼だけは培われている。

さあ、お前の演技にかかっているぞ、と太鳳が肩を叩くと「任せてください」と宇井は泣き笑いの顔になって太鳳の肩を叩き返してきた。そこには主従を超えた友情のようなものがある気がして、太鳳まで泣き笑いしてしまう。

「もう陽が昇る。行け」

薄明の廊下に二人を送り出し、太鳳と龍生は共に扉を閉めた。

火を消しても、飾り格子の扉に貼られた紙は光を通してくる。しばしその明かりを眺めた後、太鳳は懐から薬包紙を取り出した。

水差しの脇の小さな器に粉を入れ、水で溶く。

無味無臭のその毒が、自分と龍生を最後の世界へと連れてゆく。

どうすれば『自分が龍生を殺したこと』になるだろう。その器を持って龍生に飲ませれば、太鳳がその死と関係したことにできるだろうか。悩む太鳳の頬へ、それから唇へ、龍生がそっと指を添わせてきた。

「願わくは、哥哥(にいさま)に口移しで死を賜りたく思います」

「……ああ」

自分の頬に笑みが浮かぶのがわかった。

同じ毒で死ぬのだ。ならば口移しこそ、太鳳が龍生の死の神となるにふさわしい行為だろう。

頷いて、艶れた時に大きな音が出ないよう、床に膝をついた。龍生もそれに倣う。

器を傾け、龍生の分を口に含む。

指を絡め、離れぬように力を込め、その唇へと自身のそれを重ねさせる。

しっとりと重なった唇が隙間なく触れ合うよう角度を変える。口移しというより、深いくちづけだ。

無味のはずの毒の水は、龍生に触れるとどこか甘くさえ感じる。

「ん……」

その甘くぬるい液体を吸い上げられ、舌で残さず口内を探られて声が漏れた。それでも名残惜しく唇を離し、すぐに太鳳も器の中の水を飲み下す。

めまいと、頭痛。けれど他にひどい不調は感じない。

指を絡める龍生も同様のようだ。

どこか苦笑に似た笑みを互いに交わし、ゆっくりと床へ横たわる。

片側の頬に床はひんやりと冷たい。ぼやけてきた視界に、金と黒の髪が重なり合い、混ざり合っている。

「龍生……」

「……太鳳」

哥哥(にいさま)でも鳳哥(フォンにいさま)でもなく、太鳳、と名を呼ばれた。

その音を最後に、自意識の消滅を意識することもないほど安らかに、太鳳は喪神した。

幕間・三　龍生(ロンシェン)

物心、というのは、いつつくものなのだろう。思い出せる限り最も古い記憶、と言い換えてもいいかもしれない。

自分はかなり早いうちに、物心がついた方だ、と龍生(ロンシェン)は自覚している。

泣いても誰も来てくれない宮で、一人寝かされていた。それが最初の記憶だ。

今思えば寒くてたまらない状況だったが、その時は『寒い』という言葉を知らなかったからただ不快で泣いていた。泣くと、たまにやさしい声をした人が自分を抱いてあやし、ふかふかしたものを身体の周りにいっぱいにして不快な気持ちを治めていってくれた。しかしそんな幸運は稀で、大抵は不可解さに泣きわめき、諦めた頃になってようやく、寒さ暑さ空腹などの症状を緩和してもらえた。

自分が不快でも他人は動かない。彼ら、彼女らは、自分の都合のいい時に龍生の不快さを取り除きに来るだけだ。それが理解できてから、龍生は泣くのは無駄だと理解するようになり、不快な気持ちも感じぬようできるだけ感覚を閉ざして生きるようになった。

しかし、そんな日々はある日突然に終わりを迎えた。たまにやってきては自分を抱いてくれた女よりもずっと肌の色の白い女が、聞いたことのないようなやさしげな音色で何かを語りながら、薄暗い場所から連れ出してくれた。

「あんな掃除もしていない宮でかわいそうだったこと。これからは蕾翠様と太鳳様と一緒に暮らせるのですよ」

長じてから、迎えに来た女がそんな風に言っていたことを龍生は思い出した。

女の腕の中揺られて辿り着いたのはきらきらと眩い場所。鼻がむず痒くなってくしゃみが出た思い出がある。

そのきらきらの場所で、陽に透けるような色をした髪の女と、女と同じ色をした小さな者に引き合わされた。

眩い髪と瞳。桃の花のような唇がやさしい弧を描いて、「ろん」と胸が高鳴るような愛らしい声を発して龍生を見た。

薄暗かった龍生の世界は、完璧な色を宿した美しい明るい幸せな世界と置き換わった。

もちろん当時はそんな完璧に明文化できたわけじゃない。ただひたすら目の前がちかちかするような目くるめく世界に見入るだけだった。ほどなくして言葉を覚え、感情を言葉にする術を覚えた。

「哥哥の髪の毛、僕は好きです」

そんなふうに告白すると、年上の異母兄はいつも嬉しそうににこにこ笑った。まるで光がはじけるようなその愛らしさに、いつも龍生は言葉にしきれずにいる何かが心の中でずっと輝いているように感じていた。

――もう、初手から恋に落ちていた。

結局そういうことなのだと思う。

今思えば、会った瞬間からもう、龍生は恋に落ちていたのだ。

でも、ただ美しいからだけではない。胸の中の輝く気持ちが、より強くなったのはたしか五歳の春の大宴の時だ。

東の宮に入る前の皇子は、皇妃と共に西の台に上がることになっている。その頃は皇妃は蕾翠と苗遠（ミャオイエン）のみで、皇子は皆自身の母の脇に設えられた席に着いていた。玄麒（シュエンチー）は伏せっていて欠席だったような覚えもあるが、ともかくも、蕾翠の両脇に太鳳と龍生は侍っていた。

大宴は昼から行われるが、途中から酒が入りだんだんと神事の一環というよりただの宴会の様相を呈してくる。龍生は厠からの帰り、付き添いの侍従とはぐれて一時だけ一人になった。

一緒に来たはずの太鳳も見当たらず、周りをきょろきょろしながら歩いていたら、背の高い男にぶつかってしまったのだ。

二人組の男のうち、龍生がぶつかった方はひどく酔っぱらっていた。

宮をたまに訪れる大人に対してするように、たどたどしくも拱手して謝るも、酔った男はふらふらしながら龍生を覗き込んできた。

「おやおや、こんな小さなお子にこのような上等な絹。もしや貴方様は、第三皇子殿下ではございませんかあ？」

丁寧なのかどうかいまいち判別できない口調で語りかけてくる男。同行の者はその袖を引き、小声で「やめろ」と言っている。しかし男はそんな制止を聞かず、まだ五歳の龍生に絡んでくる。

「桟敷の末席から拝見しておりましたがあ、劉（リウ）家の皇妃様はまだご実家に引っ込んでいらっしゃるとかいないとか？　いやあ、こんなにご立派になられた第三皇子様をお捨てになっているとは。大変もったいないことでござい」

男の口説はそこで止まった。横合いから何者かが水をぶっかけたからだ。

「へつらいながら腹の中で嗤う、それは何というのだったかな。なんと卑しい手合いだろう」

空になった小さな手桶を抱え、現れたのは太鳳だった。劉家に物思うところがあったのか、龍生で憂さを晴らそうとしていたらしい男の矛先は完全に太鳳へと移った。

「な、何だ、貴様、その髪、なぜ胡人の子がこのようなところにいる。芸妓の子ならばそれ相応の場所に引っ込んで」

「おい、馬鹿、違う」

制止能力は低いが常識はそこそこにあるらしい同行者は酔っぱらいの口に手巾を詰め込み言葉を止めさせた。

「愚か者、この皇宮内で金の髪の子といえば主上の寵妃蕾翠様の皇子に決まっていよう」

ひそひそと耳打ちする声が丸聞こえだ。

そう、こいつらは所詮、捨てられた子供だから侮ろう、寵愛ある方の子だから称えよう、そんなふうにしか考えていないのだ。

捨てられた、という評価が存外胸を抉ることにびっくりしながら、龍生は久々に「他人に期待するな」と諦めの気持ちを感じた。感じそうになった。

しかし。

「龍生は俺のものだ。誰も捨ててなどいないのだが？」

愚かな妄言を吐く奴だ、と隠しもせずに太鳳は胸を張る。

春の薄曇りの空の高いところには、強い風が吹いていたのだろうか。灰色の空気が陽の光で塗り替えられるように、雲が切れて陽光が差した。

男たちよりも上背は低いくせ、誰よりもきらきら輝く心と容姿をした太鳳は、

「顔は覚えたぞ。芽州刺史よ」

とにやりと笑った。

叩頭する勢いで膝をついた男たちは、それでもまだ太鳳の後ろに蕾翠と父帝の影を見ていたことだろう。

胡人が少ないから。数少ない胡人が、技芸職に就いているから。だから不見識な者たちが侮るのだとしたら、なんて愚かなことだろう。

自分は兄を、太鳳を、その容姿によって侮る馬鹿どもが一人もいない世界に連れていきたい。

「哥哥」

呟いて目を開けると、子供の頃よりもずっと美しく、苛烈に育った太鳳が、涙を溜めて自分を見下ろしていた。

そうだ､今は夏の大宴。自分はおそらく､毒に中った。息を吸うことができず、意識は朦朧として、たぶんもう永くないと理解できる。

駄目で元々と伸ばした手を、太鳳が両の手で握ってくれる。

もうずっと、何かの思惑があってだろうが太鳳には反目し合うような態度を取られてきたから、この死の際にこの温もりを感じられることが嬉しい。

　もう目がよく見えない。

　それでも嬉しくて、頬はぎこちないながらもほころぶ。

「やはり……あに、うえの、髪は――美しくて」

　瞼の裏、陽光に煌めく髪を結い上げ、皇位に即く太鳳が思い浮かぶ。

「とても」

　好きです、と言葉にするのには、あとひと息だけ足りなかった。

七章　二人の日々

1.画策する

　初夏の庭。

　目の前は開けて明るい。

　まだ凌霄花(のうぜんかずら)は葉のみが茂り、花は蕾も見えはしない。

　太鳳(タイフォン)は自身の宮へと戻る途中、白壁へ向かって歩んでいるところ。

　いつもならば即座に「待ってください」と背後の龍生(ロンシェン)から声がかかるはず。

　けれど、今回は違う。

「……太鳳」

　呼ばれ、振り向く。

　振り向いた先にいる龍生の、泣きだしそうでいて微笑んでいる曖昧な表情に、太鳳は思わず駆けだした。

　龍生もまた駆け寄ってくる。腕を広げ、抱き合い、互いの背中に強く腕を回す。

「……記憶は」

「あります」

　頷く声に、胸の中から顔を上げるとすかさず唇を奪われた。

　そこにいるのが互いの知る相手だと確認するだけの、ほんの短いくちづけだった。

「まずは苗遠(ミャオイエン)皇妃に会う」

「ええ。そして蕾翠(レイツイ)様」

「沈清(シエンチン)様は必ず気づく」

「青琴(セイキン)を手配しておきます」

　言葉少なに手筈を確認し、もう一度だけ強く抱き締め合って、二人は背を向けた。急がなくては、時間がない。

　白壁の、普段は鍵がかけられている扉に手をかけ一瞬物思う。

　大宴の探花のためにこの無人の宮の庭が一時的に解放されていたことが、この世界に辿り着くための奇跡的な幸運となった。

　――最初の世界ではあんなに憤っていたのにな……。

　互いに互いを思い遣っていながらそれをうまく伝えられなかった。いや、あの世界の太鳳は思い遣りなどではなく『龍生のためにしてやっている』という自己犠牲の気持ちが強すぎた。だから龍生の言葉を遮り、憤り、あの最後の時にも龍生の眼差しに疑問を抱く羽目になったのだ。

　やり直すことができて、本当に良かった。

　花竿灯に差すための目当ての花は得られなかったけれど、代わりにもっと得難い『花』が太鳳の胸には咲いた。

　振り向くと、遠く離れた場所で龍生もこちらを向くのが見えた。頷き合い、太鳳は扉を開けた。

　自身の宮の庭へと戻ると、遠くに木香茨(つるばら)を抱えた宇井(ユージン)が見えた。打ち合わせが簡潔だったため、少し早かったようだ。大きく手を振ると、普段とは違う太鳳のありように驚いたのか、すごい勢いで駆け寄ってきた。

「宇井。これから言うことを速やかに行ってくれ。まずは後宮の苗遠皇妃と母上に面会の申し込みを。書状を認(したた)めるのでその間に所用があれば済ませてくれ」

「は」

「その後は昼食前に蔵書楼へ向かう。地誌を借り出す予定だが、そこで少し話をする。多少長くなるかもしれないから昼食は軽く、遅めでいい」

「かしこまりましてございます」

「ああ……今日は侍従たちの目が少ないんだったな……皇妃様に面会する件については、それとなく沈清様に伝わるようにしてくれ」

「はい」

頷く宇井が、白い花を抱えて水場へ小走りで向かうのを見送り、太鳳は急ぎ私室の文机へと向かった。

苗遠宛てに、大宴献立采配の原本や書き付けがあれば拝見したい旨。蕾翠には、沈清の母である明葉(ミンイエ)を至急侍女に召し上げるための任命書の作成を頼む旨を記して、水場から戻った宇井へと預けた。

——最も重要なのは苗遠皇妃が持つ、麗蘭(リーラン)皇妃の書き付けだが……ある意味、それを人に見せるのは恥となる。

何しろ自分ですべてを采配できなかったという証だ。そこは龍生とも問題視したが、結局苗遠皇妃の人柄を信じるしかないと結論が出た。

そわそわしながら宇井の帰還を待ち、戻った後は蔵書楼へと向かった。

「麗蘭皇妃が⁉」

やり直しの事実まで語っては長く時間を取るからと、取り急ぎ宇井には麗蘭の思惑と、それを阻止したい旨を語った。真実については無論教えなくともいいのだが、前の世界での宇井を思い出すと、事がすべて収まってからでも話してやらなくては、という気になる。

「それは、主上に裁いていただくべき案件では」

「もちろんそうだ。だがそれは証拠を揃え、確実に麗蘭皇妃が非を認めるところまで追及してからの話だろう。——苗遠皇妃との面会で、欲しい証拠が得られなければ辛い」

書き付けの現物が欲しいところだが、もしも持参してもらえない、もしくはすでに焼却してしまった場合、苗遠の口から献立作成が麗蘭の手になるものだと証言してもらわなくてはならない。

そのためにもこの地誌の獲得は重要だ。

巴州(はしゅう)の一部の木薯(きやつさば)を使用した木薯餅(いももち)が毒となると知れば、玄麒(シュエンチー)を殺す菜単を提案した麗蘭を告発しないはずがない。まずは天徳二年の春の地誌。前の世界での沈清が教えてくれた、もう一つの事例。できればもう少し最近の、麗蘭が実例を見知っているだろう記録が見つかれば良かったのだが、残念ながら午の正刻の鐘が聞こえるまで粘っても直近事例は入手できなかった。

　地誌を借り出して宮に戻ると、侍従から苗遠皇妃との面会が成ったと予定時間が知らされた。案外と許可が下りるのが早かった。宇井もそれとなく示唆してくれていたが、おかげで不自然さを感じさせず、沈清へと面会情報が伝わるだろう。

　予定通り軽めの昼を摂ってから、面会へと向かう。東の宮を出る際に挨拶してきた門番が、昨夜――あくまで体感的には、だ――夜中に宮へ戻る際に言葉を交わしたのと同じ者だった。つい「いつもご苦労だな」などと声をかけたら非常に恐縮されてしまった。

「さて……苗遠様が証拠をお持ちくださっていればよいが」

　手土産の焼き菓子と共に地誌を携えた宇井が、太鳳の呟きに頷いた。

　面会用の建物の前へと至ると、尚舎監と立ち話をする龍生の姿があった。宇井が「龍生様、お一人のようですね」と小声で尋ねてくる。

「青琴は別の用で出しているはずだからな」

「それにしても侍従をお連れでないのは如何したことでしょう」

「龍生の宮の侍従は青琴以外は皆、劉の手の者だ。麗蘭皇妃に動きが伝わるのはまずい。――龍生。待たせたか」

　こちらに気づいて拱手した二人へと、太鳳は朗らかに声をかけた。

「大宴を明日に控えて忙しいところ、趙舎監もすまないな。手間をかけさせた」

「太鳳二皇子にはご機嫌麗しく。わたくしの職務ですので手間などと。お気遣いいただきありがとう存じます。苗遠二皇妃もそろそろいらっしゃるとのことですのでこちらでお待ちください」

　尚舎監が恭しく扉を開けるのへ、軽く頷き、二人は部屋へと入った。

「私が龍生様の御用も足しますので、お気遣いなく」

　宇井が、侍従を連れていない龍生の面倒も見ると尚舎監へ告げると、再び拱手して扉はゆっくりと閉められた。

「よくお前、侍従なしでやってこられたな」

「庭を歩くふりをしてこっそり出てまいりました。さほど私の動向には目を配っていないのですよ」

劉の老人たちと沈清では、侍従に求める水準も違うのだろう。太鳳の宮の者はそれだけ厳選されているということだ。おかげで太鳳の命が助かっている部分は確実にある。

「哥哥。あの舎監の名をご存じだったのですか」

「ああ、たまに祥花に会うために面会に来るからな」

「私はもっと頻繁にここへ来ていますが知りませんでしたよ」

「まあ……俺は嫌な用事で来るわけではないし。お前とは違う」

太鳳などは歳の離れた妹と会うという楽しいひと時を過ごすだけだから、気持ちも上向くし、よく顔を合わせる官の名を覚えるくらいはするが、龍生は違う。たとえ頻度が高くとも、実の母がねちねちと自分を甚振ってくるような場所では、誰にも親しみを覚えられないのは道理だ。

だからそれほど気に病むこともないのにと思っていたら、龍生は「やはり哥哥は人の上に立つべき器をお持ちです」などと誉めそやしてくる。

どうしてそんなに自分を持ち上げてくるものか。きっと、幼い頃の兄弟としての記憶のせいだろうな、と苦笑が漏れる。

とはいえここで「市井を見回る龍生の方が上に立つべき存在だ」などと論争を始めるのはどうだろうか、と口をもごもごさせているうち、苗遠皇妃の訪れが知らされた。

扉が開き、採光の良い飾り格子の窓がある廊下が現れる。そこへ、丸く髪を結い上げた女性が姿を見せた。

北方王国出身者の持つ凛々しい黒眉と、果実のように赤い唇、色白の肌は、色合いがくっきりしているせいか一見とても気が強そうに見える。けれど、ひとたび口を開くと苗遠皇妃の人柄が覗きまるで春の風情を醸し出す。

「太鳳様、龍生様、ご機嫌麗しく。こうしてお話しするのは、初めてではないかしら？　玄麒へのお見舞いの品など、いつもありがたく思っていますのよ」

この国の者がよく手にしている扇は持たずに、うふふ、と微笑む頬には片手を添えている。太鳳は深く頭を下げた。

「このたびは書面にて不躾な願いを書き連ね、誠に申し訳ございません。けっして苗遠皇妃様に瑕がつくようなことにはいたしませんので」

「あら、面を上げてくださいな。そんなに畏まらずとも良いの。だって、わたくしとっても罪悪感に悩まされていたんですもの」

　言いながら、背後に控える侍女を見上げる。そうして差し出された文箱の蓋を、そっと開けた。

「実はね、この書き付け、わたくしの書いたものではないのだけれど、それでもよかったかしら」

　太鳳は、できるだけ確実にこの書き付けを入手できるよう、苗遠への手紙にはこう書いた。『久方ぶりに夏の大宴を采配なさる苗遠二皇妃がどのような準備をなさり、お考えを巡らしたか是非その一端をご教示いただきたく、原本、書き付けなどございましたら拝見いたしたく存じます』――慇懃無礼の手本にもなりそうだと、我ながらため息が出るような文面だった。ものすごく悪く受け取れば、「お前がちゃんと考えて作ったのか採点してやる」といわんばかりのものである。

　しかし帰ってきたのは明け透けで素直な告白だ。言質を取るために重ねて聞き返す自分がさらに悪い人間になった気分になる。

「なんと、こちらは苗遠様の書かれたものではない、のですか」

「ええ。主上のもの以外はすべて麗蘭皇妃のお見立てなのですわ。だからお教えするような極意などとてもないのよ。――龍生様、麗蘭様とは今まであまりお話ししたことがなかったのだけれど、お気遣いの方ですのね。こちらのお手本、見つかったらわたくしの恥になるから燃してしまうのが良いと今朝おっしゃってくださったのだけれど、なんだかお友達のお手紙を燃してしまうような気がして、わたくしもう心苦しくて。そこへ、太鳳様からのお手紙が届いたから安堵いたしましたの。自分の功ではない事柄を自分のものにするのはわたくし、本当に慣れないのよ」

　自分の考えていることをすべて口にしないと気が済まない質なのか、穏やかにおっとり、滔々と語り終えるとまた頬に手を当て微笑んだ。

「――こちら、場合によっては麗蘭皇妃の書き付けたものとして人前に提出する可能性もございますが、お許しくださるでしょうか」

「あら。なぜわたくしに許しを請うの？」

「苗遠皇妃の恥、となってしまいますまいかと」

「うふふ。他人の功を自分の功と為す方が恥というもの。むしろしっかり公表なさってくださいな」

苗遠の言葉に、龍生の施策を剽窃して提出していた太鳳は返す言葉もない。書類には龍生の名を入れてはあるが、奏上の場にいた官は、あれらすべて太鳳の献策と思われているのだ。

　まあ太鳳ばかりでなく、他人の功を自身のものとする人間は存外多かろう。潔癖な発言は潔癖でない人間の僻(ひが)みや恨みを誘う。そういう意味では苗遠は、不用意な言動も多くてどうにも政治には向かない。が、面白い女性だと思う。

　そんな太鳳の脇で龍生はなぜか緊張を見せている。顔に浮かんだ笑みが仮面のようだ。それは苗遠が「この書き付けが必要でしたのでしょう」と、長居は無用とばかりに去っていくまで続いていた。

　苗遠が退出し後宮側の扉が閉められ、足音が聞こえなくなってから、ようやく龍生は肩から力を抜いた。

「苗遠皇妃、底が見えなくて恐ろしい方ですね」

「そうか？　大変素直で好感の持てる方だと思ったが」

「素直、ですか……？　おっしゃることすべて、わかって言っているのかわかっていなくて言っているのか、どうとも判別つきませんがいずれにしても恐ろしい方ではないですか」

「ああ……そうか？　俺はどちらでも面白いと思うが」

「哥哥(にいさま)は女性と結婚できる器をお持ちですね……」

「何を言っているのだか」

　俺の伴侶はお前と決まっているのに、と太鳳は拗ねた。女性に想いを寄せたこともないというのにひどい言いがかりだと思う。

　そんな太鳳に、途端に龍生は満面の笑みを浮かべた。苗遠のことなど頭からすっ飛んだようだ。

「伴侶なのですね」

「まあ、そうだ」

　他に言いようはない、と頷くと嬉しそうにする。愛らしいことだ。

存在を消すかのように静かにしていた宇井が、二人のやり取りに肩を震わせるのを発見し、太鳳は脛を蹴ってやった。この世界の宇井にはまだやり直しについて説明していないからきっと「子供の頃のようだ」などと思われているに違いないのだ。

「それよりこれが麗蘭の手蹟かわかるか？」

「書き崩してはいますが、十分判別できます」

手に入れた書き付けを眺め、龍生が強く頷く。それには、木薯と風味付けのビワ種の粉は商いをしている劉家傍流の者から入手すれば仕入れ値が抑えられる、などとも書かれている。

「……狡猾なようで少し詰めが甘い人なのだな」

「ただの考えなしですね」

龍生が嫌そうに実母を評する。

まあ、言葉を選ばずに言うならば『間抜け』だとは太鳳も思う。

書き付けを燃やせと苗遠に指示するくらいならば、さっさと献立を苗遠に書写させ、持ち帰り始末すればよかったのだ。それが適わなかったのだとしても、大宴前日になるまで証拠隠滅を思いつかなかったのかと不思議になる。

ともかくこれは麗蘭を追い詰めるに足る一撃を繰り出せるものだ。肌身離さずおこう、と丁寧に畳んだところで、もう一人の面会相手が来るより先に、背後の扉が開いた。

尚舎監が「お約束があったのですね」と言いながら新たな人物を招き入れる。

そこにいたのは沈清だった。

「あらあら。太鳳ちゃんだけかと思ったら三番目もいたのねえ。アナタたち――蕾翠様ならともかく、苗遠皇妃にお目通り願うなんて、一体どんな御用があったの？」

目の届かないところでおかしな動きはするなと沈清は言外に睨みつけてくる。

表立っての諍いなどは当然ないものの、長年皇太子が決まらぬことで各皇子たちの宮はそこそこ緊張した関係にあるのだ。そんな中、第一皇子の母親に第二皇子が面会するなど、きな臭く思われても仕方がない。

そんな沈清の静かな怒気をものともせず、龍生が微笑んで立ち上がった。

「伯父上にはご機嫌麗しく――もないようですね。苗遠皇妃様とのお話については、もうおひと方との面会が済みましたらじっくりご説明申し上げます」

「もう一人？　面談は終了ではないの」

怪訝そうに眉根を寄せたところで、先触れが次の面会者の来訪を告げる。

全員がそちらを見た。

陽光溢れる廊下へ向けて開かれた扉が切り取る画角の中、金色の髪をきらきら輝かせる女が現れた。長い髪を半分結い上げ、花の髪飾りを着けている。

蕾翠は、「おや、沈清もいる」と意外そうな声を出して微笑んだ。

「……蕾翠様」

「久しいなあ。龍生も、こうして近くで見ると大きくなった。二人ともなぜ立っている？　お掛け」

挨拶もそこそこに椅子を勧められ、太鳳の両脇を固めるようにして二人は腰掛けた。蕾翠の登場で毒気を抜かれたらしい沈清は、黙って彼女が口を開くのを待っている。

「太鳳。朝言われた任命書、監が即座に認めをくれた」

蕾翠が背後に控えた侍女に眼差しで促すと、まだ台紙に貼り付けしていない剝き身の巻き紙を卓の上に広げた。書面を眺め見た沈清が「これは」と自分以外の三人を順々に眺める。

「伯父上にお話ししに行く手間が省けました。ご覧の通りこちらは、伯父上の母君である明葉様を弘徽宮付きの侍女に任命するという書状です」

「太鳳ちゃんが願い出たということ？　なぜこんなものを蕾翠様に請うてまで作る必要があるの」

「これから起こりうることを未然に防ぐため、伯父上の協力が不可欠だからです。この書類はご協力いただくための鍵なのです」

「ふうん」

興味津々で、蕾翠の方が相槌を打ってきた。沈清はじっと太鳳が続きを口にするのを待っている。

「……母上。問題なく事を終えるつもりですが、何かあった際にそちらへ累が及ぶことを望みません。いただくものだけいただいて退出するのも礼を失するとわかっているのですが、お許しいただけますか」

あくまで面会のための仮の場である。ここで麗蘭の所業や明日の段取りを明かすのはよろしくないと、太鳳は許しを請うた。

実のところ、ここへ沈清を呼び寄せられるよう手配したのは蕾翠に会わせるためだったのだ。

この世界においては沈清に話を聞く姿勢を作らせることが一番の難題だった。それを、蕾翠の存在によって強引に引き寄せた。二重に利用してしまったことになるが、この母なら許してくれるだろう。

蕾翠は「やってきたばかりなのに」と拗ねた口を利いたが、すぐに立ち上がった。

「何やらいろいろ企んでいるようだ。こういう時は黙っているのが金（きん）というもの。終わったらすべて聞かせると約束おし」

「ええ、必ず。――沈清様。恐縮ですが俺の宮へご足労願います」

「……わかったわ」

蕾翠が黙るというのに沈清が声を上げるはずもない。言いたいことを飲み込んだ顔で、沈清は広げた扇をふわりと揺らした。

2.母の情

太鳳（タイフォン）が沈清（シエンチン）と龍生（ロンシエン）を伴って帰ってきたため、侍従たちは大慌てでもてなしの用意を始めた。しかし諸々の采配は宇井（ユージン）に任せるようにと命じ、太鳳は応接の部屋ではなく私室へと二人を案内した。

「さあ、太鳳ちゃん。一体何を企んでいるのか聞かせてもらうわよ」

席に着いて早々、沈清はそう切りだした。話が早くてありがたいくらいだ。

「ええ。まずは見ていただきたいものがあります」

頷く太鳳へ、沈清の近習はいてもいいのかと龍生が目顔で問うてくるが、問題はない。

これまでのやり直しの世界で沈清は自身の近習、護衛が裏切らないことを体現していた。何しろ彼らの前で太鳳を殺したのだ。逆説的に、沈清さえ説得できれば彼らが太鳳たちの敵に回ることはないと確信できる。

龍生に安心しろと視線で応え、太鳳は苗遠（ミャオイエン）より受け取った書き付けを取り出した。三枚あるそれを、沈清はじっくりと見つめてくる。

「これは、清書前の大宴の献立のようね。見覚えのある菜単が並んでる。覚え書きかしら……」

沈清の呟きに太鳳は背筋を冷たくした。料理の内容を知っていて黙認したのならば、沈清はどの立ち位置なのか。

「大伯（おじさま）は献立をご存じだったのですか……⁉」

「主上とアタシたち高官の分だけね。苗遠皇妃から主上に献上なさった折に拝見させていただいたのだけれど――待って。この手蹟、苗遠皇妃のものではないわね……？」

「麗蘭（リーラン）皇妃のものです」

龍生の言葉に沈清は顔に険しさを表した。珍しい光景だ。

「どういうこと」

「この、皇子のための献立をご覧ください」

並べた三枚のうちの一つを押し遣ると、沈清は瞬きを忘れたかのようにそれに見入った。やがてただ一点を身じろぎもせずに見つめ、「これは」と独り言つ。

「問題点がおわかりになりますか」

「……わかるわ。木薯餅（いももち）と、風味付けに使用するとしているビワ種の粉」

驚いた。木薯餅だけではなかったのか。太鳳の顔色には気づかぬらしく沈清は続ける。

「ビワ種の粉末はまあ、茶に煎じて飲んでも毒に中る者はほぼいないから駄目押しといったところでしょうけれど……」

視線を上げた沈清は、だからといってどうするというように眉を顰めた。その眼前へと蔵書楼で借り出してきた冊子を差し出す。

「この献立を奏上したこととの何が問題なのかにつきましては、こちらで補強いたします」

「巴州（はしゅう）地誌……」

天徳二年のものと、その三年前の木薯餅の記述のあるもの。

麗蘭が大宴で犯そうとしている罪が、沈清にも想像できたようだ。だがさすがにそんな考えに至ったこと自体が恐ろしかったのか、自身の想像を論理的に下そうとする。

「いえ、でもこれは確実な結果をもたらすものではないわよね。木薯餅自体は巴州で普通に食べられているものよ。そんなにころころ人死には出ていない。地誌の事例もさほどなかったのは、調べたアナタたちならわかっているのでしょ。……あわよくば、ということなのかしら」

「いいえ。もし毒性の強い木薯が手に入り、さらに別の食材と組み合わせることによって必殺の毒となると麗蘭皇妃が知っていたらどうなると思いますか」

「使う……というの？」

引き起こされる事象について思案するように、沈清は扇を口元に当て思慮深い眼差しを卓の上に向けた。だが『なぜそうするのか』という動機の部分がわからないのだろう。苛つきを表すように、しばし扇をパチリパチリと軽く開いては閉じ始める。

「……もしかして三番目は、大宴での食事を一切しないよう指示でも受けているの？」

「残念ながら。麗蘭皇妃は私のことをもう『要らない子供』として切り捨てるおつもりのようですね」

「自分の息子諸共、すべての皇子を弑すということ？いくらあの女の頭がおかしくたって、そこまで意味のないことをするかしら」

「それについて、俺と龍生で仮説を立てました。そのうえで大伯(おじさま)にご協力いただきたいことがあるのです」

まっすぐ告げた太鳳に、沈清はもう反論はしてこなかった。

前の世界で沈清を納得せしめた説明をもう一度太鳳は真摯に語る。

皇后になりたいという麗蘭の欲。玄麒(シュエンチー)の婚約。それによる立太子内定の噂。龍生立太子の目はなくなったという誤解。麗蘭にとっての『子供』とは何か。そして、現在禁制品となっている媚薬の存在。

麗蘭の人となりを深く知るからだろう、沈清はけっして太鳳の話を妄想と片付けることはしなかった。

やがて。

「……アタシに協力させたいというのは、媚薬の入手についてなの？」

「その媚薬は、劉(リウ)家の薬商ならば皆扱えるわけではないですよね？」

「ええ。生成法は門外不出、ゆえに非常に高値を吹っかけてくるわね」

「ではその者の帳簿の徴発をお願いしたく。皇子鏖殺と皇子妊娠は麗蘭皇妃の中でひと綴りの計画でしょう。ならば近々に媚薬購入の取引があったはずです」

「……商家の者はどんな記録もつけるというものね」

ため息をついて沈清は肯った。背後に控える近習に、急ぎ薬商を呼び寄せて肌身離さず持っている帳簿を取り上げるようにと指示する。

寡黙な近習が出ていって、部屋の中は三人だけになってしまった。宇井は茶を持ってきた後はまた出ていったきりだし、青琴(セイキン)はずっといない。

「それで、アタシの母のことはいつ調べたの。蕾翠(レイツイ)様の侍女に召し上げるという任命書、あれは懐柔のための重要な書類というわけでしょ」

「私には青琴という有能な劉家傍流の近習がついておりますので」

「ああ。アタシと劉本家の確執についてはたしかに分家傍流の方が詳しいわね。――待って。その青琴の姿がずっと見えないのよね。今話したこと以外どう動いているのか、ここまで来たらすべて話しなさい」

「青琴は朝から出かけております。先方との交渉がうまく済めば、もうじきにこちらへと帰ってくることでしょう。そちらの案件も伯父上には関係ありますからしばし歓談などしていただければ」

龍生はにこりと沈清に微笑みかけ、卓の上に出した手指をゆったりと組んでみせた。

その余裕のある表情と悠然とした仕草を、沈清はじっと眺める。その視線からは、普段龍生を「三番目」「麗蘭の子(あのおんな)」と呼ぶときの憎々しさは削げ落ちていた。

「……龍生。案外と外祖父には似ていないのね」

「外祖父――母方の祖父ということは、伯父上の父君でいらっしゃいますね」

「ええ。本さえ読めればどんな状況にも流され、周囲で何が起ころうとどうでもよいという男よ。アタシはアナタもそういう人間だと思っていたから大嫌いだったけれど、案外どうして、色々と動くものね」

「私は身体の大きさもですが、性質も父帝に似ていると蕾翠様がおっしゃっていましたね。一途だと」

言いながら龍生は微笑む瞳を太鳳へと向けてきた。

胸が瞬間高鳴る。けれどすぐに、龍生とのそんな関係を見せては沈清が気分を損ねてせっかくの提携がうまくいかなくなるかもしれないと慌てて顔を背けた。

しかしちらりと窺い見ても、沈清はいつものきりきりするような気配を発することはない。その代わり、吟味するようにじっくりと二人の顔を交互に眺め見ている。

そうして、「なるほどね」と何かを呑み込んだような呟きを漏らした、その時だった。

「太鳳様。青琴が戻りましてございます」

宇井の声が扉の向こうから聞こえた。

「ああ、開けて良い。お連れになった方も一緒に」

「は」

短く返答し、宇井が扉を開ける。そこには、二人の人間がいた。

大きな包袱(ふろしき)を背負った青琴が伴った人物に、沈清は目を瞠った。

「阿母(おかあさん)!?」

本当に驚いたのだろう、小さな子のような呼びかけをして駆け寄る。

沈清の母、明葉(ミンイエ)は息子へ眼差しで頷くと、きれいに膝をついて拱手した。話に聞く、川面に落ちた木の葉のごとく環境に翻弄されるような女性とは思えない、しっかりとした目通りの挨拶と声音だった。太鳳と龍生が免礼を告げると頭を起こす。すでに暦を一回りしているはずだが、美しい人だった。

沈清は、その肩に慈しむように手をかけ立ち上がらせると、こちらを振り向いた。

「太鳳ちゃん……龍生、どういうことなの?」

「もちろん母君の保護のためにお連れしたのです。明日の朝、事を起こすのに、母君の身柄が心配では伯父上も安心できないでしょうから」

「待ち人が来たらすべて話すということだったけれど、アタシの母を待っていたわけね」

沈清を協力させるための人質などではないと理解したか、沈清が緊張した空気をふっとほどいた。

「顔も見たし、母はいったんアタシの居室へ下がらせてもらっていいかしら。それとも尚舎監に連絡して蕾翠様の宮に引き取っていただいた方がいいの?」

「これからご相談する件に巻き込むつもりはありませんので、母のもとにお送りしようかと思っています」

太鳳がそう宇井へ命じようとしたところで、青琴が

「恐れながら」と声を上げた。龍生が発言を許す。

「こちらの荷、明葉様の説明を受けながらご覧ください」

言いながら小卓の上に載せた包袱を広げると、中からは大量の冊子と紐で括った書簡が現れた。三人は明葉の私物らしいその量に驚き、控えめに微笑んで扉の前に立っている女性へ目を向けた。

「そちらはわたくしが長年書き溜めました日々のよしなし事の記録でございます。それと、主に夫とやり取りした手紙をお持ちいたしました。すべてご覧いただいて構いません。お役に立つことを願います」

商家の者は何でも記録すると先刻も話していたばかりだ。そして劉本家の第二夫人明葉は、劉家傍流の商家の出である。

もしや、と太鳳は尋ねた。

「貴方はたびたび麗蘭皇妃から贈り物を受け取っていると聞きました。石蒜（ひがんばな）や鹿花菌（しやぐまあみがさたけ）など。他に何か受け取ってはいませんか？　——たとえば、木薯餅（いももち）など」

麗蘭が明葉へ向けて嫌がらせのように、『毒はあるが処理すれば食べられるもの』を贈っていたのは前の世界の知識だ。見つめる太鳳へ、明葉はじんわりと口角を上げ、目を細めた。

「木薯餅ではなく木薯（きやつさば）が。わたくしが身を寄せる劉沙元（リウシヤユアン）に宛てて、調理法と共に贈られてまいりました。今年三月初旬の記録にございます」

差し出された詳細な記述を、三人は目を皿のようにして読み込んだ。

その内容から、もしや明葉が麗蘭に居場所を捕捉された後も沙元の家を離れずにいたのは、いつか息子である沈清の後押しとなるような証拠を得るためだったのではと思えた。


日誌と書簡についての説明を受けた後は、宇井が明葉を尚舎監のもとへと連れていった。

明葉と腹を割って話せたことで、沈清の彼女に対する認識は改まったようだ。劉一族を指標に生きていると思われた明葉が、実は沈清の立場のためにされるがままに振る舞っていたとは考えもしていなかったらしい。

「いくら息子のためとはいえ、爪を抜かれたのよアナタ」

痛ましい記憶を浮かべているのか顔を歪めて言い募る沈清へ、明葉は何ということもないように、

「お前が痛いわけではないからいいかと思ったのですよ。それにわたくしはどうも我慢の閾値が高いようだから」

と微笑んでいた。何も言えずにいる沈清が太鳳の目には珍しく、しばし口元をむずむずさせながら見守ってしまった。少なくとも、実の母親のことを「もう大事かどうかもわからない」と評していた沈清は、この世界にはいなくなったのだと思うと喜ばしい気分だった。

明葉のもたらした情報に触れ、龍生は再び青琴を使いに出した。明日の大宴には間に合わないかもしれないが、その証拠の保全に向かったというだけで麗蘭を抑える一助になるはずだ。

母親がいると調子が狂うらしい沈清は、母が退出したせいで本調子に戻ったらしい。

「明日の大宴、場を整えるわ。いきなり奏上したいなどと言っても礼部がうるさいでしょう」

「麗蘭皇妃が騒ぐ可能性もあります」

何の根回しもない中、料理に毒が入っていると告発しようとして潰された世界を思い出す。

「ああ、あの女は騒ぐわね。鳥よりなおうるさいなんてどういう喉をしているのかしら。ともかく、アナタたちは一番良い紅の衣と見栄えする冠でいらっしゃい。見た目のはったりというのは重要よ」

つけつけと沈清が指示するうち、薬商に連絡を付けに出ていた沈清の近習が戻ってきた。商人へは今日の初更前には参上するよう言い付けたらしい。

「帳簿は入手次第こちらへ届けさせるわ」

麗蘭追及の場は整えるが自分が口火を切ることはないと沈清は言う。

「あとはそうね、沙元を呼び出して証人として裏に配させておくわ。使うも使わないも任せる。まあ機を見て麗蘭にもすり寄るようなどっちつかずの男だからいまいち信憑性のある証言は取れないかもしれないけれどね」

じゃあね、と沈清は立ち上がった。

「この件、アナタたちに感謝するわ。もしも皇子たち

が死んでしまった後ではアタシはきっと身動き取れない。いずれ木薯餅が供されていた事実に気づいて真相を把握するのでしょうけれど、母を蕾翠様の庇護下に置くなんてこと考えつかない。だから大嫌いなあの麗蘭(クソおんな)の犯罪だと明かすことができずに日々過ごす羽目になる。――考えただけで恐ろしいわ」

「……ありがとうございます」

まったくやり直しについて知らない沈清に評価され、不覚にも目頭にツンと痛いものが来る。涙が滲むのだけはごめんだと我慢して、去ってゆく沈清を見送った。

部屋に、龍生と二人きりとなった。先程までの緊張が続いているから甘い気持ちはそうは湧いてこないけれど、事情を知る者同士としての気安さはある。

「伯父上とここまでまともに話せるようになるとは思いませんでした。意味もなく疎まれているものと考えていましたが、まさか外祖父(おじいさま)に似た容貌だったからとは」

「ああ、父君との間に確執を抱えているとは聞いていたが、そこまでとは知らなかった。まあ龍生の性質がまったく違うとわかったようだし今後も態度を改めてくださるのではないか」

「それだとありがたく思います。――母君と父君が文のやり取りをしていたことには驚いていらっしゃいましたね」

「そちらに対してもやや気持ちが軟化しそうでよかったな」

「ええ」

自分たちには関係のないことばかりをぽつりぽつりと語ってしまう。

本当ならばこの証拠たちをどのような順で晒していくかの相談をしなくてはならないとわかっているのだが、場に二人という状況にそわつく気持ちと、そんな想いに気を取られている場合ではないという気持ちがせめいでいるせいだ。

ぽつぽつと今日の出来事への所感を述べ合ううち、宇井が戻ってきてくれた。

ようやく据わりがよくなって、三人は明日の流れの確認作業へ入ることができた。

3.罪咎を論ず

紅の衣を、まさかこんなにも晴れがましい気持ちで着ることになるとは思わなかった。

普段の夏の大宴では常に衣が嫌だ、妓郎のように言われるだけだと、陰鬱な気持ちでぐちぐち宇井に文句を言っていたものだ。

二十歳の祝いに父帝からは四季それぞれの色の衣を賜った。どれにも太鳳の名にちなみ、鳳凰の刺繍が入っている。夏の衣は赤地に金糸の鳳凰という派手すぎる柄だが、今日のこの場にはふさわしかろう。

前を行く宇井について、東の宮を出る。広々とした園林の白洲に設けられた席には官吏たちが並ぶ。やり直す世界の中で、自分を妓郎と間違えた官吏に微笑みかけて出鼻をくじいてやっていたが、今回はしない。言いたければ言えばいいのだという気持ちだ。

しかし、橋回廊間近のその席を通り過ぎても、「なぜ胡人がこんなところに」という声は聞こえなかった。代わりに、「第二皇子の太鳳様だ」「威風堂々たるお姿ですね」などという賛辞が流れてくる。

最初の世界と今の自分、何が変わっただろう。


外見的に変わったものといえば衣服くらいだが、実のところ自身の心持ちがまったく違う。もしかしたらそれが姿勢に現れているのかもしれない。

やるべきことがあり、それを遂げるための同志がいる。背筋がまっすぐに伸びて瞳に入ってくる光が眩い。

陽貞湖に見立てた池にかかる橋回廊の右手には東の台。すでに龍生が席に着いている。

——今度こそ、誰も死なせない。

幸せになるために命を使い続けてきたのはこの時のためなのだから。

席に着き、一瞬だけ龍生と目を見交わす。それだけで心強い。

すぐに玄麒が着席し、父帝が現れた。全員が拱手で迎え、万歳を唱える。

礼部尚書が式次第通り、天帝に舞を捧ぐために舞媛たちを舞台に上げる。夏の大宴らしく明るく、時に切ない音曲と、ひらひらと舞う領巾。これが終われば、父帝が祝宴の開始を宣言するより前に自分と龍生が呼ばれる手筈だ。

気が落ち着くよう、ゆっくりと呼吸しながら、そのときを待つ。

以前の世界での告発の失敗が脳裏をよぎるも、あの時とはまったく違うのだと自分に言い聞かせる。じわじわと胸に熱が満ちてゆく。

やがて、最後の一音の余韻を残して舞は終わった。

父帝が彼女らに褒章を与え、そして。

「第二皇子太鳳様。第三皇子龍生様。北の台（うてな）へ」

式進行を務める礼部尚書が、父帝の御前に侍るようにと二人の名を告げた。

とうとう来た。

龍生と頷き合い、太鳳を先頭に橋回廊を行く。あくまで二人が呼ばれたので宇井と青琴（セイキン）は連れてゆけぬため、証拠となる冊子、書状は太鳳が抱える。

西の台（うてな）の様子が見えるが、麗蘭（リーラン）は動かなかった。動けないのだ。勝手に太鳳が声を上げたのではなく、祝宴を取り仕切る礼部の者が呼んだ以上、異議を差し挟むことはできない。

本来皇子は立ち入ることができない北の台（うてな）は、他の台（うてな）と違って広い正方形をしている。ひときわ高い北の台座に皇帝が座し、その脇には青琴の父である御門舎人。その手前には左右に二つずつ席が設けられ、それぞれに太師、中書令（ちゅうしょれい）沈清（シエンチン）、尚書令、門下侍中という政治中枢にいる高官が並んでいる。

「さて。祝宴が始まるよりも先に奏上したきことがあるとだけ聞いているのだが」

意外にも父帝が口火を切った。

どちらが語るのだ、というように太鳳と龍生を眺めてくる。跪礼拱手して、太鳳が応じた。

「まずは私ども東の台（うてな）への大宴の供食を差し止めていただきたく」

「いいだろう。公苑（ゴンユアン）」

礼部尚書の名を呼ぶと彼は一礼し、速やかにそれを為す。ではその理由を聞こうかとばかりに父帝は見下ろしてきた。

普段は案外と気のいい、話のわかる父であるだけに威厳を全身に漲（みなぎ）らせた『皇帝』としての姿には気圧される。これが一国を率いることのできる人間の覇気なのだと、今更ながらに理解する。

たぶん理解できたのは、やり直しの日々の中、自身の運命を握ることすら恐ろしいものなのだと気づきを得られたからだ。

——臆している場合ではない。

何のためにここまで、幾度も幾度も兄弟たちを見殺しにしてきたのか。

「恐れながら、まずはこちら、巴州 尭永五年の地誌、天徳二年の地誌をご高覧いただきたく存じます。内容については拙いながらも私が要約いたします」

差し出した二冊の冊子を、礼部尚書が受け取りに来るので渡す。

付箋を挟んだ場所を父帝が開くのを確認してから、太鳳は調査した木薯餅と毒死の関連について説明した。

その言葉が終わるや否や、麗蘭のキンキンとした声が響いた。

「なんてことでございますの。夏の大宴、朱雀帝の祝福を賜ろうという儀なのにそのような不穏な奏上をするなんて。主上、お聞きになる必要はないのではございませんこと」

桟敷席の官吏たちにも麗蘭の声はよく響いたらしく、ざわめきが広がってゆく。北面して太鳳が語ったため、よく聞こえずにざわついている者もいるようだ。父帝は、立ち上がり、臣たちにも聞こえるよう語ってよいと許しを出した。

太鳳と龍生は言葉通りにもう一度説明をする。廷臣たちのざわめきは、それがどのような奏上に発展してゆくのかの好奇心へと移行したようだ。父帝が手を翳すとぴたりと雑談がやんだ。

「たしかに不穏当な事柄ではありますが、この件を今紐解くことでさらなる不穏、不敬、不幸を妨げられるのです」

龍生が強く宣言する。歯噛みが聞こえてきそうな強い瞳で、西の台の麗蘭が睨んできている。きっとまた『要らない子』などと考えているのに違いない。

「次に、こちらが今回の大宴にて皇子に供される献立の写しでございます。——地誌において、食した者が死んだ木薯餅があるのがおわかりいただけるかと」

「木薯餅自体は南方の州では珍しくない菜単だと思ったが」

礼部尚書の公苑伝手に献立の写しを受け取った父帝は、どこか楽しげな目でこちらを眺めてくる。

「はい。ただ、大宴にて供される菜単の一つとしてはやや見劣りするものでもございます」

「ふむ。では今回の采配をした苗遠（ミャオイエン）が何かしらの害意をもって木薯餅を紛れ込ませたというのかな？」

「それに関しまして、苗遠皇妃様からこの書き付けをお預かりしております」

　三つ目の証拠の品を公苑が橋渡しする。

「清書というにはやや雑だな。覚え書き、といったところか」

「そちらの手蹟、実は苗遠皇妃のものではございません。これは二皇妃のお許しがあるのでこの場で申し上げてしまうのですが、実は苗遠様はこのたびの大宴にて主上の献立しか采配できなかったそうなのです」

「おや。こちらの食材や調理法を随分と研究したようだと思っていたのだが、さすがに大変であったのかな。それで他の人間を頼った――という証か、この書き付けは」

「はい。その人物は、懊悩（おうのう）なさる苗遠皇妃に近づき、親切ごかしに献立の采配を申し出たのです。自身の目的を達成するために」

「その人物が誰かは？」

　皇帝の顔をして父帝が尋ねてくる。「わかっております」と頷き、東の台（うてな）、南の桟敷、そして西の台（うてな）を見巡らして太鳳はその名を告げた。

「第三皇妃麗蘭様です」

「嘘よ!!」

　反射的にだろう、叫んだ後で麗蘭はうろたえた様子で「違う、違う、あたくしではない」と訴えている。目の前で麗蘭が献立を認（したた）めるのを見ていた苗遠がいるのになんという悪あがきであろう。

「嘘と申されましても。多少雑ではございますが、手蹟を見れば貴方のものだということは明らかですが」

　龍生が冷たく言い放つ。すると太鳳に対してよりももっと憎悪を込めた目で、麗蘭は実の息子を睨みつけた。ぶつぶつと何か口の中で呟いているようだったが、大きく息を吸い、吐き、やや落ち着いた様子で反論をしてきた。

「あたくしの手蹟を誰かが真似したのでございますわ」

「真似とは？　苗遠皇妃様が謀ったとでもおっしゃられる？」

「さあ？　でもあたくしは書いておりません」

きっぱりと言い放つ。

麗蘭は見た目だけなら婀やかな、成人女性にしては線が細い女だ。彼女の性質を知らずこの場面だけを見れば、太鳳と龍生が麗蘭を陥れようと画策しているようにも思われるかもしれない。事実、新たに任官された地方官吏たちの中には麗蘭を憐れむ様子を見せている者もいる。

だが、と太鳳が声を上げようとしたところで、書き付けをしみじみと眺めていた父帝が呟いた。

「書き付けによると、木薯とビワ種の粉は劉家傍流の商家から手に入れよ、とひどく具体的に書かれているが」

「……劉家ゆかりの者でしたら、我が腹違いの兄とて使えるのではございませんか、主上」

沈清を職位でなく「兄」、しかも「腹違い」と付け加えるところに麗蘭の毒を感じる。

しかし沈清はそんな挑発には乗らぬとばかりにすました顔だ。どうも話がまとまらないと思ったか、父帝は思案顔になった。

「麗蘭の訴えとその他の者たちの訴えがどうもすれ違っているな。――麗蘭、この書き付けは他者が偽造したというのがそなたの言い分だ。翻って苗遠は、この書き付けを麗蘭が描いたものとして太鳳、龍生の二名に差し出した。この二名は地誌記載の例を知っていたため何かしらの悪意があるのではないかと奏上した、ということになる」

「こう申し上げてはなんでございますが、その書き付けをあたくしが書いたものとしているのは苗遠様でございましょう。そちらに詳しくお聞きになるべきでございますわ」

「麗蘭妹妹……」

小さく苗遠が失望したような呟きを漏らす。東の台では、玄麒とその近習が険しい顔で麗蘭を見ている。膠着しているな、と父帝はため息をつき、西の台を見遣った。

「麗蘭三皇妃の侍女よ。皇妃の硯台盒は持参していよう。適当に何か書き付け、こちらへ持て」

硯台盒は小さな墨壺と筆をひとまとめにしたものだ。近しく侍る側近は主のそれを常に帯びている。

不思議な言い付けに、侍女は麗蘭の機嫌を窺うようにしながらも、皇帝直接の指示のため承った。手蹟を確認するわけでもなさそうで、その意図がわからないがゆえか、麗蘭も横やりを入れられず黙っている。

侍女は急ぎ懐紙に何やら書き付けると、西の台に参じた公苑へとそれを渡した。

ふと太鳳が見ると、事態に怯える祥花を抱き寄せている蕾翠が、なぜだか微かな苦笑を隠すように俯いていた。他の皇妃たちは何が起こるのかと目を皿のようにしている。

公苑から侍女による書き付けを渡されると、父帝はおもむろに、献上された二枚の用紙それぞれに鼻を寄せた。いや、寄せるというより紙に鼻を密着させている。

――そういえば、墨の匂いで産地がわかると言っていたな……。

蕾翠はその特技を知っているから苦笑で見守っているのだ。

「ふむ」

ひとしきり嗅ぎ終えると、父帝は満足そうに笑った。

「良き墨だ。陳幐かな。最近のものではない……二十年近く前に嗅いだ香りだな。同じ墨を使う者は現在の皇宮内にはいない」

墨匠の名を挙げ、さらには制作時期まで言い当てる。

そして朗らかに、

「献立の書き付けも、たった今侍女に書かせたものも同じ墨。手蹟と墨が同じならば、苗遠が提出したという書き付けは、麗蘭の手によると断じてよいだろう」

と宣言した。

しかしそれでも麗蘭は食らいつく。

「お……お待ちくださいませ主上。この侍女があたくしを裏切っている可能性だってございますわ。あたくしを罠にかけるために献立の書き付けを記した者が、同じ墨をあたくしの硯台盒に入れたのです。主上の特技を知っている何者かがわざと珍しい墨を使い特定させ……」

「待て待て。二十年前にもこの墨を嗅いだと言ったろう。三皇妃、お前の手紙から香ったのと同じものだぞ。墨というのは生き物でな、同じ墨匠が作ったものでも時期によって香りは微妙に異なるものだ。そしてこの香りはお前が二十年前から使っているもの。墨は大体まとめ買いするものだからな。長年同じものを使ってきたのだろう」

麗蘭は言葉を失ったようだ。どうにか言いくるめるつもりだったようだが、まさか二十年も前の墨の香りまで覚えていて、同定されてしまうとは思いもよらなかったのだろう。

　これで話を先に進められる、と思った矢先、蕾翠がこちらを眺めて鼻をちょいちょいと撫でる仕草をした。その視線の先を追えば、父帝のその鼻に黒々と墨がこすれている。侍女が書き付けたばかりの紙にも鼻をくっつけていたからだろう。同じく気づいた沈清が近習に何事か語りかけ、父帝の鼻を拭わせてくれた。

　顔をきれいに拭った父帝は、自分の出番は終わりとばかりに口をつぐみ、太鳳と龍生に対して目顔で先を促してくる。二人は頷き合い、龍生が後を引き継いだ。

「――ここに、献立の采配が実は麗蘭皇妃によるものと判明しました。しかし地誌の記載にある木薯餅による毒死は事例数があまりに少ない。この献立によって皇子を害する気が真実あったのか、ということが問題になると存じますが」

　ひと呼吸置いた龍生を、麗蘭が俄かに希望の眼差しで見つめてきた。だが、話というものは最後まで聞くべきだ。

　龍生はとある冊子を取り出した。

「こちらは先日、第一皇妃蕾翠様の宮に侍女として入った方の私物です。この女性は劉沙元という者のもとに身を寄せていらっしゃいました。高貴な身分であるはずが、沙元の家では下働きのような扱いを受けていらした。ただ日々の出来事を記すのを楽しみとしておられ、この春の出来事を書き付けていらっしゃいます」

「ほう？　蕾翠の侍女になれる身分の者が下働き？」

「はい。この方は明葉様とおっしゃって劉本家の第二夫人、中書令沈清様の母君でございます」

　麗蘭よりも、廷臣の方がざわめいた。劉家自体は現在さほど振るわないものの、沈清は国政の中枢にある。しかも劉一族のみを贔屓しないため他家からの信望も得ている。このような人物の母、しかも妾ではなく正式に娶られた第二夫人ならば相応の礼を以て遇されるべきなのに、下働き扱いはよろしくない。

「さて、この春、沙元のもとには木薯が届きました。『後宮におわす高貴の方より、木薯餅の新しい調理法があるので試作するよう仰せつかる。二十歳前後の青年に試食させよと命ぜらるる。調理法に如何ばかりかの疑問があったため、夫君へ質問状を送る』……高貴の方とは後々書き添えられていますが麗蘭皇妃のこと、夫君というのは劉本家にいる彼女の夫のことです。夫君からの返事が届く前に試作をせねばならなかったため、命じられた通り木薯をすりおろし、水に晒すなどの通常の工程を経ずにカタクリでまとめ蒸し上げたとのこと。――今回の大宴にてこの調理法を採用したのか、厨人を呼び尋ねてもよろしいでしょうか」

龍生の申請に、速やかに大宴の料理を担当した尚食監がやってくる。質問に対し、尚食監は是と答えた。食材の入手に関しても調理法に関しても指示があったので珍しいと思ったらしい。

「この調理法で何か気づくことはないか」

「は。少々苦味が強く出すぎるのではと危惧いたしました。ただご指示には従うべきかと考えましたのと、夏の大宴ですのでわざと苦味を増しているのかと考慮した次第でございます」

「当然味見はしたのだろう?」

「試作の際にその場にいた厨人どもで一口ずついたしました。実際、少々苦さが喉につきました」

「体調不良を起こした者はいなかっただろうか」

「いえ、いなかったかと……、あ。おりました。直後ではなかったのでその試食のせいとは限りませんが、めまいと頭痛を覚え、数日休みを取った者が一人」

「ありがとう」

尚食監に礼を言い、龍生は向き直った。

「大宴には、この日誌通りの調理法で作った木薯餅が供される予定でした。――一つ用意してもらおうか」

振り向くと、その場に残っていた尚食監は命を受け場を辞した。

「龍生よ。その、試食をした青年たちはどうなったのか」

「はい、主上。その者たちはすべてもうこの世にはいないとのことです」

ざわざわと皆がどよめいた。

「ここで、彼女が夫君に出した質問に返事が参ります。『すりおろしを水に晒さぬのはよくない。特に今年の木薯は苦味が強く、毒抜きをしっかりと行うのを勧める。こちらではいくつかの死亡事例が出ている。さすがに事誌に載るだろう。毒抜きの十分でない木薯、ビワ種粉の煎じ茶。これらと共にどうも果実酢などを摂るのがよくない。胡人の医者が解剖をするというので記録者として同席したところ、胃の腑の中で毒が生じるとのことだった。発生した毒は粘膜の糜爛を起こすようだ。さらにこの毒が呼気に混じり窒息するのが直接の死の原因と目算が付いた。青い木の実の香りが目印となる。吸い込むと二次被害があるので気を付けるよう』」

「その木薯というのは、生育年によって毒性の強弱があるということかな。……なるほど、大宴の献立の最初には梅の果実酢の記載がある」

　献立表の写しを眺める父帝も、それを回されて記述を確かめる北の台の人々も、存外平常の顔をしている。話を聞いているだけで青くなっている礼部尚書が憐れなくらいだ。常人の感覚ではない、もしくはまったく外に表さない者こそが北の台に侍るに足るということなのだろうか。

「普段は聞いたことに短い返事をくれる程度の御夫君らしいのですが、この一件に関してはかなり饒舌な手紙をくださったとのことで、続きがあります。——『つい先般、麗蘭からも木薯の毒性について尋ねられたが、王都では木薯餅が流行しているのだろうか。もしそうならば症例を詳しく文章に起こし知らせてほしい』」

　龍生が読み終えると、場は沈黙に包まれた。

　そんな中、沈清がようやく声を上げる。

「確認事項が多岐にわたり煩雑にはなったけれど、これって要は皇子に供される食事に毒を盛って鏖殺を企んだという証明よね」

「その通りです、中書令様」

「ならばさっさと捕縛するべきではなくって？　主上、刑部に許可を」

「そうだな。ここまで出揃ったならばまずは捕縛してから話を聞こうか」

　つい、と父帝が首を振ると、どこからか軽兵装の刑部の者が現れ、西の台へと向かった。いきなりの展開に、麗蘭だけでなく第四皇妃も怯えて震えている。蕾翠と苗遠は気丈なのかおっとりしているのか、何ということもないという顔でその様子を眺めている。

「嘘！　そんな手紙嘘ですわ！」

　刑部二人に両脇を固められ、両手の親指に錠を嵌められた麗蘭が叫ぶ。

「あの女が本家を逃げ出してもう何年経つとお思い？　父が文などやり取りするわけがないわ」

「そうはおっしゃられましても。夫婦の同居について御夫君は拘泥しないようですね。むしろ『手紙ならば文字が読めて嬉しい』と、この書簡束の中の一通には書いてありました」

「っ……」

　あの書痴、と小さく毒づくのが聞こえる。

「……もっとおかしいことがございますわ。あたくしと確執のある第二夫人がいる家に、わざわざその毒の木薯とやらを送る意味は？　もしあたくしだったら、こんな記録されるような馬鹿な真似いたしません」

「結果的に記録されていたことを知った今だから言える言い逃れですね。当時の貴方が明葉様が日誌を付けていることを知らなければ、その馬鹿な真似をなさっても変ではないでしょう。それにたびたび貴方は明葉様に毒のある食品を送りつけている。『此度の木薯餅の一件も、いつでもお前に死毒を盛ることができる、という警告ならん』と明葉様の日誌には所感があります。――沙元のもとに木薯を送ったのは、一つは事前の毒実験のため。一つは明葉様への嫌がらせ。あと一つは、貴方のもとに毒実験を唯々として受ける者が沙元の他にいなかったため。このような理由ではありませんか？」

　常に感情的に人を振り回す麗蘭は、皇妃の座にありながら驚くほど人望がない。だからこそ、本来実験を任せるのには不適当な沙元のもとに木薯を送らざるをえなかったのだろう。まあ、明葉の身近に人死にを出して怯えさせよう、という歪んだ愉楽のためもあったのは否めまい。

　ちなみに朝のうちに秘密裏に登城した沙元に聴き取りを行ったところ、率先して沈清の側に付き明葉を匿ったことを責められ、脅迫され、徐々に皇妃の要望を受け入れるようになっていったと後悔していた。

　どう言い抗っても不利と見て取ったか、麗蘭は目を剝いて叫んだ。

「とにかく……嘘なのです、すべて嘘よ。あたくしが？　父に？　毒について尋ねたなどと、そんなことするわけないではございませんの。あたくしを陥れようとする罠です！　その書簡だって偽物よ！」

「ええ。この書簡に記されたことが真実かはこの場ではわかりません。ですから——使いを出しました」

青琴のことだ。彼は昨日、明葉を太鳳の宮に連れてきたその足で、今度は劉本家のある巴州へと向かった。

「……使い？　誰に」

「もちろん、私の外祖父。麗蘭皇妃、貴方の父君にです。麗蘭皇妃との書簡をすべて提出するように、と」

麗蘭が目を見開いた。

もうこれ以上の言い逃れはできるまい。太鳳からはそう見えたが、麗蘭はここで引くわけにはいかぬのだろう。

「今ここにないものを証拠のように言われてもあたくしにはどうしようもないわ。そうやって悪い印象ばかりをまき散らす算段なの？　でも皆にもよく考えていただきたいわ！　毒の菜単など献立に入れたら皇子鏖殺企図ということになりますわよね。そんなことをすれば龍生も死ぬではないの。我が子を殺す親などいるかしら⁉」

切り札のように告げられた言葉。

龍生がうっすらと笑み、その表情に太鳳は胸を痛める。

この期に及んでも麗蘭にとって龍生は、自分を助ける道具でしかない。それを龍生が理解し、受容していることが切ない。

「そう。それが、貴方が罪を逃れるための最もよい方便ですよね。——主上。しばし御前を失礼いたします」

拱手で挨拶する龍生に父帝が頷く。龍生は、折良く尚食監が持ってきた木薯餅の器を手に、西の台(うてな)へと足を向けた。

「麗蘭様。こちらを」

「……木薯、餅」

臆躁的(ヒステリック)な声を鎮め、麗蘭が龍生を見上げている。皆、固唾を呑んでこの母子を見守っている。

「貴方は何の他意もなくこの木薯餅を大宴の献立に入れた、それだけのこととおっしゃる。毒ではないかというのは我らの言いがかりだと、そうおっしゃっているわけです。ならばこちらをお召し上がりください。そうすれば、ご自身の身を以て無実が証明できましょう」

「……貴方たちの言い分だと、これは毒なのでしょ。それを食べさせるということは、死ねということかしら。母に向かって？　こんな場で人に恥を晒させて、さらに死ねとまで。なんて子なの……本当に、本当に要らない子……！」

「……！」

　思わず詰る声を上げかけ、太鳳は息を呑んだ。わざわざ龍生がああして出向いたのは、諸々の雑言を引き出すためなのだから、太鳳が激昂して口を挟むのはよくない。

　それでも唇を噛んで耐える太鳳へ、一瞬龍生が眼差しを送ってくる。少し笑みを含んだそれに、いかり気味になった肩が下がる。

　太鳳へ向けたものとはまた違う笑顔で、龍生が麗蘭に向き直った。どこかやさしささえ感じる声音で告げる。

「もちろん召し上がらなくて結構ですよ。食べたくない、と貴方がおっしゃることが重要だったのですから」

「……どういうこと」

「自分は食べるつもりがない。それは、毒ではないと口では言いながら、毒だと確信しているからでしょう？　けれどそれでも無実だと貴方が言い張るなら、私がこれを食せばいいだけです」

　言って、龍生はつるりと、その木薯餅を喰らった。

声にもならないような悲鳴を上げたのか、麗蘭がそれはそれは大きく口を開け、恐ろしい形相になった。そして叫ぶ。

「あ……貴方だけ死んだって意味がないのよ！」

　毒物と思しきものを実子が口にした。それに対する言葉ではない、と皆が思ったのだろう。「意味がない？」「結局あれは死毒ということか？」そんなざわめきの広がるのが太鳳にまで聞こえる。

　蟬噪の中、龍生は静かに口を開いた。

「ええ。私だけがこの毒で死ねば、貴方の悪意は衆目の下に晒され、しかも私の兄弟たちは皆無事ということになります。私を含む皇子すべてを殺害できなければ、貴方の計画は頓挫しますからね。――でも残念ながら死にはしません。これは、平常の調理法で作った木薯餅です。毒抜きされているので苦味もありませんし」

「え……」

「息子を殺すような計画など立てるはずがない、と貴方はおっしゃいましたね。普通ならそうなのでしょう。けれど、恥を忍んで告白させていただければ、私は『要らない子』なのですから。つい先刻も口になさいましたよね」

「……。……言ったわ」

だんまりを決め込もうとしたらしい麗蘭の指錠を、刑部の者がぐいと引く。その痛みに促されてか、麗蘭はいやいや自身の発言を認めた。

「他にも、後宮の面会の場を取り仕切る尚舎監ならば、壁越しに聞いているかもしれません――『貴方など要らない』『新しい子を産みたい』『そうすれば皇后にもなれようというもの』。恥ずかしながら、そんな言葉を何度となく投げかけられました。ただここで問題とすべきは私への言葉ではありません。『新しい子』が皇太子となり、自身を皇后に引き上げてくれるという夢を、この女性は持ち続けているところにあります」

すう、と龍生は息を吸い込んだ。

「毒による皇子鏖殺未遂は、劉麗蘭による企みとここに奏上いたします」

どよめきが園林全体を包んだ。

刑部の者が麗蘭を引き、西の台(うてな)を去ろうとする、が、往生際悪く麗蘭は言い立てる。

「あ……新しい子など、おいそれと産めるはずがないわ。どうせ皇子が皆死んだって、子ができるのは四皇妃のうちそこの『毒の巫女姫』だけでしょう。そんな計画をあたくしが立てたというの」

「おやおや。妾はもう四十の坂を超えた。さすがに子を産む能力も気力もないのだが」

「それをいうならあたくしだって、主上の、……主上の寵愛がないわ！　体面を保つためにお渡りくださっても同衾(どうきん)などなさらないのだから、子などできようはずがない」

赤裸々すぎる物言いに困った顔になった蕾翠は龍生を見た。龍生がため息をついて太鳳を見てくる。麗蘭の罪が明らかになったならば触れずにいようと相談していたことなのに、麗蘭本人が藪をつついてきた。

　仕方なく太鳳は、昨夜沈清から受け取ったものを手に麗蘭へと問いを向けた。

「黒麦角、白麦角という媚薬をご存じですか、麗蘭皇妃」

「……知らないわ」

「いいえ、ご存じのはず。特に黒麦角は摂取した者の陽の気を高め、陰を求めさせます。その際に強い幻覚が現れる。相対する者が心に想う人の姿に見えるという幻覚です。これは、現在王都には持ち込みできない禁制の品。扱う薬商が一つのみなのでそこを押さえれば商品の流れはわかります」

　太鳳は、疲労からか表情を失くした公苑に、分厚い帳簿を二冊渡す。一冊は直近の三月に麗蘭が迂闊にも自身の名で黒麦角を購入した履歴があるもの。もう一冊は参考資料的なもので、龍生が生まれる一年ほど前の購入履歴が記されたものだ。沈清に渡された時は、龍生も太鳳も見たくない暗部を覗き見た気になって大変精神が摩耗した。

「麗蘭の名があるな。価格がとんでもない」

　玉座にある者として許されるギリギリだろうか、というくらいに嫌そうな顔を、父帝がしている。王都禁制の品とするくらいだから、心底嫌悪すべき記憶となっているのだろう。

　対して麗蘭は、明かさなくとも良かったはずの秘密まで衆目に晒す羽目になった。

　一国の皇妃が、その伴侶たる皇帝を媚薬を使って惑わすなどあらゆる意味で恥ずべきだろう。

　刑部の者に引き立てられ、とうとう西の台を去ろうという頃、ぽつりと麗蘭は呟いた。

「やっぱり、どうでもいい生まれの子は要らない子だったわ」

　龍生に聞こえればいいとでも思っているのだろう、太鳳には途切れ途切れにしか聞こえない。刑部の者の歩みが止まる。

「思えば劉の老人たちが無理やりあたくしを後宮に押し込めたのだもの。あの沈清が、劉の者を重用しなかったせいであたくしがとばっちりを受けたのだわ。それでも、主上は素敵な方で、物語のような甘い生活を夢見られた。いくら蕾翠様が寵姫といえどあたくしの方が十も若いのだもの。けれど主上はおやさしかったけれどあくまで主上として。愛の言葉などいただいたことはなかった」

「まあ……」

　意外にも声を上げたのは、西の台（うてな）の端の席に座す第四皇妃だった。

「かわいらしい方。皇妃など契約でしかないのに、情を通わせたかったのですね……」

　文脈が高度すぎて、太鳳には同情しているのか煽っているのかよくわからない。しかし麗蘭は激昂した。

「そうよ！　情を通わせたかったしもっと愛されているという実感が欲しかった！　媚薬だって使うわ！　そうしたら主上はあたくしを見てくださるかもしれない、夢中になって下さるかもしれない、そう思ったの！　なのに」

　ひと息に吐き出したものを手繰り寄せるかのように麗蘭は息を吸い、低く呟いた。

「なのに、主上はあたくしの名など一度も呼ばなかった。……それで、どうしたら授かったのがあたくしの子だと思えて？　産まれた時から要らない子なのよ。だから捨てたのに劉の老人たちがまたうるさく勧めるから後宮に戻る羽目になって。でもやっぱり『それ』は息子になど思えなかった。だってあたくしが愛されて産んだ子ではないのだもの。挙げ句こんなふうに母親を断罪するような子……要らないとわかった時点で殺」

「貴方が」

　太鳳は声を上げた。たとえ龍生が麗蘭にひと欠片の情も残していないと口にしようとも、それでも、麗蘭の言葉を最後まで龍生に聞かせたくはなかった。

「貴方が要らないという子は、俺がもうずっと昔に貰い受けております。龍生は俺の幸福に必要不可欠な人間ですから要らないなどという人の気持ちはまったくわかりませんが――龍生を産んでくださり、それだけは本当にありがとう存じます、麗蘭皇妃」

　深く頭を下げた太鳳へ投げつけられる言葉は何もなかった。

　憤っていた心は、謝意を表すために頭を垂れているうちに消えていった。残ったのは真実、龍生をこの世界に存在させてくれたという有り難みだけだ。

そうして、ゆっくりと身を起こした太鳳が目にしたのは、橋回廊を渡り終えようとする麗蘭の後ろ姿だった。

終わったのだろうか。

あまりに何度もやり直してきたため実感がない。

呆然と立ち尽くすばかりの太鳳の視界の中、西の台で苗遠に呼び止められながらも軽い挨拶で済ませた龍生が、晴々した顔で橋回廊を渡ってくる。

目を上げれば、初夏の抜けるような空が目を眩ませる。

廷臣たちはどのような反応をしていいのかわからないのだろう、桟敷の方は未だどよどよとざわめいている。

龍生が北の台に至り、太鳳の手を取った。

「哥哥。終わりましたよ」

「……本当に？」

「ええ、本当に」

「これでもう、やり直すことはないのか？」

「その必要がございません。ご覧ください」

龍生は、太鳳の片手を握ったまま後ろを振り返らせた。

東の台。

そこには宇井と青琴と、そして欠けることなく兄弟たちが存在していた。

三人とも事のあまりの成り行きに驚いてはいるようだが、この告発によって何がなされたかを理解しているのだろう玄麒の近習は、敬うようにこちらに一礼をした。目の奥がツンと痛くなる。

「さて」

父帝が朗と通る声で言葉を発した。

「朱雀帝に寿ぎを賜る祝宴前にこのような件が発覚し不穏に思う者もいるだろう。しかし二人の働きによって皇子たちに何も危なげなことがなかったのはむしろ非常に喜ばしいではないか」

父帝がそれぞれの席を見渡し両手を天へ向けた。

ほぼ同時にすべての人々が立ち上がり、万歳万歳万々歳と褒め称える。

――よかった。

肩の力が抜け、自然と顔に笑みが浮かぶ。

本当に、よかった。

手負いの獣を嬲るかのように幾度も抗う麗蘭を追い詰めるのは、少々気が悪くもなった。けれど、それがこの大団円に至る道のりなのならば、受け止めなければならないものだったのだろう。

北の台の片隅に佇む太鳳たちをよそに、万歳の声を治めて父帝が口を開く。

「先程龍生が試食して見せたように、皇子に供されるものは無論毒が抜いてある。とはいえ気持ちよく食せないだろうことも予見できる。よって皇子たちには本日、私と同じ食事を用意した。気兼ねなく食すよう」

父帝の気遣いに、兄弟たちが立ち上がり拱手する。太鳳たちも感謝を示し、そしてようやく東の台へと戻ることとなった。

父帝は、悪い男ではない。少々一途な面があるが、それは皇帝としては玉の瑕なれども一人の男としては実に結構な性質である。それに何だかんだとやさしくもあるのだ。

だからあんな媚薬を使われるまでは父帝とて、皇妃に対する情くらいは麗蘭に傾けていたはずだ。自らその幸せを手放したのだと、今からでも麗蘭が考えられるならばいいのだが。なにしろ普通は世界をやり直すことなどできない。気づいた時に修正するより他ない。

そう考えると、世界のやり直しができた自分は恵まれていた。

ふと、どうして自分はいつもあの大宴前日の朝、龍生に引き止められるところへ戻っていたのだろうと考え、太鳳は微笑んだ。橋回廊を行く、隣を歩く龍生にひそりと語る。

「――このやり直しはな、俺が幸せになるために繰り返されているのだろうと母君が言っていた。だがいつ戻っても、大宴の前日の朝になる。お前も経験しただろう」

「あの、無人の宮で花探しをしている時が哥哥の世界の起点になっていたのですね」

「そうだ。世界を重ねるにつれてお前へのわだかまりが解け、自分からお前に近づくようになっていたが」

「わだかまりが……あったのですか……」

俄かに龍生が眉を下げたので慌てて太鳳は否定をする。

「いや、わだかまりというか、初めの世界でお前は俺に『髪を染めて皇帝になれ』と言ったのだ。それが、俺はとても悔しくて切なくて――だから最初はなぜ、あの現場に戻ってしまうのかわからなくて辛かった」

「そ……それは、私も考えたことはありましたが、それでは私の本心の三分の一も伝わっておりません」

「ああ、今はわかっている。いや、あの場に戻されたのは、俺が幸せになるために重要な転換点だったからなのだと今は思う。――でもな、あの時お前に髪を染めろと言われ、悲しくて憤って、食事をほとんど摂らずにいたおかげで毒で死ぬことはなかった。だからこうして真相を突き止められるまでに至ったのだと思うと、髪を染めろと告げたお前の言葉は俺を救ったのだという気もする。梅芳(メイファン)がくれた命はまさに、俺が幸せをつかめる場をやり直しの起点としてくれたのだ」

龍生に包まれていた手を片方抜き出し、逆に自分がその手を包み込んでやる。

「こうして――お前を、兄弟たちを助けられた。それが、俺は、嬉しい」

渦中にある時は終わりのない辛く長い隧道の半ばから動けずいるような気分だったのに、すべてが終わって振り返れば、なんとも短い時間だったようにも思う。たぶんこのやり直しで得たものがとても大きいせいだ。労苦の大きさよりも、得た幸せの方がずっと大きく尊い。

瞳を上げ、龍生を見上げる。青い空に、艶々の黒髪と赤の衣が映えて美しい。

到着した東の台(うてな)では、感無量といった顔をして宇井と青琴が迎えてくれた。席に着き、隣の龍生を眺め、ようやく始まった本来の夏の大宴の健やかさに、太鳳はしばし目を閉じた。

4. 摑み難き星

大宴の夜、黒々とした空にはおそらく星が砂粒のように輝いているのだろう。

しかし太鳳(タイフォン)の目にそれが見えることはない。何しろ地上が明るすぎるのだ。

園林の白洲に皇族、高官が敷物を敷き、四隅に花をあしらい明かりを灯した竿を立てる。その花竿灯の美しさに誘われた人々が訪れ、知己を得、語り合う場とするのが大宴の夜の愉しみだ。

　とはいえ花に人を寄せる力があるわけがない。それは建前で、結局のところ力のある者、これから名を上げるだろう者、そして皇帝として擁立したい皇子のところへと出向くのが普通である。

　かといって派閥を作り対立を生むばかりの宴でもない。皇子同士、高官同士で訪問し合うのも可能だし、政の話ばかりするわけでもない。いやむしろ派閥を越えて詩歌音曲の趣味の合う者同士集まっている方が多いようにも見受けられる。

　太鳳の桟敷の竿灯花は木香茨（つるばら）だ。ようやく宇井（ユージン）が採ってきたこの花が使われる時がきたなあと、太鳳はしみじみと眺める。

　それにしても今日の太鳳の桟敷はいつになく盛況だ。普段もそこそこに人は来ていたものの、それは太鳳の後見である沈清（シエンチン）目当ての人間が多かった。だが今回は、龍生（ロンシエン）との関係について探りを入れてくる者が大変多い。

　——まあ、今までずっと仲が良くない演技をしてきたのだものな。

　それが一転して、秘密裏に協力して皇妃の罪を暴く証拠を保全していたというのだから、対立陣営であると合点して龍生の悪口を言っていた輩などは戦々恐々としているらしい。別派閥のことを表立って悪し様に言うような者は政には向いていないともいえるけれど、それを言うと表立って龍生に敵対し罵っていた太鳳が最もよろしくない。太鳳自身の心を削る行為だったといっても、よくもまあ龍生はあんな応対ばかりをされていながら太鳳を信じることができていたものだ。

　今回の件について聞きたがる人々に当たり障りのない言葉を返しながら、逆に皇妃糾弾はどう受け取られているかの探りを入れる。といっても当事者たる太鳳の耳に悪い評判が入るはずもなかったのだが。

　そんなこんな、日暮れ前から始まった宴も一刻ほどが過ぎ、さすがに皆酔いも回ってきたようだ。するとだんだんとその者の性質というものが露わになってくる。酒に呑まれ醜態を晒す面々などは誰から見ても要注意人物となるが、意外にも詩を披露し合う集団あたりが平和に見えてあまり踏み込んではいけない一団だったりもする。

　そろそろ二更に差し掛かるかという頃、太鳳の桟敷へと沈清がやってきた。後ろに幾人か、地方官吏がくっついてきている。異母妹の麗蘭の罪が暴かれたとはいえ、劉本家と沈清の確執は誰もが知るところであるからか特にお咎めはなかった。むしろ昼の大宴の後、皇子二人の影の協力者として内々に父帝からお褒めの言葉を賜ったと噂され、より一層知己を求める者が多くなっているらしい。

「ちょっと太鳳ちゃんと込み入った話をするわ」

人払いを、というひと言で太鳳の周囲に群がっていた有象無象を桟敷の端へと寄せると、沈清は隣へ腰を下ろした。

まずは昼の二人の手腕について褒め、その後、夜の酒宴が始まる前に下された決定のうち、広く知られていないことについて語りだした。

「母のことだけれど、事前に木薯餅の事例を知っていたのに刑部に報告しなかったことで罰を受けると申し出たわ。自分に対する、麗蘭のいつもの嫌がらせと受け取っていたようね。だからアタシにも内緒にしていたらしいの」

「家内の事件事故の報告は主である沙元の義務で、明葉様に咎はないのではないですか？」

「刑部尚書もそうおっしゃって、結局母は弘徽宮に与えられた居室で謹慎三日となったわ。沙元の方は指示通りに試食させたら下人が六人も死んでしまったもので、驚いて麗蘭に相談してしまったようね。そんなもの山に埋めろと言われ従ったというのだから馬鹿ね。母を匿うと手を挙げてくれた時はとっても頼りになる男だったのだけれど。ただ沙元の証言のおかげで、麗蘭が今回の木薯の毒性を認識していたと改めて補強されたので、報告を怠ったことについて少し酌量されるわ」

劉一族全体が処罰の対象になることはないものの、沙元の他に媚薬を扱う薬商、麗蘭のような女を後宮に上げ、皇后になれと圧力をかけた劉家の長老たちなど、一部は処断されるようだ。

麗蘭の質問に逐一返答した父親については、重々監督のもと運用するべしとの太師からの進言があったという。

「母が言うには悪い意味での生き字引のような人らしいから。尋ねられたら相手の善悪など考慮せずに知っていることをすべて吐き出さずにはいられないみたい。こちらも馬鹿ね」

政治顧問たる太師としては、その知識をうまく活用したいらしい。

「それで」

これまでよりもひときわ、声を抑えて沈清は囁いた。

「想い合っているのでしょう？　あれと」

龍生のことだ。

ただ代名詞で呼びつつも、龍生の人となりを知ったからか侮蔑の意味は込められていないようだった。太鳳が無言で窺うと、沈清はさらに声を落とした。

「あの『お酒』が必要かしら」

「いえ、それは……」

「今夜想いを遂げるのは性急だと思う？」

「……今夜はさすがに」

なぜいきなりそんな話になったのだか。不思議に思う太鳳へ、沈清は桟敷の角に据えられた白い花の灯りを眺めて目を細めた。

「二人で協力し、長年の膿である麗蘭(くそおんな)を追い落とした。そんな盛り上がった気持ちのままに動いておかないと、膠着するわよ」

「……そういうものですか」

「重陽の情なんてものはよくよく考えると結実しないのだもの。冷静になったらこれほど踏み出すのが大変なこと、他にはあまりないわ」

しみじみと語る沈清に、ふと太鳳は疑問を投げかけた。

「……大伯(おじさま)は意中の方と使用されたことがおありですか」

「ないわよ」

からからと笑って沈清は扇を揺らす。自分は使わないくせ人に勧めるとは相変わらずの人だ、と内心呆れるも、太鳳の耳には続けて、思いがけぬ言葉が続けて入ってきた。

「こう見えてアタシは未通なの」

「は？」

つい怪訝な声が漏れる。礼を失した相槌をしたと頭を下げるが、沈清は気にしていないようだ。

「敬愛する方、尊崇する方、お仕えしたい方はたくさんいたし、今もいるけれど。身体を繋ぎたいとは思わないのよね。だから太鳳ちゃんがどう感じているのか、気になってはいたわ」

「もしや……俺が龍生と関わるたびに『酒』を飲ませて嫌がらせをしていたのは、その感覚がわからなかったから、ですか」

「ああ。あれはねえ。アナタ、伯父様に似てらっしゃるのよ。蕾翠（レイツイ）様に伺えばわかると思うけれど、アタシはとても敬愛しているの」

「それは、聞いたことがありますが」

「そして龍生ね。言ったと思うけどあの子は父に似ているのよ。敬愛する方にそっくりなアナタが、大嫌いな父にそっくりな龍生を想っているのがとっても腹が立って。それで嫌がらせしていたのよね」

「俺が、……龍生を？」

あの酒を飲まされ始めてからもう五年は経っている。そんなに昔から懸想していた自覚はないのだが、と頭を悩ませる太鳳へ、沈清は憐れむような目を送ってきた。

「まあ……恋心の自覚というのはなかなかしないものだとは聞いたことがあるから、あまり自分を鈍いなどと責めないことね」

「な……慰めてくださりありがとう存じます……？」

「ともかく、龍生の性質が桂都（グウイド）様似なのはよかったわ。心置きなく祝福できようというものよ」

ちらりと太鳳の桟敷の外へと視線を走らせたかと思うと、沈清は普段は『主上』と呼んでいる父帝を、名前で呼び、微笑んだ。

沈清が父帝を名で呼んでいた時代。それはきっと母の故国への遊学中、ほんの数年の間のことだったろう。

一体どんな付き合いをしていたのかと想い馳せる。

「父帝とは、もう長いお付き合いなのですよね。彼の国は、良いところだったのですか？」

「良いところだったわよ。同じくらい悪くもあったし怖くもあったけれど。今の汪（おう）よりもうんと簡単に人が殺されていたの。でも、アタシにとっての喜びの日々を過ごした場所だったわ。まあ今も楽しくやっているけれどね」

「喜びの日々……」

「ええ。アナタにとっても喜びの日々が続くように祈っている」

今生の別れとは言わないが、なんだかひと区切りをつけるような台詞だった。父帝たちとの会談で一体どんな話が出たのだろうか。

それを尋ねるよりも先に、「哥哥」と呼びかけてくる龍生の声がした。

振り向くと、提灯を灯し青琴を連れた龍生が、薄暗がりから現れる。さっき一瞬、沈清が一瞥した方角だ。どうやら龍生が来るのを見て取って、沈清は話を締め括ったらしい。

「伯父上にはご機嫌麗しく。此度のこと、ご協力に感謝の念が堪えません」

「アタシこそ母のことなど諸々便宜を図ってもらったわ。――それはそうと」

低く落ち着いていた声を、唐突に沈清が二段階くらい上げた。

「アタシなんかと話すよりもアナタたちこそ積もる話があるのではなくって？　こんな場で物見高い面々に見守られているのも気遣うでしょうし、二人で労をねぎらい合いたいこともあるでしょ？」

どう考えても桟敷に集まった者に向け、龍生と太鳳が席を外す理由付けをしている。

「あちらの雪見楼から桟敷を見るととても美しいのよね。まるで地上に夜空が降りてきたようよ。せっかくだから訪れるのもよいと思うのだけれど」

沈清の重ねての勧めに、二人顔を見合わせる。一応太鳳はこの桟敷の主なのだ。ちょっとした挨拶回りならともかく、完全に抜け出してしまうのはどうかと思う。

しかし宇井と青琴は沈清の案に乗っかるつもりか、声を合わせて「いらしている方々へのおもてなしは私たちで」と申し出てきた。それどころか桟敷に訪れている面々までが、沈清のお節介な裏の意図に気づかないまま「是非お二人で積もるお話をなさってください」などと勧めてくる。挙げ句の果てには「千歳千歳千々歳」と二人を称え送り出そうとする始末だ。これはさすがに他の桟敷に対し恐縮する羽目となる。

「そうだ、龍生の桟敷をこちらとくっつけてしまいましょ。二人がこんなに仲がいいのだもの、そこに集う者たちも交流すべきじゃなくて」

沈清の提案に、もはや二人の意向など関係なく、酒に酔った人々はわいわいと寄り合ってゆく。半ば啞然とする太鳳と龍生に、沈清がすっと並んだ。

「何だかんだで今の汪は平和だもの。皇子同士反目しているよりも親しく交流している方が臣も安心なの」

「そういうものですか」

「麗蘭の毒気に当てられて気が悪くなった者など、喜ばしい事柄で禊したい心理もあるでしょうね」

だから早く行け、というように沈清は手にした扇でこちらをぱたぱたと煽いでくる。

「……せっかくですので、楼からこの桟敷席を眺めてみませんか、哥哥」

龍生がとうとうそう告げると、沈清の近習が静かに現れ、恭しく手提げ筒を差し出し龍生へ持たせた。

太鳳が手にした提灯の灯りを頼りに辿り着いた雪見楼は、園林に巡らされた道からは少し外れた場所にあった。

園林を一望できるため、たしかに雪見には絶好の場であろう。

二階建てだ。一階は腰壁と柱のみなので四阿然としている。牀が数脚あり、そこでのんびりと雪見をするのだろう。

広さはさほどないが、その代わり天井が高い。二階に上がる階段の途中、透かし格子の窓から背丈の小さい松の樹冠が下に見えたくらいだ。

二階の窓はすべて園林を望む側に並んでいた。窓の下には膝くらいの高さのでっぱりが壁を半周している。牀代わりだろうか。

その反対側にはなんと天蓋のある寝台が据えてあった。飾り格子の窓は一応紙張りなものの、雪見の季節にこんなところで眠ったら凍え死んでしまう。酔狂なものだと思う。

だが今は夏だ。

窓を開くと涼気が入り込んで涼しい。

沈清に渡された手提げ筒を開けると酒と酒器、もう一つ酒入りにしては口の広い瓶子が入っていた。

もう十分に飲んだものの、せっかくだからと酒で口を湿らせる。

「……美しいですね」

外を眺め、龍生が呟いた。

楼の近くは人気もなく真っ暗だが、池周囲の桟敷が展開されている場所は明るく火が灯り、たしかに星空を見下ろすかのようだ。

「地上に銀河がある」

牀代わりのでっぱりに腰掛けると窓が背後になってしまう。少し身体を捩り太鳳は窓の桟に肘をついた。なるほどこれはいい。もたれることができれば、多少酔ってもゆったりと外を眺めていられる。龍生も腰掛けてきて、同じ窓の桟に肘をついた。

「……こうしていられるのも、梅芳のおかげ、と言えるだろうな」

母の宮の猫を思い呟くと、龍生が肯って微笑む。

「今度、お礼の品を持って会いに行きましょう。たしかあの子は豆沙玉が好きでしたね」

「好きといっても匂いを嗅いでひと舐めふた舐めしたらもうそっぽを向いていたではないか」

「気まぐれでかわいらしかったですね。まるで哥哥のような」

「梅芳と比べられてはさすがに俺も分が悪い」

茶と白の縞模様をした、愛らしい生き物を思い浮かべて太鳳は笑う。龍生は物言いたげだったが何も言わず、窓の外へと頭を巡らせた。

「……よい眺めですね」

「ああ……」

二人で同じ景色を共有しているのがこそばゆく、嬉しい。

「……伯父上の思惑に乗ったようで、少し心に引っかかりを覚えもしたのですが」

「俺も同じ気持ちだ」

けれどその引っかかりも、こうして実際二人きりにされると悪くない気分に転換されてしまうから現金なものだ。

「あの、妙に多くの光が集まっているのが俺のいた桟敷のようだ。なんだか広がっていないか」

「私の桟敷があった場所が暗いので人を引き連れて移動したのでしょう。――哥哥と私が協力して事を為した以上、それぞれについていた者たちも反目する理由はなくなったわけですし」

「身の振り方を考えると悩ましかろうな」

「皆、哥哥につけばよいのです」

「無茶を言う」

床に置いた提灯の灯りしかないので薄暗いものの、苦笑する太鳳を見つめる龍生の目に本気が見える。幼い頃と同じだと思うのに、そうではない面も知ったからか、胸が妙に騒ぎだす。

「み……見ろ、玄麒(シュエンチー)大哥(あにうえ)の桟敷にも人が多い」

遠く、西の四阿近くに桟敷を設けた第一皇子のもとにも、提灯を手にした者たちが集まっている。

「あちら、四弟と五弟のところもなかなかに」

「娘を売り込む若手の官吏が多そうだ」

「伯父上の桟敷の人々は移動を始めたようですね」

「沈清様が俺たちの桟敷に居座って動かないのだろう。廷臣の方が痺れを切らして移動しているのに違いない」

一体どんな話題で盛り上がっているのか怖くもあるが、宇井と青琴もいるので自分たちに悪いようにはならないだろう、とは思う。

「……こんなところにいていいのか迷う光景ではある」

「まあ、それはそうなのですが」

言いながら、龍生は外へと向けていた顔をこちらへと戻した。

「ようやく、二人きりになれました」

「ん……」

「このような時でも、つい哥哥(にいさま)と呼んでしまいます」

「……俺は、それもよいなと思う」

太鳳、と呼ばれればそれはやはり嬉しい。けれど、兄であるというこの関係を変えたいわけではもちろんないから、少し複雑になる。むしろ、自分を兄と慕う龍生に恋をし、悩んだからこそ、相愛となっても哥哥(にいさま)と呼ばれることに幸せを感じもする。

ぐちゃぐちゃとした物思いをうまく言葉にできる気がしなくて、龍生の胸元に、どす、と頭をもたれさせる。目測が誤ってえらく攻撃的にぶつかったその太鳳の頭を、くすくす忍び笑いで龍生が抱き寄せた。

見上げ、ふと笑い合い、窓にもたれたままくちづけをする。

すぐにほどき、また触れさせる。何度もそうするうち、楽しくむず痒いものが胸にこみ上げてきて、二人目を見交わして笑ってしまう。

「哥哥。愛しています」

「俺も、お前を愛している」

幸せが胸をくすぐって笑いをもたらすのだと、初めて知った。

頬ずりし、くちづけ、互いの襟元に手をかけ汗ばむ首筋を弄ぶ。くすぐったさに首を竦めると、ほどけた唇で龍生が顎の輪郭をなぞってくる。

——美しいくせに、なんてかわいらしいんだろう。

顎から頬、そしてまた唇へとくちづけ、龍生の手のひらが太鳳の両頬を包んできた。間近で瞳を見つめながら、大事そうに言葉を紡ぎ始める。

「……結実しない情を、当初の熱量で持ち続けるのは困難だ、と伯父上がおっしゃっていたのですが、哥哥も聞きましたか？」

「いや、俺は……」

機を逃すと何も進まなくなるぞ、と忠告を受けた。

龍生はといえば憤慨した様子で「私に当て嵌まるはずもないのですが」と文句を言う。

「当て嵌まらないのか」

尋ねる太鳳にこれもまた心外だという顔をした。

「もう、幼い頃から哥哥への自身の恋情と向き合ってきたのですから。哥哥が哥哥であるという事実と向き合えば、結実などするはずがない——そんなふうにずっと思ってきました。ですが、どんなに冷静になっても消せぬ情があることを伯父上はご存じない」

真剣に、真摯に憤慨しているのは、気持ちの深さゆえ。それが太鳳の目を見つめるその瞳には溢れんばかりで、胸が高鳴る。

「……哥哥。私のものになっていただけませんか？」

「お前のものに」

高鳴る胸がよりざわざわと騒がしくなる。

自分が龍生のものになる。そんなこと、太鳳が否と言うはずがない。

「……お前はすでに俺の物なのだから。俺がお前のものになるのも当然のことではないか？」

自分がされているように、龍生の頬へと手のひらを添える。微笑む龍生が、嬉しい、とさらにやさしく目を細める。

くちづけをした。

そっと触れて、一度離れ、目を見交わし合った後で深くくちづけた。

抱き締め合い、ごく自然に舌を探り合う。

「……あちらへ移りましょう」

龍生が寝台を指した。


雪見楼の名の通り、夏の今は本来使う予定はないのだろう。掃除だけは済ませているようだが寝具はない。

上衣を脱ぎ敷いて、簡易な寝床にしてみると、ここで一体何をする気かと恥ずかしくもなる。それでも、今まで連ねてきた奇跡があってこそ自分が龍生と共にいられるのだとしたら。

「龍生」

隣同士腰掛けた龍生に肩を寄せ、見上げる。

背の高さも、いつのまにこれほど違ったものか。自分もそこそこには大きいはずなのだが、などと、少しばかり兄の威厳というものにこだわりながら、伸びをするように背筋を伸ばしてくちづけた。小さく微笑むような気配がして、龍生が頬に手を添え、くちづけを返してくれる。

移動する時床に置いた灯りを見てしまったせいで昏くなった視界が、闇に慣れるうち、見えるようになってくる。

先程よりも深く唇を吸い合って、舌を絡めるうち、自身のものがすっかり昂ぶっているのに気が付いた。

龍生はどうだろうか。

いつぞやこうしてくちづけた時は、龍生もまた、それを硬くしていたはずだ。

——それに触れたい、と思うのは……。

おかしなことではないと、今なら心に強く思える。

「実はな……少し、こわい」

ぽつりと呟く太鳳に、くちづけをほどいた龍生がやさしい眼差しをくれた。だがそんな穏やかさにそぐわない想いを今、自分は抱えている。

自分の腰にふわりと置かれた龍生の手を取って、太鳳はそっと腹に当てさせた。そしてそこから少しだけ下へとずらさせると——熱くなった陽物に触れられる。

「こんなふうにお前を求めてしまうのは、どうかと思って。……おかしな薬も飲んでいないのに、こんなに」

上目で龍生を窺うと先刻のやさしい笑みは一掃されていた。代わりにひどく強い眼差しが自分を凝視している。

龍生の喉から小さく息を呑み下す音がした。

「……触れてもよろしいですか」

低く、かすれた声が、媚薬などよりもっとずっとたしかな効果を以て、太鳳の欲に火をつける。

「お……おまえのことも触れていいのなら」

是非、と頷く龍生が、太鳳の背を片腕で抱き寄せたまま、中衣の帯を解いた。

くちづけが、唇だけでなく頬へ、首へと降りてくる。吸われ、時には舌でちらちらとくすぐられながら、太鳳も相手の帯に手をかける。

いつのまにか中衣は肩から落ち、下衣のみとなった。薄い肌着であるそれは両脇の紐で留まっているだけだ。外すと前が開き、胸も、腰衣も露わになる。

腰衣の下には熱い昂ぶりが蹲っていた。腰の両脇で括った紐を、引く。解く。

「っ……」

ほどけた布の下に屹立した太鳳のそれを、龍生は躊躇いなく手のひらで触れた。

「哥哥は、玉茎も美しいですね……」

ほう、と感嘆したように息を吐き、龍生は円を描くかのようにやわやわと根元の双球ごと揉み、撫で上げてくる。片腕では太鳳の背を支え、頬にくちづけては、手の中のものについて独り言つように囁く。

「下生えが薄くていらっしゃいますね。色のせいでしょうか？　根元の嚢がたゆたゆとしてとてもかわいらしいです……後で口に含んでよろしいですか？」

「だ、めと言っても、するだろう」

拗ねた口を利く太鳳のこめかみに唇を押し付け、ふふ、と龍生は笑う。

「哥哥は、私のことをわかっていらっしゃいますね」

「……お前だってそうだろう」

「ずっと見つめてまいりましたから。――茎はとても硬くて……嬉しいです。私の手の中から、甘やかな先端がはみ出していますね……どのような色をしているのでしょう。薄暗くてよく見えないのが心残りです」

言いながら、根元から蜜を滲ませた先端までをゆるりゆるりと甘く淫らな手付きで幾度もこすり上げてくる。手淫のようなある種遠慮のない強さがないため、すぐに放出できそうにない熱がたっぷりの蜜となって先端に湧いては零れ落ちる。

　このままではずっと、愛撫だけ続けられてしまう。

「俺にも、触れさせてくれると言ったろ……」

　力などほぼ抜けてしまった手で、前を開いた龍生の下衣の襟を摑み、文句を言う。

　じんわりと、どこか嬉しそうに龍生は微笑み「では」と太鳳のそれから手を離した。

　すっかり天を向いてしまったそれは、支え手がなくなるとふるりと揺れて心許ない。それになんだか間抜けだ。こっそりと下衣を引いて自身のものを隠し、太鳳は龍生の腰衣を取り去った。

　目にした途端、ごくりと喉が息を呑んでしまう。

　太鳳のものとて粗末なわけではないのに、それよりずっと強い剛直がそそり立っていた。

　手で触れ、その硬さにまた驚く。片手では摑みきれぬほどに太さもある。黒い下生えはよりいっそうその根の逞(たくま)しさを強調するかのようだ。

「こんな……すごいのか」

「あまり変なことを言わないでください」

　恥ずかしげに囁き、右手で太鳳の目を隠そうとしてくる。太鳳はその手をそっと握り、頰に添えさせた。

　もっと、近くでよく見たい。思うと我慢できなくなった。

　身体をするりと寝台から滑り落とし、龍生の前へと跪いた。

「哥哥(にいさま)」

　咎めるように呼びながらも、頰に触れた指先はやさしく、言いようのない安心感を覚える。目の前の屹立は、ぞわぞわするほど雄々(おお)しい。太幹を両手で包み上下させると、揺れる陽茎の先端、鈴口から蜜が玉になって滲みだす。それが先端から、つ、と垂れる様が愛らしくさえ思えてしまう。

　こんなにも硬く剛直に、男としての強さがあるのにどうしてだろう。

　——愛しい、というのはこんな気持ちなのかもしれない。

「哥哥(にいさま)……」

　低く押し殺すような声。太鳳の手が動くたび、剝き出しの腹に力が籠もり、美しい筋肉が強張る。頰にあった指先はいつのまにか髪の中に探り入れられ、小さな円を描くように太鳳の頭を撫でている。

「あ……、そんなに、されては」

「……手淫と変わらないだろう？」

「そんなことがあるはずないでしょう……」

は、は、と小さく息を途切れさせ、龍生は文句のような喘ぎを囁く。

胸に疼く熱はむらむらと身体中に回ってゆくかのようだ。

ふと思いつき、太鳳は手でこすり上げる最中のそれへと舌を添わせた。

驚いたように呼びかける声があるがそれからさらにゆっくりと、舌先で舐め上げる。先端へと達すれば、触れる蜜は潮の味だ。口の中にそのまろい先端を閉じ込め、喉奥へと誘ってゆく。

「ん……ん、ふ……」

喉奥から切なげな音が漏れてしまう。

哥哥、と龍生がまた呼ぶけれど、聞く耳を持てない。

逞しく、欲情したものをこうして受け入れるのが、こんなにも昂揚する行為とは思わなかった。媚薬に中てられた太鳳のものをいつまでも口の中に含んでいた、あの時の龍生の気持ちが理解できそうだ。

あの時はたしかこうされた、ああされた、と思い出しながら、根元までは到底呑み込むことのできない屹立を太鳳は口内で執拗に愛撫した。

「哥哥……、そんな、ことを、どこで」

甘く喘ぎながら文句を言う龍生は愛らしい。責めるように太鳳の髪をかき混ぜながらも、その手付きはひどくやさしい。

「ねえ、哥哥、ほんとうに、……その」

「ん……？　これはな」

すっかり濡れそぼったそれを、名残惜しく口の中から解放し、太鳳は囁いた。

「お前にされた仕返しをしているのだ」

ふふ、と思わず笑う。龍生が戸惑う間に、反り立った幹裏を舐め上げ、横咥えにしてまた愛撫する。

「ああ……そういうことですか。それは……少し妬けます」

言葉の意味がわかったのか、龍生が苦笑して太鳳の顎に指をかけた。なぞるように上を向かされ、濡れた唇を親指でぎゅっとこすられる。

「達してしまいそうですから、もう」

「お前はあの時、ものすごく何回も俺に気を遣らせたのに……」

快感が搾り取られるあの感覚を教えてやりたいけれど、あれは媚薬の効果のせいでもあったのだ。さすがに無理だろうか。

思案する太凰の腋に手を差し入れ、龍生は寝台の上へと太凰を乗せ直した。

甘さの中にほんの少しの意地悪さを秘めたような眼差しで見つめ、けれど愛しいという気持ちを露わにして太凰を抱き締める。

「哥哥の……口の中へ出してしまうのも、よいのですが」

耳元で囁く声はひどく甘い。いつかそれを本当にしたい。

「けれど、貴方のものも私に触れさせてください」

こちらへ、と龍生は、寝台の上の太凰の腰を強く引き寄せた。胸元に顔を埋めてしまう羽目になる。そんな太凰の太腿に手をかけ、そうして――もうすっかり下衣を足まではだけた身体を、自分と向かい合うように膝の上へと跨がらせた。

「あ」

剝き出しになった場所が、触れ合った。

熱く、すべすべした感触の薄い皮膚がこすれ合うと、互いの淫らな蜜でぬめり、ぬめりきらずにべとつく。その重なった昂ぶりを、ひとまとめに龍生の手のひらが愛撫した。

「こうして、くちづけをしながら」

ちゅ、と唇を触れさせてくる。そのまま下唇を吸い、甘々と味わうように食んでくる。されるがまま太凰は龍生の上唇を食み返す。

荒くなった息遣いのせいで、互いの吐息まで絡み、吸い合うこととなる。

その間にも龍生の手はたゆまず昂ぶりをさすり上げさすり下ろし、時には先端の丸みをこすり付け合う。くちくちと濡れた音がしてしまうのは、くちづけのせいだけではないはずだ。

――気持ちが、いい……。

もはや恥ずかしさなどなくなって、龍生の頭に腕を回し、唇を貪り合った。腰の奥にはもうすぐにも迸りそうな熱の塊。それが、くちづけと愛撫で潤んだ頭の芯を溶かしてゆく。

「あ、っぁ、あ、もう、もう、いく、いく、いってしま、う」

「ええ、ええ……、私も」

言いながら噛みつくように龍生に唇を奪われた。

密着させた根を激しくさすりながら濡れる二つの先端を円を描きぬるぬると撫でる。

「っ……い、い、イく……」

身が強張り、どく、どく、と間欠的に腹が熱く濡れた。自分のものだけではない、龍生もまた達したのだろう、重なった昂ぶりがどろどろに濡れそぼつ。

しばらくは二人、互いの肩に額を預け合って息が落ち着くのを待った。

重陽の情。男同士、情を交わすのには最適なものだろう。互いの陽茎を互いに合わせれば快楽を分け合うことができる。

――実際、とても……気持ちが良かった。

けれど、と太鳳は思う。

龍生の肩に乗せていた額を起こし、その顎にくちづけ、耳たぶを食む。

まだ全然萎えることのない昂ぶりにそっと手を添えた。

なあ、と呼びかけると、龍生は溶かし飴よりも甘そうな眼差しを向けてくる。

――ああ……本当に、この男のことが好きだ。

幾度も実感している心を、もっとうんと何度でも呼び起こしてくる眼差しだった。

「重陽の……情の交わし方は、もう一つあるだろう」

「……ご存じなのですか」

「媚薬を盛られ、その時に見る夢がいつも曖昧だったので……」

龍生と過ごす夢でありながら、具体的に何がどうなのかわからなくて、情をどのように交わすのかある時調べたことがあった。陰陽の和合を模したその情交を知ってから、媚薬の夢はより鮮明に、自分が何を望むのかを明らかにしてしまった。

「お前が嫌でなければ、俺は……そうしたい」

覚悟を決めて告げた声を留めるように、龍生が指先を唇へと触れさせた。

「そのようなことを言ってはいけません」

「……嫌なら」

いい、と消沈するよりも早く、龍生ははだけた下衣の下、もう剝き出しになった太鳳の尻に両の手をかけた。

「迂闊なことをおっしゃると、哥哥のこのように小さな蕾を……犯し尽くしてしまいますよ」

いいのですか？

囁いて、太鳳の耳を舐めるのと同時に、なめらかな指先で龍生は小さな窄まりをゆるりと撫でた。

天草という海藻を時間をかけて煮詰めたもの。とろみのついたそれは、重陽の情交には欠かせぬものであったらしい。妙に口の広い瓶子には、それがたっぷりと入っていた。

何とお節介な伯父上だろう、と文句を言いながらも龍生はその天草水で太鳳の蕾とやらを蕩かした。それはもうしつこく、愛撫というよりは執念に近い念入りさだった。くちづけで太鳳の強張りをほどきながら指を潜り込ませ、向かい合いではうまくできないと感じたか、太鳳を寝台へとそっと下ろした。

そして、あられもなく秘部を剝き出しにされた太鳳を、指と舌、両方でゆるゆるに蕩かしたのだ。

ゆっくり、蕾だった場所が指でなぞられた。ぬめる液体は、未知への怖さも何も取り払い、ただただもどかしさだけを連れてきた。

指が幾度も窄まりを犯し、それでもまだ足りなくて悶える太鳳へ、とうとう、屹立した自身の先端で縁を描くようにしながら、龍生が腰を進めてきた。

つぷ、とすっかり拓かれた窄まりにまろい部分が埋まり、逞しい幹が中ほどまで侵入したところで——太鳳の腰を支え、龍生は再び自分の上へと太鳳を跨がらせた。

だが先程とは違う。あの、緩く蕩かされた場所には龍生の根が埋もれている。

「んん、んっ……!!」

自分の重みでずぶずぶと、剛直が内側を犯してゆく。きちんと拓かれたはずの場所がよりいっそう奥まで、みっちりと熱を埋め込まれたまらない快感をもたらしてくる。

まるで盛った獣のように「あ、あ、あ」としか喘げない。

　だって、根元深くまで、龍生を呑んでしまった。あんなに、太く、硬く、逞しい昂ぶりを受け入れては、もう、もう。

「ろん、龍生、っ龍生」

「ああ……哥哥（にいさま）……」

　繋がったままに抱き合う。上に跨がっているから太鳳が胸の中に龍生を抱え込む形になる。

　幼い頃、自分の方が背の高い時期が少しだけあった。

　そんなことを思い出すのに、身体の快楽はどうしたって大人らしい、男の匂いのするものでしかない。

　あの頃。今。やり直してきた世界の数々。

　いつだって自分は龍生を愛していた。龍生に愛されていた。ようやくその気持ちが結実し、こうして身体を繋げることができている。

「好きだ……好きで、好きで、だから」

「……愛しています」

　龍生も同じ想いに辿り着いたのだろうか。告白と共に強く抱き締めたまま突き上げられ、太鳳は声も出ないくらいに感じ、背を反らせた。

　動きに制約があるのに幾度も、幾度も揺すり上げられ突き上げられる。

　――ああ……すごい。

　龍生が。あの龍生が、自分を抱いて、息を乱している。媚薬を盛られて見る夢の中、いつもその中で漏らしていた精が、今は龍生の指に掬われ、胸に塗り付けられている。

「この粒は、いけないですね」

　言いながら胸の先端、硬くしこった乳首を押し潰す。

「こんなに愛らしくては……摘まみ上げて口にしたくなってしまう」

「ばかな、こと……っあ、んまり、それ……っ」

　くり、くり、と薄い胸板から扱き上げるようにされ、そのたびに腰がくねる。奥まで呑み込んでいる龍生の陽根がずくずくと脈打って内襞に甘苦しい切なさを与えてくる。

　こちらにも愛撫を、とばかりに、胸をいじっていた龍生の指が、太鳳の濡れた性器を握る。媚薬も摂っていないのにもう何度達してしまったことだろう。なのに龍生の手にさすり上げられればまた力を取り戻してしまうのだ。

突き上げを緩やかにした龍生が、くちづけをくれた。ねっとりとした舌遣いで唇を、その内側を、舌をやんわりと吸われる。その間にも陽根には手のひらで強めの愛撫がもたらされる。身体中がすべて、龍生に籠絡されている。身体の奥がぎゅうぎゅう龍生の根を喰い締める。その間にもくちづけで舐め、吸われ、さらに扱かれ、快楽がいちどきに襲ってくる感覚に太鳳は背をのけぞらせて震えた。

「っあ、あ、で、出てしまう、から」

「精を……放つところ、見せてください」

「う、う、ばか、あ」

「ね……鳳哥(フォンにいさま)」

甘えるように首に嚙みつかれて勝手に身が捩れた。するとと根元まで食んだ龍生の陽根が中途まで抜けかけ、開いた縁からはたっぷりと塗り込めた液体がいやらしい音を立て流れ出る。

なんて淫らな、と囁く声。

途端、下から太鳳を穿(うが)っていた龍生のものが、ぐぐ、とより力を増した。

捩れた太鳳の腰をそのまま摑み、いやました存在感の熱塊で押し上げてくる。そのままぐりぐりと揺すり上げられ、身体の奥の奥には貪欲にそれをしゃぶりたがる欲が生まれてしまう。

「あ、っあ、っあ、や、おく、奥が、っっん、ん……！」

「ああ……、くそ、まるで、私を……離したく、ないみたいに」

「う、動くな、うご、かな、いで」

「無理、です」

は、と大きくため息をつき龍生は、太鳳を奥深くまで穿ったまま、その身体を寝台に押し倒した。

ずぷずぷとはしたない音をさせてたっぷり突かれてしまった。蕾を行き来する龍生の逞しいものの感覚。腰の筋肉がどんどん絶頂へと向けて強張ってゆく。

「あっ、あっ、あっ、あっ」

「先端が……ひら、いて、いまにも」

達しそうですよ。

言いながら、太鳳の昂ぶりを龍生は扱き上げた。

ぷしゃ、っと精よりもさらさらとした何かが先端から溢れてしまった。歯を食いしばってもまだ溢れてきそうな絶頂を、容赦なく龍生の陽根は煽ってくる。

「っふ、ぁふ、っあ、あ」

もうこれ以上どうしようもない、というところまで行った時、内側が熱く滲む感覚がした。

「あ……」

残念そうな吐息が龍生の口から漏れる。

脱ぎ散らした長衣を褥子代わりに、龍生がのしかかってくる。

――ようやく、達したのか。

絶倫、という言葉を思い出し、まだ自分の息も乱れたままなのを忘れ、太鳳はつい笑ってしまった。

「何を笑ってるんです……?」

のしかかっていた身体を、龍生が起こした。未だ自分の内側には萎えていない昂ぶりが埋められている。

「ろ、ん」

「……哥哥」

うっとりするような眼差しに見つめられ、ぞくぞくする。

龍生の美しい身体が床の灯りに陰影濃く映し出され、見上げる太鳳は胸をときめかせた。

凛々しい眉も頬も、甘い言葉を囁く唇も。そんな、見慣れてもなお美しい顔面は言うに及ばず。

肩の筋肉の逞しい盛り上がりも胸板の厚さも、その下の彫刻のようにきれいに張り出した腹の筋肉も、何もかもに心が、胸が、身体がときめいてしまう。

そのときめきをさらに甘く蕩かすかのように、ゆるりと腰が動いた。

互いに達したはずなのに、まだ情欲は皮膚の下で蠢いてしまう。腰が勝手に揺れ、龍生のものを食む角度が変わった。ゆるくほどけた縁からくぷりくぷりと泡交じりのような音をさせてとろとろした液体が溢れてくる。

「とてもかわいい……」

垂れた液は先ほどさんざん塗り込めた天草の蜜だ。手のひらにそれを纏わせ、龍生はつんと立ったままの胸の先端に塗り付けた。

ぐぐ、と自分の中でまたあれが強さを取り戻すのを感じる。

「ま、まだ、する……？」

「犯し尽くしてしまうと言ったでしょう」

言葉ばかりはひどく不穏ながら、龍生の声は甘い。

犯される、ことを嬉しく感じる自分がおかしい。けれど。

再び、内襞奥深くまで入り込んだそれの抽送が始まった。

何度絶頂に達しても龍生に欲しがられればいくらでも応えてしまう。胸の先を摘まれるだけでは物足りなくて、自分の手で薄い胸肉を集めるようにしてその先端をさらに尖らせ、愛撫させやすくしてしまう。

「ああ……哥哥、……かわいい」

「……っう、う、っんぅ、う、そん、な、そんな、ぁ」

「本当に、ほんとうに……貴方を、すべて食べてしまいたい」

言って、背を丸くした龍生は、べろりと太鳳の頬を舐めた。

「っあ、あ、あ……!!」

あの清潔で美しい龍生の獣のような行為が、たまらなく愛しさを掻き立てた。

「あ、ぁ、あ、もっ、ともっと、お前の……熱い、その」

「これ、を——哥哥の中で、甘やかして、くださいますか」

「んっんんっ、ん、っ、あっ、あ——あま、やか、す……から」

奥まで入れたまま揺すってほしい。

してほしいのに言葉が出てこなくてもどかしく、腕を掴み、龍生の身体をよじ登るようにして唇を貪った。密着してしまったから全然動けないのに気持ちはひどく乱れて繋がった場所を起点に腰がくねるように前後する。龍生が辛そうに抗議する。

「そんなに、しては、……すぐに」

「あ、あ、でも、と、止まらな、くて……、っあ、っあ」

ぐぐ、と勝手に背が反った。龍生の肩を強く掴み、のけぞって切なく喘ぎを漏らしてしまう。

——な、なんで、達して……。

もう、何も出ていないはずなのに精を吐いているときのように腰の奥がびくびくと跳ねている。龍生のものをしゃぶり尽くすかのように、内側が幾度も喰い締めては弛緩し、喰い締めては甘く緩む。同じように腰を揺らしていた龍生が、低く艶めいた喘ぎで嘆いてい

る。

「っ……も、う、奥に……出てしまっ、て」

「んっんっ、おれも、俺もだ、もう、何度も」

言いながら抱き締める。それでもまだまだ足りなくて、くちづけてもまだ伝えきれない気分だった。

繋がれる場所がもっともっとあればいい。抱き合っても抱き合ってもまだ足りない気持ちはどうしたら収まるものだろう。

「龍……」

心持ち大きめの男らしい唇に唇を押し当て、ずらし、その唇を食む。ふわりとした弾む噛み心地にときめいて、味わい、吸う。仕返しのように龍生にくちづけられ、また強く抱き合った。

足りない気持ちは龍生に伝わったようだった。


ようやく情交を終えたのは、夏の夜を半分以上過ぎた頃だ。

四更の鐘が鳴る頃、汚れていない上衣に潜り、二人眠ることにした。

おやすみ、と囁くより前にくちづけて、少しだけ幸せを堪能する。

龍生の指先が頬を撫でてくる。

「こんなに、和合しては……子を孕ませてしまいそうです」

「俺にそのような機能はない」

「知ってます」

ふふ、と笑って、龍生は、すりすりと愛おしそうにまた頬を撫でてくる。

「……子は、欲しいものか？」

「いえ、欲しいわけではありません。情を交わしたかったのは子を生すためではありませんし。なんというか、私の哥哥への気持ちはちょっと重すぎて」

「そうだろうか？」

「重くないのならいいのですが。――私の濃い精は、子を孕めない哥哥すら孕ませてしまわないかと心配になったのです」

馬鹿なことを言う、とは思うものの、愛しさしか湧かないのだから太鳳も同じく馬鹿だ。

「……子ではないが、孕んではいる」

「え」

何をです、と言いながら人の腹を撫でるのはやめてほしい。先程までの情交で、腹を撫でながら「ここに私が入っています」などと囁かれていたのを思い出してしまう。

　その手をやんわりどけながら太鳳は、枕代わりにした方の龍生の腕に頬ずりをした。

「お前を愛しているという気持ちを、もうずっと孕みっぱなしだ」

「……そう、なのですか」

「そうでなければこんなに犯されて幸せになれるはずがないだろう」

　一体どれだけ気を遣ったと思うのかと尋ねると、龍生はただただ笑う。

　そんな愛らしい弟、そして恋の相手の頬を撫でる。

「少しだけ寝よう。そして、朝の暗いうちに宮へ戻らなくては」

「ええ、哥哥（にいさま）。――おやすみなさい」

「おやすみ、龍生」

　二人で眠る、久しぶりの夜。

　太鳳は世界を寿ぐ祈りを胸に、龍生の腕の中で目を閉じた。

5.青天白日

　夏の大宴から半月が過ぎた頃、とうとう立太子の公示が為された。

　普段通り登庁した太鳳（タイフォン）は、告示に群がる官吏たちを遠目に眺めて目を細めた。


　公示一週間前。

　太鳳は立太子内定のための会議に呼ばれていた。出席者は皇帝桂都（グウイド）、皇妃三名、大宴の際に北の台（うてな）に侍る高官四名、そして年長の皇子三名である。

　宇井（ユージン）に連れられ、約束の時間に皇宮の一室に赴くと、すでに太鳳以外の人々は席に着いていた。すわ遅刻かと慌てて謝罪の礼を取ろうとするも、部屋にいた全員が立ち上がり太鳳に向かって拱手してきた。

「立太子おめでとうございます哥哥（にいさま）」

　龍生（ロンシエン）の言葉に目を丸くするうち、あれよと部屋に連れ込まれ拍手を以て寿がれた。

実のところ、太鳳の知らぬところで内々にすべては決まっていたのだ。

「太鳳よ。お前を皇太子に任ずる。全霊を以てその任を全うせよ」

「お言葉ながら少々お待ちください。なぜ俺……私なのです。自身の実母を断罪するという重大な決定を下した龍生こそがふさわしい位だと存じますが」

これまでの重要な献策が龍生の案だったことも加味して再度選考願う、と告げるも、父帝は目を細めて笑うだけだ。

「皇太子の任に自身がそぐわぬというのだな。——皇太子となれば次に待つのは皇帝の座。汪(おう)国数千万の民を預かることとなる、お前にはその意味がわかるか」

「……だからこそ臆しているのです。自身の命運一つ決める者すら恐れ、うろたえるのが私です。そのような者では民を導きよりよく国を治めてゆくことなどできないでしょう」

自害の際の手の震えを思い出し、太鳳はじんわり口角を上げる。

しかし。

「やり直し……」

父帝の口からその言葉が漏れるのを聞き目を瞠った。

視線が合うと、相手はにこりと笑う。

「やり直しなどできぬのがこの世の常であり、国政というものだ。もちろん過ちがわかった時点で後戻りすることは大事だが、世界をやり直せぬ以上何かの事情で失われた命は戻りはしない」

「……はい」

「かといって慎重になりすぎ事を為すのに時期を逸すればまた取り返しのつかぬ損害も出てくるだろう。——お前には、慎重さと決定力が同時にあると考えている」

自分を見つめてくる父帝、そして蕾翠(レイツイ)の眼差しに、深い慈愛のようなものを感じる。まるで太鳳が世界をやり直してきたことを了解しているかのような、労いと慈しみの籠もった眼差しだ。

——龍生め。

きっと語ったのだ。父と母にだけ。

知れば母は太鳳の命の数を見ただろう。そして、太鳳が世界をやり直してきたことを実感した。母の言葉には父帝ももちろん耳を傾ける。

「……母上は皇后になる気がないのではありませんでしたか」

「ん。お前が皇太子の任を受けるに吝かでないというなら、妾も否やはない。皇后となればしっかり職務に励むとするよ」

　太鳳が皇位を望む様子がなかったためこれまで防砦となっていただけだと蕾翠は微笑む。続けて、「他の皇子の身の振り方を先に教えておこうか」と沈清を見た。頷く沈清は手元の書面に目を落とす。

「まず成人前の四皇子五皇子はこのまま東の宮で起居し、立志からは公務の場にも出てもらうことになるわ。四皇妃様の希望で成人後は適性を見て諸王に下るか、新姓を得て皇宮で官吏となるか、よ」

「わたくしの元を離れて一年経つのですが、どうも二人ともしっかりしませんので、皇籍に残ってもいざというときの用は為せないと思いますの」

　四皇妃は慎ましやかにそう告げる。蕾翠に対抗意識を燃やしていたはずだが、先の大宴での太鳳と龍生を目の当たりにしてそんな気持ちはすっかり失せたらしい。

「諸王に下るのは玄麒皇子もよ。こちらは北方属国の姫とご婚約後、そちらに近い州に赴かれることがすでに決まっているわ。また、苗遠二皇妃も皇籍を辞して玄麒様に随伴なさるそうよ。玄麒様の体質的には寒冷地方の方がよろしいようだし」

「はい。三年ほど前から盛夏の折には北方へ避暑に参っていましたが、その方が明らかに呼吸が楽なのですよ。今年ももう少ししたら避暑に出向く予定となっています」

　母の苗遠同様、おっとりとした物言いの兄が頷く。この母子は本当に、皇位にまったく執着がない。

「そして龍生三皇子。こちらは太鳳ちゃんの立太子式と同時に皇籍を抜け、『劉龍生』となるわ」

「っ……な」

「落ち着きなさいな。アタシの人事を先に発表してしまうけれど、まず立太子と同時にアタシは貴方の後見を引くことになるの。そして、中書令がその職掌を担っているとして廃されていた宰相位を復活し、アタシが就く。これは内外から多少反発があるだろうと主上ともども織り込み済みよ」

「後見を……」

「少しは残念に思ってくれると嬉しいわあ。――空いた中書令には現在の中書侍郎(ほさかん)が繰り上がり、新たな中書侍郎に『劉龍生』が就任。役職につくと共に太鳳ちゃんの後見……というより侶伴(あいかた)のようなものになるわ。その後一、二年で中書令にしたいところね」

ほぼ口を挟む隙なく決定した予定を告げられ太鳳は啞然とする。さらに畳みかけるように父帝の声。

「私は五年を目途に譲位の予定だ。先帝も本来、知命(ごじゅう)過ぎには譲位する予定だったからな。私もそれに倣おうと思う」

「五年の間に皇位に足る人間になれとおっしゃられますか」

「それをいうなら私など、第二皇子として安穏と暮らしていたのにいきなり皇位が回ってきたのだぞ。五年の猶予はやさしいというものだ」

　からから笑う父帝は、譲位を一年先送りした先帝に様々な事柄を叩き込まれたと懐かしそうにしている。

「太鳳が皇位に即き落ち着いた頃に沈清が宰相職を龍生に譲る。身分は変われど皇子二人を主に据え合議のうえの政となるな」

「しばらくはアタシが大家(きぞく)たちの調整をする予定だけれど、一年もしたら西方教国へ大使として伺うの。だから国内にアタシはいなくなるわ」

「そう、なのですか……」

　彼の国で過ごした年月を、沈清は喜びの日々と呼んでいた。太鳳も、そう名付けるべき愛おしい日々が人生の中にあることを知っている。だからこの癖の強い後見人が去ってゆくことを、寂しく思いこそすれ引き留める気はない。

　しかし。

「……後嗣は如何するのですか。少なくとも私は生涯において皇妃を娶る気がございません」

「そんなもの。廷臣は何やかやとうるさいだろうが後嗣に恵まれぬ皇帝は過去にも何人かおられた。兄弟でも甥でも能う者を選ぶがよい。特に四弟五弟はまだ若い。四皇妃は辛辣に評価しているがお前と龍生で立派に育てればよいだけだ」

　あっさりと父帝は言う。本人も後嗣問題には悩んだだけに無理に皇妃を娶れなどと強いる気がないのだろう。もしかすると、太鳳と龍生の間の情についても既知なのかもしれない。

　自分の知らない間にここまで決まっていたのは、こうでもしないと自分がぐすぐず物申してその責務から逃れようとすると看破されているからだろう。

　――たしかに、よりよい人間が治めてくれるのならば、そちらに任せてしまえと思う俺もいる。

　けれど。

　自身の運命を自身が握ると実感した時、まるで標ない荒野に放り出されたかのような恐れを感じた。国を、民を預かるというのは自分のみならずすべての者の運命を握ることなのだと知り、皇位の重みを知った。

　その責務は重く、受け取ったら投げ出せるようなものでは到底ない。

　ただ、先日の大宴の夜を思い出すのだ。

　まるで荒野のように厳しく果てないものが皇位に就けばのしかかってくるのだとしても、荒野の空には星が存分に輝いているだろうと。雪見楼から覗いた園林は本来真っ暗で何も見えない場所のはず。なのに大宴の夜、多くの人々の光で明るく地は照らされていた。

　標のない荒野にも星はある。ならばその星を数多増やしていくことが皇位に即く者の務めだ。標だ。そしてたぶんそれは、龍生が傍らにいてくれるのならば叶わぬことではない。

　己が最も皇位にふさわしいと思う人間が侶伴として傍にいてくれるのならば。

　太鳳は静かに椅子を引き立ち上がった。跪き、長い袖を垂らし拱手する。袖の中に深く頭を垂れる。その隣に速やかに龍生が膝をついた。

「――謹んで拝命いたします。願わくは三弟龍生が常に私の傍らにありますよう」

「よりよく国を治められるよう二哥太鳳と共に努める所存です」

　父帝より寿ぎの言葉を賜り、二人は顔を上げ、見合わせ、力強く笑んだ。

「哥哥」

　官吏たちを眺める太鳳に、声をかける者があった。振り向くより先に龍生が隣に並んでくる。

「彼らが公示板に釘付けになっているうちに参りましょう。見つかれば面倒なことになりそうです」

「それもそうだ。――今日は主上に、城外道路の整備についてご相談申し上げる予定だったな」

　王都城外の城壁には、屋台が多く並んでいる。無論門に近い方が人通りは多く売り上げも見込めるため、場所取りで喧嘩する者が後を絶たない。いっそ整備して貸し出すのが良いのではないかと二人で合議したのだ。

「賃料を取るかどうかが問題ですね」

「金持ちばかりがいい場所を取れるというのはよろしくないからな」

「かといって申請順というのも不公平な場合があります」

「二週ごとにくじ引きして場所替えをする。それと希望申請を組み合わせるのはどうだ。くじ運が悪かった者は次回の申請を通りやすくしてやるのだ」

「前回分の資料も参照するとなると管理が煩雑になりますよ」

「それもそうか。ならばいっそ運の悪さを考慮せず一週ごとに場所替えだ。目当ての店の場所が頻繁に変わったら客は結局すべての店を覗くことになる。普段目立たない商店にも商売の機会が増えると思わないか」

「でしたら客の動きを調べてみましょう。屋台を回る時間の統計、満遍なく見るのか目当てのみに邁進するのかの統計など取ると見えてくるものがあるかもしれません」

「人々の動きの統計を取るのは面白いな。よし、奏上してみよう」

「ええ」

　和気藹々と語り合う主たちの姿に何を思うのか、宇井は微笑ましそうに尋ねてくる。

「お二人とも。今宵のお食事はどちらの宮でなさいますか」

「そうだな、今日は龍生の宮に行こう」

　龍生の宮の侍従はすべて沈清と龍生が合議で決めた人選となった。安心して寛げるというものだ。だが青琴は、今日はあちら、明日はこちら、と二人がふらふら行き来するのが面倒になってきているらしい。

「お二人はいっそ同じ宮に住まわれるべきです」

もう何度目かわからないそんな提案をしてくる始末だ。

いつかはそれも叶うかもしれない。太凰が皇帝宮を住まいとした暁には、龍生もそこで起居させるのだ。

それはきっと楽しく、そしてまた国政という運命に心悩ませる日々となるだろう。ただ、互いが互いのものである誓いを為したように、永く共に在り続ける誓いもまた月日をかけ為してゆきたいと切に思う。

「そのうちな」

と応じる太凰に、近習二人が「今日からでも」と無理難題を出してくるので皆で笑ってしまった。

***　　***

秋の大宴では、無事、太凰の立太子式も行われた。

秋は白の衣。

純白の絹に金糸で鳳凰の刺繍の入った衣を纏い、父帝の前に跪礼する。

「汪国十一代、陸桂都（ルーグウイド）の名において第二皇子太凰を皇太子に任ず」

「謹んでお受けいたします」

拱手し拝命を宣言する太凰に、冠が授けられた。立ち上がり、父帝と共に手を振る太凰へ、万歳の声と千歳の声が入り交じる。

秋の空は薄青色をして高い。幾度も繰り返した夏の日はようよう過ぎ去ったのだ。

だがあの時手に入れたものはすべてこの胸から零すことのないようにしよう。

そんな想いを胸に龍生へと瞳を巡らせ、二人はしばし見つめ合い、幸せで胸をいっぱいにした。

読んでくださった方、お手に取ってくださった方、ありがとうございます！　切江真琴(きりえまこと)です。中華でループで異母兄弟ですよ……！　いつもと全然テイストが違うお話なので、普段わたくしの本を読んでくださってる方がたいそう驚かれているのではないかとドキドキしております。これには理由があってですね、いつもはだいたい自分の恋心を見誤って面白いことになってる受けが主人公なのですが、この大きいサイスの本でずっと勘違いしてる受けさんはちょっと駄目すぎる子なのではないかと思い、恋愛以外にもう一本柱が必要だぞ！　となりました。せっかくたくさん書けるので、ならお中華とか設定をもりもりにしたものにしよう、と。

そしてなんちゃって中華なら殺人事件が起こってなんぼでは？　という謎の信念が発揮されたため、皇子たちは鏖殺されることになりました。恐ろしいですね……。ＢＬ書いてて「鏖殺」なんて単語を打ち込む日がこようとは……。

当初はループ設定が無く犯人糾弾までの道のりが険しくて、オネエがいまいち幸せになってなかったんですが、担当様の天才的助言によりループを取り入れたおかげでそこそこ全員ハッピーエンドになりました。ちなみに最後で糾弾されてるアレな人も、結構私の好みです。たぶんお気づきと思いますが、オネエは担当様と私に大人気でした（笑）。

名前の方はルビをつけてもらっているものの、正直読みやすいように読んでいただければいいと思います。書いてる途中、私は「うい」「ちんせい」「げんき」などと日本語で読んでました。

名前といえばですね、龍生(ロンシェン)の近習の青琴(セイキン)だけ読みが「セイキン」なのですが。これは中華っぽい読みにすると「チンチン」になってしまってどうにもシリアスが彼方に吹っ飛んでいくので仕方なかったのです。しかし娼館で青琴を偽名で呼ぶとき思いきり「青青（チンチン）」にしてしまいました。ほんとはその名で呼びたかったのかもしれません……。呼び方といえば「陛下」「殿下」呼びもないので、そういう国なんでしょうね。

イラストは石田恵美（いしだめぐみ）先生がとんでもなく美麗なものをお描きくださいました。太鳳（タイフォン）と龍生のきらきらしさで中華感がめちゃくちゃアップして素敵です。そして私たちの間で大人気だったオネエ！　髭アリでもナシでもお任せでお願いしたところ、すんごいダンディなかっこいい沈清（シェンチン）を描いてくださいました。このイケおじがオネエなの最高です。ほんとうにありがとうございます。

今回はループだしめちゃくちゃ長いし人名面倒だしで、担当様にも校正様にも大変お時間取ってご確認いただきました。いつも楽しい担当様のおかげで、個人的には面白く書けたと喜んでるんですが、いかんせん長かったので色々お手間かけました。ありがとうございます！

そして、この長くてループしてていっつも人が死んでるお話を読んでくださった方々、どうもありがとうございます♪　楽しんでいただけていたら嬉しいです！

CROSS NOVELS

死に戻り皇子は最愛の弟皇子のために
ループを止める

2024年 9 月23日　初版第 1 刷発行

著者
切江真琴
*
発行者
笠倉伸夫
*
発行所
株式会社 笠倉出版社
〒110-8625 東京都台東区東上野 2-8-7　笠倉ビル
電話：0120-984-164（営業）・03-4355-1103（編集）
FAX：03-4355-1109（営業）・03-5846-3493（編集）
振替口座 00130-9-75686
https://www.kasakura.co.jp/
*
印刷
株式会社 光邦
*
装丁
Asanomi Graphic

検印廃止
落丁・乱丁のある場合は当社にてお取り替えいたします。

定価は本体カバーに表示しています。

ISBN 978-4-7730-6504-6

本書をお買い上げいただきましてありがとうございます。
この本を読んだご意見・ご感想をお寄せください。
〒110-8625 東京都台東区東上野 2-8-7 笠倉出版社
CROSS NOVELS 編集部
「切江真琴先生」係・「石田惠美先生」係